Diogenes Evergreens

Die besten Geschichten von D.H. Lawrence

Ausgewählt,
ins Deutsche übertragen
und mit einem Nachwort
von Elisabeth Schnack

Diogenes

Diese Auswahl ist folgenden Bänden der
Sämtlichen Erzählungen und Kurzromane von D. H. Lawrence,
erschienen bei Diogenes, Zürich 1977, entnommen:
Der preußische Offizier,
England, mein England,
Die Frau, die davonritt,
Der Mann, der Inseln liebte,
Der Fremdenlegionär.
Die Erzählungen ›Prinzeßchen‹ und ›Die Frau, die davonritt‹
wurden von Martin Beheim-Schwarzbach übersetzt.
Umschlagfoto von Burt Glinn

Veröffentlicht als Diogenes Evergreen, 1985

40/85/24/1
ISBN 3 257 05056 9

Inhalt

Adolf

Als wir Kinder waren, arbeitete unser Vater oft in der Nachtschicht. Und als es Frühling wurde, pflegte er schwarz und müde nach Hause zu kommen, wenn wir gerade im Nachthemd nach unten gekommen waren. Da standen sich Nacht und Morgen leibhaftig gegenüber, und das Zusammentreffen war nicht immer glücklich. Vielleicht war es meinem Vater schmerzlich, uns so heiter den Tag beginnen zu sehen, in den er sich schmutzig und müde hineinschleppte. Es paßte ihm nicht, am Frühlingsmorgen bei Sonnenschein zu Bett zu gehen.

Doch manchmal war er glücklich, weil er im ersten Tageslicht einen langen Weg durch die betauten Felder zurückgelegt hatte. Er liebte den lichten Morgen mit seiner kristallenen Weite nach der Nacht unten in der Grube. Er beobachtete jeden Vogel, jede Bewegung im zitternden Gras, beantwortete das Flöten der Kiebitze und zwitscherte den Zaunkönigen zu. Wenn er gekonnt hätte, würde auch er in einer Sprache, die nicht menschlich war, gezwitschert und geflötet haben. Dinge, die nicht menschlich waren, hatte er am liebsten.

An einem sonnigen Morgen saßen wir alle bei Tisch, als wir seinen schweren, schlurfenden Schritt den Weg heraufkommen hörten. Wir wurden unsicher. Seine Anwesenheit hatte immer etwas Verwirrendes, Hemmendes an sich. Dunkel glitt er am Fenster vorbei, und wir hörten, wie er in die Spülküche ging und seine Blechflasche abstellte. Doch dann trat er gleich in die Küche. Wir spürten sofort, daß er etwas zu erzählen hatte. Keiner sprach. Eine Sekunde lang blickten wir ihm ins schwarze Gesicht.

»Gebt mir was zu trinken!« sagte er.

Meine Mutter goß ihm schleunigst seinen Tee ein. Er

schüttete sich etwas davon in die Untertasse. Doch anstatt zu trinken, stellte er plötzlich etwas auf den Tisch – mitten zwischen die Tassen. Ein winziges braunes Kaninchen, kaum eine Handvoll, saß vor dem Brotlaib, als wäre es fabriziert.

»Ein Kaninchen! Ein Junges! Wer hat's dir gegeben, Vater?«

Er aber lachte geheimnisvoll, und seine gelblichgrünen Augen blickten beiseite. Er zog sich die Jacke aus, und wir stürzten uns auf das Kaninchen.

»Ist es lebendig? Kann man sein Herz fühlen?«

Mein Vater kam zurück und ließ sich schwer in seinen Lehnstuhl fallen. Er zog die Untertasse zu sich hin und stülpte, über seinen Tee pustend, die roten Lippen unter dem schwarzen Schnurrbart hervor.

»Wo hast du's her, Vater?«

»Ich hab's aufgehoben«, sagte er und wischte sich mit dem nackten Unterarm über Mund und Bart.

»Wo?«

»Es ist ein wildes Kaninchen«, sagte meine Mutter rasch.

»Ja, es ist ein wildes.«

»Warum hast du's dann mitgenommen?« rief meine Mutter.

»Oh, wir wollen's doch haben!« riefen wir einstimmig.

»Ja, das kann ich mir denken, daß ihr's haben wollt«, erwiderte meine Mutter. Doch ihre Stimme ging im Getöse unsrer Fragen unter.

Mein Vater hatte auf dem Feldweg eine tote Kaninchenmutter mit drei toten Kleinen gefunden – das hier lebte, doch es rührte sich nicht.

»Aber wieso waren sie tot, Daddy?«

»Kann ich dir nicht sagen, mein Kind. Ich nehm an, daß sie was gefressen hatten.«

»Warum hast du's bloß hergebracht?« erklang die mißbilligende Stimme meiner Mutter. »Du weißt doch, was draus wird!«

Mein Vater gab keine Antwort, wir aber protestierten laut.

»Er mußte es herbringen! Es ist nicht groß genug, um allein zu leben! Es würde sterben!« schrien wir.

»Ja, und *hier* wird es auch sterben! Und dann gibt's *wieder* Geschrei!«

Meine Mutter widersetzte sich der Tragödie toter Lieblingstiere. Uns sank das Herz.

»Es stirbt nicht, nicht wahr, Vater? Warum soll es sterben? Es wird nicht sterben!«

»Ich glaub's auch nicht«, sagte mein Vater.

»Du weißt genau, daß es eingehen wird. Wir haben's doch oft genug erlebt«, sagte meine Mutter.

»Sie gehen nicht immer ein«, erwiderte mein Vater empfindlich.

Aber meine Mutter erinnerte ihn an andre wilde Tierchen, die er mitgebracht hatte und die geschmollt und sich geweigert hatten zu leben, was dann in unsrer absurden Familie Tränenfluten und Kummer verursacht hatte.

Kummer befiel uns. Das kleine Kaninchen saß mit großen, dunklen Augen in unserm Schoß und rührte sich nicht. Wir brachten ihm Milch, warme Milch, und hielten sie ihm an die Nase. Es saß so still, als wäre es ganz weit weg, als hätte es sich in einen tiefen Bau zurückgezogen, verborgen und gleichgültig. Wir benäßten sein Schnäuzchen und den Bart mit Milchtropfen. Es ließ sich nichts anmerken, es schüttelte nicht einmal die weißen Tropfen ab. Jemand begann ein paar heimliche Tränen zu verdrücken.

»Habe ich's nicht gleich gesagt?« rief meine Mutter. »Nehmt es und setzt es draußen auf die Wiese!«

Ihr Befehl wurde nicht ausgeführt. Sie trieb uns an, uns für die Schule zurechtzumachen. Dort saß das Kaninchen. Es war wie eine winzige dunkle Wolke. Als wir es beobachteten, erloschen die Gefühle in unsern Herzen. Es hatte keinen Sinn, es zu lieben und seinetwegen zu bangen. Seine

Gefühlchen wurden belauert. Sie mußten überlistet werden. Liebe und Zuneigung waren ein Übergriff. Das kleine wilde Geschöpf – es würde in seiner Haft noch stummer und bedrängter werden, wenn wir ihm mit Liebe nahten. Wir durften es nicht lieben. Um seines Lebens willen mußten wir es nicht beachten.

Ich erließ also Befehle an meine Schwester und an meine Mutter. Das Kaninchen durfte nicht angeredet, ja nicht einmal angeschaut werden. Ich wickelte es in ein Stück Flanell, setzte es in eine dunkle Ecke im kalten Wohnzimmer und stellte ihm eine Untertasse mit Milch vor die Nase. Meiner Mutter wurde untersagt, das Wohnzimmer zu betreten, solange wir in der Schule waren.

»Als ob ich mich um euern Unsinn kümmern würde!« rief sie beleidigt. Doch ich war nicht ganz sicher, ob sie sich ins Wohnzimmer getraute.

Als wir uns mittags nach der Schule ins Vorderzimmer stahlen, sahen wir das Kaninchen still und reglos im Flanell sitzen. Seltsames graubraunes, behindertes Leben – noch lebend. Es war ein schmerzliches Problem für uns.

»Warum will es seine Milch nicht trinken, Mutter?« flüsterten wir. Unser Vater schlief.

»Dem dummen kleinen Ding ist es lieber, zu schmollen statt zu leben.« Ein tiefes Problem! Es ist ihm lieber, zu schmollen statt zu leben! Wir legten ihm junge Löwenzahnblätter vor die Nase. Die Sphinx konnte nicht gleichgültiger sein. Aber sein Auge glänzte.

Um die Teestunde war es jedoch aus seinem Flanell heraus ein paar Zoll weitergehoppelt, und dort saß es nun, nicht eingehüllt, eine kompakte kleine Wolke brauner Stummheit, mit starrem Schnurrbart. Nur seine Flanke zitterte leicht von Leben.

Die Dunkelheit kam; mein Vater ging zur Arbeit. Das Kaninchen rührte sich noch immer nicht. Dumpfe Verzweiflung befiel die Schwestern, Tränen drohten vor dem Schlafengehen. Die Wolke von Mutters Ärger verdichtete sich, während sie über Vaters Gedankenlosigkeit murrte.

Das Kaninchen wurde wiederum in das alte Grubenhemd eingehüllt. Doch jetzt wurde es in die Spülküche getragen und unter die kupferne Feuerstelle gesetzt, damit es sich wie in einem Bau fühlen konnte. Die Untertassen wurden hier und dort auf den Fußboden gestellt, vier oder fünf, damit das kleine Geschöpf, wenn es zufällig doch hinaushoppeln sollte, unweigerlich auf Nahrung stoßen mußte. Danach wurde meiner Mutter gestattet, aus der Spülküche zu holen, was sie brauchte, und dann wurde ihr verboten, die Tür zu öffnen.

Als der Morgen anbrach und es hell wurde, ging ich hinunter. Ich öffnete die Tür zur Spülküche und hörte ein leises Schurren. Dann sah ich überall auf dem Fußboden Milchspritzer und in den Untertassen winzige Kaninchenkötel. Und da war der Schurke: die Spitzen seiner Ohren schauten hinter einem Paar Stiefel hervor.

Ich lugte es verstohlen an. Mit blanken Augen und mißtrauisch saß es da, zuckte mit der Nase und sah mich an, ohne mich anzusehen.

Es lebte – und wie sehr! Doch noch immer hüteten wir uns davor, gegen sein Zutrauen zu verstoßen.

»Vater!« Mein Vater blieb angewurzelt an der Tür stehen. »Vater, das Kaninchen lebt!«

»Na, bombensicher lebt das«, sagte mein Vater.

»Paß auf, wenn du reinkommst!«

Und gegen Abend war das kleine Geschöpf zahm, ganz zahm. Es wurde Adolf getauft. Wir waren entzückt von ihm. Richtig lieben konnten wir es nicht, weil es ein Wildtier – und von Anfang bis zu Ende ohne Liebe war. Aber es war ein Quell reinsten Entzückens.

Wir fanden, Adolf sei zu klein, um in einem Ställchen zu leben – er mußte auf freiem Fuß bleiben. Meine Mutter protestierte, aber vergebens. Er war ja so winzig! Wir nahmen ihn also mit nach oben, und er hinterließ seine winzigen Pillen auf unsern Betten, und wir waren begeistert.

Adolf machte sich's sofort bequem. Er hatte freien Zugang im ganzen Haus, und mit seinen Stollen und Schlupfwinkeln hinter den Möbeln war er vollkommen glücklich.

Wir liebten es, wenn er seine Mahlzeiten mit uns einnahm. Er saß dann auf dem Tisch, machte einen krummen Buckel, nippte an seiner Milch, wackelte mit seinem Schnurrbart und mit seinen zarten Ohren, hüpfte weg und hoppelte mit der Miene äußerster Gleichgültigkeit wieder zu seiner Untertasse zurück. Plötzlich war er interessiert. Er hoppelte ein paar winzige Schrittchen und richtete sich neugierig vor der Zuckerdose auf. Seine winzigen Vorderpfoten zuckten, und dann streckte er sie aus und legte sie auf den Rand der Zuckerdose, reckte seinen dünnen Hals und spähte hinein. Sein Schnurrbart zitterte über dem Zucker, und dann strengte er sich mächtig an, um ein Stück Zucker herauszuholen.

»Glaubt ihr, daß ich das dulde? Tiere in der Zuckerdose!« rief meine Mutter und schlug mit der Hand auf den Tisch. Was dem elektrisierten Adolf solchen Spaß machte, daß er mit den Hinterpfoten ausschlug und eine Tasse umkippte.

»Du bist selber schuld, Mutter! Hättst du ihn in Ruhe gelassen ...«

Er nahm auch weiterhin seinen Tee mit uns ein. Warmen Tee schätzte er sehr. Und er liebte Zucker. Wenn er ein Stück Zucker aufgeknabbert hatte, wandte er sich der Butter zu. Dort wurde er von unsrer Mutter fortgescheucht. Er lernte es bald, ihrem Verscheuchen mit Gleichgültigkeit zu begegnen. Doch sie haßte es, wenn er die Nase ins Essen steckte. Und das liebte er gerade! Und eines Tages kippten sie beide das Sahnekännchen um. Adolf überschwemmte seine kleine Brust, sprang voller Entsetzen zurück, wurde von meiner Mutter bei seinen kleinen Ohren gepackt und auf den Kaminvorleger geworfen. Dort saß er einen Moment zitternd vor Unbehagen und jagte plötzlich in wilder Flucht ins Wohnzimmer.

Das Wohnzimmer stellte seine seligen Jagdgründe dar. Er hatte sich die schlechte Gewohnheit zugelegt, nachdenklich gewisse Stoffläppchen aus dem Kaminvorleger zu knabbern. Wenn er aus diesem Weideland verscheucht wurde, zog er sich unter das Sofa zurück. Dort verharrte er blinzelnd in buddhistischer Meditation, bis er plötzlich – kein Mensch wußte, warum – wie eine Weckeruhr auf und davon sauste. Unter heftigem Bumsen und Schurren wirbelte er aus dem Zimmer und durch die Tür, und seine kleinen Ohren flogen nur so. Dann hörten wir ihn mit Donnergetöse ins Wohnzimmer poltern, aber ehe wir ihm folgen konnten, sauste Adolf wie ein wildgewordener Blitz an uns vorbei, und ein elektrisierender Wind fegte ihn in der Spülküche herum und trug ihn wieder, ein tolles kleines Ding, von der Hetzjagd mit fortgerissen, wie ein Ball durchs Wohnzimmer. Und nach diesem Ausbruch saß er gefaßt und zurückhaltend in einer Ecke und zuckte in unergründlicher Meditation mit dem Schnurrbart. Vergeblich forschten wir ihn über seinen Koller aus. Er schoß einfach wie eine Kanone los, und danach war er so ruhig wie eine Kanone, die gelassen vor sich hin qualmt.

Ach, er wuchs schnell heran. Es war fast unmöglich, ihn von der Haustür fernzuhalten.

Eines Tages, als wir am Gatter spielten, sahen wir seinen braunen Schatten über die Straße bummeln und ins Feld gehen, das gegenüber von unsern Häusern lag. Sofort stieg ein Ruf auf: »Adolf!«, ein Ruf, den er sehr gut kannte. Und sofort fegte ihn ein Wind den Wiesenhang hinunter, und sein Schwanz flimmerte im Zickzack durchs Gras. Wir stürmten hinter ihm her. Es war ein seltsamer Anblick, wie er mit zurückgelegten Ohren und seinen kräftigen kleinen Läufen die Welt hinter sich brachte. Wir rannten, bis wir außer Atem waren, konnten ihn aber nicht einholen. Dann schnitt ihm einer den Weg ab, und auf einmal saß er gleichgültig unter einem Nesselbusch und zuckte mit der Nase.

Seine Ausflüge mußte er mit einem Schreck bezahlen. Eines Sonntagmorgens hatte mein Vater gerade einen Hausierer ausgezankt, und wir im Haus hörten das Nachspiel davon, als plötzlich ein schauerlicher Aufschrei vom Hof herdrang. Wir flogen hinaus. Da saß Adolf geduckt unter einer Bank, und nur ein paar Meter weit weg starrte ihn eine große schwarzweiße Katze entschlossen an. Ein unvergeßlicher Anblick! Adolf rollte mit den Augen und riß seine merkwürdige Schnauze zu noch einem Angstschrei auf, während die Katze sich langsam voranreckte und streckte.

Ha, wie wir die Katze haßten! Wie wir sie über die Kirchenmauer und durch die Nachbarsgärten verfolgten!

Adolf war erst halb erwachsen.

»Katzen!« sagte meine Mutter. »Häßliche, widerliche Tiere! Warum die Leute bloß an ihnen hängen?«

Doch Adolf wurde ihr allmählich zuviel. Er ließ zu viele Pillen fallen. Und es jagte ihr jedesmal einen Schreck ein, wenn sie allein im Haus war und ihn plötzlich die Treppe herunterpoltern hörte. Und ihn von der Haustür fernzuhalten, war unmöglich. Draußen schlichen die Katzen herum. Es war schlimmer, als wenn man ein Kind hüten mußte.

Und doch wollten wir ihn nicht einsperren. Er wurde kräftiger und herzloser denn je. Er war ein mächtiger Kicker, und wir hatten ihm manche Schramme im Gesicht und auf den Armen zu verdanken. Doch sein Schicksal zog er sich selber zu. Die Spitzengardinen im Wohnzimmer – meine Mutter war ziemlich stolz auf sie – hingen üppig bis auf den Fußboden herunter. Zu Adolfs Vergnügungen gehörte es, wild durch sie hindurchzujagen, als wären sie ein Schaumdickicht. Er hatte bereits Löcher hineingerissen.

Eines Tages verstrickte er sich ganz und gar darin. Er schlug aus. Er wirbelte wie in einem tollen, nebligen Inferno herum. Er schrie – und riß krachend die Gardinenstange herunter, die im Moment, als meine Mutter hereinstürzte, auf ihre geliebteste Pelargonie fiel. Sie befreite ihn, aber sie verzieh es ihm nie. Und er verzieh es auch nie. Eine herzlose Wildheit hatte von ihm Besitz ergriffen.

Sogar wir Kinder verstanden, daß er weg mußte. Nach einer langen Beratung wurde entschieden, daß mein Vater ihn in den Wald zurückbringen sollte. Und er wurde wieder in die große Tasche der Grubenjacke verstaut.

»Am besten stopft man ihn in den Kochtopf«, sagte mein Vater, dem es Spaß machte, einen Sturm der Entrüstung zu entfesseln.

Und am nächsten Tag erzählte unser Vater also, daß Adolf am Rande eines Dickichts niedergesetzt wurde und mit äußerstem Gleichmut davongehoppelt war: weder begeistert noch gerührt. Wir hörten es und glaubten ihm. Aber wie viele, viele Gewissenserforschungen folgten noch! Wie würden die andern Kaninchen Adolf aufnehmen? Würden sie seine Gezähmtheit, seine Degradierung durch den Umgang Menschen wittern und ihn zerfetzen? Meine Mutter verspottete die überspannte Idee.

Er war jedoch weg, und wir waren ziemlich erleichtert. Mein Vater hielt noch Ausschau nach ihm. Er behauptete, er hätte mehrfach, wenn er am frühen Morgen am Dickicht entlanggegangen sei, Adolf aus dem Brennesselbusch hervorlugen sehen. Er hätte ihn gerufen, mit einer seltsam hohen und schmeichlerischen Stimme gerufen. Aber Adolf hätte nicht darauf reagiert. Die Wildnis bemächtigt sich ihrer Geschöpfe nur zu bald. Und dann sind sie für unser zahmes Wesen voller Verachtung. So schien es mir. Ich pflegte selbst an den Rand des Dickichts zu gehen und leise zu rufen. Ich glaubte selber blanke Augen im Nesselbusch zu sehen – und hinter dem Farnkraut ein weißes, verächtliches Aufblitzen. Dieser unverschämte weiße Schwanz, wenn Adolf uns seine Flanke zukehrte! Es erinnerte mich immer an eine gewisse unanständige Geste und an eine gewisse, nicht für den Druck geeignete Redensart, die ich nicht einmal andeuten kann.

Aber wenn Naturforscher die Bedeutung des weißen Kaninchenschwanzes erörtern, kommen mir stets die unanständige Geste und die noch unanständigere Redensart in den Sinn. Die Naturforscher behaupten, das Kaninchen zeige seinen weißen Schwanz, um seine Jungen sicher zu geleiten – wie etwa das Schürzenband eines Kindermädchens das Zeichen für ihre tappelnden Schützlinge ist, ihr zu folgen. Wie nett und naiv! Ich weiß nur, daß mein Adolf nicht naiv war. Er pflegte mir seine Flanke hinzuwischen, seine weiße Fahne in mein Auge zu stoßen und *Merde!* zu sagen. Es ist ein unanständiges Wort, aber eins, mit dem Adolf mir immer zuwinkte und es mit allem Hohn seiner schmalen Gesäßpartie signalisierte.

Wie typisch für ein Kaninchen: Unverschämtheit – und die weiße Flagge seines boshaften Hohns! Ja, und er läßt seine Fahne bis zum bittern Ende wehen, der unternehmungslustige, unverschämte kleine Teufel, der er ist. Seht ihn an, wie er ums liebe Leben rennt! Oh, wie er zu ekstatischem Entsetzen angespornt wird, zu einem panischen Flüchtlings-Wirbelwind! Ist er toll geworden, dann schleudert er mit seinen erstaunlichen Hinterbeinen die Welt hinter sich. Er wirft seinen Kopf zurück und legt seine Ohren auf die Seite, und in schierer, ekstatischer, qualvoller Eile überrollt er das Weiße in seinen Augen. Er kennt das, was sich fürchterlich hinter ihm naht: die Kugel oder das Wiesel! Er kennt es. Er kennt es, und die Augen in seinem Kopf überschlagen sich fast. Aber Ekstase ist es auch. Ekstase! Seht doch die unverschämte weiße Flagge hüpfen! Es wirbelt dahin, getragen vom magischen Wind seines Entsetzens. Seine ganze, zurückgedämmte Seele stürzt sich in ein qualvolles, elektrisiertes Angstgefühl. Er schleuderte sich vorwärts, wie ein Komet sich in seinen Niedergang stürzt. Weißglühende, qualvolle Angst! Und gleichzeitig hüpft der weiße Schwanz hopp! hopp! hopp! und ruft seinem Verfolger *merde! merde! merde!* zu. Das Kaninchen kann nicht anders. In seiner äußersten Not schleudert es immer noch dem Verfolger die Beleidigung an den Kopf. Es ist der unbesiegbare Flüchtling, der Sanftmütige, der nicht unterzukriegen ist. Kein Wunder, daß das Wiesel rachsüchtig wird.

Und wenn es entkommt, das köstliche Kaninchen? Seht ihr es nicht dort sitzen in seinem irdischen Schlupfwinkel, eine stille kleine Kugel voller Kaninchentriumph? Seht ihr nicht das Glitzern in seinem schwarzen Auge? Seht ihr nicht, wie ihm gerade in seiner Reglosigkeit die ganze Welt *merde* ist? Kein Dünkel kommt dem Dünkel der Sanftmütigen gleich. Und wenn ihn der rächende Engel in Gestalt des gespenstigen Frettchens beschleicht, steigt ein Entsetzensschrei aus dem Klümpchen Selbstzufriedenheit auf, das so reglos in einem Winkel sitzt. Und der Flüchtling ist besiegt. Aber selbst besiegt schwebt seine weiße Feder noch. Selbst im Tod scheint sie zu sagen: »Ich bin der Sanftmütige, ich bin der Tugendhafte, ich, das Kaninchen! All ihr andern, ihr seid Übeltäter, und was ihr sein sollt, ist: *»Bien emmerdés!«*

Chrysanthemenduft

1

Die Klein-Lokomotive Nummer vier kam mit sieben vollen Loren rasselnd von Selston heruntergetorkelt. Mit bedrohlichen Anzeichen hoher Geschwindigkeit tauchte sie hinter der Kurve auf. Das Fohlen jedoch, das sie aus dem Ginster aufgescheucht hatte, der im unfreundlichen Nachmittagslicht noch immer verschwommen flackerte, ließ mit seinem leichten Galopp die Lokomotive rasch hinter sich. Eine Frau, die auf dem Geleise nach Underwood gehen wollte, drückte sich in die Hecke hinein, hielt den Korb auf die Seite und blickte auf die Fußplatte der sich nähernden Lokomotive. Die Loren rumpelten schwerfällig eine nach der andern an ihr vorbei, in einem langsamen, unvermeidlichen Vorrücken, während sie wie ein Nichts zwischen den dahinpolternden Wagen und der Hecke eingezwängt stand; dann bogen sie ab, auf das Dickicht zu, wo die welken Eichenblätter lautlos niederfielen und wo die Vögel, die neben dem Bahndamm an den scharlachroten Hagebutten gezupft hatten, ins Dämmerlicht hineinstoben, das sich schon ins Unterholz schlich. Im Freien sank der Rauch der Lokomotive zu Boden und bahnte sich einen Weg durch das grobe Gras. Die Felder lagen trübselig und öde da, und in dem sumpfigen Wiesenstreifen, der zum ›Loch‹, einem schilfumsäumten Grubentümpel führte, hatten die Hühner bereits ihren Auslauf zwischen den Erlen verlassen, um im geteerten Hühnerstall aufzusitzen. Hinter dem Teich ragte die Halde auf, und im flauen Nachmittagslicht züngelten Flammen wie rote Wunden über ihre aschfahlen Hänge. Gleich dahinter erhoben sich die schlank zulaufenden Schlote und die plumpen schwarzen Fördertürme der Kohlenzeche

Brinsley. Die beiden Räder drehten sich flink vor dem hohen Himmel, und die Fördermaschine stieß ihr erregtes Gekeuche aus. Die Grubenarbeiter wurden nach oben befördert.

Die Lokomotive pfiff, als sie in die weite Bucht aus Stahlschienen einbog, wo ganze Reihen von Loren neben der Zeche vor Anker lagen.

Grubenarbeiter zogen einzeln und in trödelnden Gruppen wie Schatten vorbei und heimwärts. Am Rande der gerippten Schienenfläche kauerte drei Stufen unterhalb von der Schlacke des Bahndammes eine niedrige Hütte. Eine große, knochige Weinrebe klammerte sich an das Haus, als wollte sie das Ziegeldach wie mit Krallen herunterholen. Rund um den backsteingepflasterten Hof kränkelten ein paar graue Schlüsselblumen. Dahinter fiel der lange Garten zu einem mit Gebüsch überwachsenen Graben ab. Ein paar verholzte Apfelbäume, späte Pflaumen und struppige Kohlstauden standen dort. Längs des Gartenpfades hingen zerzauste rosa Chrysanthemen wie über Sträucher gebreitete rosa Lappen. Halbwegs den Garten hinab trat eine Frau geduckt aus einem mit Filz gedeckten Hühnerstall. Sie klinkte die Türe ein und ließ das Vorhängeschloß zuschnappen; dann richtete sie sich auf, nachdem sie ein paar Hälmchen von ihrer weißen Schürze gestrichen hatte.

Es war eine große Frau mit herrischem Ausdruck, hübschem Gesicht und starken schwarzen Brauen. Ihr glattes schwarzes Haar war sauber gescheitelt. Ein paar Sekunden lang stand sie ruhig da und beobachtete die Grubenarbeiter, die an der Bahn entlanggingen; dann wandte sie sich dem Wasserlauf zu. Ihr Gesicht war ruhig und entschlossen, der Mund vor Enttäuschung fest zusammengepreßt. Nach einer kleinen Weile rief sie:

»John!« Es kam keine Antwort. Sie wartete, und dann fragte sie deutlich:

»Wo bist du?«

»Hier!« kam die verdrießliche Stimme eines Kindes aus dem Gebüsch. Die Frau spähte scharf ins Dämmerdunkel.

»Bist du beim Bach unten?« fragte sie streng.

Anstelle einer Antwort zeigte sich das Kind vor den Himbeerzweigen, die wie Ruten hervorsprießten. Es war ein kleiner, kräftiger Junge von fünf Jahren. Er stand ganz still und aufsässig da.

»Oh«, rief die Mutter, »und ich hab geglaubt, du wärst unten am feuchten Bach – du weißt ja, was ich dir gesagt habe...«

Der Junge rührte sich nicht und gab keine Antwort.

»Komm! Komm jetzt ins Haus!« sagte sie sanfter. »Es wird dunkel. Da kommt Großvaters Lokomotive die Strecke entlang!«

Der Junge näherte sich langsam und stumm, in schmollender Haltung. Er trug Hose und Jacke aus einem Stoff, der für so kleine Sachen zu dick und zu hart war. Offensichtlich waren sie aus Männerkleidern für ihn zurechtgemacht.

Als sie langsam auf das Haus zugingen, rupfte er die zerzausten Chrysanthemenzweige ab und ließ ganze Händevoll von den Blütenblättern auf den Weg fallen.

»Tu das nicht – es sieht häßlich aus!« sagte seine Mutter. Er unterließ es, und in jähem Mitleid brach sie einen Zweig mit drei oder vier schlaffen Blüten ab und hielt ihn ans Gesicht. Als Mutter und Sohn dann den Hof betraten, zauderte ihre Hand, und anstatt den Blütenzweig beiseitezulegen, steckte sie ihn hinter ihr Schürzenband. Mutter und Sohn standen am Fuß der drei Stufen und blickten über die Schienenbucht auf die heimkehrenden Grubenarbeiter. Das Räderrollen des kleinen Zuges ertönte aus nächster Nähe. Plötzlich fuhr die Lokomotive oberhalb des Hauses vorbei und kam gegenüber dem Gartentor zum Stehen.

Der Lokomotivführer, ein kleiner Mann mit rundem grauem Bart, beugte sich vom Führerstand oben zur Frau nieder. »Hast du 'ne Tasse Tee?« fragte er munter und fröhlich.

Es war ihr Vater. Sie ging ins Haus und sagte, sie würde Tee aufgießen. Gleich danach kehrte sie zurück.

»Ich habe dich Sonntag nicht besucht«, begann der kleine graubärtige Mann.

»Ich habe dich auch nicht erwartet«, entgegnete die Tochter.

Der Lokomotivführer verzog das Gesicht; dann verfiel er wieder in seinen fröhlichen, flotten Ton und sagte:

»Oh, du hast's also schon gehört? *Well*, und was findest du nun?«

»Ich finde, 's ist zu bald«, erwiderte sie.

Ihren knappen Verweis beantwortete der kleine Mann mit einer ungeduldigen Gebärde und sagte schmeichelnd, jedoch mit gefährlicher Kälte:

»*Well*, was soll einer da machen? 's ist kein Leben für einen Mann in meinen Jahren, wie ein Fremder an seinem eigenen Herd zu sitzen. Und wenn ich mich wieder verheirate, dann kann's ebensogut bald sein – was geht das jemanden an?«

Die Frau erwiderte nichts, sondern wandte sich ab und ging ins Haus. Der Mann in der Lokomotive stand zuversichtlich da, bis sie mit einer Tasse Tee und einem Teller mit einem Butterbrot zurückkehrte. Sie ging die Stufen hinauf und stand neben der Fußplatte der zischenden Lokomotive.

»Das Butterbrot hättest du mir nicht bringen müssen«, sagte ihr Vater, »aber eine Tasse Tee« – er schlürfte ein wenig – »das ist was Gutes!« Er nahm noch ein paar Schlückchen, dann sagte er: »Ich hab gehört, Walter hätt wieder seine Tour?«

»Wann hat er die nicht?« entgegnete die Frau verbittert.

»Ich hab gehört, im ›Lord Nelson‹ hätt er geprahlt, er müsse erst das Sch . . . geld vertrinken, eh er nach Hause ginge: 'n halbes Goldstück war's.«

»Wann war das?« fragte die Frau.

»Samstagabend. Ich weiß, daß es stimmt.«

»Glaub's schon«, lachte sie bitter. »Und mir gibt er dreiundzwanzig Schilling ...«

»*Aye*, 's ist großartig, wenn ein Mann nichts anderes mit seinem Geld anfangen kann, als sich zum Vieh erniedrigen«, meinte der graubärtige Mann. Die Frau wandte den Kopf ab. Ihr Vater trank den Tee aus und reichte ihr die Tasse.

»*Aye*«, seufzte er und wischte sich den Mund, »'s ist ein schwerer Schlag!«

Er legte die Hand auf den Hebel. Die kleine Lokomotive zog ächzend an, und der Zug rumpelte zur Gleiskreuzung. Die Frau blickte wieder über die Stahlstränge. Die Dunkelheit verdichtete sich über dem Bahngelände und auf den Loren. Noch immer strebten Grubenarbeiter in grauen, ernsten Gruppen ihrer Wohnung zu. Die Fördermaschine hämmerte hastig und mit kurzen Pausen. Elizabeth Bates blickte auf die trübselige Prozession der Männer, dann ging sie ins Haus. Ihr Mann kam nicht.

Die Küche war klein und voll warmen Feuerscheins; rote Kohlen türmten sich glühend auf dem Kaminrost. Hier schien alles Leben vom weißen, warmen Kamin und dem Schutzblech eingefangen, in dem sich das rote Feuer spiegelte. Der Abendbrottisch war gedeckt; die Tassen blinkten im Halblicht. Im Hintergrund, wo die untersten Treppenstufen in den Raum vorstießen, saß der Junge und mühte sich mit einem Messer und einem weißen Stück Holz ab. Der Schatten verschluckte ihn fast. Es war halb fünf. Sie wartete nur noch die Ankunft des Vaters ab, um mit dem Abendbrot zu beginnen. Während die Mutter ihres Sohnes trotziges kleines Bemühen um das Holz beobachtete, erkannte sie sich selbst in seiner Schweigsamkeit und Beharrlichkeit, und den Vater erkannte sie an der Gleichgültigkeit, die das Kind allem, nur nicht sich selbst gegenüber empfand. Ihr Mann wollte ihr anscheinend nicht aus dem Sinn kommen. Er war vermutlich an seinem Haus vorbeigeschlichen, um erst zu trinken, ehe er nach Hause ging, während sein Abendbrot auf ihn wartete und verkam und vergeudet ward. Sie blickte auf die Uhr, dann nahm sie die Kartoffeln vom Feuer, um sie im Hof abzugießen. Die Gärten und Wiesen hinter dem Bach lagen in ungewisses Dunkel gehüllt. Als sie sich mit dem Kochtopf aufrichtete und das Kartoffelwasser hinter ihr in die Nacht hineindampfte, sah sie, daß die gelben Lampen längs der Landstraße brannten, die jenseits vom Schienennetz und der kleinen Wiese hügelan stieg.

Dann beobachtete sie wieder die Männer, die nach Hause zogen, doch nun weniger und immer weniger an Zahl.

In der Küche sank das Feuer zusammen, und der Raum glomm dunkelrot. Die Frau stellte den Kochtopf auf den Kaminabsatz und rückte einen Eierpudding dicht ans Feuerloch. Dann stand sie reglos da. Gleich darauf liefen erfreuliche, rasche junge Schritte auf die Haustür zu. Jemand hängte sich einen Augenblick an die Klinke, dann trat ein kleines Mädchen ein und begann, die Überkleidung abzustreifen, wobei es sich mit dem Hut eine Fülle von Locken ins Gesicht zog, die gerade von Ährenblond zu Goldbraun heranreiften.

Ihre Mutter schalt sie, weil sie zu spät aus der Schule gekommen war, und sagte, sie würde sie an den dunklen Wintertagen zu Hause behalten müssen.

»Aber Mutter, es ist ja noch gar nicht richtig dunkel! Die Lampe brennt noch nicht, und Vater ist nicht zu Haus.«

»Ja, er ist nicht da. Dabei ist's schon Viertel vor fünf! Hast du ihn irgendwo gesehen?«

Die Kleine wurde ernst. Sie blickte die Mutter aus großen blauen Augen an.

»Nein, Mutter, ich hab ihn nicht gesehn! Warum? Ist er schon raus und am Haus vorbei nach Old Brinsley? Das kann nicht sein, Mutter, denn ich hab ihn nicht gesehn!«

»Davor würde er sich schon hüten«, entgegnete die Mutter verbittert, »er würde aufpassen, daß du ihn nicht zu sehen bekommst. Aber du kannst dich darauf verlassen: er sitzt jetzt im ›Prince of Wales‹. So sehr verspätet er sich nicht.«

Das Mädchen blickte die Mutter flehend an.

»Laß uns essen, Mutter, ja?« bat es.

Die Mutter rief John an den Tisch. Noch einmal öffnete sie die Haustür und blickte über das Dunkel der Schienenstränge. Alles lag verlassen da; sie konnte die Fördermaschinen nicht mehr hören.

›Vielleicht‹, sagte sie sich, ›ist er unten geblieben, um etwas fertig abzuräumen.‹

Sie setzten sich zu Tisch. John, der am andern Tischende nächst der Tür saß, wurde von der Dunkelheit fast aufgeschluckt. Keiner konnte des andern Gesicht erkennen. Das Mädchen kauerte vor dem Schutzblech und bewegte eine dicke Brotschnitte vor dem Feuer hin und her. Der Junge, dessen Gesicht sich als dämmeriger Fleck von den Schatten abhob, saß da und beobachtete die Schwester, die vom roten Feuerschein verklärt wurde.

»Ich finde es herrlich, ins Feuer zu schauen«, sagte sie.

»Findest du?« sagte die Mutter. »Warum?«

»Es ist so rot und voll kleiner Höhlen, und es ist so ein schönes Gefühl, und man kann's wirklich riechen.«

»Es ist gleich soweit, daß neu aufgelegt werden müßte«, erwiderte die Mutter, »und wenn Vater dann kommt, regt er sich auf und sagt, daß nie ein Feuer brennt, wenn er schwitzend aus der Grube heimkehrt. Eine Kneipe ist immer warm genug.«

Dann trat eine Stille ein, bis der Junge sich beklagte: »Mach doch schneller, Annie.«

»Tu ich ja! Ich kann doch dem Feuer nicht befehlen, daß es rascher macht, nicht?«

»Sie schwenkt's dauernd hin und her, damit's langsamer geht«, murrte der Junge.

»Denk nicht so häßliche Gedanken, Kind!« tadelte die Mutter.

Bald tönte es im dunklen Raum von eifrigem Knuspern und Kauen. Die Mutter aß sehr wenig. Sie trank entschlossen ihren Tee und saß grübelnd da. Als sie sich erhob, zeigte sich ihr Zorn in der strengen, unbeugsamen Kopfhaltung. Sie blickte auf den Pudding hinter dem Schutzblech und schimpfte los:

»'s ist schändlich, wenn ein Mann nicht mal zum Abendbrot nach Hause kommen kann. Ich seh nicht ein, was es mich noch angeht, wenn's zu Kohle verbrutzelt! Schleicht an seiner eigenen Haustür vorbei, um in die Kneipe zu gehen, und hier sitz ich und muß mit dem Essen auf ihn warten ...«

Sie ging hinaus. Als sie dann Stück für Stück frische Kohle aufs rote Feuer warf, fielen Schatten auf die Wände, bis die Küche fast in völliger Finsternis dalag.

»Ich kann nix sehen«, murrte der unsichtbare John. Gegen ihren Willen mußte die Mutter lachen.

»Die Mundstraße findet jeder«, sagte sie. Sie stellte den Aschenkasten vor die Tür. Als sie wie ein Schatten wieder vor dem Kamin erschien, beklagte sich der Junge abermals verdrießlich: »Ich kann nix sehn!«

»Großer Gott«, rief die Mutter gereizt, »du bist genauso schlimm wie dein Vater, wenn's mal ein bißchen dämmrig ist.«

Trotzdem nahm sie einen Papier-Fidibus von dem Häufchen auf dem Kaminsims und machte sich daran, die Lampe anzuzünden, die in der Mitte der Küche von der Decke niederhing. Als sie sich emporreckte, verriet ihre Gestalt, daß sie der Mutterschaft entgegenreifte.

»O Mutter!« rief das Mädchen laut.

»Was ist?« fragte die Frau und hielt sofort inne, obwohl sie den Zylinder über die Flamme stülpen wollte. Vom kupfernen Reflektor fiel ein schöner Schimmer auf sie, während sie mit erhobenem Arm dastand und das Gesicht ihrer Tochter zugewandt hatte.

»Du hast dir ja Blumen angesteckt!« rief das Mädchen und war von dem ungewöhnlichen Ereignis ganz entzückt.

»Meine Güte!« rief die Frau erleichtert. »Man könnte meinen, das Haus brennt ab.« Sie stülpte den Zylinder drüber und wartete einen Augenblick, ehe sie den Docht hochschraubte. Ein blasser Schatten schien undeutlich über den Fußboden zu schweben.

»Laß mich riechen!« bat das noch immer entzückte Kind, trat vor und hielt das Gesicht ans Schürzenband der Mutter.

»Geh weg, Dummchen!« erwiderte die Mutter und schraubte die Flamme hoch. Das Licht verriet die Spannung in ihren Gesichtern, so daß die Frau es als fast unerträglich empfand. Annie beugte sich noch immer über das Schürzenband. Ärgerlich zog ihre Mutter die Blumen heraus.

»O Mutter, nimm sie nicht weg!« rief Annie, hielt ihr die Hand fest und versuchte, den Blütenzweig wieder hineinzuschieben.

»Was für ein Unsinn!« sagte die Mutter und wandte sich ab. Das Kind hielt die blassen Chrysanthemen an die Lippen und murmelte:

»Sie duften doch herrlich!«

Ihre Mutter stieß ein kurzes Lachen aus.

»Nein«, sagte sie. »Nicht für mich. Chrysanthemen waren da, als ich ihn geheiratet habe, und Chrysanthemen, als du geboren wurdest. Und als sie ihn das erstemal betrunken nach Hause brachten, da hatte er eine braune Chrysantheme im Knopfloch.«

Sie blickte die Kinder an. Ihre Augen und die halbgeöffneten Lippen schienen zu fragen. Die Mutter saß eine Zeitlang schweigend da und schaukelte. Dann blickte sie auf die Uhr.

»Zwanzig vor sechs!« Mit einer Stimme voll schneidend bitterer Unbekümmertheit fuhr sie fort: »Hah, jetzt kommt er nicht eher, als bis sie ihn getragen bringen! Jetzt bleibt er da! Aber er soll mir nicht in seinem Grubendreck hereintorkeln, denn *ich* wasche ihn nicht! Er kann auf dem Fußboden liegen... Ach, was für ein Schaf bin ich gewesen, was für ein Schaf! Und deswegen bin ich hergekommen: wegen so einem Dreckloch mit Ratten und Zeugs, an dem er sich vorbeischleicht, an seiner eigenen Haustür vorbei. Zweimal in der vergangenen Woche ... jetzt hat er wieder angefangen!«

Sie zwang sich zum Schweigen und stand auf, um den Tisch abzuräumen.

Während die Kinder eine Stunde oder länger zusammen spielten – in gedämpftem Eifer und mit überquellender Phantasie, einig aus Angst vor dem Zorn ihrer Mutter und aus Furcht vor ihres Vaters Heimkehr –, saß Mrs. Bates in ihrem Schaukelstuhl und nähte ein ›Leibchen‹ aus dickem, sahnefarbenem Flanell, der, als sie die graue Webekante abriß, einen dumpfen Wehlaut hören ließ. Sie arbeitete emsig an ihrer Näherei und hörte den Kindern zu, so daß sich ihr Zorn erschöpfte, zur Ruhe legte, von Zeit zu Zeit die Augen aufschlug und aufmerkte, mit Ohren, die gespannt lauschten. Manchmal welkte ihr Zorn sogar und schrumpfte zusammen, und dann hörte die Mutter zu nähen auf und verfolgte die Schritte, die draußen auf den Bahnschwellen entlangstampften; dann warf sie den Kopf heftig in die Höhe und gebot den Kindern stille zu sein, doch faßte sie sich allmählich wieder, und die Schritte gingen am Tor vorbei, und die Kinder wurden nicht aus ihrer Spielwelt herausgerissen.

Und schließlich seufzte Annie und gab es auf. Sie blickte auf ihren Wagen voller Pantoffeln und verabscheute das Spiel. Klagend wandte sie sich an ihre Mutter:

»Mutter!« Doch es klang zu undeutlich.

John kroch wie ein Frosch unter dem Sofa hervor. Seine Mutter blickte auf.

»Nein, also!« rief sie. »Sieh dir bloß mal deine Hemdsärmel an!«

Der Junge streckte sie vor, um sie zu betrachten, und sagte nichts. Dann rief jemand mit heiserer Stimme ein Stück weiter unten an der Bahnstrecke, und Spannung hing knisternd in der Luft, bis draußen zwei Leute plaudernd vorbeigegangen waren. »Zeit, zu Bett zu gehen!« sagte die Mutter.

»Vater ist nicht gekommen!« jammerte Annie klagend. Aber ihre Mutter war von Mut erfüllt.

»Einerlei. Wenn er kommt, werden wir ihn ins Haus tragen – wie einen Baumstamm. Und er kann auf dem Fußboden schlafen, bis er von selber aufwacht. Ich weiß schon, daß er morgen nicht auf Arbeit gehen kann – nach so einer Geschichte!«

Die Kinder ließen sich Gesicht und Hände mit einem Lappen waschen. Sie waren sehr still. Als sie die Nachthemden angezogen hatten, beteten sie, der Junge mit unverständlicher Stimme. Die Mutter blickte auf sie nieder, auf den braunen, seidigen Schopf sich kräuselnder Locken im Nacken des Mädchens, auf den kleinen Schwarzkopf des Jungen, und das Herz brach ihr vor Zorn über den Vater, der allen dreien solchen Kummer bereitete. Die Kinder bargen die Köpfe trostsuchend in ihrem Rock.

Als Mrs. Bates nach unten kam, lag die Küche merkwürdig leer da, wie in verhaltener Erwartung. Sie nahm ihre Näherei auf und stichelte eine Zeitlang daran, ohne den Kopf zu heben. Mittlerweile hatte sich Furcht in ihren Zorn gemischt.

2

Die Uhr schlug acht, und sie erhob sich rasch und ließ die Näharbeit auf den Stuhl fallen. Sie ging zur Tür am Fuß der Treppe, öffnete sie und lauschte. Dann ging sie hinaus und schloß die Tür hinter sich zu.

Im Hof huschte etwas umher, und sie schrak zusammen,

obwohl sie wußte, daß es nur die Ratten waren, von denen es hier wimmelte. Die Nacht war sehr dunkel. In der großen Bucht mit den Bahngeleisen, die mit Loren bedeckt waren, schimmerte kein Licht, nur weiter hinten konnte sie ein paar gelbe Lampen über dem Schacht erkennen und den roten Klecks der brennenden Halde vor dem Nachthimmel. Sie lief hastig am Rand der Geleise entlang, dann überquerte sie die sich kreuzenden Schienenstränge und kam danach zum Drehkreuz neben dem weißen Gatter, von wo sie auf die Straße gelangte. Dort ließ die Furcht nach, die sie hergeführt hatte. Leute schlenderten nach New Brinsley; in den Häusern sah sie Licht brennen; zwanzig Meter voraus erblickte sie die breiten Fenster des ›Prince of Wales‹, strahlend und warm, und die lauten Stimmen der Männer konnte sie deutlich hören. Was für ein Schaf war sie gewesen, sich einzubilden, es könnte ihm etwas zugestoßen sein! Er saß bloß drüben im ›Prince of Wales‹ und trank. Sie zauderte. Noch nie war sie dort gewesen, um ihn zu holen, und sie wollte es auch nie tun. Daher setzte sie ihren Weg längs der unregelmäßigen Reihe von Häusern fort, die etwas abseits vom Fahrdamm lagen. Sie betrat einen Durchgang zwischen den Häusern.

»Mr. Rigley? – Ja! Wollten Sie ihn sprechen? Nein, er ist gerade nicht da.«

Die grobknochige Frau beugte sich aus ihrer dunklen Spülküche und blinzelte die andere an, auf die durch das Rouleau des Küchenfensters ein matter Lichtschein fiel.

»Sind Sie's, Mrs. Bates?« fragte sie mit einem Ton, der einen Anflug von Achtung hatte.

»Ja. Ich wollte gern wissen, ob Ihr Mann zu Hause ist. Meiner ist noch nicht da.«

»Nicht? O ja, Jack ist nach Hause gekommen und hat sein Abendbrot gegessen und ist wieder weggegangen. Bloß für'n halbes Stündchen vor dem Einschlafen. Haben Sie im ›Prince of Wales‹ gefragt?«

»Nein ...«

»Nein, natürlich nicht, 's ist nicht sehr angenehm.« Die andere Frau sprach mitfühlend. Eine verlegene Pause entstand. »Jack hat nix von Ihrem Mann gesagt«, schloß sie.

»Ja, ja. Ich vermute, daß er da drin festsitzt.«

Elizabeth Bates sagte es verbittert und bedenkenlos. Sie wußte, daß auf dem Hof nebenan eine Frau hinter der Tür stand und lauschte, aber sie kümmerte sich nicht darum. Als sie sich zum Gehen wandte, sagte Mrs. Rigley:

»Warten Sie ein Momentchen! Ich geh und frage Jack, ob er was weiß!«

»O nein! Ich möchte nicht ...«

»Doch, doch! Wenn Sie nur eintreten wollen und aufpassen, daß die Kinder nicht nach unten kommen und mit dem Feuer spielen.«

Elizabeth Bates widersetzte sich noch ein wenig und trat dann ein. Die andere Frau entschuldigte sich wegen des Zustandes, in dem sich die Küche befand.

Die Entschuldigung war nötig. Kleidchen und Hosen und Kinder-Unterwäsche lagen auf dem Sofa und auf dem Fußboden, und überall waren Spielsachen verstreut. Auf dem schwarzen Wachstuch des Küchentisches häuften sich Brotschnitten und Kuchenstückchen, Rinden und verschütteter Tee und eine Teekanne mit kaltem Tee.

»Ach, bei uns ist's genauso schlimm«, erwiderte Elizabeth Bates und blickte auf die Frau, nicht auf die Sachen. Mrs. Rigley hüllte ihren Kopf in einen Schal und sagte, während sie hinauseilte:

»Ich bleib keine Minute weg!«

Die andere saß da und vermerkte mit leiser Mißbilligung die allgemeine Unordnung der Wohnküche. Dann kam's ihr in den Sinn, die Schuhe zu zählen, die in allen Größen auf dem Fußboden herumlagen. Es waren zwölf. Sie seufzte, blickte auf das Durcheinander und dachte bei sich: ›Kein Wunder!‹ Dann hörte sie das Scharren von zwei Paar Füßen im Hof, und die Rigleys traten ein. Elizabeth Bates erhob sich. Rigley war ein großer Mann mit sehr kräftigen Knochen. Besonders sein Kopf wirkte sehr knochig. Quer über seine Schläfe lief eine blaue Narbe, die von einer Wunde herrührte, welche er sich im Bergwerk geholt hatte, einer Wunde, in der sich der Kohlenstaub so blau wie vom Tätowieren erhalten hatte.

»Ist er noch nicht nach Hause gekommen?« fragte der Mann, ohne sie irgendwie zu begrüßen, jedoch voller Achtung und Mitgefühl. »Ich könnt's nicht sagen, wo er ist – da drüben ist er nicht...« Er deutete mit dem Kopf zum ›Prince of Wales‹ hinüber.

»Vielleicht ist er zur ›Eibe‹ raufgegangen«, sagte Mrs. Rigley.

Es entstand wieder eine Pause. Rigley mußte sich offenbar etwas vom Herzen reden:

»Er wollte noch sein Tagwerk fertigmachen, als ich weg bin«, begann er. »Die Sirene hatte schon vor zehn Minuten aufgehört, und als wir rauf wollten, hab ich gerufen: ›Kommst mit, Walt?‹ und er hat gesagt: ›Geht schon! Ich hab bloß noch 'ne kleine Minute‹, also sind wir zur Grundstrecke gegangen, ich und Bowers, und haben gedacht, er wäre gleich hinter uns und käme mit dem nächsten Förderkorb rauf...«

Er stand verwirrt da, als müßte er sich gegen eine Anklage verteidigen, seinen Kameraden im Stich gelassen zu haben. Elizabeth Bates, die jetzt wieder von einem Unglück überzeugt war, beeilte sich, ihn zu beruhigen:

»Ich nehme an, er ist in die ›Eibe‹ gegangen, wie Sie sagten. Es wäre nicht das erstemal. Ich hab mich mittlerweile halbtot geängstigt. Er kommt erst nach Hause, wenn sie ihn tragen müssen.«

»*Aye*, 's ist ein Jammer«, sagte die andere Frau bedauernd.

»Ich will doch schnell zu Dick raufgehen und nachsehn,

ob er da ist«, erbot sich der Mann, besorgt, er könnte unruhig erscheinen, und besorgt, er könnte sich aufdrängen.

»Oh, ich will Sie ganz bestimmt nicht so stören«, wehrte Elizabeth Bates sehr nachdrücklich ab, doch er wußte, daß sie über sein Angebot froh war.

Als sie die Zufahrt entlangstolperten, hörte sie, wie Rigleys Frau über den Hof lief und bei ihrer Nachbarin die Tür öffnete. Da schien plötzlich all ihr Blut aus ihrem Herzen zu schießen.

»Vorsicht!« warnte Rigley. »Ich hab schon oft gesagt, wenn ich nicht endlich die Furchen in dem Weg hier ausfülle, dann bricht sich noch mal jemand ein Bein.«

Sie faßte sich wieder und ging rasch neben dem Bergarbeiter einher.

»Ich hab's nicht gern, wenn die Kinder im Bett liegen und niemand im Haus ist«, sagte sie.

»Nein, natürlich nicht!« erwiderte er höflich. Sie waren bald am Tor ihrer Hütte.

»*Well*, ich bleib nicht lange weg! Sorgen Sie sich nicht mehr, 's fehlt ihm ja nichts«, meinte der Akkordmeister.

»Vielen Dank, Mr. Rigley!« sagte sie.

»Gern geschehen«, stotterte er und ging schon. »Ich bleib nicht lange weg.«

Das Haus war still. Elizabeth Bates legte Hut und Schal ab und rollte den Kaminvorleger wieder auf. Als sie fertig war, setzte sie sich. Es war ein paar Minuten nach neun. Dann erschrak sie beim raschen Tuckern der Fördermaschine und dem Schwirren der Bremsen am Seil, das in den Schacht hinunterlief. Wieder spürte sie das schmerzhafte Losstürmen ihres Blutes, und sie legte die Hand aufs Herz und sagte laut: »Meine Güte! 's ist bloß der Neun-Uhr-Wächter, der nach unten fährt«, und schalt sich. Sie saß still und lauschte. Nachdem sie eine halbe Stunde so zugebracht hatte, war sie zermürbt.

»Warum arbeite ich mich nur in solchen Zustand hinein?«

sagte sie sich kläglich. »Ich werd mir nur selber damit schaden!«

Sie nahm ihre Näherei wieder auf.

Viertel vor zehn hörte sie Schritte. Einer allein! Sie blickte auf die Tür, bis sie aufging. Es war eine ältere Frau in einer schwarzen Haube und einem schwarzwollenen Umhängetuch – seine Mutter. Sie war etwa sechzig Jahre alt, bleich und blauäugig, und ihr Gesicht war ganz verrunzelt und elend. Sie machte die Tür zu und wandte sich grämlich an ihre Schwiegertochter.

»Ach, Lizzie, was soll'n wir bloß tun, was soll'n wir bloß tun?« rief sie.

Elizabeth trat rasch ein wenig zurück.

»Was ist, Mutter?« fragte sie.

Die ältere Frau nahm auf dem Sofa Platz.

»Ich weiß es nicht, Kind, ich kann's dir nicht sagen.« Langsam schüttelte sie den Kopf. Elizabeth saß da und beobachtete sie besorgt und verärgert.

»Ich weiß es nicht«, wiederholte die Großmutter und seufzte sehr tief. »Mit meinem Kummer nimmt's kein Ende, wirklich nicht! Was ich schon alles durchgemacht habe, das ist doch wahrhaftig genug!«

Sie weinte, ohne sich die Augen zu trocknen, und ließ ihren Tränen freien Lauf.

»Aber Mutter«, unterbrach sie Elizabeth, »was meinst du denn? Was ist los?«

Die Großmutter trocknete langsam die Augen. Ihr Tränenquell versiegte, als Elizabeth sie so geradezu fragte. Langsam wischte sie sich über die Augen.

»Armes Kind! Ach, du armes Ding!« ächzte sie. »Ich weiß nicht, was wir machen sollen, wirklich nicht – und du in deinem Zustand – 's ist furchtbar, wirklich!«

Elizabeth wartete.

»Ist er tot?« fragte sie, und bei ihren Worten pochte ihr Herz heftig, obwohl sie wegen der unglaublichen Verstiegenheit ihrer Frage eine leichte Schamröte aufsteigen fühlte. Ihre Worte erschreckten die alte Frau einigermaßen und brachten sie fast zur Vernunft.

»Sag das nicht, Elizabeth! Wir wollen hoffen, daß es nicht so schlimm ist; nein, Gott wird's uns ersparen, Elizabeth. Jack Rigley kam gerade vorbei, als ich mir vorm Zubettgehen ein Gläschen genehmigte, und er sagte: ›Vielleicht gehn Sie doch mal die Strecke entlang, Mrs. Bates! Walt hat einen Unfall gehabt. Vielleicht woll'n Sie gern zu ihr und bei ihr sitzen, bis wir 'n ihr ins Haus tragen können?‹ Es war keine Zeit, ihn auch nur ein Wort zu fragen, so schnell war er wieder weg. Und ich hab mir die Haube aufgesetzt und bin gleich zu dir, Lizzie! Ich hab so bei mir gedacht: ›Ach, das arme gute Kind, wenn jemand vorbeikäme und ihr's unvorbereitet sagt, dann kann ihr ja wer weiß was passieren!‹ Du mußt dich nicht aufregen, Lizzie – weißt ja, was dir sonst blüht. Im wievielten bist du jetzt, Lizzie – im sechsten? Oder im fünften Monat? *Aye*«, die alte Frau schüttelte den Kopf, »die Zeit verfliegt nur so, sie verfliegt einem! *Aye*!«

Elizabeths Gedanken kreisten um andere Fragen. Wenn er umgekommen war – würde es ihr gelingen, mit der kleinen Pension zu leben – außer dem, was sie hinzuverdiente? Sie rechnete rasch. Wenn er verletzt war – sie würden ihn nicht ins Krankenhaus schaffen – wie ermüdend würde es sein, ihn zu pflegen – aber vielleicht glückte es ihr dann, ihm das Trinken abzugewöhnen. Das könnte sie tun – solange er krank war. Bei der Vorstellung wollten ihr die Tränen in die Augen steigen. Aber was für einen sentimentalen Luxus leistete sie sich da? Sie wollte lieber an die Kinder denken! Denen war sie auf jeden Fall unentbehrlich. Sie waren ihre Aufgabe.

»*Aye*«, jammerte die alte Frau, »mir scheint's bloß ein, zwei Wochen her zu sein, daß er mir seinen ersten Lohn gebracht hat. *Aye*, er war ein guter Junge, Elizabeth, doch auf seine Art. Ich weiß nicht, warum er dann so wurde und einem solchen Kummer machte, nein. Zu Hause war er ein glücklicher Bursche, und immer guter Dinge. Aber alles was recht ist, er ist 'n richtiges Sorgenkind geworden, wahrhaftig! Hoffentlich verschont ihn der liebe Gott, damit er sich noch ändern kann. Ich hoff's, ich hoff's! Du hast gehörig Kummer mit ihm gehabt, Elizabeth, weiß der liebe Himmel! Und er war so ein fröhlicher Bursche, als er noch bei mir war, das kann ich dir versichern. Ich weiß nicht, wie's kam ...«

Die alte Frau fuhr fort, laut zu denken, ein eintöniges, erbitterndes Geräusch, während Elizabeth angestrengt nachdachte und nur einmal zusammenfuhr, als sie die Fördermaschine geschwind tuckern und die Bremsen kreischend surren hörte. Dann hörte sie, daß die Maschine langsamer lief und daß die Bremsen keinen Lärm mehr machten. Die alte Frau bemerkte es nicht. Elizabeth wartete gespannt. Die Schwiegermutter redete und verfiel zwischendurch wieder in Schweigen.

»Aber er war nicht dein Sohn, Lizzie, und das macht einen Unterschied aus. Einerlei, wie er ist, ich denk immer an ihn, wie er klein war, und ich hab gelernt, ihn zu verstehen und nachsichtig zu sein. Man muß nachsichtig mit ihnen sein ...«

Es war halb elf, und die alte Frau sagte gerade: »Aber es ist ein Kummer von Anfang bis Ende, nie ist man zu alt für den Kummer, niemals zu alt dafür ...«, als das Gartentor aufflog und auf den Stufen schwere Schritte erklangen.

»Ich geh, Lizzie, laß mich gehn!« rief die alte Frau und stand auf. Aber Elizabeth war schon an der Haustür. Es war ein Mann in Grubenkleidern.

»Sie bringen ihn, Missis«, sagte er. Elizabeths Herz stockte einen Augenblick. Dann raste es weiter und erstickte sie fast.

»Ist er – geht's ihm schlecht?« fragte sie.

Der Mann wandte sich ab und blickte in die Dunkelheit hinaus:

»Der Doktor sagt, er wär schon seit 'n paar Stunden tot. Er hat ihn im Lampenschuppen untersucht.«

Die alte Frau, die dicht hinter Elizabeth stand, sank auf einen Stuhl, faltete die Hände und rief: »Oh, mein Junge, mein Junge!«

»Still!« sagte Elizabeth und zog die Brauen ärgerlich zusammen. »Sei still, Mutter! Weck die Kinder nicht auf! Ich will's auf keinen Fall, daß sie herunterkommen.«

Die alte Frau stöhnte leise und wiegte sich hin und her. Der Mann zog sich zurück. Elizabeth trat einen Schritt vor.

»Wie ist es gekommen?« fragte sie.

»*Well*, genau weiß ich's nicht«, erwiderte der Mann, dem es sehr unbehaglich war. »Er hat sein Tagwerk fertigmachen wollen, und die Akkordmeister waren weg, und eine Menge Hangendes ist auf ihn runtergestürzt . . .«

»Und hat ihn zermalmt?« rief die Witwe und schauderte.

»Nein«, gab der Mann zur Antwort. »Es ist hinter seinem Rücken niedergegangen. Er war unter dem Überhangenden, und es hat ihn überhaupt nicht berührt. Es hat ihn eingeschlossen. Anscheinend ist er erstickt.«

Elizabeth wich zurück. Sie hörte die alte Frau hinter sich rufen:

»Was? Was hat er gesagt, wie's war?«

Der Mann wiederholte es, diesmal lauter: »Er ist erstickt.«

Da jammerte die alte Frau laut auf, und das kam Elizabeth zugute:

»O Mutter«, rief sie und legte die Hand auf die Schulter der alten Frau: »Weck die Kinder nicht auf! Weck die Kinder nicht auf!«

Sie weinte ein wenig, ohne es zu wissen, während die Mutter sich hin- und herwiegte und stöhnte. Elizabeth kam es in den Sinn, daß sie ihn ja nach Hause brachten und daß sie bereit sein müßte. ›Sie werden ihn ins Wohnzimmer legen‹, sagte sie sich und stand einen Augenblick blaß und verwirrt da.

Dann zündete sie eine Kerze an und ging in das winzige Zimmer. Die Luft war kühl und dumpfig, aber sie konnte kein Feuer anzünden, denn es war kein Kamin da. Sie stellte die Kerze hin und blickte sich um. Das Kerzenlicht fiel glitzernd auf das Kristallglas der Hängelampe, auf die beiden Vasen, in denen ein paar von den rosa Chrysanthemen standen, und auf das dunkle Mahagoni-Holz. Ein kalter, totenhafter Geruch nach Chrysanthemen hing im Zimmer. Elizabeth stand da und betrachtete die Blumen. Dann wandte sie sich ab und überlegte, ob genügend Platz da wäre, ihn auf den Fußboden zu legen, zwischen den Diwan und das Glasschränkchen. Sie stieß die Stühle beiseite. Es würde genügend Platz sein, ihn hinzulegen und um ihn herumzugehen. Dann holte sie die alte rote Tischdecke und ein anderes rotes Tuch und breitete beides auf dem Boden aus, um ihr bißchen Teppich zu schonen. Sie schauerte zusammen, als sie das Wohnzimmer verließ, daher nahm sie ein sauberes Hemd aus der Kommode und hängte es zum Nachtrocknen vors Feuer. Die ganze Zeit über saß ihre Schwiegermutter sich wiegend auf dem Stuhl und stöhnte.

»Du mußt hier weggehen, Mutter«, sagte Elizabeth. »Sie bringen ihn hier rein. Komm zum Schaukelstuhl!«

Die alte Frau erhob sich willenlos, setzte sich ans Feuer und fuhr in ihren Klagen fort. Elizabeth ging in die Speisekammer, um noch eine Kerze zu holen, und dort, in dem kleinen Anbau unter den bloßen Dachziegeln, hörte sie die Männer kommen. Sie blieb auf der Schwelle der Speisekammertür stehen und lauschte. Sie hörte, wie sie hinten ums Haus gingen und ungeschickt die drei Stufen hinunterstiegen – ein Durcheinander scharrender Schritte und murmelnder Stimmen. Die alte Frau war still. Die Männer waren im Hof.

Dann hörte Elizabeth, wie Matthews, der Verwalter der Zeche, sagte: »Geh du zuerst hinein, Jim! Obacht!«

Die Tür öffnete sich, und die beiden Frauen sahen einen Bergarbeiter rückwärts ins Zimmer kommen; er trug das eine Ende der Bahre, auf der sie die genagelten Grubenschuhe des Toten sehen konnten. Die beiden Träger machten halt, und der Mann am Kopfende duckte sich unter der Tür.

»Wo wollen Sie ihn hinhaben?« fragte der Verwalter, ein kleiner, weißbärtiger Mann.

Elizabeth raffte sich zusammen und kam mit der noch nicht angezündeten Kerze von der Speisekammer her.

»Ins Wohnzimmer«, sagte sie.

»Dorthinein, Jim!« wies der Verwalter an, und die Träger bogen rückwärts in das winzige Zimmer ein. Die Jacke, mit der sie den Leichnam bedeckt hatten, fiel ab, als sie ungeschickt durch die zwei Türen bogen, und die Frauen sahen ihren Mann bis zum Gürtel nackend, für die Arbeit entkleidet, daliegen. Die alte Frau begann mit leiser, entsetzter Stimme zu ächzen.

»Stellt die Bahre beiseite«, befahl der Verwalter, »und legt ihn auf die Tücher! Paßt jetzt auf! Paßt auf! Da haben wir's ...«

Einer von den Männern hatte die eine Chrysanthemenvase umgestoßen. Er stierte verlegen, dann stellten sie die Bahre hin. Elizabeth blickte nicht auf ihren Mann. Sobald sie ins Zimmer gelangen konnte, ging sie hinein und hob die zerbrochene Vase und die Blumen auf.

»Wartet einen Augenblick!« bat sie.

Die drei Männer warteten stumm, während sie das Wasser mit einem Lappen aufnahm.

»Je, o je, was für 'ne schlimme Geschichte!« sagte der Verwalter und rieb sich voller Sorge und Verwirrung die Stirn. »Hab noch nie im Leben so was gesehn, noch nie! 's ging ihn gar nichts an, zurückzubleiben. Hab noch nie im

Leben so was gesehn! 's fiel einfach aalglatt über ihn weg und hat ihn eingesperrt. Etwa 'n Meter Zwischenraum, nicht mehr, und doch hat's ihn kaum gestreift.«

Er blickte auf den toten Mann nieder, der halb nackend auf dem Rücken lag und über und über mit Kohlenstaub besudelt war.

»›Asphyxie‹, hat der Doktor gesagt, 's ist wirklich die schlimmste Geschichte, die ich jemals erlebt habe. Sieht aus, als wär's absichtlich passiert. Glatt über ihn weg und ihn eingesperrt, wie 'ne Mausefalle ...« Seine Hand fuhr in einer heftigen Gebärde nach unten.

Die neben ihm stehenden Bergarbeiter nickten mit dem Kopf und bestätigten es traurig.

Das Grauenhafte des Ereignisses schwang noch in ihnen allen nach.

Dann hörten sie die Stimme des Mädchens, das schrill nach unten rief: »Mutter! Mutter! Wer ist da? Mutter, wer ist da?«

Elizabeth eilte an den Fuß der Treppe und öffnete die Tür.

»Schlaf weiter!« befahl sie scharf. »Was schreist du so? Schlaf sofort wieder ein – es ist nichts!«

Dann begann sie die Treppe hinaufzusteigen. Sie konnten hören, wie sie über die Dielen und dann über den Mörtelboden der kleinen Schlafkammer ging. Sie konnten jedes Wort verstehen:

»Was ist denn nur? Was ist denn nur mit dir, Dummchen?« Ihre Stimme klang vor unechter Sanftheit sehr bewegt.

»Ich dachte, es wären Männer gekommen«, antwortete die klagende Stimme des Kindes. »Ist er da?«

»Ja, sie haben ihn gebracht. Du brauchst dich über nichts aufzuregen! Geh und schlaf jetzt, sei ein liebes Kind!«

Sie konnten ihre Stimme in der Schlafkammer hören und warteten, während sie die Kinder wieder gut zudeckte.

»Ist er betrunken?« fragte das Mädchen scheu und leise.

»Nein – nein. Er – er schläft.«

»Schläft er unten?«

»Ja – und seid schön leise!«

Einen Augenblick waren sie still, dann hörten die Männer wieder das verängstigte Kind:

»Was ist das für ein Geräusch?«

»Nichts weiter, sag ich dir doch! Was regst du dich nur auf?«

Das Geräusch wurde von der stöhnenden Großmutter verursacht. Sie war blind für alles um sie her, saß schaukelnd im Stuhl und stöhnte. Der Verwalter legte ihr die Hand auf den Arm und ermahnte sie, leise zu sein. »Scht!«

Die alte Frau öffnete die Augen und blickte ihn an. Sie war erschrocken über seine Einmischung und schien nichts zu begreifen.

»Wieviel Uhr ist es?« Die klagende, hohe Stimme des Kindes stellte, bevor es wieder unglücklich in Schlaf sank, eine letzte Frage.

»Zehn Uhr«, antwortete die Mutter etwas weicher. Dann beugte sie sich wohl nieder und küßte die Kinder.

Matthews winkte den Männern, fortzugehen. Sie setzten die Mützen auf und nahmen die Bahre. Sie schritten über die Leiche hinweg und gingen auf Zehenspitzen aus dem Haus. Keiner von ihnen sprach, bis sie außer Hörweite der ruhelosen Kinder waren.

Als Elizabeth nach unten kam, fand sie ihre Schwiegermutter allein im Wohnzimmer auf dem Fußboden, wie sie sich über den Toten beugte, so daß ihre Tränen auf ihn niederfielen.

»Wir müssen ihn zurechtmachen«, sagte die Ehefrau. Sie setzte den Teekessel aufs Feuer, dann kam sie wieder, kniete sich vor seinen Füßen hin und begann, die verknoteten Lederriemen zu lösen. Das Zimmer war feuchtkalt und von der einen Kerze nur schwach erhellt, so daß sie ihr Gesicht fast bis auf den Fußboden senken mußte. Endlich konnte sie die schweren Stiefel ausziehen und auf die Seite stellen.

»Du mußt mir jetzt helfen«, flüsterte sie der alten Frau zu. Gemeinsam entkleideten sie den Mann.

Als sie sich erhoben und ihn in der naiven Würde des Todes liegen sahen, stand die Frau in Furcht und Achtung befangen da. Ein paar Augenblicke blieben sie still und blickten auf ihn nieder, und die alte Mutter wimmerte. Elizabeth fühlte sich ausgeschlossen. Sie sah ihn, wie er dalag, so gänzlich unversehrbar in seinem Selbst. Sie ging ihn nichts an. Das konnte sie nicht hinnehmen. Sie beugte sich über ihn und legte die Hand auf ihn, ihn als ihr Eigentum beanspruchend. Er war noch warm, denn der Stollen war heiß, in dem er gestorben war. Seine Mutter hatte sein Gesicht in die Hände genommen und murmelte zusammenhanglos. Die alten Tränen fielen eine um die andre wie Tropfen von nassen Blättern: die Mutter weinte nicht, nur ihre Tränen flossen. Elizabeth umarmte die Leiche ihres Mannes und drückte Wangen und Lippen auf ihn. Sie schien zu lauschen, zu fragen, sie versuchte ihn zu erreichen. Aber es gelang ihr nicht. Sie wurde abgewiesen. Er war unzugänglich.

Sie erhob sich und ging in die Küche, wo sie warmes Wasser in eine Schüssel goß; sie brachte Seife und einen Lappen und ein weiches Handtuch.

»Ich muß ihn waschen«, sagte sie.

Da stand auch die alte Mutter mit steifen Gliedern auf und sah Elizabeth zu, wie sie behutsam sein Gesicht wusch und behutsam den großen blonden Schnurrbart mit dem Lappen beiseite wischte. Eine unergründliche Furcht hielt sie im Bann, daher diente sie ihm. Die alte Frau sagte eifersüchtig: »Ich will ihn abtrocknen!« Sie kniete auf der andern Seite nieder und trocknete ihn langsam ab, während Elizabeth ihn wusch, und manchmal streifte ihre große schwarze Haube den dunklen Kopf ihrer Schwiegertochter. So arbeiteten sie lange Zeit schweigend. Nie vergaßen sie, daß es der Tod war – und daß sie den toten Körper des Mannes berührten, weckte seltsame Gefühle in ihnen, andersartige in jeder der beiden Frauen. Eine große Furcht hatte sie beide gepackt: die Mutter meinte, daß ihr Mutterleib Lügen gestraft und daß sie nicht anerkannt würde; die Ehefrau empfand die völlige Vereinsamung der Menschenseele, und das Kind in ihrem Leib fühlte sie wie eine Last, die nicht zu ihr gehörte.

Endlich war es beendet. Er war ein Mann mit einem schönen Körper, und sein Gesicht zeigte keine Spuren vom Alkohol. Er war blond, gut im Fleisch, und hatte schöne Gliedmaßen. Aber er war tot.

»Mein Junge!« flüsterte die Mutter, blickte fortwährend in sein Gesicht und sprach aus reinstem Entsetzen. »Mein lieber Junge – mein Junge!« Sie sprach leise und stieß die Worte flüsternd hervor, in einer Ekstase aus Furcht und Mutterliebe.

Elizabeth sank wieder auf den Fußboden, legte ihr Gesicht an seinen Hals und zitterte und bebte. Doch sie mußte sich abermals zurückziehen. Er war tot, und ihr lebendiges Fleisch fand neben seinem toten keinen Raum. Eine große Furcht und Müdigkeit hielt sie in Fesseln: sie war so unnütz. Ihr Leben war dahin – wie das seine.

»Weiß wie Milch ist er, so hell wie ein einjähriges Kind, der Liebe, der Schatz!« murmelte die alte Mutter vor sich hin. »Kein Makel an ihm, hell und rein und weiß, so schön, wie nur je ein Kind geboren wurde«, murmelte sie voller Stolz. Elizabeth hielt ihr Gesicht gesenkt.

»Er ist friedlich gestorben, Lizzie – so friedlich wie im Schlaf. Ist er nicht schön, das Lämmchen? *Aye* – er hat sich ausgesöhnt mit seinem Schicksal, Lizzie. Hat's sicher in aller Ruhe gekonnt, wie er da eingeschlossen war. Er hat wohl Zeit gehabt. Er würde nicht so aussehen, wenn er sich nicht ausgesöhnt hätte. Das Lämmchen, das gute Lämmchen! Ach, was für ein herzhaftes Lachen er hatte! Ich hab's gar zu gern gehört. Keiner konnte so herzhaft lachen wie er, Lizzie, als junger Bursche . . .«

Elizabeth blickte auf. Der Kiefer des Mannes war etwas heruntergesunken, so daß der Mund unter dem Schnurrbart ein wenig offenstand. Die halb geschlossenen Augen sahen in der Dunkelheit nicht glasig aus. Das qualmig brennende Leben war von ihm gewichen und hatte ihn losgelöst und gänzlich fremd zurückgelassen. Und sie wußte, was für ein Fremder er für sie war. In ihrem Leibe regte sich eisige Furcht vor diesem einsamen Fremden, mit dem sie gelebt hatte und ein Fleisch gewesen war. War es das, was sich hinter allem barg: äußerste, ungebrochene Einsamkeit, verschleiert hinter der Lebensglut? Furchtsam wandte sie ihr Gesicht ab. Die Tatsache war zu vernichtend. Nichts hatte sie verbunden, und doch waren sie zusammengekommen, hatten immer wieder ihre Nacktheit ausgetauscht! Jedesmal, wenn er sie genommen hatte, waren sie zwei isolierte Wesen, so sehr voneinander getrennt wie eben jetzt. Er war ebensowenig verantwortlich wie sie. Das Kind lag wie Eis in ihrem Leibe. Denn während sie auf den toten Mann blickte, sprach klar und losgelöst ihr Geist: ›Wer bin ich? Was habe ich getan? Ich habe gegen einen Mann gekämpft, der nicht existierte. Der da hat die ganze Zeit existiert. Was habe ich falsch gemacht? Was war das, womit ich gelebt habe? Dort liegt die Wirklichkeit – dieser Mann dort.‹ Und vor Furcht starb die Seele in ihr: sie wußte, daß sie ihn nie gesehen hatte, daß er sie nie gesehen hatte; sie waren sich im Dunkeln begegnet und hatten im Dunkeln gekämpft, ohne zu wissen, wem sie begegneten noch wen sie bekämpften. Und jetzt sah sie – und im Sehen verstummte sie. Denn sie hatte es falsch gemacht. Sie hatte gesagt, er wäre etwas, das er gar nicht war; sie hatte ihn zu kennen geglaubt. Und dabei war er die ganze Zeit allein gewesen, hatte gelebt, wie sie nie lebte, hatte empfunden, wie sie nie empfand.

Voller Furcht und Scham blickte sie auf seinen nackten

Körper, den sie so schlecht gekannt hatte. Und er war der Vater ihrer Kinder. Ihre Seele wurde ihr aus dem Leibe gerissen und stand allein. Sie blickte auf seinen nackten Körper und schämte sich, als hätte sie ihn nicht erkannt. Denn er war schließlich er selbst. Es schien ihr furchtbar. Sie blickte in sein Gesicht, und dann kehrte sie ihr eigenes Gesicht gegen die Wand. Denn sein Ausdruck war anders als der ihre, seine Art war nicht ihre Art. Sie hatte ihn nicht anerkannt – sie sah es jetzt. Sie hatte ihn in seinem Selbst abgelehnt. Und das war ihr Leben gewesen – und sein Leben. Sie war dem Tod dankbar, der die Wahrheit wiederherstellte. Und sie wußte, daß sie nicht tot war.

Und die ganze Zeit quoll ihr das Herz über vor Kummer und Mitleid um ihn. Was hatte er gelitten? Was für grauenvolle Stunden für den hilflosen Mann! Sie war wie gelähmt vor Qual. Sie hatte ihm nicht helfen können. Er war grausam verletzt worden, dieser nackte Mann, dieses andere Wesen, und sie konnte es nicht wiedergutmachen. Da waren die Kinder – doch die Kinder gehörten dem Leben. Der tote Mann da hatte nichts mit ihnen gemein. Er und sie waren nur Kanäle gewesen, durch die das Leben geflossen war, um die Kinder hervorzubringen. Sie war eine Mutter – doch wie furchtbar, das wußte sie jetzt, eine Ehefrau gewesen zu sein! Und er, der jetzt tot war – wie furchtbar mußte er es empfunden haben, ein Ehemann zu sein! Sie spürte es, daß er in der nächsten Welt ein Fremder für sie sein würde. Wenn sie sich dort begegneten, im Jenseits, würden sie nur beschämt sein über das, was früher gewesen war. Die Kinder waren – aus einem geheimnisvollen Grund – aus ihnen beiden hervorgegangen. Aber die Kinder hatten sie nicht vereinigt. Jetzt, da er tot war, wußte sie, wie in alle Ewigkeit er von ihr getrennt war, wie in alle Ewigkeit er nichts mehr mit ihr zu tun hatte. Sie sah diesen Abschnitt ihres Lebens beendet. Sie hatten einander im Leben nicht anerkannt. Nun hatte er sich zurückgezogen. Eine Seelenangst überfiel sie. Es war also zu Ende: lange bevor er starb, war es zwischen ihnen hoffnungslos gewesen. Und doch war er ihr Ehemann gewesen. Aber wie wenig!

»Hast du sein Hemd, Elizabeth?«

Elizabeth drehte sich um, ohne zu antworten, obwohl sie sich bemühte, zu weinen und sich so zu verhalten, wie ihre Schwiegermutter es von ihr erwartete. Aber sie konnte es nicht, sie war vernichtet. Sie ging in die Küche und kehrte mit dem Wäschestück zurück.

»Es ist trocken«, sagte sie und griff hier und dort in das Baumwollhemd, um es zu prüfen. Sie schämte sich fast, ihn zu berühren: was für ein Recht hatte sie oder sonst jemand, Hand an ihn zu legen? Doch rührte sie seinen Körper voller Demut an. Es war eine schwierige Arbeit, ihn anzukleiden. Er war so schwer und so völlig leblos und gleichgültig und fern. Das Grauen ob des Abstandes zwischen ihr und ihm war fast zuviel für sie – es war eine so unendliche Kluft, über die sie hinwegblicken mußte.

Endlich war es beendet. Sie bedeckten ihn mit einem Leintuch und ließen ihn liegen, mit eingebundenem Kopf. Und sie verschloß die Tür des kleinen Wohnzimmers, damit die Kinder nicht sehen sollten, was dort lag. Dann, als sich der Frieden schwer auf ihr Herz gesenkt hatte, ging sie daran, die Küche aufzuräumen. Sie wußte, daß sie sich dem Leben unterwarf, das ihr gegenwärtiger Herr war. Doch vor dem Tod, ihrem endgültigen Herrn, wand sie sich in Furcht und Scham.

Die Fahrscheine, bitte!

In den Midlands gibt es eine eingleisige Straßenbahn, welche die Kreisstadt kühn verläßt und sich in die schwarze Industrielandschaft stürzt, bergauf und talab, durch die langen, häßlichen Dörfer mit den Arbeiterhäusern, über Kanäle und Eisenbahnschienen, vorbei an Kirchen, die vornehm hoch über Rauch und Schatten thronen, und durch die öden, verrußten, kalten kleinen Marktflecken, in aller Eile an Kinos und Läden vorbeikippelnd, hinunter in die Mulde, wo die Kohlengruben sind, dann wieder bergauf, an einer kleinen ländlichen Kirche unter Eschen vorbei und in aller Eile weiter zur Endstation, dem letzten häßlichen, kleinen Industrieort, dem kalten Städtchen, das am Rande des wilden, düsteren Landes vor Kälte erschauert. Dort scheint der grün und rahmweiß gestrichene Straßenbahnwagen zu pausieren und aus lauter merkwürdiger Genugtuung vor sich hin zu schnurren. Doch nach wenigen Minuten – die Uhr auf dem Türmchen der Coop-Läden zeigt die Zeit an – beginnt er von neuem die abenteuerliche Fahrt. Wieder kommt es zu dem verwegenen Hinabschießen und zum Hüpfen über die Weichen, wieder zum fröstelnden Warten im Marktflecken auf dem Hügel, wieder zum atemlosen Herumschlittern um den Steilhang unterhalb der Kirche, wieder zum geduldigen Halt auf den Ausweichgeleisen, wo auf den herkommenden Wagen gewartet wird, und so weiter und immer weiter während zwei langen Stunden, bis endlich hinter fetten Gasometern die Stadt aufragt und die engbrüstigen Fabriken sich nähern und wir in den schmutzigen Straßen der Großstadt sind und wieder einmal an unserm Terminus verstohlen zum Stillstand kommen, eingeschüchtert von den großen roten und rahmweißen städtischen Wagen, aber noch immer unternehmungslustig, übermütig, manchmal tollkühn und grün wie ein übermütiger Petersilienstrauß in einem schwarzen Bergwerksgarten.

Es ist immer ein Abenteuer, in diesen Wagen zu fahren. Da es Krieg ist, sind die Fahrer nur solche Männer, die untauglich zum Wehrdienst sind: also Krüppel und Bucklige. Und deshalb sind sie von einem verteufelten Schwung beseelt. Ihre Fahrt wird zum Hindernisrennen. Hurra! Mit einem entschlossenen Hopser sind wir über die Kanalbrücke gesprungen: jetzt geht's auf die Straßenkreuzung an der Ecke los! Kreischend und mit einem Funkenschweif haben wir wieder freie Bahn vor uns. Zwar hüpft eine Straßenbahn oft aus dem Geleise – aber was macht das schon! Sie bleibt im Graben sitzen, bis andre Wagen kommen und sie herausholen. Es ist nichts Ungewöhnliches, daß ein Wagen an einem dunklen Abend mit einer dicht zusammengepferchten Menge lebendiger Menschen inmitten von unversehrter Finsternis und im Herzen von Nirgendwo plötzlich stehenbleibt und daß der Fahrer und die Schaffnerin rufen: »Alle aussteigen! Der Wagen brennt!« Anstatt jedoch in panischem Schrecken hinauszustürzen, erwidern die Fahrgäste gleichgültig: »Voran! Voran! Wir steigen nicht aus! Wir bleiben, wo wir sind! Mach weiter, George!«, bis tatsächlich Flammen aufhüpfen.

Der Grund für diese Abneigung, auszusteigen, liegt darin, daß die Nächte jämmerlich kalt, schwarz und sturmgepeitscht sind und daß ein Straßenbahnwagen ein rettender Hafen ist. Von Dorf zu Dorf fahren die Grubenarbeiter, um abwechslungshalber ein anderes Kino, ein anderes Mädchen oder eine andere Kneipe zu besuchen. Die Straßenbahnwagen sind entsetzlich überfüllt: wer wollte sich, nur weil etwas nicht klappt, in den schwarzen Abgrund draußen hinauswagen, um vielleicht eine volle Stunde auf die nächste Straßenbahn zu warten und dann das hoffnungslose Schild zu lesen NUR BIS ZUM DEPOT, oder um eine Gruppe von drei hellen Wagen zu erblicken, die so mit

Menschen vollgestopft sind, daß sie mit höhnischem Gejohle an einem vorbeisausen? Wagen, die nachts vorüberfahren!

Diese Straßenbahnlinie – die gefährlichste von ganz England, wie selbst die Behörden voller Stolz versichern – hat als Schaffnerinnen einzig und allein Mädchen und als Fahrer tollkühne junge Männer, die ein wenig verkrüppelt sind, oder schwächliche junge Männer, die in schrecklicher Angst dahinschleichen. Die Mädchen sind furchtlose junge Dinger. In ihrer häßlichen blauen Uniform (Röcken, die bis zum Knie reichen, und auf dem Kopf unförmige alte Schirmmützen) haben sie ebensoviel *sang-froid* wie ein alter Feldwebel. Wenn die Straßenbahn mit johlenden Kumpels vollgestopft ist, die unten Choräle und im Oberdeck eine Art Wechselgesang von Zoten grölen, bleiben die Fräuleins völlig gelassen. Sie stürzen sich auf die Burschen, die sich um den Fahrscheinlocher zu drücken versuchen. Sie stoßen die Männer am Ende ihrer Fahrstrecke einfach vom Wagen. Sie lassen sich nicht übers Ohr hauen, o nein! Sie fürchten niemanden – und jeder fürchtet sie.

»Hallo, Annie!«

»Hallo, Ted!«

»Au, das war mein Hühnerauge, Miss Stein! Bestimmt haben Sie ein Herz aus Stein, denn Sie haben mir schon wieder draufgetreten!«

»Dann sollten Sie's lieber in die Tasche stecken«, erwidert Miss Stein und geht in ihren hohen Stiefeln robust zum Oberdeck hinauf.

»Die Fahrscheine, bitte!«

Sie ist energisch, argwöhnisch und bereit, als erste zuzuschlagen. Sie kann sich gegen Zehntausend behaupten. Das Trittbrett der Straßenbahn ist ihr Thermopylae.

Daher herrscht eine gewisse wilde Romantik in diesen Wagen – und auch im robusten Herzen Annies. Die Zeit für sanfte Romantik ist der Vormittag zwischen zehn und ein Uhr, wenn der Verkehr ziemlich flau ist, das heißt, ausgenommen an den Markttagen und sonntags. Da hat Annie Zeit sich umzusehen. Dann hüpft sie oft von ihrem Wagen herunter und in einen Laden hinüber, in dem sie etwas erspäht hat, während der Fahrer unterdessen in der Hauptstraße schwatzt. Zwischen den Mädchen und den Fahrern besteht ein sehr gutes Einvernehmen. Sind sie denn nicht mit einem Kameraden in gemeinsamer Gefahr – Frachtgut an Bord dieses sausenden Gefährts von einem Straßenbahnwagen, der ewig auf den Wogen eines stürmischen Landes einherschlingert?

Und in den stillen Stunden tauchen auch meistens die Kontrolleure auf. Aus irgendeinem Grund ist jeder jung, der auf dieser Linie angestellt ist: Grauköpfe gibt es nicht. Es ginge nicht an. Deshalb sind die Kontrolleure im besten Alter, und einer, der Chef, ist sogar hübsch. Seht ihn euch an, wie er an einem feuchten grauen Morgen in seinem langen Ölzeug dasteht, die Schirmmütze tief in die Stirn gezogen, und wie er darauf wartet, in einen Wagen zu steigen! Sein Gesicht ist frisch und rot, der kleine braune Schnurrbart ist vom Wetter gegerbt, und er hat ein leicht unverschämtes Lächeln an sich. Ziemlich groß und behende trotz seines Regenmantels springt er das Trittbrett hinauf und begrüßt Annie.

»Hello, Annie! Scheuchst du den Regen raus?«

»Ich versuch's!«

Im Wagen sind nur zwei Fahrgäste. Das Kontrollieren ist rasch erledigt. Dann folgt ein langer und kecker Schwatz auf dem Trittbrett – ein feiner, gemütlicher Zwölf-Meilen-Schwatz.

Der Kontrolleur heißt John Thomas Raynor – stets John Thomas genannt, außer manchmal, aus Bosheit, Coddy. Sein Gesicht verzieht sich wütend, wenn er von weitem mit dieser Abkürzung bedacht wird. In einem halben Dutzend Dörfern wird beträchtlich über John Thomas geklatscht. Am Vormittag flirtet er mit den Schaffnerinnen, und in der dunklen Nacht, wenn sie ihren Wagen an der Endstation stehenlassen, ›geht‹ er mit ihnen. Natürlich geben die Mädchen den Dienst häufig auf. Dann flirtet und poussiert er mit der Neuen, immer vorausgesetzt, daß sie hübsch genug ist und einwilligt, mit ihm ›zu gehen‹. Es ist allerdings erstaunlich, daß die meisten dieser Mädchen recht hübsch sind: alle sind jung, und das Vagabundenleben an Bord der Straßenbahn verleiht ihnen den Schneid und die Sorglosigkeit von Matrosen. Was kommt's drauf an, wie sie sich benehmen, wenn das Schiff im Hafen liegt? Morgen sind sie wieder an Bord.

Annie hatte jedoch etwas von einem Querkopf, und ihre scharfe Zunge hatte John Thomas seit vielen Monaten auf Abstand gehalten. Vielleicht hatte sie ihn deshalb um so lieber, denn er kam immer unverschämt lächelnd an. Sie beobachtete, wie er ein Mädchen und dann noch ein andres besiegte. Wenn er morgens mit ihr flirtete, konnte sie an den Bewegungen seines Mundes und seiner Augen sehen, daß er am Abend vorher mit diesem oder jenem Mädchen ausgegangen war. Ein richtiger Hahn im Korb war er. Sie konnte ihn ziemlich gut abschätzen.

Bei dieser verborgenen Feindseligkeit kannten sie sich wie alte Freunde, und sie waren fast so pfiffig miteinander wie Mann und Frau. Doch Annie hatte ihn stets hinreichend auf Abstand gehalten. Außerdem hatte sie selbst einen Burschen.

Doch im November war in Bestwood der Verding-Markt. Zufällig hatte Annie an jenem Montagabend frei. Es war eine regnerische, häßliche Nacht, doch sie machte sich fein und ging zum Rummelplatz. Sie war allein, aber sie hoffte, bald irgendeinen Kameraden zu finden.

Die Karusselle drehten sich herum und dudelten ihre Musik in die Nacht, und die Schaubuden machten soviel Klamauk wie möglich. In den Kokosnuß-Wurfbuden waren keine Kokosnüsse, sondern künstlicher Kriegsersatz, und die

Burschen behaupteten, sie wären in den Eisen befestigt. Es war ein trauriger Abstieg, was Glanz und Pracht betraf. Immerhin war der Rummelplatz so verschlammt wie stets, das gleiche Gedränge herrschte, ein Schieben und Stoßen von Gesichtern, die von Gasfackeln und elektrischem Licht beleuchtet wurden, der gleiche Geruch nach Gas und ein paar Kartoffeln und Elektrizität.

Und der erste, der Miss Annie auf dem Rummelplatz begrüßte, war kein andrer als John Thomas. Er trug einen schwarzen Mantel, der bis zum Kinn hinauf zugeknöpft war, und eine in die Stirn gezogene Tweedmütze; das Gesicht dazwischen war rot und frisch und freundlich und entgegenkommend wie immer. Sie war so vertraut mit der Art, wie er seinen Mund bewegte.

Sie war sehr froh, einen ›Boy‹ zu haben. Auf dem Verding-Jahrmarkt ohne einen Freund zu sein, machte keinen Spaß. Galant, wie er war, führte er sie sofort zu den grimmigen ›Drachen‹, einem Berg-und-Tal-Karussell. Es war bei weitem nicht so aufregend wie in der Straßenbahn. Aber schließlich war es doch das Richtige: in einem rüttelnden grünen Drachen zu sitzen, hoch über das Luftballonmeer von Gesichtern gehoben zu werden und unsicher durch den Nachthimmel zu sausen, während John Thomas sich, die Zigarette im Mund, über sie lehnte! Annie war ein rundliches, flinkes, lebendiges kleines Ding, daher war sie ganz aufgeregt und glücklich.

John Thomas lud sie auch noch für die nächste Runde ein. Und deshalb konnte sie ihn nicht gut entrüstet zurückstoßen, als er den Arm um sie legte und sie auf sehr warme und kuschelige Art ein bißchen näher an sich zog. Außerdem war er ziemlich rücksichtsvoll und benahm sich so unauffällig wie möglich. Sie blickte hinab und sah, daß seine saubere rötliche Hand nicht von der Menge unten gesehen werden konnte. Und sie kannten sich ja schon so lange. Sie waren also ganz zufrieden mit dem Jahrmarkt.

Nach den Drachen gingen sie zu den Pferden. John Thomas bezahlte jedesmal, daher konnte sie nicht anders als entgegenkommend sein. Er ritt natürlich im Herrensitz auf dem Außenpferd, Black Bess genannt, und sie saß im Damensattel, ihm zugewandt, auf dem inneren Pferd, das Wildfire hieß. Und natürlich konnte John Thomas nicht vernünftig auf seiner Black Bess sitzen und sich an der Messingstange festhalten: sie kreisten herum und stiegen ins Licht hinauf, und er, auf seinem hölzernen Renner, kreiste herum und schwang ein Bein über ihr Pferd, galoppierte gefährlich durch die Luft und lag halb hintenüber und lachte ihr zu. Er war restlos glücklich; sie befürchtete, daß ihr Hut schief saß, aber sie war begeistert.

Er schleuderte Wurfringe auf ein Brett und gewann zwei große hellblaue Hutnadeln für sie. Und dann hörten sie den Lärm von den Kinos, wo eine neue Vorstellung angekündigt wurde, und sie stiegen die Planken hinauf und gingen hinein.

Während dieser Vorstellung wird es natürlich manchmal stockdunkel, wenn der Apparat versagt. Dann gibt es ein wildes Freudengeheul und ein lautes Schmatzen wie von ausgeteilten Küssen. John Thomas zog Annie dann jedesmal an sich. Schließlich hatte er eine wunderbar warme, mollige Art, ein Mädchen im Arm zu halten: er schien sich so reizend anzuschmiegen. Und schließlich war es angenehm, so gehalten zu werden: so sehr behaglich und mollig und nett. Er beugte sich über sie, und sie spürte seinen Atem auf ihrem Haar; sie wußte, daß er sie auf die Lippen küssen wollte. Und schließlich war er ja so warm, und sie paßte sich ihm so nachgiebig an. Schließlich wollte sie es selbst, daß er ihre Lippen berührte.

Doch da flammte das Licht auf; auch sie zuckte wie elektrisiert zurück und rückte ihren Hut gerade. Er ließ den Arm nachlässig hinter ihren Schultern liegen. Ach ja, es machte Spaß, es war aufregend, mit John Thomas auf dem Jahrmarkt zu sein.

Als das Kino aus war, gingen sie spazieren – aufs dunkle, feuchte Land hinaus. Er verstand sich großartig auf die Kunst des Schöntuns. Als er mit ihr in der schwarzen, nieselnden Finsternis auf einem Holzgatter saß, zeigte es sich, wie gut er ein Mädchen zu halten verstand. Er schien sie kaum dabei zu berühren und nur mit seiner Wärme und Zufriedenheit zu halten. Und seine Küsse waren weich und behutsam und tastend.

Annie ›ging‹ nun also mit John Thomas, ließ aber ihren andern Freund noch im ungewissen zappeln. Einige von den Schaffnerinnen waren daraufhin eingeschnappt. Aber in diesem Leben muß man die Dinge so nehmen, wie man sie findet, nicht wahr?

Es war ganz klar, Annie hatte für John Thomas sehr viel übrig. Sobald er in der Nähe war, wurde ihr innerlich so warm und wohlig zumute. Und John Thomas mochte Annie wirklich gut leiden, mehr als bei ihm üblich. Die weiche, schmelzende Art, wie sie in einen Burschen hineinsinken konnte, als wollte sie ihm bis ins Herz hineinschmelzen, war etwas Seltenes und Gutes. Er wußte es durchaus zu schätzen.

Aber mit der zunehmenden Bekanntschaft begann eine zunehmende Vertrautheit. Annie wollte auch den Menschen in ihm sehen, den Mann: sie wollte klugen Anteil an seinem Leben nehmen und auf ein kluges Echo bei ihm stoßen. Sie wollte nicht bloß einen nächtlichen Begleiter, denn mehr war er bisher nicht. Und sie bildete sich ein, daß er sie nicht verlassen könne.

Darin hatte sie sich getäuscht. John Thomas beabsichtigte, ein nächtlicher Begleiter zu bleiben; er dachte nicht im entferntesten daran, ihr zuliebe ein richtiges Individuum zu sein. Als sie anfing, kluge Anteilnahme an ihm und seinem Leben und Wesen zu zeigen, machte er sich aus dem Staube. Kluge Anteilnahme war ihm verhaßt. Und er wußte, die einzige Möglichkeit, sie zu verhindern, bestand darin, ihr aus dem Wege zu gehen. In Annie war das besitzsüchtige Weibchen erwacht. Deshalb verließ er sie.

Es wäre sinnlos zu behaupten, daß sie nicht überrascht war. Sie war zunächst erschrocken und vor den Kopf gestoßen. Denn sie war so sehr sicher gewesen, ihn zu halten. Eine Weile geriet sie aus dem Gleichgewicht, und alles erschien ihr ungewiß. Dann weinte sie vor Wut und Empörung, Verlassenheit und Elend. Dann hatte sie einen Anfall von Verzweiflung. Und als er dann, noch immer keck, in ihren Wagen kam und noch zutraulich tat, sie aber an seinen Gesten erkennen ließ, daß er einstweilen zu jemand anders übergegangen war und sich auf neuen Weidegründen erging, beschloß sie, sich zu rächen.

Sie hatte eine sehr zutreffende Vorstellung, mit welchen Mädchen John Thomas ›gegangen‹ war. Sie wandte sich an Nora Purdy. Nora war groß, ziemlich blaß, aber gut gewachsen, und hatte herrliches blondes Haar. Sie war recht verschwiegen.

»He«, sagte Annie und grüßte sie; dann fragte sie etwas leiser: »Mit wem geht John Thomas jetzt?«

»Ich weiß es nicht«, antwortete Nora.

»Ach, das weißt du wohl«, spottete Annie. »Du weißt es genausogut wie ich.«

»Meinetwegen, dann weiß ich's also«, erwiderte Nora. »Ich bin's jedenfalls nicht, also laß mich.«

»Es ist Cissy Meakin, nicht wahr?«

»Ja, soviel ich weiß.«

»Ist er nicht ein Frechling?« rief Annie. »Seine Unverschämtheit paßt mir ganz und gar nicht. Ich könnte ihn vom Trittbrett runterstoßen, wenn er wieder zu mir kommt.«

»Es wird ihm sicher bald heimgezahlt werden«, meinte Nora.

»Ja, bestimmt, wenn jemand sich entschließt, es ihm heimzuzahlen. Mir wär's recht, wenn er einen Pflock zurückstecken müßte. Dir doch auch?«

»Mir ist's gleich!«

»Du hast genausoviel Grund wie ich«, sagte Annie. »Aber wir wollen's ihm bald heimzahlen, Nora, ja? Möchtest du auch?«

»Mir ist's gleich.«

Doch im Grunde war Nora viel rachsüchtiger als Annie.

Annie ging der Reihe nach zu seinen alten Flammen. Dann geschah es, daß Cissy Meakin nach ganz kurzer Zeit den Dienst bei der Straßenbahn aufgab. Ihre Mutter hatte es gewünscht. Nun war John Thomas auf dem *qui vive*. Er ließ den Blick über die alten Getreuen schweifen. Und sein Blick blieb auf Annie ruhen. Er glaubte, sie sei jetzt ungefährlich. Außerdem mochte er sie.

Sie vereinbarten, daß sie an einem Sonntagabend mit ihm nach Hause gehen sollte. Ihr Wagen würde zufällig um halb zehn im Depot sein, und der letzte Wagen würde um zehn Uhr fünfzehn einlaufen. Deshalb sollte John Thomas dort auf sie warten.

Im Depot hatten die Mädchen einen kleinen Warteraum für sich allein. Er war ganz einfach, aber gemütlich: mit einem Kaminfeuer, einer Kochstelle und einem Spiegel, einem Tisch und Holzstühlen. Das halbe Dutzend Mädchen, die John Thomas nur zu gut kannten, hatte vereinbart, an diesem Sonntagnachmittag Dienst zu machen. Als daher die Wagen einer nach dem anderen einzulaufen begannen, gingen die Mädchen in den Warteraum. Und anstatt nach Hause zu eilen, setzten sie sich ans Feuer und tranken eine Tasse Tee. Draußen herrschte die Dunkelheit und Willkür der Kriegsjahre.

John Thomas kam ungefähr viertel vor zehn in einem Wagen an, der auf Annies Wagen folgte. Ungezwungen steckte er den Kopf in den Warteraum der Mädchen.

»Gebetsversammlung?« fragte er.

»Ja«, sagte Laura Sharp. »Nur für Damen.«

»Mir gerade recht!« sagte John Thomas. Es war eins seiner Lieblingsworte.

»Mach die Tür zu, Boy!« sagte Muriel Baggaley.

»Von innen oder von außen?« fragte John Thomas.

»Wie du willst«, sagte Polly Birkin.

Er war eingetreten und hatte die Tür hinter sich zugemacht. Die Mädchen öffneten ihren Kreis, um für ihn Platz am Feuer zu schaffen. Er zog seinen Mantel aus und stieß die Mütze in den Nacken.

»Wer bedient die Teekanne?« fragte er.

Nora Purdy goß ihm schweigend eine Tasse Tee ein.

»Möchtest du ein bißchen von meinem Schmalzbrot?« fragte ihn Muriel Baggaley.

»Ja, gib mir ein bißchen!«

Und er fing an, sein Stück Brot zu kauen.

»Es geht nichts über ein gemütliches Heim, Kinder!« sagte er.

Sie blickten ihn alle an, als er diese Unverschämtheit von sich gab. Er schien sich in der Gegenwart so vieler Mädchen zu sonnen.

»Besonders, wenn man sich nicht fürchtet, im Dunkeln heimzugehen«, sagte Laura Sharp.

»So wie ich! Ganz allein!«

Sie saßen da, bis die letzte Straßenbahn einlief. Nach ein paar Minuten erschien Emma Houselay.

»Komm rein, armes Häschen!« rief Polly Birkin.

»Es ist scheußlich draußen«, sagte Emma und hielt die Hände ans Feuer.

»Aber ich – ich fürcht mich – im Dunkeln allein – heimzugehn!« sang Laura Sharp, die den Rhythmus noch im Kopf hatte.

»Mit wem gehst du heute abend heim, John Thomas?« fragte Muriel Baggaley kühl.

»Heute abend?« erwiderte John Thomas. »Oh, heut abend geh ich alleine heim, ganz alleine heim.«

»Mir gerade recht!« rief Nora Purdy, sein Lieblingswort nachäffend.

Die Mädchen lachten schrill.

»Mir auch, Nora«, sagte John Thomas.

»Ich versteh nicht, was du meinst«, erwiderte Nora.

»Ja, ich zittere los«, sagte er, erhob sich und faßte nach seinem Mantel.

»Nein«, sagte Polly. »Wir sind alle hier und warten auf dich!«

»Morgen früh müssen wir rechtzeitig aufstehen!« sagte er dienstlich wohlwollend.

Alle lachten.

»Nein«, rief Muriel. »Laß uns nicht so allein, John Thomas! Nimm eine von uns mit!«

»Ich nehm euch alle mit, wenn ihr wollt«, entgegnete er galant.

»Das gibt's nicht!« rief Muriel. »Nur zu zwein ist es fein! Sieben sind zuviel des Guten!«

»Ja, such dir eine aus!« rief Laura. »Frei heraus und offen und ehrlich: sag, welche!«

»Ja«, sagte Annie, die zum erstenmal das Wort ergriff. »Du hast die Wahl, John Thomas! Los, sag's jetzt!«

»Nein«, sagte er, »heute abend geh ich brav allein. Ausnahmsweise mal brav!«

»Ach, warum!« sagte Annie. »Such dir dann eine Brave aus! Aber eine von uns mußt du dir aussuchen!«

»Nein, wie könnt ich denn *eine* nehmen«, lachte John Thomas unsicher. »Ich will mir keine Feinde machen!«

»Du würdest dir bloß eine zum Feind machen!« sagte Annie.

»Die Auserwählte!« erklärte Laura.

»O jemine! Was für Mädchen!« rief John Thomas und drehte sich wieder um, als wollte er ausreißen. »Also – gute Nacht!«

»Nein, du mußt dir eine aussuchen!« rief Muriel. »Dreh dich mit dem Gesicht zur Wand und sag uns, welche dich berührt hat! Los! Wir berühren bloß deinen Rücken! Los!

Dreh dein Gesicht zur Wand und sag uns, welche von uns dich berührt hat!«

Er war unsicher und traute ihnen nicht. Doch er hatte nicht den Mut, um auszubrechen. Sie drängten ihn an eine Wand und stellten ihn so hin, daß sein Gesicht zur Wand schaute. Hinter seinem Rücken schnitten sie Fratzen und kicherten. Er sah so komisch aus. Unsicher blickte er sich um.

»Dann los!« rief er.

»Du mogelst ja! Du mogelst ja!« riefen sie.

Er wandte den Kopf zur Wand. Und plötzlich – mit einer Bewegung wie eine flinke Katze – sprang Annie vor und versetzte ihm einen solchen Backs, daß ihm die Mütze vom Kopf sauste und er torkelte. Er flog herum.

Aber auf ein Zeichen von Annie stürzten sie sich alle auf ihn, schlugen ihn, kniffen ihn und zogen ihn an den Haaren, wenn auch mehr zum Spaß als aus Bosheit oder Ärger. Er aber sah rot. Seine blauen Augen loderten vor Wut und auch aus einer seltsamen Angst heraus, und er drängte sich zwischen den Mädchen zur Türe durch. Sie war zugeschlossen. Er zerrte daran. Die Mädchen waren aufgeregt und auf der Hut: sie standen um ihn her und blickten ihn an. Er stellte sich ihnen. Sie erschienen ihm jetzt ziemlich abstoßend, wie sie da in ihren kurzen Uniformen vor ihm standen. Er fürchtete sich sichtlich.

»Los, John Thomas, los! Wähl dir eine!« rief Annie.

»Was wollt ihr bloß? Schließt die Türe auf!« sagte er.

»Nein, das tun wir nicht – nicht, bis du gewählt hast«, sagte Muriel.

»Was soll ich wählen?« rief er.

»Wähl eine, die du heiraten willst!« antworteten sie.

Er zauderte einen Augenblick.

»Schließt die verdammte Tür auf und nehmt wieder Vernunft an!« Er sprach mit dienstlicher Autorität.

»Du mußt wählen!« riefen die Mädchen.

»Los!« rief Annie und blickte ihm ins Gesicht. »Los! Los!«

Er trat etwas schwankend vor. Sie hatte ihren Gürtel abgeschnallt, holte aus und versetzte ihm einen scharfen Hieb mit dem Gürtelschloß. Er sprang vor und packte sie. Aber sofort stürzten sich alle andern Mädchen auf ihn, zerrten und rissen an ihm und schlugen ihn. Ihr Blut war jetzt richtig in Wallung geraten. Er war jetzt ihr Spielball. Sie wollten sich jetzt an ihm rächen. Sie hängten sich an ihn – seltsame, wilde Geschöpfe – und stürzten sich auf ihn, um ihn zu Boden zu reißen. Seine Uniformjacke war im Rücken völlig zerfetzt. Nora hatte ihn beim Kragen gepackt und würgte ihn. Zum Glück sprang der Knopf ab. Er kämpfte in wilder Raserei, wütend und entsetzt, fast wahnsinnig vor Entsetzen. Die Jacke wurde ihm einfach vom Rücken gerissen, und die Hemdsärmel wurden ihm ausgerissen, so daß seine Arme nackt waren. Die Mädchen stürzten sich immer wieder auf ihn, klammerten sich mit den Händen an ihn und zerrten an ihm, oder sie schossen vor und stießen ihn, trafen ihn mit aller Kraft und versetzten ihm wilde Hiebe. Er duckte sich ängstlich, wich aus und wollte seitlich ausbrechen. Sie wurden nur noch eifriger.

Endlich lag er unten! Sie stürzten sich auf ihn und knieten auf ihm. Er hatte weder genug Atem noch die Kraft, sich zu rühren. Sein Gesicht blutete von einer langen Schramme, und seine Stirn wies Prellungen auf.

Annie kniete auf ihm, und die andern Mädchen knieten, oder sie klammerten sich an ihn. Ihre Gesichter waren gerötet, ihr Haar war zerzaust, und aller Augen glitzerten seltsam. Endlich lag er ganz still, mit abgewandtem Gesicht, wie ein Tier daliegt, wenn es besiegt und der Gnade des Jägers ausgeliefert ist. Manchmal warf er einen Seitenblick auf die wilden Gesichter der Mädchen. Seine Brust hob sich heftig, seine Unterarme waren zerkratzt.

»Jetzt also, mein Bürschchen!« keuchte Annie endlich. »Jetzt also! Jetzt!«

Als er den schrecklichen, kalten Triumph in ihrer Stimme

hörte, begann er sich plötzlich wie ein Tier zu wehren, aber die Mädchen warfen sich mit unnatürlicher Wucht und Gewalt auf ihn und zwangen ihn hinunter.

»Ja, jetzt also!« keuchte Annie.

Und dann trat eine Totenstille ein, in der man die Herzen klopfen hörte. Für alle war es eine Pause verhaltenen, völligen Schweigens.

»Jetzt weißt du, woran du bist«, sagte Annie.

Der Anblick seiner weißen, nackten Arme machte die Mädchen rasend. Er lag da, wie betäubt von seiner Furcht und ihrer Feindseligkeit. Sie spürten übernatürliche Kräfte in sich.

Plötzlich begann Polly zu lachen, wild und hilflos zu kichern, und Emma und Muriel stimmten ein. Aber Annie und Nora und Laura blieben gleichmäßig wachsam und gespannt, und ihre Augen glänzten. Vor diesen Augen schreckte er zurück.

»Ja«, sagte Annie mit merkwürdig leiser Stimme, die verstohlen und tödlich klang. »Ja, jetzt hast du's abgekriegt! Du weißt, was du getan hast, nicht? Du weißt, was du getan hast.«

Er gab keinen Laut und keinen Mucks von sich, sondern lag nur mit blanken, abgewandten Augen und abgewandtem, blutigem Gesicht da.

»Du solltest *totgeschlagen* werden«, sagte Annie heiser. »Du solltest *totgeschlagen* werden, das würde dir recht geschehen!« Und böse Lust klang aus ihrer Stimme.

Polly hörte auf zu lachen und stieß langgezogene Oh-h-h-hs und Seufzer aus, als sie zu sich kam.

»Er muß wählen«, sagte sie unsicher.

»O ja, das muß er!« rief Laura mit rachsüchtiger Bestimmtheit.

»Hörst du? Hörst du?« fragte Annie, und mit einer scharfen Bewegung, unter der er zusammenzuckte, drehte sie sein Gesicht zu sich um.

»Hörst du?« wiederholte sie und schüttelte ihn.

Aber er war stumm und starr. Sie versetzte ihm einen heftigen Schlag ins Gesicht. Er fuhr zusammen und riß die Augen auf. Dann endlich wurde sein Gesicht finster vor Trotz.

»Hörst du?« wiederholte sie.

Er sah sie nur mit feindseligen Augen an.

»Sprich!« sagte sie und stieß ihr Gesicht teuflisch nahe an seins.

»Was?« fragte er, beinah besiegt.

»Du mußt wählen!« schrie sie, als wäre es eine schreckliche Drohung und als kränke es sie sehr, daß sie nicht *mehr* von ihm verlangen konnte.

»Was?« fragte er furchtsam.

»Wähl dir eine Liebste, Coddy! Du mußt sie dir jetzt wählen! Und wenn du uns mit noch mehr von deinen Tricks kommst, brechen wir dir das Genick! Du bist jetzt erledigt.«

Eine Pause trat ein. Wieder wandte er das Gesicht ab. Trotz seiner Niederlage blieb er listig. Er gab nicht wirklich nach, nein, und wenn sie ihn in Stücke rissen.

»Meinetwegen«, sagte er. »Ich wähle Annie.« Seine Stimme klang seltsam und war voller Bosheit. Annie ließ ihn los, als hätte sie eine glühende Kohle angefaßt.

»Er hat Annie gewählt!« riefen die Mädchen im Chor.

»Mich!« rief Annie. Sie kniete noch, aber nicht mehr auf ihm. Er lag noch auf dem Boden – mit abgewandtem Gesicht. Die Mädchen scharten sich unsicher um ihn.

»Mich!« wiederholte Annie mit schrecklich bitterem Ton. Dann stand sie auf und zog sich seltsam angewidert und verbittert von ihm zurück.

»Ich würde ihn nicht anrühren!« sagte sie.

Doch ihr Gesicht zitterte wie in furchtbarem Schmerz, und es hatte den Anschein, als würde sie umsinken. Die andern Mädchen wandten sich ab. Er blieb mit zerrissenen

Kleidern und blutendem, abgewandtem Gesicht auf dem Boden liegen.

»Oh, wenn er gewählt hat . . .«, sagte Polly.

»Ich will ihn nicht – er kann noch mal wählen«, sagte Annie mit der gleichen verbitterten Hoffnungslosigkeit.

»Steh auf!« sagte Polly und zog an seiner Schulter. »Steh auf!«

Er stand langsam auf – ein seltsames, zerlumptes, halb betäubtes Geschöpf.

Die Mädchen musterten ihn aus einiger Entfernung mit neugierigen und verstohlenen und gefährlichen Blicken.

»Wer will ihn?« fragte Laura grob.

»Niemand!« antworteten sie verächtlich. Doch jede von ihnen wartete darauf, daß er sie ansehen würde, und hoffte, daß er sie ansehen würde. Alle bis auf Annie – in ihr war etwas zerrissen.

Er behielt jedoch seine verschlossene Miene bei und wandte sein Gesicht von allen ab. Dann herrschte Stille, ein Zeichen, daß es zu Ende war. Er hob die zerrissenen Stücke seiner Jacke auf und wußte nicht, was er mit ihnen anfangen sollte. Die Mädchen standen unsicher da; sie waren erhitzt und keuchten, glätteten ihre Haare und Kleider, ohne es recht zu wissen, und behielten ihn im Auge. Er blickte keine von ihnen an. In einer Ecke entdeckte er seine Mütze und hob sie auf. Er setzte sie sich auf den Kopf, und eins von den Mädchen stimmte bei dem Anblick, den er bot, ein schrilles, hysterisches Gelächter an. Er kümmerte sich jedoch nicht darum, sondern ging schnurstracks dorthin, wo sein Mantel an einem Pflock hing. Die Mädchen scheuten vor einer Berührung mit ihm zurück, als wäre er ein mit Elektrizität geladener Draht. Er zog den Mantel an und knöpfte ihn zu. Dann rollte er die zerfetzte Jacke zu einem Bündel zusammen und blieb stumm vor der verschlossenen Tür stehen.

»Schließt die Tür auf!« sagte Laura.

»Annie hat den Schlüssel!« antwortete eine.

Annie übergab den Mädchen den Schlüssel, ohne ein Wort zu sagen. Nora schloß die Türe auf.

»Wurst wider Wurst, alter Junge!« sagte sie. »Zeit, daß du ein Mann bist, und nimm's nicht krumm!«

Aber ohne ein Wort oder Zeichen hatte er die Tür aufgemacht und war gegangen – mit verschlossenem Gesicht und hängendem Kopf.

»Da kann er sich 'ne Lehre draus ziehen!« sagte Laura.

»Coddy!« sagte Nora.

»Um Gotteswillen, seid still!« rief Annie heftig und wie gepeinigt.

»Well, ich könnte jetzt gehen, Polly!« sagte Muriel. »Mach fix!«

Die Mädchen waren alle bestrebt, wegzugehen. Hastig und mit stummen, verwirrten Gesichtern machten sie sich zurecht.

Frühlingsschatten

I

Durch den Wald war es eine Meile näher. Aus alter Gewohnheit ging Syson bis zur Schmiede und öffnete das Feldgatter. Der Schmied und sein Geselle standen still und beobachteten den Eindringling. Aber Syson hatte zuviel von einem Herrn an sich, als daß sie ihn anzusprechen gewagt hätten. Stumm ließen sie ihn über das kleine Feld zum Wald gehen.

Nicht der kleinste Unterschied bestand zwischen diesem Morgen und den strahlenden Frühlingsvormittagen vor sechs oder acht Jahren. Weißes und gelblichbraunes Hühnervolk scharrte um das Gatter herum, und auf Weg und Feld lagen Federn und zusammengescharrter Schmutz. Zwischen den zwei dichten Stechpalmenbüschen in der Hecke war der heimliche Durchschlupf, wo man über ein Staket klettern mußte, um in den Wald zu gelangen; die Sprossen waren von den Stiefeln des Wildhüters abgewetzt, genau wie früher. Das Unvergängliche umfing ihn wieder.

Syson freute sich unbändig. Wie ein unseliger Geist war er in das Land seiner Vergangenheit zurückgekehrt, und nun sah er, daß alles auf ihn wartete und unverändert war. Das Haselgebüsch spreitete noch immer frohe kleine Hände nach unten, und wie einst wuchsen die Hasenglöckchen hier spärlich und blaß im üppigen Gras und im Schatten der Büsche.

Eine Zeitlang lief der Pfad dicht am Rande eines Abhangs in gemächlichen Windungen durch den Wald. Ringsumher war Eichengestrüpp, auf dem gerade das erste Gold sproßte, und Gras, das mit Waldmeister und Bingelkraut und Tuffs wilder Hyazinthen bestickt war. Zwei umgestürzte Bäume lagen noch quer über dem Weg. Syson sprang einen steilen, holprigen Hang hinab und stieß wieder auf offenes Land, über das man hier wie aus einem großen Fenster im Wald gen Norden schaute. Er blieb stehen und blickte über die ebenen Felder oben am Hügel und auf das Dorf, das über die kahle Hochfläche verstreut war, als hätten es die vorbeifahrenden Lastwagen verloren und liegengelassen. Ein steifes, modernes graues Kirchlein war zu sehen, und hier und da Würfel und Reihen roter Heimstätten; dahinter das blinkende Förderwerk und die hochaufragende Abraumhalde. Alles lag entblößt und kahl da, ohne einen Baum! Es war ganz unverändert.

Syson drehte sich zufrieden um und wollte dem Pfad folgen, der steil hügelab ins Gehölz tauchte. Er war in seltsam gehobener Stimmung und fühlte sich zurückversetzt in einen unvergänglichen Traum. Da schrak er zusammen. Ein Wildhüter stand wenige Meter vor ihm und versperrte ihm den Weg.

»Wohin wollen Sie hier, Sir?« fragte der Mann. In seiner Frage schwang ein drohend scharfer Ton mit. Syson betrachtete den Burschen mit unpersönlichen, aufmerksamen Blicken. Es war ein junger Mann von vier- oder fünfundzwanzig Jahren, von frischer Farbe und hübsch. Seine dunkelblauen Augen starrten den Eindringling jetzt herausfordernd an. Der schwarze, sehr dichte Schnurrbart über dem kleinen, ziemlich weichen Mund war kurz gestutzt. Sonst sah der junge Mensch in jeder Beziehung männlich und gut aus. Er war etwas mehr als mittelgroß; der breite, mächtige Brustkasten und das völlig Ungezwungene seines geraden, stolzen Körpers erweckten den Eindruck, daß er wie ein Tier von Lebensfülle strotzte – dem dicken Strahl eines Springbrunnens vergleichbar, der in sich selbst ausgewogen ist. Den Kolben seines Gewehrs hatte er auf den Boden gestützt; er sah Syson unsicher und fragend an. Die dunklen, schnellen Blicke des Fremden, die den jungen Mann musterten und in ihn eindrangen, ohne sich weiter um sein Amt zu scheren, beunruhigten den Wildhüter und ließen ihn erröten.

»Wo ist Naylor? Haben Sie seinen Posten?« fragte Syson.

»Sie sind doch nicht vom Herrenhaus, nicht wahr?« erkundigte sich der Wildhüter. Es konnte nicht sein, da alle fort waren.

»Nein, ich bin nicht vom Herrenhaus«, erwiderte der andere. Es schien ihn zu belustigen.

»Dann darf ich vielleicht fragen, wohin Sie hatten gehen wollen«, sagte der Wildhüter gereizt.

»Wohin ich gehen will?« wiederholte Syson. »Ich gehe nach der Willey-Water-Farm.«

»Das hier ist nicht der Weg.«

»Ich glaube doch: den Pfad hinunter, am Brunnen vorbei, und dann durch das weiße Gatter.«

»Aber das ist nicht der öffentliche Weg!«

»Vielleicht nicht. Zu Naylors Zeit bin ich hier so oft gegangen, daß ich es vergessen hatte. Wo ist er übrigens?«

»Vom Rheuma verkrüppelt«, antwortete der Wildhüter unwillig.

»Oh!« rief Syson bedauernd.

»Und wer sind Sie eigentlich?« fragte der Wildhüter mit neuem Interesse.

»John Alderley Syson; ich wohnte früher hier in Cordy Lane.«

»Und Sie machten Hilda Millership den Hof?«

Syson schlug, betroffen lächelnd, die Augen auf. Er nickte. Ein verlegenes Schweigen trat ein.

»Und Sie – wer sind Sie?« fragte Syson.

»Arthur Pilbeam – Naylor ist mein Onkel«, sagte der andere.

»Leben Sie hier in Nuttall?«

»Ich wohne bei meinem Onkel – bei Naylors.«

»Aha!«

»Sagten Sie, daß Sie nach Willey-Water wollten?« fragte der Wildhüter.

»Ja.«

Eine kurze Pause entstand, ehe der Wildhüter herausplatzte: »*Ich* gehe jetzt mit Hilda Millership.«

Der junge Bursche sah den Eindringling mit eigensinnigem, fast rührendem Trotz an. Syson betrachtete ihn mit anderen Augen.

»Wirklich?« sagte er erstaunt. Der Wildhüter wurde dunkelrot.

»Wir gehen zusammen«, sagte er.

»Das wußte ich nicht«, sagte Syson. Der andere Mann wartete unbehaglich.

»Ist es denn abgemacht?« fragte der Fremde.

»Wieso abgemacht?« erwiderte der andere mürrisch.

»Ob Sie bald heiraten und all das?«

Der Wildhüter blickte ein paar Augenblicke stumm und hilflos drein.

»Ich glaube«, sagte er, von Groll erfüllt.

»Ach!« Syson behielt ihn im Auge. »Ich bin selbst verheiratet«, setzte er nach einiger Zeit hinzu.

»Wirklich?« fragte der andere ungläubig.

Syson lachte ein oberflächlich-unglückliches Lächeln.

»Seit fünfzehn Monaten«, sagte er.

Der Wildhüter starrte ihn mit großen, erstaunten Augen an, offenbar die Vergangenheit überdenkend und mit dem Versuch, die Dinge zu begreifen.

»Aber wußten Sie es denn nicht?« fragte Syson.

»Nein«, antwortete der andere verdrießlich.

Einen Augenblick schwiegen sie.

»Tja, also dann will ich weiter«, sagte Syson. »Ich darf doch wohl?«

Der Wildhüter stand in stummer Abwehr. Die beiden Männer zauderten auf der freien, grasbewachsenen Lichtung, die rings von kleinen Ähren kräftiger Hasenglöckchen bestanden war: ein offenes Podium oben auf der Hügelkuppe. Syson machte ein paar unschlüssige Schritte nach vorn und hielt inne.

»Oh, wie wunderschön!« rief er. Er übersah jetzt den ganzen Abhang. Der breite Pfad lief wie ein Bach seinen Füßen voraus und war blau von Hasenglöckchen, abgesehen von einem sich schlängelnden grünen Bandstreifen in der Mitte, auf dem der Wildhüter stand. Wie ein Fluß erweiterte sich der Weg an den ebenen Stellen zu amethystblauen Buchten, zu ganzen Teichen von Hasenglöckchen, durch die sich auch hier der grüne Pfad wand, wie eine schmale Strömung Gletscherwasser in blauen Seen. Und unter dem Purpurgeäst der Büsche schwamm dunkleres Blau hervor, als trieben die Blüten im Flutwasser durch das Wäldchen.

»Ach, ist es nicht herrlich?« rief Syson. Das hier war seine Vergangenheit, das Land, das er verlassen hatte, und es schmerzte ihn zu sehen, wie schön es war. Waldtauben gurrten über ihnen in den Bäumen, und die Luft war erfüllt von der strahlenden Heiterkeit singender Vögel.

»Wenn Sie verheiratet sind, warum schreiben Sie ihr dann immer noch und schicken ihr Gedichtbücher und so?« fragte der Wildhüter. Syson sah ihn an, betreten und klein. Dann begann er zu lächeln.

»Oh«, sagte er, »ich wußte ja nichts von Ihnen.«

Wieder wurde der Wildhüter dunkelrot. »Aber wenn Sie verheiratet sind . . .« trotzte er.

»Das bin ich«, erwiderte der andere spöttisch.

Dann sah er den schönen blauen Pfad hinab und fühlte sich gedemütigt. Was für ein Recht habe ich denn eigentlich, mich an sie zu hängen? dachte er in bitterer Selbstverachtung.

»Sie weiß, daß ich verheiratet bin und all das«, sagte er.

»Und trotzdem schicken Sie ihr weiterhin Bücher«, warf ihm der Wildhüter vor.

Syson mußte verstummen und sah den andern Mann halb spöttisch, halb mitleidig an. Dann wandte er sich ab.

»Guten Tag«, grüßte er und war fort.

Jetzt reizte ihn alles: die beiden Weiden, von denen die eine lauter Gold und Duft und Gesumm und die andere silbergrün und struppig war, erinnerten ihn, daß er ihr hieran die Bestäubung erklärt hatte. Was für ein Dummkopf er war! Was für eine gottverdammte Dummheit das alles war!

»Ach je«, sagte er vor sich hin, »der arme Teufel scheint mir etwas nachzutragen. Ich werd's wiedergutmachen!« Er grinste und war in einer scheußlichen Laune.

2

Bis zur Farm waren es keine hundert Meter vom Waldrand, dessen grüne Wand die vierte Seite eines offenen Rechtecks bildete. Das Haus blickte auf den Wald. Mit zwiespältigen Gefühlen gewahrte Syson, daß die Pflaumenblüten auf einen Teppich bunter Primeln gefallen waren, die er selbst hergebracht und eingepflanzt hatte. Wie sie sich vermehrt hatten! Dicke Kissen scharlachroter und rosa und blaßlila Primeln blühten jetzt unter den Pflaumenbäumen. Er merkte, daß jemand aus dem Küchenfenster zu ihm herübersah, und hörte Männerstimmen.

Plötzlich ging die Tür auf: sehr fraulich war sie geworden! Er spürte, daß er blaß wurde.

»Du? – Addy!« rief sie und stand, ohne sich zu rühren.

»Wer?« rief die Stimme des Bauern. Leisere Männerstimmen antworteten. Diese leisen, neugierigen, beinahe spöttischen Stimmen reizten sein gepeinigtes Gemüt. Er lächelte ihr strahlend zu und wartete.

»Ja, ich. Warum nicht?« sagte er.

Das Rot auf ihrer Wange und Kehle brannte glühender.

»Wir sind gleich mit dem Essen fertig«, sagte sie.

»Dann will ich draußen bleiben.« Er machte eine Bewegung, als wollte er sich auf den roten Tonbottich setzen, der zwischen Narzissen neben der Haustür stand und das Trinkwasser enthielt.

»O nein, komm doch herein«, sagte sie hastig. Er folgte ihr. Von der Türe aus warf er einen schnellen Blick auf die Familie und grüßte. Alle waren verlegen. Der Bauer, seine Frau und die vier Söhne saßen um den nachlässig gedeckten Tisch; die Arme der Männer waren bis zum Ellbogen hinauf entblößt.

»Es tut mir leid, daß ich gerade zur Essenszeit komme«, sagte Syson.

»Hallo, Addy«, sagte der Bauer und benutzte die Anrede von einst, doch seine Stimme war kalt. »Wie geht's?«

Und er gab ihm die Hand.

»Ein bißchen zu essen?« forderte er den jungen Besucher auf, dabei von vornherein annehmend, daß die Einladung abgelehnt würde. Er tat, als ob Syson zu fein geworden sei, um so derbe Kost zu essen. Der junge Mann verzog ob dieses Untertons das Gesicht.

»Hast du überhaupt zu Mittag gegessen?« fragte die Tochter.

»Nein«, erwiderte Syson. »Es ist noch zu früh. Ich muß um halb zwei wieder zurück sein.«

»Bei dir heißt's jetzt ›Lunch‹, nicht?« fragte der älteste Sohn fast ironisch. Früher war er ein vertrauter Freund des jungen Mannes gewesen.

»Wir wollen ihm etwas vorsetzen, wenn wir fertig sind«, meinte die Mutter, die kränklich war, mißbilligend.

»Nein, bitte nicht! Ich möchte Ihnen keine Mühe machen«, sagte Syson.

»Hast immer von frischer Luft und schöner Natur gelebt«, lachte der Jüngste, ein Bursche von neunzehn Jahren.

Syson ging ums Haus und in den dahinterliegenden Obstgarten, wo längs der Hecke Narzissen wie zerzauste gelbe Vögel auf ihren Stielen schwankten. Er liebte das Fleckchen hier über alles: die ringsum aufragenden Hügel mit dem Bärenfell von Waldungen, das ihre riesigen Schultern bedeckte, und den kleinen roten Gehöften, die gleich Broschen ihre Gewänder zusammenhielten; der blaue Wasserlauf im Tal, das kahle Weideland, das Gezwitscher tausendstimmigen Vogelsangs, der beinahe ungehört verklang. Bis zu seiner Sterbestunde würde er von diesem Fleckchen träumen, wenn er die Sonne auf dem Gesicht spürte oder kleine Hände voll Schnee in den winterlichen Zweigen sah oder das Kommen des Frühlings roch.

Hilda war sehr fraulich. In ihrer Gegenwart fühlte er sich gehemmt. Sie war neunundzwanzig, so wie er; doch erschien sie ihm viel älter. Neben ihr kam er sich töricht, fast unwirklich vor. Sie war so gesetzt. Als er mit ein paar herabgefallenen Pflaumenblüten auf einem niedrigen Busch spielte, erschien sie in der Hoftür und schüttelte das Tischtuch aus. Die Hühner kamen vom Schober auf dem Hof herbeigerannt, und Vögel flatterten von den Bäumen. Sie trug ihr dunkles Haar in Flechten aufgesteckt wie eine Krone. Sie hielt sich sehr gerade und stolz. Als sie die Decke zusammenlegte, blickte sie auf die Berge in der Ferne.

Dann ging Syson ins Haus. Sie hatte ihm Eier und Quark, Stachelbeerkompott und Sahne hingestellt.

»Da du deine Hauptmahlzeit heute abend einnehmen willst«, sagte sie, »habe ich dir nur einen leichten Imbiß gerichtet.«

»Furchtbar nett von dir«, sagte er. »Ihr hütet die alte idyllische Stimmung – mit eurem Kranz aus Stroh und Efeuknospen.«

Noch immer mußten sie einander verletzen.

Er war unsicher ihr gegenüber. Ihre knappe, bestimmte Redeweise und die stolze Haltung waren ihm fremd. Er bewunderte wieder ihre grauschwarzen Augenbrauen und die Wimpern. Ihre Augen begegneten sich. Er sah in dem schönen Grau und Schwarz ihres Blickes Tränen und ein seltsames Licht, und hinter dem allem ein ruhiges Hinnehmen ihrer selbst – und den Sieg über ihn.

Er fühlte sich klein werden. Mit Mühe behielt er den ironischen Ton bei.

Sie schickte ihn ins Wohnzimmer, während sie inzwischen das Geschirr abwusch. Der lange, niedrige Raum war mit Sachen aus dem Abbey-Verkauf neu möbliert worden: Sessel mit Polstern aus rotweinfarbenem Rips, die schon sehr alt waren, ein ovaler Tisch aus poliertem Nußbaum und ein anderes Klavier, hübsch, aber auch antik. Obwohl ihm alles fremd war, freute er sich. Er öffnete einen hohen Schrank, der in die dicke Mauer eingelassen war, und entdeckte, daß er angefüllt war mit seinen Büchern, seinen alten Schulbüchern und den Gedichtbänden, die er ihr geschickt hatte, englischen und deutschen. Die Narzissen in den tiefen weißen Fensternischen leuchteten durch das Zimmer; fast konnte er ihre Strahlen fühlen. Der alte Zauber packte ihn wieder. Über seine jugendlichen Aquarelle an den Wänden lachte er heute nicht mehr: er dachte daran, mit welcher Inbrunst er sie vor zwölf Jahren zu malen versucht hatte.

Sie trat ein, eine Schüssel auswischend, und wieder fiel ihm die helle, kernweiße Schönheit ihrer Arme auf.

»Wie wunderschön ihr's hier habt«, sagte er, und ihre Blicke trafen sich.

»Gefällt es dir?« fragte sie. Es war der leise Ton einstiger Vertraulichkeit. Er fühlte, wie sein Blut plötzlich zu reden begann. Es war das alte, köstliche Hochgefühl, ein Leichterwerden, fast ein Verflüchtigen seiner selbst, als ob er aus seinem Denken erlöst werden sollte.

»Ja«, nickte er und lächelte ihr zu – wie einst als Knabe. Sie ließ den Kopf sinken.

»Das war der Sessel der Gräfin«, sagte sie, und ihre Stimme klang leise. »Ich fand ihre Schere hier drin, zwischen der Polsterung.«

»Wirklich? Wo ist sie?«

Schnell und schwunghaft in ihrer Bewegung, holte sie den

Arbeitskorb. Zusammen untersuchten sie die altmodische, langschenklige Schere.

»Was für eine Ballade von toten Damen«, sagte er lachend und steckte seine Finger in die runden Ösen der Schere.

»Ich wußte, daß sie dir passen würde«, sagte sie überzeugt. Er sah auf seine Finger und auf die Schere. Sie meinte, seine Finger seien schlank genug für die schmalen Ösen.

»Ein Punkt zu meinen Gunsten«, lachte er und legte die Schere hin. Sie wandte sich dem Fenster zu. Der feine blonde Flaum auf ihrer Wange und Oberlippe fiel ihm auf, und ihr weicher weißer Hals, wie die Kehle einer Taubnesselblüte, und ihre Unterarme, die wie frisch ausgehülste Kerne leuchteten. Er sah sie mit neuen Blicken an, und sie erschien ihm als ein anderer Mensch. Er kannte sie nicht. Aber er konnte sie jetzt sachlich betrachten.

»Wollen wir ein Weilchen nach draußen?« fragte sie.

»Ja«, antwortete er. Doch das Gefühl, das in ihm überwog und die Erregung und Verwirrung seines Herzens trübte, war Furcht – Furcht vor dem, was er sah. Es war die gleiche Art an ihr wie einst, der gleiche Ausdruck in ihrer Stimme; und doch war sie nicht so, wie sie ihm damals erschienen war. Er wußte sehr wohl, was er in ihr gesehen hatte. Und allmählich wurde es ihm klar, daß sie etwas ganz anderes war – und immer gewesen war.

Sie setzte keinen Hut auf, sondern band nur die Schürze ab und sagte: »Wir wollen zu den Lärchen gehen!« Als sie durch den alten Obstgarten schritten, rief sie ihn näher, um ihm in einem der Apfelbäume ein Blaumeisennest und in der Hecke ein Drosselnest zu zeigen. Er mußte sich wundern über ihre Sicherheit, eine gewisse Härte, die wie Anmaßung unter ihrer Demut verborgen lag.

»Sieh doch die Apfelblütenknospen!« sagte sie, und da bemerkte er Hunderte von kleinen scharlachroten Bällchen zwischen den herabhängenden Zweigen. Sie beobachtete sein Gesicht, und ihr Blick wurde hart. Sie begriff, daß ihm die

Schuppen von den Augen gefallen waren und daß er sie endlich so sehen würde, wie sie wirklich war. Es war das eine gewesen, was sie früher am meisten gefürchtet hatte – und um ihrer Seelenruhe willen doch am meisten brauchte. Jetzt würde er sehen, wie sie war. Er würde sie nicht lieben, und er würde wissen, daß er sie nie geliebt haben konnte. Mit dem Schwinden des alten Trugbildes waren sie zwei Fremde, eindeutig und gänzlich. Aber er würde ihr Gerechtigkeit widerfahren lassen, sie würde Gerechtigkeit erlangen.

Sie war von einem Überschwang, den er nie an ihr erlebt hatte. Sie zeigte ihm Nester: in einem kleinen Busch war ein Zaunkönignest.

»Sieh mal, Jennys Nest!« rief sie.

Er war überrascht, weil sie den volkstümlichen Namen gebrauchte. Sie faßte vorsichtig durch die Dornen und steckte den Finger in die runde Türöffnung des Nestes.

»Fünf«, sagte sie. »Winzig kleine Dinger.«

Sie zeigte ihm Nester von Rotkehlchen, Buchfinken, Hänflingen und Ammern, und am Wasser das Nest einer Bachstelze.

»Und wenn wir noch weiter hinuntergehen, in die Nähe des Sees, dann zeige ich dir ein Eisvogelnest ...«

»In den jungen Kiefern«, sagte sie, »hat fast jeder Zweig und jede Gabelung ein Drossel- oder Amselnest. Am ersten Tag, nachdem ich sie entdeckt hatte, war mir so, als dürfe ich nicht wieder in den Wald gehen. Es schien die reinste Vogelstadt: an dem Morgen, als ich sie alle hörte, mußte ich an den Lärm frühmorgens auf dem Markt denken. Ich scheute mich, meinen eigenen Wald zu betreten.«

Sie redete in einer Sprache, die sie beide gemeinsam erfunden hatten. Jetzt war es ganz ihre eigene: er stand außerhalb. Sein Schweigen bekümmerte sie nicht; sie hatte die Führung übernommen und ließ ihn ihren Wald sehen. Als sie auf einen sumpfigen Pfad stießen, wo in satter Bläue ein Teppich von Vergißmeinnicht blühte, sagte sie: »Die Vögel kennen wir alle; doch Blumen gibt's viele, deren Namen wir nicht kennen.« Es war fast wie ein Hinwenden zu ihm, der jedes Ding bei Namen genannt hatte.

Sie blickte träumerisch über die offenen Felder, die in der Sonne schliefen.

»Ich habe übrigens auch einen Geliebten«, sagte sie selbstbewußt – und verfiel doch beinahe wieder in den alten, vertraulichen Ton.

Das reizte ihn, es mit ihr aufzunehmen.

»Ich glaube, ich traf ihn schon. Er sieht gut aus – auch in Arkadien.«

Ohne zu antworten, wandte sie sich dem dunklen Pfad zu, der bergauf führte, wo Bäume und Unterholz sehr dicht standen.

Schließlich sagte sie: »Es war richtig, daß sie in alten Zeiten verschiedene Altäre für die verschiedenen Götter hatten.«

»O ja«, bestätigte er. »Und wem ist der neue geweiht?«

»Kein neuer, da es für mich keine alten gibt. Ich habe immer nach diesem gesucht.«

»Und wem gilt er?« fragte er.

»Ich weiß es nicht«, sagte sie und sah ihn voll an.

»Ich freue mich sehr für dich«, sagte er, »daß du zufrieden bist.«

»Ja – aber auf den Mann kommt es nicht so sehr an«, sagte sie. Eine Pause trat ein.

»Nein?« rief er erstaunt, sie jedoch in ihrem wahren Selbst erkennend.

»Auf unser Selbst kommt es an«, sagte sie. »Ob man sein eigenes Selbst ist und seinem eigenen Gotte dient.«

Es entstand eine Stille, während der er nachsann. Der Weg war düster und fast blumenleer. Am Rande sanken seine Absätze in weichen Lehm.

3

Sehr langsam sagte sie: »Ich habe in der gleichen Nacht geheiratet wie du.«

Er sah sie an.

»Nicht dem Gesetz nach, natürlich«, erwiderte sie. »Sondern in Wirklichkeit.«

»Den Wildhüter?« fragte er und wußte nicht, was er sonst sagen sollte.

Sie wandte sich ihm zu.

»Dachtest du, ich könnte nicht?« sagte sie. Doch trotz all ihrer Sicherheit breitete sich tiefes Erröten über ihre Wangen und die Kehle.

Noch immer vermochte er nichts zu sagen.

»Ich mußte es nämlich« – sie bemühte sich, es zu erklären –, »ich mußte es *auch* verstehen.«

»Und was bedeutet es dir, dies *Verstehen?*« fragte er.

»Sehr, sehr viel – dir etwa nicht?« entgegnete sie. »Man ist frei.«

»Und du bist nicht enttäuscht?«

»Durchaus nicht!« Ihre Stimme klang tief und aufrichtig.

»Liebst du ihn?«

»Ja, ich liebe ihn.«

»Gut«, sagte er.

Das brachte sie für ein Weilchen zum Schweigen.

»Hier, in seiner Welt, liebe ich ihn!« sagte sie.

Seine Überheblichkeit ließ ihn nicht schweigen.

»Diese Umgebung ist vonnöten?« fragte er.

»Ja«, rief sie. »Du hast mich nie mich selbst sein lassen.«

Er lachte auf.

»Aber ist es denn eine Frage der Umgebung?« Er hatte sie für ein ganz vergeistigtes Wesen gehalten.

»Ich bin wie eine Pflanze«, sagte sie. »Ich kann nur auf meinem eigenen Boden gedeihen.«

Sie kamen zu einer Stelle, wo das Unterholz zurückwich

und eine kahle braune Lichtung freigab, auf der sich säulengleich die ziegelroten und kupfernen Stämme der Kiefern erhoben. Am Rande hing das düstere Grün der Holunderbüsche mit den knospenden Blütentellern, und darunter öffneten sich die hellen Wedel des Farnkrauts. In der Mitte der Lichtung stand eine Blockhütte. Fasanengitter lagen herum; in einigen gluckte eine Henne, andere waren leer.

Hilda ging über die braunen Kiefernnadeln auf die Hütte zu, holte einen Schlüssel aus der Dachtraufe und öffnete die Tür. Es war ein kahler Raum mit Holzwänden, einer Hobelbank und einem Arbeitstisch, Schreinerwerkzeug, einer Axt, Schlingen und Fallen, ein paar ausgespannten Fellen, und alles war aufgeräumt und ordentlich. Hilda schloß die Tür. Syson betrachtete prüfend die unheimlichen Wilddecken, die zum Trocknen aufgepflockt waren. Hilda drehte an einem Knauf in der Seitenwand, und ein zweites kleines Gelaß tat sich auf.

»Wie romantisch!« sagte Syson.

»Ja. Er ist sehr merkwürdig. Er hat etwas von der List der Waldtiere an sich – im guten Sinne –, und er ist sehr erfinderisch – und nachdenklich –, aber nicht über einen bestimmten Punkt hinaus.«

Sie zog einen dunkelgrünen Vorhang beiseite. Der Raum wurde fast ganz von einem breiten Lager aus Heidekraut und Farn ausgefüllt, über das eine prächtige Kaninchenfelldecke gebreitet war. Auf dem Fußboden lagen Mosaikteppiche aus Katzenfellen und ein rotes Kalbfell, und an der Wand hing noch anderes Pelzwerk. Hilda holte sich einen Pelz herunter und legte ihn an. Es war ein Kapuzen-Umhang aus Kaninchenfellen und weißem Pelz, der aussah wie Hermelin. Sie lachte Syson aus dieser barbarischen Hülle heraus an und fragte: »Was sagst du dazu?«

»Oh, ich gratuliere dir zu deinem Mann!« erwiderte er.

»Und sieh her!« sagte sie.

Auf einem Wandbrett standen in einem kleinen Krug ein

paar Blütenzweige – zierlich und weiß –, das erste Jelängerjelieber.

»In der Nacht füllen sie alles mit ihrem Duft«, sagte sie.

Er sah sich neugierig um.

»Woran fehlt es dann noch?« fragte er. Sie starrte ihn ein paar Sekunden lang an. Dann wandte sie sich ab.

»Bei ihm sind die Sterne nicht Sterne«, sagte sie. »Du konntest sie funkeln und zittern lassen, und die Vergißmeinnicht glühten mich an. Du konntest alle Dinge *herrlich* machen. Ich habe es festgestellt, und es stimmt. Aber jetzt habe ich sie ganz für mich allein.«

Er lachte und sagte:

»Schließlich sind Sterne und Vergißmeinnicht bloßer Luxus. Du solltest Gedichte machen.«

»Ja«, gab sie zu. »Aber jetzt gehören sie mir alle.«

Wieder lachte er über sie – verbittert.

Sie drehte sich schnell um. Er lehnte gegen das kleine Fenster des winzigen, dunklen Raumes und beobachtete sie, die in der Türöffnung stand, noch immer in den Umhang gehüllt. Er hatte seine Mütze abgenommen, so daß sie trotz des schwachen Lichts deutlich seinen Kopf und sein Gesicht sah.

Sein schwarzes, gerades, glänzendes Haar war straff nach hinten gebürstet. Seine schwarzen Augen betrachteten sie, und in seinem Gesicht, das hell und bleich und vollkommen glatt war, zuckte es.

»Wir sind sehr verschieden«, sagte sie erbittert.

Wieder lachte er.

»Du scheinst unzufrieden über mich?« sagte er.

»Ich bin unzufrieden über das, was aus dir geworden ist«, antwortete sie.

»Du glaubst, wir hätten« – er sah sich in der Hütte um – »so sein können, du und ich?«

Sie schüttelte den Kopf.

»Du? Nein, nie! Du mußtest dir ein Ding pflücken und es

anschauen, bis du alles entdeckt hattest, was du darüber wissen wolltest, und dann warfst du es weg«, sagte sie.

»Wirklich?« fragte er. »Und hätte dein Weg nie wie meiner sein können? Wohl nicht.«

»Warum sollte er?« fragte sie. »Ich bin ein Wesen für mich.«

»Aber gewiß gehen doch zwei Menschen manchmal den gleichen Weg«, sagte er.

»Du hast mich von mir selbst entfernt«, sagte sie.

Er wußte jetzt, daß er sich in ihr getäuscht und sie für etwas gehalten hatte, das sie nicht war. Es war sein Fehler, nicht der ihre.

»Und darüber warst du dir immer klar?« fragte er.

»Nein. Du hast es nie zugelassen, daß ich mir darüber klarwurde. Du hast mich eingeschüchtert. Ich konnte mir nicht helfen. Ich war froh, als du abreistest – wirklich.«

»Ich wußte, daß du es warst«, sagte er. Aber sein Gesicht wurde blasser und leuchtete fast totenbleich.

»Und doch«, sagte er, »warst du es, die mich den Weg schickte, den ich gegangen bin.«

»Ich!« rief sie hochmütig.

»*Du* wolltest, daß ich die Prüfung für die Lateinschule mache, und du wolltest, daß ich den armen kleinen Botell in seiner glühenden Zuneigung zu mir noch bestärkte, bis er nicht mehr ohne mich leben konnte – nur weil Botell reich war und Beziehungen hatte. Du warst begeistert über das Anerbieten des Weinhändlers, der mich nach Cambridge schicken wollte, damit ich mich um seinen einzigen Sohn kümmerte. Du wolltest, ich sollte in der Welt vorankommen. Und dauernd schicktest du mich von dir fort – jeder neue Erfolg zwang uns zu einer neuen Trennung, die dich stärker traf als mich. Nie wolltest du mit mir kommen: du wolltest mich nur wegschicken, um zu sehen, wie es wäre. Ich glaube, du wünschtest sogar, daß ich eine Dame heiraten sollte: durch mich wolltest du Triumphe.«

»Und ich bin verantwortlich«, sagte sie voll beißenden Spottes.

»Ich zeichnete mich aus, um es dir rechtzumachen«, sagte er.

»Oh«, rief sie, »du wolltest immer wieder etwas Neues, gerade wie ein Kind.«

»Gut. Und ich hatte Erfolg, und ich weiß es auch, und ich leiste etwas. Aber – ich dachte, du wärest anders. Welchen Anspruch hast du auf einen Mann?«

»Was willst du?« sagte sie und sah ihn mit großen, furchtsamen Augen an.

Er sah sie auch an, und seine Blicke stachen wie Dolche.

»Ach, nichts«, lachte er kurz.

Die Klinke außen ratterte, und der Wildhüter trat ein. Die Frau drehte sich um, blieb aber pelzbehangen auf der Türschwelle stehen. Syson rührte sich nicht.

Der Wildhüter kam näher, sah sie und wandte sich stumm ab. Die beiden andern schwiegen auch.

Pilbeam machte sich an seinen Fellen zu schaffen.

»Ich muß gehen«, sagte Syson.

»Ja«, gab sie zur Antwort.

»Dann also: auf eine hehre und herrliche Zukunft!« Er hob grüßend die Hand.

»Auf eine hehre und herrliche Zukunft!« erwiderte sie ernst, und ihre Stimme klang kalt.

»Arthur!« rief sie.

Der Wildhüter tat, als höre er sie nicht. Syson betrachtete sie scharf und begann zu lächeln. Die Frau richtete sich auf.

»Arthur!« rief sie noch einmal mit seltsam übersteigertem Klang, der den beiden Männern verriet, daß ihre Seele in einer gefährlichen Krise erzitterte.

Der Wildhüter legte sein Werkzeug nieder und trat auf sie zu.

»Ja?« sagte er.

»Ich möchte dich bekannt machen«, sagte sie bebend.

»Ich hab ihn schon getroffen«, sagte der Wildhüter.

»So? – Es ist Addy – Mr. Syson, du weißt ja. – Das ist Arthur, Mr. Pilbeam«, fuhr sie, zu Syson gewandt, fort. Dieser reichte dem Wildhüter die Hand, und sie begrüßten sich stumm.

»Ich freue mich, Sie kennengelernt zu haben«, sagte Syson. »Unsern Briefwechsel geben wir auf, Hilda?«

»Warum müssen wir das?« fragte sie.

Die beiden Männer standen verlegen da.

»Muß es denn nicht sein?« fragte Syson.

Sie schwieg.

»Wie du willst«, sagte sie dann.

Sie gingen alle drei zusammen den düsteren Pfad hinab.

»Qu'il était bleu, le ciel, et grand l'espoir«, zitierte Syson, der nicht wußte, was er sagen sollte.

»Was meinst du damit?« fragte sie. »Wir brauchen doch nichts zu bedauern – wir haben ja nie etwas angestellt!«

Syson blickte sie an. Er war verblüfft, sein junges Lieb, seine Nonne, seinen Botticelli-Engel also entschleiert zu sehen. Er war's, der ein Dummkopf gewesen. So fremd, wie sie einander waren, konnten sich selbst zwei Fremde nicht sein. Nur den Briefwechsel mit ihm hatte sie beibehalten wollen – und er wollte ihn natürlich, damit er ihr schreiben konnte wie Dante einer Beatrice, die nie existiert hatte, außer in des Mannes Gehirn.

Am unteren Ende des Pfades trennte sie sich von ihnen. Er ging mit dem Wildhüter allein weiter, ins Feld hinaus und auf ein Gatter zu, das den Wald absperrte. Die beiden Männer gingen fast wie Freunde. Über den Gegenstand ihres Sinnens verloren sie kein Wort.

Anstatt geradeaus auf das Gatter an der Landstraße zuzugehen, wanderte Syson den Waldrand entlang, wo sich der Bach zu einem kleinen Sumpf erweiterte und wo unter den Erlen zwischen dem Schilf große gelbe Polster und Kissen von Ringelblumen leuchteten. Adern braunen Wassers rieselten dahin, von den Blüten goldgetönt. Plötzlich blitzte es blau durch die Luft, und ein Eisvogel schoß vorbei.

Syson war tief bewegt. Er kletterte das Ufer hinan, zu den Ginsterbüschen hinauf, deren Blütenfunken noch nicht in Flammen ausgebrochen waren. Er lag auf dem trockenen braunen Torf und entdeckte Rispen von winzigen lila Kreuzblumen und Rosetten von rosa Läusekraut. Was für eine erstaunliche Welt es war – wundersam und ewig neu. Trotzdem war ihm, als sei alles unterirdisch, wie in den Gefilden einer öden Hölle. In seiner Brust war ein Schmerz wie von einer Wunde. Das Gedicht von William Morris fiel ihm ein, wo in der Kapelle von Lyonesse ein Ritter verwundet liegt, den Schaft eines Speeres tief in der Brust, immer wie tot daliegend und doch nicht sterbend, während Tag um Tag das bunte Sonnenlicht aus dem gemalten Fenster durch den Chor fällt und weiterwandert. Jetzt begriff er, daß es nie wahr gewesen, was zwischen ihm und ihr war, nicht einen Augenblick. Die Wahrheit hatte die ganze Zeit beiseite gestanden.

Syson drehte sich um. Die Luft war erfüllt von Lerchensang, als ob sich der Sonnenschein hoch oben verdichtet hätte und in einem Schauer herabrieselte. Vor diesem hellen Klang hoben sich Stimmen fein und deutlich ab.

»Aber wenn er verheiratet ist und einverstanden, Schluß zu machen – was hast du dann noch dagegen?« sagte die Männerstimme.

»Ich will jetzt nicht darüber sprechen. Ich will allein sein.«

Syson blickte durchs Gebüsch. Hilda stand im Wald, in der Nähe des Gatters. Der Mann war auf dem Felde, trödelte vor der Hecke herum und störte die Bienen, die sich auf die weißen Brombeerblüten setzten.

Eine Weile war alles still, und Syson stellte sich – in all dem Lerchenglanz – ihren Willen vor. Plötzlich rief der

Wildhüter: »Au!« und fluchte. Er faßte nach seinem Jackenärmel unterhalb der Schulter. Dann zog er die Jacke aus, warf sie zu Boden und rollte aufmerksam den Hemdärmel bis zur Achsel auf.

»Uh!« rief er rachsüchtig, packte eine Biene und schleuderte sie fort. Er verrenkte seinen schönen, hellen Arm und spähte unbeholfen über die Schulter.

»Was ist los?« fragte Hilda.

»Eine Biene!« sagte er. »Sie ist mir in den Ärmel gekrochen.«

»Komm her zu mir!« rief sie.

Der Wildhüter ging langsam zu ihr – wie ein trotziger kleiner Junge. Sie nahm seinen Arm in die Hände.

»Da ist es, und der Stachel steckt noch drin. Arme Biene!«

Sie zog den Stachel heraus, drückte den Mund auf seinen Arm und sog den Tropfen Gift aus. Während sie das rote Mal betrachtete, das ihr Mund auf seinen Arm gemacht hatte, sagte sie lachend:

»Das ist der roteste Kuß, den du je bekommen wirst.«

Als Syson bald danach aufsah, weil er wieder sprechen hörte, erblickte er im Schatten den Wildhüter, der den Mund auf den Hals seiner Geliebten preßte; sie hatte den Kopf zurückgeworfen, und ihr Haar war hintenüber gefallen, so daß eine dicke Flechte ihres dunkelbraunen Haares ihm über den bloßen Arm hing.

»Nein«, sagte die Frau. »Ich bin gar nicht aufgeregt, weil er fort ist. Du kannst es nicht verstehen.«

Syson konnte nicht hören, was der Mann sagte. Hilda erwiderte laut und deutlich:

»Du weißt doch, daß ich dich liebe. Er hat in meinem Leben nichts mehr zu suchen. Mach dir keine Sorgen seinetwegen.«

Er küßte sie und murmelte etwas. Sie lachte erstickt.

»Ja«, sagte sie nachsichtig. »Wir heiraten, natürlich heiraten wir. Nur nicht gleich.« Er sprach wieder auf sie ein. Eine Weile hörte Syson nichts. Dann sagte sie:

»Du mußt jetzt nach Hause gehen, Schatz. Du bekommst sonst keinen Schlaf.«

Wieder war die Stimme des Wildhüters zu hören, und sie war voller Angst und Leidenschaft.

Sie sagte: »Aber warum sollen wir denn sofort heiraten? Was würdest du noch mehr haben, wenn wir verheiratet sind? Es ist ganz herrlich, so wie es jetzt ist.«

Schließlich schlüpfte er in die Jacke und schickte sich zum Gehen an. Sie stand am Gatter und sah ihm nicht zu, sondern blickte über das sonnige Land.

Als er endlich fort war, brach auch Syson auf und kehrte in die Stadt zurück.

Ein moderner Liebhaber

I

Der Weg war sehr schmutzig. Das Weitergehen war mühsam. Der ehemals breite, einsame und grasüberwachsene Pfad war meistens nicht so schlecht gewesen. Das Hin und Her der Ackerwagen von Coney Grey mußte ihn zerfurcht haben. Der junge Mann kehrte vorsichtig zum Grasrain auf der andern Seite zurück.

Es war ein langweiliger Weg querfeldein, den einzig hier und da ein niedriger Zaun oder ein Gebüsch vor der Trostlosigkeit der weiten Äcker und Wiesen auf beiden Seiten bewahrte, wo nur die großen Wolkenfelder und der Wind unbehindert herrschten und wo sich sogar die kleinen Gräser, unbekümmert um jeden Wanderer, einander zuneigten. Der einstige Pfad war ihm meistens sauberer und fester vorgekommen. Cyril Mersham blieb stehen, um sich umzuschauen und vergangene Winter in das Bild mit dem rot gerippten Ackerland und dem bläulichen Wald zurückzuholen. Die Oberfläche des Ackers schien sich plötzlich zu heben und auseinanderzubrechen. Irgend etwas hatte die Kiebitze erschreckt, und das ganze Brachland flimmerte vom roten Gefunkel der Vögel, deren weiße Brüste sich der Abendsonne boten. Dann schwenkten die Kiebitze ab und verschwanden im Zwielicht dahinter.

Dunkelheit strömte aus dem Boden und heftete sich an die Stämme der Ulmen, die wie unheimliche Statuen aufragten, jedoch längs des Wegs weniger häufig waren. Mersham mühte sich voran; die Erde saugte schmatzend an seinen Füßen. Die Coney-Grey-Farm weiter voraus war in Schatten getaucht. Er näherte sich ihr und sah die Kohlrüben, die neben der Scheune zu einem phantastischen Berg aufgeschichtet lagen – ein Bollwerk, das fast bis zum Dachrand anstieg und bis zu den Karrenfurchen im Weg reichte. Auch die blassen Brüste der Kohlrüben fingen die Abendröte auf, die sie im Zwielicht in unzählige goldrote, übereinandergehäufte Funken verwandelte. Die beiden Arbeiter, die am Fuße des Haufens die Kohlrüben zerkleinerten, hoben sich wie Schemen ab und beobachteten ihn, als er vorüberging; sie verströmten den strengen Kohlrübengeruch.

Hier an den altvertrauten Plätzen, die früher so gewöhnlich schienen, war alles ganz herrlich und zauberhaft. Dreiviertel der scharlachroten Sonnenscheibe tauchte in die Zweige der Ulme vor ihm, genau dort, wo er bald hingehen würde. Doch als er auf der Kuppe anlangte, von wo der Hügel sich bergab senkte und der breite Karrenweg plötzlich endete, war die Sonne aus der Weite vor ihm entschwunden, und an der Stelle, wo die Nacht gegen die zurückweichende, rosenfarbige Woge des Tageslichts stieß, hing weiß der Abendstern. Mersham ging durch das Zaunkreuz und setzte sich auf den Überrest eines Weißdorns am Rande des Steilhangs. Die ganze Weite vor ihm war erfüllt vom rosenfarbigen Nebel, der fast bis an seine Füße reichte. Die großen Teiche, die Bauernhöfe, die Äcker und das ferne Kohlenbergwerk lagen unter dem rosigen Wabern des Zwielichts versteckt. Zwischen ihm und den Ebenen von Leicestershire und den Hügeln von Derbyshire, zwischen ihm und dem ganzen Land im Süden, aus dem er geflohen war, breitete sich der herrliche rosenrote Strand des Sonnenuntergangs – und der weiße Stern hielt Wache.

Hier auf der Leeküste des Tageslichts zeigten sich nur die bläulichen Wälder und die große Hecke unter ihm und das Dach der Farm tief unten, aus der ein Rauchschleier aufstieg. Unwirklich wie ein Traum, der mit seiner Unrast den Schlaf zerstört, lag jenseits der Süden mit seinem Getriebe. Hier, auf dem diesseitigen Ufer des Sonnenuntergangs, mit dem rosigen Gewoge zu seinen Füßen und dem großen Stern, der wie in seltsamem Gelächter aufblitzte, wanderte er selbst mit erhobenen Armen schutzlos in die Flut des stillen Lebens hinein.

Was war es, das er gewollt und in der langsam plätschernden Flut der Tage gesucht hatte? Zwei Jahre lang war er in der großen Hauptstadt des Südens gewesen. Dort hatte sich seine Seele zwischen Gesichtern bewegt, die auf den tausend Strömungen jenes Gezeitenwirbels hin und her schwankten, hatte geschwebt und gekreist und war tief wie eine Möwe über die Gesichter der Menge hinweggezogen, sich dann und wann hinabsenkend, um ein Bruchstück Leben – einen Blick, eine Silhouette, eine Bewegung – zu erhaschen und sich daran zu nähren. Viele Leute, seine Freunde, hatte er gebeten, die verlöschende Asche ihres Erlebens wieder anzufachen; mit seinem Atem hatte er sacht in das schwache Feuer gehaucht, sein Gesicht über die Glut geneigt und die Worte eingeatmet, die wie Dämpfe aus der neubelebten Asche aufstiegen – bis ihm übel wurde von dem starken Rauschgift der Leiden und Ekstasen und Empfindungen und von den Träumen, die darauf folgten. Aber die meisten Leute hatten die Feuer ihres glühenderen Erlebens unter dem Schutt ihrer Sentimentalität und dummen Furcht erstickt, und nur selten konnte er die Gewalt des heißen Lebens spüren, das sich den Weg ins Freie erkämpfte.

Sicher konnte ihm doch irgend jemand genug vom Lebenstrank schenken, um das wilde Verlangen zu stillen, das ihn qualvoll hierhin und dorthin trieb, genug, um ihn eine Weile zu sättigen, ihn zu berauschen, bis er das kristallklare Gelächter des Sterns lachen und in der zurückweichenden Flut des Zwielichts baden konnte, wie in der Brandung ein nackter Knabe, der sich an die Wogen klammert und auf sie eindrischt und ihre wilden Tatzenhiebe manchmal mit Gelächter und manchmal mit Schmerzensschreien erwidert.

Er stand auf und reckte sich. Die Nebel lagerten im Tal wie eine Schar Schafe in der Hürde. Orion hatte das Himmelsgewölbe betreten, und die Zwillinge trollten sich westwärts. Er schauerte zusammen, stolperte den Pfad hinab und durchquerte den Obstgarten, wo er an den dunklen Bäumen wie an Menschen vorbeiging, die er kannte.

2

Er kam auf den Hof. Dort war es ganz besonders unangenehm verschlammt. Er ekelte sich vor seinen eigenen Füßen, die sich kalt und taub und schwer anfühlten.

Das Fenster des Hauses hatte keine Vorhänge: es leuchtete wie ein gelber Mond; nur ein oder zwei große Efeublätter und eine Geißblattranke hingen quer darüber. Eine Menge Menschen schienen sich um das Kaminfeuer zu drängen. Ein andrer Lichtschimmer glomm geheimnisvoll zwischen den Stallungen. Er hörte eine Stimme im Kuhstall und das ungeduldige Stampfen einer Kuh und das rhythmische Strullen der Milch im Eimer.

Er zauderte in der Dunkelheit des Vordachs; dann trat er ein, ohne anzuklopfen. Ihm gegenüber kam gerade ein Mädchen mit einem Brotlaib aus der Tür zur Milchkammer. Sie schreckte zusammen, und einen Augenblick standen beide still und sahen sich über die Entfernung hinweg an. Dann traten sie aufeinander zu; er nahm ihre Hand und tauchte für einen Moment gewissermaßen Hals über Kopf in ihre großen braunen Augen. Dann ließ er sie los, blickte beiseite und begrüßte sie mit ein paar belanglosen Worten. Er hatte sie nicht geküßt; es fiel ihm erst ein, als er ihre Stimme hörte:

»Wann bist du angekommen?«

Sie beugte sich über den Tisch und machte Butterbrote zurecht. Was wohl in ihrer gebeugten, unterwürfigen Haltung, in dem dunklen, kleinen Kopf mit dem schwarzen Haar, das ihr ins Gesicht fiel und es versteckte – was wohl ließ ihn zusammenzucken und zurückschrecken und seine Seele verschließen, die sich der Nacht wie eine tollkühne Blume geöffnet hatte? Vielleicht war es gerade ihre Unterwürfigkeit, die ihn verwirrte, weil sie ihm die ganze Verantwortung zuwarf und ihn zurückschrecken ließ vor der Verpflichtung ihr gegenüber.

Ihre Brüder waren vom Bergwerk zurückgekehrt. Es waren zwei kräftig gebaute Burschen von zwanzig und einundzwanzig Jahren. Der Kohlenstaub lag wie eine Maske auf ihren Gesichtern und machte sie unergründlich, überdeckte jede Willkommensfreude und machte sie zu Fremden. Er konnte nur ihre Augen sehen, die in einem jähen Lächeln aufleuchteten, das fast unmittelbar darauf erlosch, als sie sich abwandten. Die Mutter kniete am offenen Feuer vor einem großen braunen Schmortopf. Sie stand nicht auf, aber sie gab ihm die Hand und sagte: »Cyril! Wie geht's?« Ihre großen dunklen Augen flatterten unschlüssig und ließen von ihm ab. Sie fuhr fort, mit dem Löffel im Topf zu rühren.

Seine Enttäuschung schwoll an, wie Wasser plötzlich an der Wand eines Schiffs aufquillt. Ein Gefühl von Müdigkeit kehrte zurück, eine Erinnerung auch an den kalten, nassen Schlamm, durch den er sich hergemüht hatte.

Das waren die Menschen, die noch vor wenigen Jahren in schöner, sichtbarer Willkommensfreude aufgeblickt hatten, sobald er in die Tür trat, auch wenn er tagtäglich kam. Drei Jahre vorher war sich ihr Leben in einer einzigen Flamme begegnet und hatte ganze Abende hindurch in großartiger Kurzweil und Fröhlichkeit gelodert. Jeder hatte vom andern dessen unbeschwerteste und dessen tiefste Gefühle gekannt. Und jetzt, da er von einer langen Abwesenheit zurückkehrte, entzogen sie sich ihm und wandten sich ab. Er setzte sich auf das Sofa vor dem Fenster und war tief gekränkt. Sein Herz verschloß sich so fest wie ein Tannenzapfen, der offen und voll nackter Samen gewesen war, als er zu ihnen kam.

Sie stellten ihm Fragen über den Süden. In dem gottverlassenen Loch hier, sagten sie, wären sie ausgehungert nach Neuigkeiten.

»Es ist wirklich ein Genuß, ein paar Neuigkeiten von der Außenwelt zu hören«, sagte die Mutter.

Neuigkeiten! Er lächelte und erzählte und rupfte die Blätter von seinem Baum ab: Blätter leichten Geplauders.

Er lächelte ziemlich bitter, als er langsam, fast mechanisch, seine Neuigkeiten abspulte. Doch er wußte – und das war die Ironie dahinter –, daß sie seinen ›Bericht‹ gar nicht hören wollten; sie verlangten nach der schüchternen Knospe seiner Hoffnungen und den unbekannten Früchten seiner Erlebnisse, die nach Tränen schmeckten, und nach werweiß-welchem Sonnenschein der Freude, der sie zum Reifen gebracht hatte. Aber sie fragten ihn nach seinen ›Neuigkeiten‹, und aus einer verzwickten Widersetzlichkeit heraus gab er ihnen, um was sie baten – nicht, was sie verlangten, und nicht, was er ihnen so aufrichtig zu geben wünschte.

Allmählich leerte sich sein Vorrat an Geplauder, den er für unerschöpflich gehalten hatte. Muriel ging die ganze Zeit hin und her, deckte den Tisch und hörte zu und blickte nur hin und wieder über den dürren Garten seines Geplauders in seine Fenster hinein. Aber er verhärtete sein Herz und wandte den Kopf von ihr ab. Die Burschen hatten sich bis zum Gürtel ausgezogen und auf den Kaminvorleger niedergekniet, wo sie sich in einer großen Blechwanne wuschen, während die Mutter ihnen den Rücken mit einem Schwamm abwusch und abtrocknete. Dann standen sie da und trockneten sich; der Feuerschein lag hell und rosig auf ihren schönen Oberkörpern, und die schweren Arme barsten und zitterten vor Leben. Sie schienen den Feuerschein auf ihrem Körper zu genießen. Benjamin, der jüngere, streckte seine Brust dem Feuer entgegen, warf den Kopf zurück und ließ in einem wollüstigen kleinen Lächeln seine Zähne sehen. Mersham beobachtete ihn, wie er die Kiebitze und den Sonnenuntergang beobachtet hatte.

Dann setzten sie sich zu ihrer Mahlzeit nieder, und die Küche verschwamm in Essensdampf. Bald kamen auch der Vater und der älteste Bruder von den Kuhställen herein, und alle waren um den Tisch versammelt. Die Unterhaltung verlief stockend: ein wenig Gewitzel von seiten Mershams, ein paar Fragen über Politik vom Vater. Dann entstand allmählich ein deutliches Gefühl eines feinen Mißklangs. Mersham, der besonders sensibel war, reagierte darauf. Seine Aufmerksamkeit richtete sich übertrieben stark auf die anderen bei Tisch und auf seine eigenen Eßmanieren. Er benutzte ein Englisch, das er äußerst korrekt mit dem südlichen Akzent aussprach und das sehr verschieden von der schwerfällig klingenden Sprache seiner Landsleute war. Sein Getue stand im schärfsten Gegensatz zu ihrer einfachen ländlichen Art. Sie wurden scheu und linkisch und wußten nichts mehr zu sagen. Die Burschen aßen ihre Mahlzeit und schaufelten sich das Essen so hastig hinein, wie ein Mann, der Kies schaufelt. Der älteste Sohn holperte mit seiner großen Hand ungehobelt zum Teller mit den Butterbroten. Mersham versuchte, nicht hinzusehen. Die ganze Zeit hielt er ein geistreiches Teetischgespräch im Gang, das sie in dieser Stimmung nicht würdigen konnten. Es war einleuchtend: ohne den Gedanken in Worte zu fassen, spürte er, wie unwiderruflich er von ihnen abrückte, obwohl er sie geliebt hatte. Die Ironie der Situation gefiel ihm und ließ seinen Witz um so scharfsinniger funkeln. Muriel, die ihn so gründlich studiert hatte, durchschaute es bestürzt. Sie senkte den Kopf über den Teller und aß kaum. Hin und wieder blickte sie zu ihm auf, spielte die ganze Zeit mit ihrem Messer (obwohl häßliche Hände ein Familienmerkmal waren) und richtete irgendeine unergiebige Frage an ihn. Er antwortete auf jede ihrer Fragen, aber ihren ernsten Blick übersah er stets, so versponnen war er in den unzerbrechlichen Harnisch leichter Ironie. Allerdings gab er mit der aufflackernden Gereiztheit, die seine Antwort begleitete, ihre Überlegenheit zu. Schnell verbarg sie wieder ihr Gesicht.

Sie versäumten sich nicht lange über dem Tee, wie sie es in der alten Zeit getan hatten. Die Männer standen mit einem »Na, schön!« auf und machten sich wieder an die Arbeit. Einer von den jüngeren Burschen lag, zum Schlaf hingeräkelt, auf dem Sofa; der andere zündete sich eine Zigarette an, stützte die Arme auf die Knie und blinzelte ins

Feuer. Keiner von beiden trug im Haus eine Jacke, und ihre Hemdsärmel und ihr feister, nackter Hals reizten den Fremdling noch mehr, weil sie seine Fremdheit hervorhoben. Die Männer stapften ein und aus, wenn sie zum Boiler wollten. Die Küche war infolge des Herausschleppens von dampfendem Wasser und wegen des Durchzugs voll endloser Geschäftigkeit. Man schien im Freien zu sitzen. Mersham verkroch sich in seine Ecke und gab vor, die *Daily News* zu lesen. Er wurde so wenig wie eine Eule beachtet, die in einem Kuhstall kauert.

»Geh ins Wohnzimmer, Cyril! Warum tust du's nicht? Drin ist es gemütlich!«

Mit vorwurfsvollen, protestierenden, beinah tadelnden Worten wandte sich Muriel an ihn. Sie war sich empfindlich klar über sein Unbehagen und den schmerzlichen Zwiespalt mit seiner Umgebung. Er erhob sich stumm und gehorchte ihr.

3

Das Wohnzimmer war ein langer, niedriger Raum in roten Farbtönen. Ein Mistelbusch hing von der Decke, und Stechpalmenzweige mit roten Beeren steckten über den Bildern – über kleinen Aquarellen in Goldrähmchen, die er so verabscheute, weil er sie als noch nicht Zwanzigjähriger gemalt hatte, und nichts ist einem so verhaßt wie das Ich, das man hinter sich gelassen hat. Er ließ sich in den Gobelin-Sessel fallen, den sie ›die Gräfin‹ nannten, und dachte an die mancherlei Stimmungen, in denen ihn das Zimmer hier gesehen hatte. Dort am Kamin hatten sie die Ernte ihrer jugendlichen Erlebnisse ausgedroschen und allmählich die Spreu falscher Romantik und Sentimentalität verbrannt, die das echte Korn des Lebens überdeckte. Wie unendlich fern erschienen jetzt *Jane Eyre* und George Eliot! Sie hatten den Anfang bezeichnet. Er lächelte, als er die Kurve aufwärts verfolgte und Punkte einzeichnete für Carlyle und Ruskin,

Schopenhauer und Darwin und Huxley, Omar Chajjam, die Russen, Ibsen und Balzac, dann Guy de Maupassant und *Madame Bovary*. Als sie in der Mitte von *Madame Bovary* waren, hatten sie es aufgegeben. Danach waren nur noch Nietzsche und William James drangekommen. Er fand, daß sie es gar nicht so schlecht gemacht hatten in jenen Jahren, die er jetzt – wegen ihres furchtbaren Eifers und der späteren, schrecklich verkrampften Ernsthaftigkeit – eher zu verachten geneigt war. Er wünschte so, daß sie ins Zimmer käme, um mit ihm von den alten Zeiten zu sprechen. Er ging auf die andere Seite des Kamins hinüber und streckte sich in dem großen Roßhaarsessel aus, dessen Haare ihm in den Hinterkopf piekten. Er schaute sich um und steckte sich die schlaffen grünen Kissen in den Nacken, die immer zusammensackten.

Es war eine Woche nach Weihnachten. Er vermutete, daß sie den Mistelbusch und die Stechpalmenzweige für ihn dagelassen hatten. Die zwei Fotografien von ihm nahmen noch immer den Ehrenplatz auf dem Kamin ein, aber zwischen ihnen stand ein Unbekannter. Er fragte sich, wer der Mensch wohl sein mochte: er schien hübsch zu sein, aber ein bißchen bäurisch neben den strahlenden, feinen Fotos von ihm selbst. Er lächelte nachsichtig über seine Einbildung. Dann fiel ihm ein, daß Muriel und ihre Angehörigen die Farm auf Mariä Verkündigung verlassen wollten. Sofort begann er, abschiednehmend, sich die alten Tage ins Gedächtnis zu rufen, als sie so ausgelassen getollt und gespielt und Tänze und wilde Scharaden und lauter verrückten Jux veranstaltet hatten. Er sagte sich gerade, daß es damals das wahre Leben gewesen sei, ein Leben voll ahnungsloser, überschäumender Fröhlichkeit, und er lächelte ob dieser Erkenntnis vor sich hin – da trat sie ein.

Sie trat zaudernd ein. Als sie ihn in seiner alten Ungezwungenheit hingegossen sah, schloß sie leise die Tür. Ein oder zwei Sekunden saß sie da, die Ellbogen auf den Knien, das Kinn in den Händen. Sie lutschte an ihrem kleinen Finger, zog ihn mit einem leisen ›Plopp!‹ aus dem Mund und sah unentwegt ins Feuer. Sie wartete auf ihn und wußte die ganze Zeit, daß er nicht anfangen würde. Sie versuchte, ihn gewissermaßen zu erfühlen. Sie wollte sich seiner – nach so vielen Monaten – vergewissern. Sie wagte nicht, ihm ins Gesicht zu sehen. Wie alle grübelnden, von Natur aus ernsten Seelen verriet sie sich unbedacht und war wehrlos, wenn sie sich zurückgestoßen, ja so oft mit Verachtung abgewiesen sah.

»Warum hast du mir nicht gesagt, daß du kommen wolltest?« fragte sie schließlich.

»Ich wollte, daß wir genauso eine Teestunde und einen Abend wie früher hatten.«

»Ach ja?« antwortete sie mit unverbesserlicher Bitterkeit. Sie war eine furchtbare Pessimistin. Die Menschen hatten sie so roh behandelt und ihre teuersten Gefühle geringschätzig weggeworfen.

Er lachte und blickte sie freundlich an. »Nun ja, wenn ich's mir recht überlegt hätte, würde ich gewußt haben, daß so etwas zu erwarten war. Es ist meine eigene Schuld.«

»Nein«, antwortete sie, immer noch verbittert. »Es ist nicht deine Schuld. Es ist unsre Schuld. Du führst uns bis zu einem gewissen Punkt, und wenn du weggehst, verlieren wir alles wieder und nehmen dich wie Geschöpfe auf, die dich niemals gekannt haben.«

»Laß doch!« sagte er leichthin. »Wenn es so ist, dann ist es eben so. Und wie geht es *dir*?«

Sie drehte sich zu ihm um und blickte ihm voll ins Gesicht. Sie war sehr hübsch, von üppigen Formen und kräftigen Farben. Er erwiderte ihren Blick und schaute ihr in die großen, braunen, ernsten Augen.

»Oh, mir geht es sehr gut«, antwortete sie spöttisch verlegen. »Und wie geht es *dir*?«

»Mir? Das mußt du mir sagen! Wie findest du mich?«

Sie lachte ein nervöses kleines Lachen und schüttelte den Kopf. »Ich weiß es nicht. Du – siehst natürlich gut aus – wie ein Gentleman.«

»Aha – und das – bedauerst du?«

»O nein, nein! Ich bedaure es nicht. Nein. Nur bist du eben anders, verstehst du?«

»Ach, wie schade! Nie wieder werde ich so nett sein, wie ich mit einundzwanzig war, was?« Er blickte auf seine Fotografie auf dem Kaminsims und lächelte, sie gutmütig hänselnd.

»Ach, du bist anders – es geht gar nicht darum, daß du nicht so nett bist – sondern anders. Ich fand immer, daß du wirklich so bist!«

Auch sie blickte auf die Fotografie, die sie ›Bildnis eines intellektuellen Snobs‹ getauft hatten, die aber im Grunde das Bild eines sensiblen, aufgeweckten und feinen Knaben war. Das Urbild der Fotografie lag da und lächelte ihr zu. Dann räkelte er sich genießerisch und lag entspannt wie eine Katze in seinem Sessel.

»Und das ist nun von allem das Ende ...«

Sie blickte erschrocken und kläglich zu ihm auf.

»Von dieser Phase, meine ich«, fuhr er fort und deutete mit seinen Blicken das Zimmer und die Umgebung an. »Von Crossleigh Bank, meine ich, und von diesem Abschnitt unsres Lebens.«

»Ja«, sagte sie, senkte den Kopf und legte die ganze Tiefe ihrer Traurigkeit und ihres Bedauerns in ihren Seufzer. Er lachte.

»Bist du denn nicht froh?« fragte er.

Sie blickte auf – erschrocken, ein wenig entsetzt.

»Lebewohl ist ein gutes Wort«, erklärte er. »Es bedeutet, daß einem eine Veränderung bevorsteht, und eine Veränderung ist es, was du brauchst – du mehr als alle andern.«

Während sie ihm zuhörte, wechselte ihr Ausdruck.

»Es ist wahr«, sagte sie. »Ich brauch's.«

»Deshalb solltest du dir sagen: ›Wie herrlich! Ich werde der schmerzlichsten Phase meines Lebens Lebwohl zurufen.‹ Indem du dich weigerst, in Zukunft wieder so sehr verletzt zu werden, faßt du den Entschluß, daß es die schmerzlichste

Phase deines Lebens gewesen sein soll. Da hast du's. ›Die Menschen sind meistens die Herren ihres Geschicks‹, und so weiter.«

Sie grübelte über seine eigenartige Schlußfolgerung nach und wandte sich ihm mit einem kleinen Lachen zu, das voller Flehen und Verlangen war.

»Ist es denn nicht so?« log er, liebenswürdig lächelnd. »Bist du nicht froh?«

»Ja!« nickte sie. »Ich bin – sehr froh.«

Er blinzelte ihr scherzend zu und fragte mit sanfter Stimme: »Was willst du dann noch?«

»Ja – was will ich noch?« erwiderte sie, ein wenig außer Atem. Sie sah ihn mit kecker Herausforderung an, die ihn aufbrachte.

»Nein, hör mal«, sagte er ausweichend, »fragst du mich sogar das?«

Sie ließ den Blick sinken und entschuldigte sich nachgiebig: »Es ist aber lange her, seit ich dich etwas gefragt habe, nicht wahr?«

»Oh! Daran habe ich gar nicht gedacht. Wen hast du in der Zwischenzeit gefragt?«

»Wen ich gefragt habe?« Sie zog die Augenbrauen in die Höhe und stieß ein kurzes, verächtliches Lachen aus.

»Niemanden natürlich«, sagte er lächelnd. »Die Welt stellt dir Fragen, du stellst mir Fragen, und ich begebe mich im Dunkeln zu einem Orakel, was?«

Sie stimmte in sein Lachen ein.

»Nein!« sagte er und war plötzlich ernst. »Nimm an, du müßtest mir jetzt eine große Frage beantworten – etwas, das ich nie allein herausfinden kann?«

Er lag faul im Sessel und begann wieder zu lächeln. Sie wandte sich ihm zu, um ihn durchdringend anzublicken. Der feine Schleier ihres Haars fiel lose um ihr Gesicht; ihre dunklen Augen waren von Zweifeln gequält, und den Finger hatte sie auf die Lippen gelegt. Eine leise Unsicherheit stahl sich in seine Augen.

»Jedenfalls«, sagte er, »hast du mir etwas zu geben.«

Sie fuhr fort, ihn mit dunklen, gespannten Augen zu betrachten. Sein Blick musterte sie forschend. Dann schien er von ihr abzulassen, und seine Augen wurden vor Nachdenken größer.

»Sieh mal«, sagte er, »das Leben taugt nur dazu, gelebt zu werden – und man kann sein Leben nicht für sich allein leben. Man muß beides haben, Stein und Stahl, damit die Funken stieben. Angenommen, du wärst mein Feuerstein, mein weißer Feuerstein, der mir rotes Feuer entlockt?«

»Wie meinst du das nur?« fragte sie atemlos.

»Sieh mal«, fuhr er fort und dachte laut, wie es seine Gewohnheit war, »Denken – das ist nicht Leben. Es ist wie das Waschen und Kämmen und Spinnen und Verweben der Wolle, die das Jahr des Lebens eingebracht hat. Nun finde ich, daß wir unser Wollbündel – bis zu Ende – fast bis zu Ende versponnen und verwoben haben. Wir müssen wieder anfangen zu leben – du und ich zusammen leben, verstehst du? Nicht zusammen spintisieren und poetisieren, verstehst du?«

Sie ließ nicht ab, ihn selbstvergessen anzustarren.

»Ja?« flüsterte sie, ihn zum Weitersprechen bewegend.

»Sieh mal, ich bin zu dir zurückgekehrt, zu dir – zurück –« Er wartete auf ein Wort von ihr.

»Aber«, sagte sie heiser, »ich versteh dich nicht.«

Er blickte sie mit herausfordernder Offenheit an und schob all ihre Verwirrung beiseite.

»Schwindlerin!« sagte er sanft.

»Aber – nicht genau genug!« Sie wandte sich von ihm weg.

Er zog die Brauen ein wenig zusammen.

»Ach, du solltest dich mittlerweile auf die Algebra der Sprache verstehen. Muß ich dir an deinen Fingern Zahl um Zahl, dem Einmaleins nach, vorrechnen, was ich meine?«

»Nein, nein!« rief sie, sich rechtfertigend. »Aber wie kann ich dich verstehen – die Veränderung in dir? Du hast mir immer gesagt – du könntest nicht. Also genau das Gegenteil.«

Er hob den Kopf, wie um den Sinn zu erfassen.

»Ach so, ja. Ich habe mich verändert. Das vergaß ich. Ich habe mich wohl innerlich verändert. Ich bin älter – sechsundzwanzig. Früher schreckte ich vor dem Gedanken zurück, daß ich dich küssen müßte, nicht wahr?« Er lächelte strahlend und schloß mit leiser Stimme: »Jetzt – tu ich's nicht mehr.«

Sie wurde dunkelrot und verbarg ihr Gesicht vor ihm.

»Nicht etwa«, fuhr er mit langsamer, rücksichtsloser Offenheit fort, »nicht etwa, daß ich jetzt besser als damals wüßte – was Liebe ist –, wie du sie verstehst. Aber ich finde – daß du schön bist – und wir kennen einander so gut – wie niemanden sonst, nicht wahr? Und deshalb –«

Seine Stimme wurde leiser, und sie saßen in gespanntem Schweigen und hörten auf den Lärm draußen, denn der Hund bellte laut. Sie hörten eine Stimme, die mit dem Hund sprach und ihn beruhigte. Cyril Mersham horchte auf. Er hörte das Rattern des Riegels an der Stalltür und das schurrende Klirren einer Fahrradklingel, die über die Mauer streifte.

»Wer ist das?« fragte er arglos.

Sie sah ihn an – und ihre Augen gestanden es ihm –, schuldbewußt, flehend. Er begriff sofort.

»Großer Gott! Der?« Er blickte zur Fotografie auf dem Kaminsims. Sie nickte mit der gewohnten Ratlosigkeit und hatte den Finger wieder zwischen den Lippen. Mersham brauchte ein paar Sekunden, um sich an die neue Lage anzupassen.

»Aha! Also ist *er* an meinen Platz gerückt! Warum hast du's mir nicht gesagt?«

»Wie konnte ich? Er ist es nicht. Außerdem – wolltest du ja nie einen festen Platz haben.« Sie verbarg ihr Gesicht.

»Stimmt«, sagte er gedehnt und tief in Gedanken. »Ich wollte nicht. Es ist ganz und gar meine Schuld.« Dann lächelte er und sagte humorvoll: »Aber ich dachte, du hättest ein altes Paar Handschuhe von mir in der Kommode neben dir aufbewahrt?«

»Hab ich auch! Hab ich auch!« rechtfertigte sie sich wieder überaus heftig. »Bis du mich darum gebeten hast. Du hast mir gesagt, ich soll mir einen andern Mann nehmen – und ich hab getan, was du mir gesagt hast – wie immer!«

»Hab ich das gesagt? Hab ich das gesagt? Das muß ich ja wohl. Bin vermutlich ein Dummkopf. Und hast du ihn gern?«

Sie lachte laut, vor Verachtung und Bitterkeit.

»Er ist sehr gut – und er hängt sehr an mir.«

»Klar«, sagte Mersham, lächelte und wurde ironisch. »Und er – hat er einen festen Platz?«

4

Sie war gekränkt und wollte ihm nicht antworten. Für ihn handelte es sich jetzt darum, wie sehr der Eindringling zählte. Er schaute zu ihr hin und sah, daß sie keinen Ring trug – aber vielleicht hatte sie ihn seinetwegen abgestreift. Er begann sorgfältig zu überlegen, welche Haltung er einnehmen sollte. Er hatte nach vielen Frauen Ausschau gehalten, ob sie seine Liebe wecken würden, aber er war enttäuscht worden. Daher war er tugendhaft geblieben und hatte gewartet. Jetzt wollte er nicht länger warten. Mit keiner Frau würde er sich je so gut verstehen können, wie er und Muriel sich verstanden hatten – Muriel, die er unerbittlich zu ihrem Frauentum erzogen hatte, während er sich gleichzeitig zu einem Mannestum mit unabhängigem Standpunkt durchrang. Sie hatten die gleiche Gedankenluft geatmet, sie waren unter den gleichen stürmischen Zweifeln und Enttäuschungen ermattet, sie waren in Tagen reiner Poesie über sich selbst hinausgewachsen. So hatten sie sich entwickelt; geistig oder, wie er es lieber ausdrückte, seelisch waren sie verheiratet: und jetzt ertappte er sich dabei, wie er an ihre Art dachte, sich im Haus zu bewegen.

Die Haustür hatte sich geöffnet, und ein Mann war in die Küche getreten und hatte die Familie herzlich und ohne Förmlichkeit begrüßt. Er hatte die kehlige, durchdringende Stimme eines Tenors; sie hob sich deutlich vom polternden Gebrumm der andern Männerstimmen ab. Er sprach ein gutes, gewandtes Englisch. Die Burschen fragten ihn nach den ›eisernen Schleppern‹ und nach der elektrischen Förderung, und er erklärte es ihnen mit einfachen technischen Einzelheiten, woraus Mersham schloß, daß er als Elektriker in der Grube arbeitete. Eine Zeitlang plauderten sie noch über dies und das, doch aus allem klang ein falscher Ton untergeordneten Interesses. Dann meldete sich Benjamin und brach den Bann, indem er mit einem Schuß vorlauten Spottes sagte:

»Muriel ist im Wohnzimmer, Tom – falls du sie sehen willst?«

»Oh, ist sie da? Ich habe Licht gesehen und dachte mir's schon.« Er tat gleichgültig, als würde er bei jedem Besuch zuerst aufgehalten. Dann fuhr er mit einem Hauch Ungeduld und mit deutlichem Besitzeranspruch fort: »Was macht sie?«

»Sie redet. Cyril Mersham ist da – aus London zurück.«

»Was! Ist *er* da?«

Mersham saß da und hörte es lächelnd. Muriel sah, wie er die Augenlider aufschlug. Sie hatte ihre Flagge herausfordernd gehißt, aber aus Zärtlichkeit zu ihm wurde sie immer wieder nachgiebig. Jetzt schoß die Flagge tapfer hoch. Sie stand auf und ging an die Tür.

»Hallo!« rief sie und begrüßte den Fremden mit einer kleinen Willkommensnote in dem einen Wort, wie es Mädchen zu tun pflegen, wenn sie sich ihrem Schatz gegenübersehen.

»Du hast Besuch, hab ich gehört«, sagte er.

»Ja. Komm nur! Komm rein!«

Sie sprach weich und mit sanfter Liebkosung.

Er war ein hübscher Mensch, gut gebaut, etwas kleiner als Mersham. Cyril erhob sich lässig, streckte die Hand aus und blickte neugierig lächelnd in die schönen, freimütigen blauen Augen des andern.

»Cyril – Mr. Vickers!«

Tom Vickers drückte Mershams Hand kräftig und erwiderte dessen anhaltenden, lächelnden Blick mit herzlichem Entgegenkommen, dann ließ er, leicht verwirrt, den Kopf sinken.

»Nehmen Sie hier Platz, ja?« sagte Mersham und deutete nachlässig auf den Sessel.

»Nein, nein, danke! Mir genügt der hier, danke!« Tom Vickers holte sich einen Stuhl und stellte ihn vors Feuer. Mershams natürliche Offenheit und Höflichkeit verwirrte und bezauberte ihn.

»... falls ich nicht störe«, schloß er, während er sich setzte.

»Nein, natürlich nicht«, sagte Muriel mit einer wunderbar weichen, liebevollen Stimme, der nachgiebigen Stimme einer Frau, die für die Liebe alles zu opfern bereit ist.

»Unmöglich!« fügte Mersham träge hinzu. »Wir sind immer in einer öffentlichen Veranstaltung, Muriel und ich. Nicht wahr, Miel? Wir sprachen gerade über das uralte Thema, die gegenseitige Anziehung. Sie passen uns als Zuhörer. Wir sind uns so verdammt einig, wir beiden. Waren's von jeher. Es ist ihre Schuld. Werden Sie auch so schlecht behandelt?«

Der andere war ziemlich verblüfft. Undeutlich entnahm er alledem, daß er als der jetzige Liebhaber von Muriel galt, während Mersham auf sich selbst als auf den abgelegten Liebhaber anspielte. Deshalb lächelte er beruhigt.

»Wie denn – schlecht?« fragte er.

»Darin, daß sie in allem mit Ihnen übereinstimmt?«

»Nein, ich kann nicht behaupten, daß sie das tut«, sagte Vickers lächelnd und warf ihr herzliche kleine Blicke zu.

»Oh, hör doch, wir sind nie uneins!« protestierte sie mit der gleichen tiefen, nachsichtigen Stimme.

»Ich verstehe«, erwiderte Mersham nachlässig, blieb aber mit seinem Verstand scharf bei der Sache. »Mit allem, was *sie* sagt, stimmen *Sie* überein. Himmel, wie interessant!«

Mit feinem, verständnisinnigem Aufleuchten hob Muriel die Lider, sah ihn groß an und lachte.

»Ungefähr so«, antwortete der andre, nun ebenfalls nachsichtig, wie es sich für einen gesunden, kräftigen Mann gegenüber einem Wesen gehört, das schlaff in einem Sessel lag und mit träger, schleppender Stimme gescheite Dinge äußerte. Mersham betrachtete Toms schöne Gliedmaßen, die festen, starken Schenkel und die breiten Handgelenke. Er ordnete seinen Nebenbuhler den Männern mit einer gesunden Vitalität und guten Intelligenz zu, Männern, die in ihrer Einfalt Kinder sind und zwei und zwei zusammenzählen können, jedoch niemals xy und yx. Seine Formen, seine Bewegungen und seine Ruhe waren unbedingt liebenswert. ›Aber‹, dachte Mersham bei sich, ›wenn ich blind oder traurig oder sehr müde wäre, würde ich ihn nicht um mich haben wollen. Er ist einer von jenen Männern, deren Frauen, wie George Moore sagt, nach ein paar Jahren allein schon die Art verleidet ist, wie sie durchs Zimmer gehen. Ich kann ihn mir mit einer kinderreichen Familie vorstellen, als guten Vater. Aber wenn er keine häusliche Frau hätte . . .‹

Muriel hatte angefangen, sich mit Tom zu unterhalten.

»Bist du mit dem Fahrrad hergekommen?« fragte sie in dem aufreizend vertraulichen Tonfall, den Liebespaare an sich haben, einem Tonfall, der eine Drittperson zu einer Nebensache herabmindert.

»Ja, ich war etwas spät dran«, erwiderte er auf die gleiche liebkosende Art. Auf den Sinn der Worte kam es nicht an, es ging einzig um die Liebkosung.

»Hast du nicht gefunden, daß es furchtbar schmutzig war?«

»Doch, ja, aber nicht schlimmer als gestern.«

Mersham räkelte sich in voller Länge in seinem Sessel und hatte die Lider beinah geschlossen; seine feinen weißen Hände hingen über die Armlehnen des Sessels, wie totenbleiche Wiesel von einem Zweig. Er fragte sich, wie lange Muriel es durchhalten würde, ihren Schatz so nachsichtig zu behandeln. Bald fing sie an, Mersham indirekt ins Gespräch zu ziehen. Sie sprachen von Toms Hauswirtin.

»Du machst dir nichts aus ihr, nicht wahr?« fragte sie und lachte anzüglich, da der Schatten seiner Abneigung gegen andere Frauen das helle Licht seiner Liebe zu ihr noch verstärkte.

»Hm, ich kann nicht gerade behaupten, daß ich sie liebe.«

»Wie kommt es, daß du dich nach einem halben Jahr immer mit deinen Hauswirtinnen überwirfst? Es muß scheußlich sein, mit dir zusammenzuleben!«

»Nein, an mir liegt es nicht. Aber sie sind alle gleich: anfangs Honig und Kuchen, und bald schon trocken Brot.«

Er sprach mit einem Ernst, als verkünde er eine allgemeine Wahrheit. Mershams Augenlider flatterten manchmal. Muriel wandte sich an ihn:

»Mr. Vickers wohnt nicht gerne in möblierten Zimmern«, sagte sie.

Mersham schloß daraus, daß Vickers sich deshalb mit Muriel verheiraten wollte; er schloß ferner, daß ebenso, wie der Freier seiner Hauswirtinnen überdrüssig wurde, sich wahrscheinlich auch er und seine Frau satt bekommen würden. Mit einem Blick vermittelte er Muriel diese Erkenntnis und sagte gedehnt:

»Wirklich nicht? Möblierte Zimmer sind doch ideal! Ein guter Untermieter kann stets herumkommandieren und alles nach seinem Kopf haben. Es kann ihm kaum besser gehen!«

»Das finde ich nicht!« lachte Vickers.

»Es ist klar«, dröselte Mersham träge weiter und verlieh seinen Worten eine drollige Ironie, »Sie sind offensichtlich kein guter Untermieter. Sie brauchen nur mit Ihrer Hauswirtin zu sympathisieren – meistens gegen den Ehemann –, und sie wird Himmel und Hölle für Sie in Bewegung setzen.«

»Oh«, lachte Muriel und blickte Mersham an, »Tom ist aber nicht dafür, mit Frauen zu sympathisieren, vor allem nicht mit verheirateten Frauen.«

»Ja«, erklärte Tom nachdrücklich, »es ist gefährlich.«

»Sie überlassen es lieber dem Ehemann?« sagte Mersham.

»Ja, bestimmt! Ich will nicht, daß sie mit ihrem Kummer zu mir gerannt kommen. Das würde nie ein Ende nehmen.«

»Sehr klug von Ihnen! Die armen Frauen! Sie zapfen Ihr Fäßchen Mitgefühl erst für Ihre eigene Frau an, ja? Und für sonst keine!«

»Ja, sicher. Habe ich nicht recht?«

»Oh, sicher. Dann ist also Ihre Frau eine privilegierte Persönlichkeit. Bekommt eine Art Hausgebräu *ad infinitum* zu trinken? Gar nicht schlecht!«

»Es gibt nichts Besseres«, lachte Tom.

»Ausgenommen die Abwechslung«, sagte Mersham. »Ich bin für eine Frau so etwas wie eine Tasse Tee.«

Muriel lachte laut über den widersinnigen Zynismus und zog die Augenbrauen zusammen, womit sie ihn bat, nicht länger mit Bomben Ball zu spielen.

»Jedesmal eine frische Tasse Tee! Tee verleidet den Frauen niemals! Muriel, ich sehe schon, daß du herrliche Jahre vor dir hast! Eine Art verlängertes Mittagsschläfchen mit einem guten Ehemann!«

»Sehr verlockend!« sagte Muriel sarkastisch.

»Wenn sie einen guten Ehemann hat, was kann sie sich dann noch wünschen?« fragte Tom. Er behielt den scherzenden Ton bei, war aber im Grunde ernst und etwas eingeschnappt.

»Einen Untermieter – um das Leben interessant zu gestalten!«

»Warum«, mischte Muriel sich ein, »haben dich die Frauen so gern?«

Mersham blickte ruhig zu ihr auf und lächelte ihr ins Gesicht. Sie war wirklich unsicher. Sie wollte gern wissen, was er in die Waagschale legte, damit sie sich so schwer zu seinen Gunsten neigte. Wie immer, mußte er ihr ernst und wahrheitsgemäß antworten. Deshalb sagte er: »Weil ich sie überzeugen kann, daß schwarz nicht schwarz, sondern grün oder bläulich ist – was ja auch stimmt.« Dann – weil sie sich ihrer Bewunderung für ihn wieder bewußt wurde – lächelte er großzügig und schloß: »Aber du versuchst, mich eingebildet zu machen, Miel! Du befleckst meine jungfräuliche Bescheidenheit!«

Muriel blickte ihn weich und verständnisvoll an und lachte leise. Tom lachte schallend bei der Vorstellung von Creshams jungfräulicher Bescheidenheit. Muriel zog verärgert die Stirne kraus, wandte sich von ihrem Schatz ab und starrte ins Feuer.

5

Mersham hatte die Situation jetzt ganz bewußt auf den Höhepunkt gebracht, den er angestrebt hatte. Er war überzeugt, daß Vickers bei Muriels Hinwendung zu ihm selbst nicht ernstlich ins Gewicht fallen würde. Deshalb wandte er sich uninteressiert ab.

Das Gespräch schleppte sich eine Zeitlang hin, bis ihm plötzlich etwas einfiel:

»Oh, Mr. Vickers, wollen Sie uns etwas vorsingen? Sie singen doch, nicht wahr?«

»Ach, nicht der Rede wert«, erwiderte der andre bescheiden und wunderte sich über Mershams plötzlich erwachtes neues Interesse. Er blickte Muriel an.

»Doch, sehr gut«, antwortete sie ihm und war jetzt nachsichtig wie zu einem Kind. »Aber« – sie drehte sich zu Mersham um –, »möchtest du wirklich?«

»Ja, natürlich! Spiel ein paar von den alten Liedern! Oder weißt du etwas Besseres?«

Sie begann mit *Honour and Arms*.

»Nein, nicht das!« rief Mersham. »Etwas Ruhiges! *Sois*

triste et sois belle!« Er lächelte ihr sanft und bedeutungsvoll zu. »Versuche doch *Du bist wie eine Blume* oder *Pur dicesti!«*

Vickers sang gut, wenn auch ohne viel Einfühlung. Doch die Lieder, die sie sangen, waren die alten Lieder, die Mersham vor Jahren Muriel beigebracht hatte, und als sie sie jetzt spielte, war es in Gedanken an ihn. Als das erste Lied beendet war, drehte sie sich um und merkte, daß er sie ansah, und sie begegneten sich wieder in der Poesie ihrer Vergangenheit.

»Narzissen«, sagte er leise, die Augen voller Erinnerung.

Sie hörte es, und das Herz wurde ihr weit. Sie hatten am Rande des Hügels gesessen, wo die wilden Narzissen bis in den Himmel wachsen, und dort hatte er ihr das Lied beigebracht, indem er ihr Zeile für Zeile vorsang: *Du bist wie eine Blume*. Er hatte keine Stimme, aber ein sehr gutes Gehör.

Der Abend zog sich hin, und es wurde zehn Uhr. Die beiden jüngeren Brüder wollten zu Bett gehen und kamen durchs Zimmer. Das Haus schlief – bis auf den Vater, der allein in der Küche saß und *The Octopus* las. Sie gingen hinüber, um Abendbrot zu essen.

Mersham hatte sich ermuntert und sprach jetzt sehr gut. Muriel regte ihn stets an; sie veranlaßte ihn, über Kunst und Philosophie zu sprechen, abstrakte Themen, die sie liebte und über die nur er zu ihr gesprochen hatte – über die nur er, wie sie glaubte, mit soviel Poesie sprechen konnte. Er benutzte eigenartige Redewendungen, widersprach sich mutwillig, sagte dann etwas Trauriges und Ausgefallenes, alles auf eine nachdenkliche, objektive Art, so daß selbst die Männer sich ihm zuvorkommend und achtungsvoll zuwandten.

»Das Leben«, sagte er – und immer hielt er es in irgendeiner Form vor allem Muriel vor Augen –, »das Leben ist schön, solange es uns verzehrt. Wenn es durch uns hindurchbraust und uns zerstört, ist das Leben herrlich. Am besten ist es, gellend zu lachen, wie ein Feuer mit stürmischem Luftzug, weißglühend bis zum letzten Augenblick. Aber wenn man ein langsames Feuer brennt und mit dem Brennstoff spart, ist das Leben nicht wert, gelebt zu werden.«

»Du glaubst also an ein kurzes und lustiges Leben?« sagte der Vater.

»Es muß weder kurz noch lustig sein. Kummer ist *eine* Seite vom Lebensfeuer, auch das Leiden, sie sind der Urgrund der Freudenflamme, heißt es. Wir aber verhalten uns zum Leben wie der Mann, der für seine alten Tage so ängstlich vorsorgen wollte, daß er mit dreißig Jahren an Entkräftung einging.«

»Das werden wir auf keinen Fall tun«, lachte Tom.

»Oh, ich weiß nicht. Man lebt am intensivsten im Kontakt mit seinen Mitmenschen, und wir schrecken davor zurück, wir armen Geschöpfe, unsre Seele jemandem zum Berühren zu geben, denn er, der dumme Stümper, wird sie gewöhnlich mit schmutzigen Händen betatschen.«

Muriel blickte ihn mit ihren dunklen Augen voll dankbaren Verstehens an. Ihre Seele war oft von ihren Brüdern roh betatscht worden. Aber natürlich war sie töricht gewesen, sich zu entblößen.

»Und man wird mit dem weißesten Feuer des Lebens gewaschen – wenn man eine Frau nimmt, die man liebt – und versteht.«

Vielleicht wußte Mersham nicht, was er tat. Doch all seine Worte hoben Muriel wie in einem Netz hoch, hoben sie wie eine Meerjungfer aus dem Wasser und legten sie ihm in die Arme, seine dünne, verfeinerte Luft zu atmen. Sie sah ihn an und war überzeugt von seinem lauteren Ernst und glaubte blindlings, daß er nicht unrecht tun konnte.

Vickers war andrer Ansicht. Er hätte seine Meinung, einerlei, wie sie sein mochte, kurz zusammengefaßt: »Ja, ja, reden kann er lang und breit, und er wird's immer wieder tun, aber – hol mich der Teufel . . .«

Denn Vickers war ein altmodischer, stummer Liebhaber,

so einer, der sich als die kurze Freude und die unendliche Enttäuschung eines Frauenlebens herausstellt. Schließlich glaubte er, daß er gehen müsse, da Mersham anscheinend nicht vor ihm gehen wollte. Muriel gab ihm keinen Abschiedskuß, sie erbot sich auch nicht, ihn zu seinem Fahrrad hinauszubegleiten. Er ärgerte sich darüber, jedoch mehr über das Mädchen als über den Mann. Er fand, daß sie herumtändelte und vor dem Fremden ›angab‹. Für ihn war Mersham ein Fremder und daher auch, wie er meinte, für Muriel. Die beiden jungen Männer gingen zusammen aus dem Haus und auf dem groben Schotterpfad zum Schuppen hinüber. Mersham ließ komische kleine Späße vom Stapel: »Ich wünschte, meine Füße wären nicht so wählerisch. Wenn sie in eine weiche Stelle einsinken, bibbern sie wie ein Mädchen, das eine Kröte anfaßt. – Da – hören Sie bloß die arme alte Kracke! Es klingt genauso, als hätte sie Keuchhusten!«

»Eine Kuh hustet nicht, wenn sie solchen Krawall macht«, sagte Vickers.

»Sie stellt sich bloß an, was? Damit sie ihr *Owbridge* bekommt? Kann's ihr nachfühlen. Ich nehme an, daß sie Frostbeulen hat. Bekommen Kühe auch Frostbeulen, die armen Biester?«

Vickers lachte und fand, er müsse den jungen Mann beschützen. »Aufgepaßt«, sagte er, als sie in den Schuppen traten, in dem es sehr dunkel war. »Rennen Sie sich nicht den Kopf an dem Balken ein!« Er legte eine Hand auf den Balken und streckte die andre aus, um Cyril zu erreichen. »Danke«, sagte Mersham. Er kannte die Stelle mit dem Balken bis auf den Zoll genau, einerlei, wie dunkel es im Schuppen war, aber er ließ sich von Vickers daran vorbeiführen. Er genoß es sogar, von Tom beschützt zu werden.

Vickers zündete vorsichtig ein Streichholz an, beugte sich über das rötliche Herz der Flamme und beleuchtete sich selbst wie eine schöne Laterne inmitten der tiefen Dunkelheit des Schuppens. Ein paar Sekunden beugte er sich über seine Fahrradlampe und putzte und richtete den Docht; sein Gesicht, das in seiner gesunden Schönheit alles Licht auf sich zog, schien leuchtend und wunderbar. Mersham konnte den Flaum auf seinen Wangen oberhalb der Rasurlinie und die Bürste der Augenbrauen sehen.

›Er ist eben doch sehr schön‹, dachte Mersham. ›Sie ist dumm, ihn aufzugeben.‹

Tom ließ die Lampe zuschnappen und zertrat das Streichholz sorgfältig unter seinem Fuß. Dann nahm er die Pumpe vom Fahrrad, kauerte sich auf die Fersen und pumpte im Dunkeln den Reifen auf. Das flinke, sichere, unermüdliche Zustoßen der Pumpe und die Ausgewogenheit und das fein angepaßte Gleichgewicht zwischen Toms Körper und seinen Bewegungen gefielen Mersham.

›Sie könnte‹, dachte er bei sich, ›mit dem Mann hier einige herrliche Stunden haben – und doch will sie lieber mich, weil ich sie traurig machen und zum Staunen bringen kann.‹

Zu dem Mann aber sagte er:

»Wissen Sie, die Liebe ist keine Zwillingsseelen-Geschichte. Für Sie zum Beispiel sind die Frauen wie Äpfel an einem Baum. Sie können einen haben, der Ihnen erreichbar ist. Die am besten aussehen, sitzen hoch über Ihnen, aber es hilft nichts, sich ihretwegen abzumühen. Sie langen hinauf, ziehen vielleicht den Ast herunter und legen schon ihre Finger um einen guten, da schnellt der Ast zurück, und Sie toben und sagen, es hätte Ihnen das Herz gebrochen. Doch es sind viele Äpfel da, die für Sie genausogut sind und nicht höher als Ihre Brust hängen.«

Vickers lächelte und dachte, der Gedanke hätte etwas für sich – im allgemeinen, aber für ihn selber war es nichts.

Dann gingen sie aus dem Schuppen und auf den Hof hinaus. Er sah, wie der junge Mann sich auf den Sattel schwang, Gutenacht rief und im Dunkeln verschwand.

»Sic transit«, murmelte er – und meinte damit Tom

Vickers und die schöne Jugendfrische, die so unbewußt wie eine Blüte ist.

Mersham kehrte langsam ins Haus zurück. Muriel räumte das Abendbrotgeschirr ab und deckte dann den Tisch für das Frühstück der Männer. Aber sie erwartete ihn so eindeutig, wie wenn sie auf der Schwelle gestanden und Ausschau gehalten hätte. Sie blickte zu ihm auf, und instinktiv hob er ihr das Gesicht entgegen, als wollte er sie küssen. Sie lächelten, und sie ging ihrer Arbeit nach.

Der Vater stand auf, reckte seinen vierschrötigen Körper und gähnte. Mersham zog seinen Mantel an.

»Kommst du ein Stückchen mit?« fragte er. Sie antwortete ihm mit den Augen. Der Vater stand breit und schweigend auf dem Kaminvorleger. Seine stille, wortlose Mißbilligung hatte keine andre Wirkung, als wenn ein kleiner Lufthauch sie getroffen hätte. Strahlend und wie ein Kind lächelte sie ihren Liebhaber an und steckte sich den Hut fest.

Draußen im Sternenschein war es sehr dunkel. Er murrte furchtbar und fluchte übertrieben, als er knöcheltief im Schlamm versank.

»Du solltest mir folgen. Komm hierher!« befahl sie und freute sich, ihn in ihre Obhut nehmen zu können.

»Gib mir deine Hand!« bat er, und sie gingen Hand in Hand über die schlimmsten Stellen. Die Felder lagen offen da, und die Nacht stieg zu den wunderbaren Sternen hinan. Im Wald war es sehr dunkel und feucht; sie beugten sich vor und schlichen behutsam weiter: mit einem köstlichen Abenteuergefühl hielten sie einander fest an der Hand. Als sie einen Augenblick stehenblieben und emporschauten, waren die Sternbilder nicht erkennbar zwischen den Baumwipfeln zerstreut – bis sie unmittelbar vor sich die drei Edelsteine Orions entdeckten.

Es war so merkwürdig ringsumher – als hätten sich alle unbelebten Dinge hervorgewagt, um in der Nacht zu spielen, wie sie es in den Elfenmärchen tun: die Bäume, die zahllosen Sterne, die dunklen Räume und die geheimnisvollen Gewässer tief unten hatten sich zu einem wunderbaren Spiel eingefunden.

Aus dem Wald traten sie auf den freien Hügelhang hinaus. Sie flog ihm vom Zaun in die Arme hinunter, und er küßte sie, und sie lachten leise miteinander. Dann gingen sie quer über das kurze Gras, wo kein Pfad war.

»Warum magst du ihn nicht?« fragte er mutwillig.

»Mußt du das fragen?« antwortete sie nur.

»Ja. Weil er tausendmal hübscher ist als ich.«

Sie fand es so komisch, daß sie laut lachen mußte.

»Doch, das ist er! Weißt du, er ist wie der Sommer, braun und voller Wärme. Denk nur, wie herrlich und wild er sein würde . . .«

»Warum sprichst du von ihm?« sagte sie.

»Weil ich möchte, daß du begreifst, was du verlierst – und das wirst du erst, wenn du ihn mit meinen Augen siehst. Er ist sehr begehrenswert. Ich würde ihn mir vorziehen – wenn ich die Wahl hätte.«

»Wirklich?« lachte sie. »Aber du verstehst es eben nicht«, fuhr sie mit sanfter Gewißheit fort.

»Richtig. Vermutlich ist es Liebe – die Art, die über meinen Horizont geht. Ich werde wohl niemals blindlings verliebt sein, wie?«

»Allmählich glaube ich das auch«, antwortete sie nicht allzutraurig. »Nichts wirst du jemals ›blindlings‹ sein.«

»Die Stimme der Liebe!« lachte er. Und dann: »Nein, wenn man seine Blumen in Stücke reißt und untersucht, wie sie bestäubt werden und wo die Fruchtknoten sind, dann kann man nicht blindlings über sie in Verzückung geraten. Aber dir bedeuten sie mehr: sie sind dir vertraut wie Herzensfreunde – nicht wie wunderschöne, blendende Elfen.«

»Ja«, gab sie zu und sann darüber nach, froh, ihn zu verstehen. »Und dann?«

Sanft, fast ohne Worte, zwang sie ihn, zur Sache zu kommen.

»Du glaubst nämlich«, sagte er, »ich wäre ein wunderbares, zauberhaftes Wesen, nicht wahr? Und das bin ich nicht. Ich bin nicht so gut – auf lange Sicht – wie dein Tom, der von dir glaubt, du wärst ein wunderbares, zauberhaftes Wesen.«

Sie lachte und schmiegte sich im Weitergehen an ihn. Er fuhr fort und sprach sehr vorsichtig und sanft: »Ich dagegen glaube keinen Augenblick, daß du eine Prinzessin oder ein Engel oder wunderbar bist. Du machst mich oft rasend verrückt, weil du ein Dummkopf bist!«

Vor Scham und Demütigung lachte sie leise.

»Trotzdem – bin ich vom Süden zu dir gekommen – weil – hm, weil ich bei dir genauso sein kann, wie mir zumute ist, eingebildet oder blöd, ohne mich zu scheuen, ich selbst zu sein ...« Er brach plötzlich ab. »Ich denke doch, daß ich nie versucht habe, mich größer oder besser vor dir zu machen, als ich es bin?« fragte er nachdenklich.

»Nein«, antwortete sie mit schöner, tiefer Gewißheit. »Das ist es ja gerade! Du bist immer so ehrlich gewesen. Du bist ehrlicher als jeder, dem ich je ...« Sie beendete den Satz nicht, so tief bewegt war sie. Er schwieg eine Zeitlang, dann fuhr er fort, als müsse er die Frage bis zum Ende mit ihr durchgehen:

»Aber weißt du, ich hab's lieber, wenn du kein Korsett trägst. Ich sehe es so gern, wie du dich in deinem Kleid bewegst.«

Sie lachte, halb beschämt, halb geschmeichelt.

»Ich hab mich gefragt, ob du es merken würdest«, sagte sie.

»Das hab ich – sofort!« Ein kurzes Schweigen entstand, und danach nahm er den Faden wieder auf: »Sieh mal, wir könnten morgen heiraten – aber ich kann mich nicht selbst erhalten. Ich stecke in Schulden ...«

Sie kam näher an ihn heran und ergriff seinen Arm.

»Und hat es einen Sinn, die Jahre verstreichen zu lassen, und die Schönheit der Jugend?«

»Nein«, gab sie zu – sehr leise und weich – und schüttelte den Kopf.

»Deshalb – hm – du verstehst, nicht wahr? Und wenn du einverstanden bist – kommst du zu mir, ja? Ganz natürlich – wie du sonst zu mir gekommen bist, um mich für die Kirche abzuholen? Und es wäre nicht so – daß ich dich – gegen deinen Willen – dazu überrede? Nein?«

Sie blieben vor einem Zauntritt stehen, über den sie hinwegklettern mußten. Sie wandte sich ihm schweigend zu und hob ihr Gesicht zu ihm auf. Er nahm sie in die Arme und küßte sie und spürte den nächtlichen Nebel, der seinen Schnurrbart durchnäßt hatte. Er senkte den Kopf und rieb mit seinem Gesicht über ihre Schulter, und dann drückte er seine Lippen auf ihren Nacken. Eine Weile standen sie schweigend da und hielten einander umarmt. Dann hörte er ihre Stimme, die an seiner Schulter gedämpft klang:

»Aber – aber sieh mal, für eine Frau ist es viel schwerer – einer Frau bedeutet es etwas so anderes ...«

»Man kann klug sein«, erwiderte er leise und sanft. »Man braucht nicht ins Unglück zu stolpern.«

Sie schwieg ein Weilchen. Dann sprach sie wieder:

»Ja, aber – wenn es doch geschehen sollte – verstehst du – das könnte ich nicht ertragen.«

Er ließ sie los, und sie lösten sich voneinander, und jetzt wurden ihre Worte nicht mehr durch die Umarmung erstickt. Er durchschaute die Abwehr der Frau, die trotz ihrer eigenen Neigung und sogar trotz ihres besseren Wissens den Feigling spielte.

»Wenn – wenn!« rief er heftig, so daß sie etwas erschrocken zusammenzuckte. »Es braucht kein ›Wenn‹ zu geben, findest du nicht?«

»Ich weiß es nicht«, antwortete sie vorwurfsvoll und sehr still.

»Wenn ich es doch sage!« erwiderte er, zornig über ihr Mißtrauen. Dann stieg er auf den Zauntritt, und sie folgte ihm.

»Aber du verstehst es doch!« rief er. »Ich habe dir Bücher gegeben!«

»Ja, aber ...«

»Aber was?« Er wurde wirklich zornig.

»Es ist so anders für eine Frau – ich weiß auch nicht ...«

Darauf antwortete er nicht. Sie stolperten beide über die Maulwurfshaufen unter den Eichen.

»Und bedenke doch, wie wir uns im Dunkeln zueinander stehlen müßten ...«

Das erbitterte ihn: es war, als wiche sofort aller Glanz aus dem Leben. Es war, als hätte sie das feine Gefäß umgestoßen, das den Wein seines Verlangens enthielt, und als hätte sie seine ganze Vitalität ausgeleert. Er hatte während des langen Abends eine schwierige, aufwühlende Rolle gespielt, und jetzt erloschen die Lichter plötzlich, und es blieb nichts als Mattigkeit. Er schwieg und war müde, sehr müde, körperlich und seelisch. Mit gesenktem Kopf gingen sie beide über das weite, dunkle Grasland. Plötzlich packte sie ihn beim Arm.

»Sei nicht kalt zu mir!« rief sie.

Er bückte sich und küßte sie als Antwort auf die Lippen, die sie ihm liebesuchend hinhielt.

»Nein«, sagte er traurig, »Kälte ist es nicht – nur habe ich – den Halt verloren, jedenfalls heute abend.« Er sprach mit Mühe. Es war sehr schwer, ein Wort zu finden, das er hätte sagen können. Ein paar Minuten standen sie jeder für sich allein unter dem alten Weißdorn, und keiner von beiden sprach. Dann kletterte er über den Zaun und stand auf der Landstraße oberhalb der Wiese.

Beim Auseinandergehen hatte er sie nicht geküßt. Er stand einen Augenblick da und sah sie an. In einem kleinen Bach unter der Hecke rieselte Wasser und gluckste ungewöhnlich laut. Weiter weg, über Nethermere, hörten sie den traurigen, herzzerreißenden Schrei der Wildgänse aus dem Norden. Die Sterne glitzerten noch immer sehr hell. Er war zu erschöpft, um an etwas zu denken, was er hätte sagen können; sie war zu überwältigt von Kummer und Furcht und auch ein wenig Groll. Er blickte auf den bleichen Fleck ihres Gesichts, das von der niedrigen Wiese jenseits des Zauns zu ihm emporgewandt war. Über ihr kreuzten sich die Weißdornzweige und hingen hinter ihr wie das Dach einer Hütte herunter. Jenseits war die unendliche Weite der Dunkelheit. Er fühlte sich nicht imstande, seine Energie zu sammeln und etwas Entscheidendes zu sagen.

»Lebwohl«, sagte er. »Ich fahre zurück – am Samstag. Aber – du schreibst mir. Leb wohl!«

Er wandte sich zum Gehen. Er sah, wie ihr weißes, aufwärts gewandtes Gesicht verschwand und ihre dunkle Gestalt sich unter die Zweige des Baumes duckte und in das große Dunkel hineinging. Sie sagte nicht Lebewohl.

Das letzte Lachen

Es lag ein wenig Schnee auf der Erde, und die Turmuhr hatte gerade Mitternacht geschlagen. Hampstead sah endlich einmal mitten im dunklen Winter hübsch aus mit seinem sauberen weißen Boden und den Lampen wie Monden und dem dunklen Himmel über den Lampen.

Ein undeutliches Stimmengewirr, und der Schimmer eines verborgenen gelben Lichts. Und dann öffnete sich plötzlich die Vordertür eines hohen, dunklen georgianischen Hauses, und drei kaum unterscheidbare Leute traten heraus. Ein Mädchen in einem dunkelblauen Mantel und mit einem Pelzturban, das sich sehr gerade hielt – ein junger Mensch mit einer kleinen Aktentasche und in schlaffer Haltung –, und ein magerer, rotbärtiger Mann ohne Hut, der vom Eingang aus über die Straße blickte, die sich in einer Kurve hügelab nach London hinunterschwang.

»Seht euch das an! Eine neue Welt!« rief der Mann mit dem Bart ironisch, während er auf der Schwelle stand und hinausspähte.

»Nein, Lorenzo, das ist bloß weiße Tünche!« rief der junge Mensch im Mantel. Seine Stimme klang angenehm voll und durchdringend und hatte eine verdrießlich spöttische Färbung. Als er sich umwandte, lag sein Gesicht in tiefem Schatten.

Das Mädchen mit dem stolzen, flinken Vogelkopf drehte sich zu den beiden Männern um.

»Wie bitte?« fragte sie mit ihrer raschen, ruhigen Stimme.

»Lorenzo sagt, es wäre eine neue Welt, und ich sage, es ist bloß weiße Tünche«, rief der junge Mensch auf der Straße.

Sie stand still und hob den wollig behandschuhten Finger; sie war fast taub und nahm das Gesagte in sich auf.

Ja, sie hatte es verstanden. Sie stieß ein schnelles, kicherndes Lachen aus und blickte flüchtig auf den jungen Mann mit dem Filzhut und dann wieder nach rückwärts auf den Mann im stuckverzierten Eingang, der ihnen sein Lebewohl nachwinkte und wie ein Satyr grinste.

»Lebwohl, Lorenzo!« kam es klangvoll und verdrossen von dem Mann mit dem harten Filzhut.

»Lebwohl!« ertönte der schrille Nachtvogelruf des jungen Mädchens.

Die grüne Gartenpforte wurde zugeschlagen, dann fiel die Haustür ins Schloß. Die beiden waren allein in der Straße – abgesehen von einem Polizisten an der Straßenecke. Die Straße schwang sich steil zur Stadt hinunter.

»Du mußt *vorsichtig* gehen!« schrie der Mann mit dem Filzhut, beugte sich gegen das stolze, herbe Mädchen vor und schlakste dann weiter. Sie blieb einen Augenblick stehen, um zu überlegen, was er gesagt hatte.

»Kümmere dich nicht um mich, ich kann gut gehen! Kümmere dich lieber um dich selber!« sagte sie schnell. Im gleichen Augenblick glitt er im schlüpfrigen Schnee gefährlich aus, doch gelang es ihm, sich noch aufzufangen. Sie beobachtete ihn gespannt. Sein Filzdeckel hüpfte über die leichte Schneeschicht. Sie standen unter einer Laterne in der Nähe der Biegung. Als er sich nach seinem Hut bückte, zeigte sich in seinem dunklen, dünnen, ziemlich welligen Haar eine kahle Stelle, genau wie eine Tonsur. Und als er zu ihr aufblickte und sich den Hut wieder überstülpte, schien er mit den dichten schwarzen, spöttisch verzogenen Brauen und der ziemlich gebogenen Nase sich selbst verhöhnend einem jungen Satanspriester zu gleichen. Er hatte wunderschöne Gesichtszüge, wie ein Faun, und einen zweiflerisch zermarterten Ausdruck. Eine Art Faun am Kreuz, mit der ganzen Gehässigkeit eines solchen Gekreuzigten.

»Hast du dir weh getan?« fragte sie auf ihre rasche, kühle, ungerührte Art.

»Nein!« schrie er höhnisch.

»Gib mir den Apparat, ja?« bat sie und streckte ihm ihre wollige Hand entgegen. »Ich glaube, bei mir ist er sicherer!«

»Willst du ihn benutzen?« schrie er.

»Ja, bei mir ist er bestimmt sicherer!«

Er reichte ihr die kleine braune Aktentasche, die jedoch ein Marconi-Hörapparat wegen ihrer Taubheit war. Aufrecht wie immer ging sie weiter. Er bohrte die Hände tief in die Taschen seines Mantels und schlakste neben ihr einher, als könnte er die Knie nicht durchdrücken. Vor ihnen im Laternenschimmer senkte sich die Kurve mit dem sauberen, bleichen Schnee. Ein Auto kämpfte sich brummend die Straße hinauf. Ein paar dunkle Gestalten glitten vor ihnen in dunkle Torwege hinein – wie Fische, die über einem Meeresboden aus weißem Sand in dunkle Klippen hineinschlüpfen. Linker Hand zog sich eine Gruppe von Bäumen im Dunkeln den Hang hinauf.

Er blickte sich dauernd um und hob das scharf geschnittene Kinn und die Hakennase, als horche er auf etwas. Er konnte noch immer das Auto hören, das die Steigung nach Hampstead Heath überwand. Unter ihnen das stinkende, grellgelbe Licht aus dem Untergrundbahnhof. Seitwärts die Bäume.

Das Mädchen mit dem aufmerksamen, rosigweißen Gesicht blickte ihn scharf und neugierig an. Eine sonderbare nymphenhafte Neugier war ihr eigen, manchmal wie bei einem Vogel, manchmal wie bei einem Eichhörnchen oder Kaninchen – doch nie wie bei einer Frau. Schließlich blieb er stehen, als wollte er nicht weitergehen. Über sein glattes gelblichweißes Gesicht spielte ein merkwürdiges, verblüfftes Grinsen.

»James«, sagte er laut zu ihr und beugte sich dicht an ihr Ohr, »hörst du jemand *lachen?*«

»Lachen?« erwiderte sie rasch. »Wer lacht?«

»Ich weiß es nicht! *Jemand!*« schrie er und entblößte auf sehr sonderbare Art seine Zähne.

»Nein, ich höre niemanden«, erklärte sie.

»Aber es ist ganz *seltsam!«* schrie er, und seine Stimme nuschelte auf und ab. »Stell deinen Apparat an!«

»Anstellen?« fragte sie. »Warum?«

»Damit wir sehen, ob du's auch hörst!« schrie er.

»Was hörst?«

»Das *Lachen!* Jemand lacht! Es ist *furchtbar* seltsam!«

Sie stieß ihr komisches Gekicher aus und reichte ihm den Apparat. Er hielt ihn, während sie den Deckel öffnete und die Drähte befestigte, den Bügel über den Kopf legte und die Hörmuschel über die Ohren klemmte, genau wie ein Funker. Schneekrümchen fielen durch das kalte Dunkel. Sie schaltete ein: im Apparat leuchteten kleine gelbe Lichter in Glasröhren auf. Sie war verbunden und lauschte. Er stand mit geducktem Kopf da und hatte die Hände tief in die Manteltaschen gebohrt.

Plötzlich hob er das Gesicht und stieß das gruseligste Gewieher aus, wobei er die starken, weitstehenden Zähne entblößte und die schwarzen Brauen in die Höhe zog, um das Mädchen mit merkwürdig funkelnden Ziegenaugen zu betrachten.

Sie schien ein wenig erschrocken.

»Da!« sagte er. »Hast du's gehört?«

»*Dich* hab ich gehört!« antwortete sie mit einem Ton, der besagte, daß ihr das gerade genüge.

»Aber hast du es denn nicht gehört?« schrie er und verzog seine Lippen wieder so merkwürdig.

»Nein«, antwortete sie.

Er blickte sie gehässig an und hatte wieder den Kopf eingezogen. Sie stand in aufrechter Haltung da, in der Hand ihre Pelzmütze; auf das schöne, kurzgeschnittene Haar, das vom Bügel des Hörapparats zusammengehalten wurde, fielen vereinzelte Schneekrümchen, und ihr eigentümliches, taubes Nymphengesicht mit den aufmerksamen Augen war emporgewandt und horchte ausdruckslos.

»Da!« schrie er, und sein schimmerndes Gesicht schoß mit einem Ruck hoch. »Willst du etwa behaupten, du könntest es nicht ...« Er blickte sie fast teuflisch an. Doch etwas anderes in ihm war stärker. Sein Gesicht verzerrte sich in einem betroffenen, seltsamen Lächeln und schien aufzuleuchten, und dann brach plötzlich das erstaunlichste Lachen aus ihm hervor, wie bei einem lachenden Tier. Es war ein merkwürdig wiehernder Laut, der ihr befremdlich ins Ohr drang. Sie zuckte zusammen und stellte den Apparat etwas schwächer ein.

Eine breite Gestalt ragte vor ihnen auf: ein großer, glattrasierter junger Polizist.

»Ein Radio?« fragte er kurz angebunden.

»Nein, es ist mein Hörapparat. Ich bin taub!« entgegnete Miss James schnell und entschieden. Nicht umsonst war sie die Tochter eines hohen Adligen.

Der Mann mit dem runden Filzhut hob das Gesicht und stierte den rotwangigen Polizisten mit einem merkwürdig hellen Glanz in den Augen an.

»Hören Sie mal«, fragte er eindringlich, »haben Sie nicht jemand lachen hören?«

»Lachen? Ja, Sie, Sir!«

»Nein, ich spreche nicht von *mir*!« Ungeduldig schwenkte er den Arm und hob wieder das Gesicht. Es schien aufzuleuchten, und sämtliche feinen Fältchen verzogen sich in höhnischem Triumph. Er vermied es, den Polizisten geradezu anzublicken. »Das seltsamste Lachen, das ich je gehört habe!« erklärte er, und aus seiner Stimme sprach das gleiche höhnische Jubeln.

Der Polizist blickte nachdenklich auf ihn herab.

»Nein, nein, er ist nicht betrunken«, erklärte Miss James kühl. »Er hört einfach etwas, das wir nicht hören!«

»Betrunken?« wiederholte der junge Mann mit dem Filzhut höhnisch und aufs äußerste belustigt. »Wenn ich nur betrunken wäre ...« Und wieder stieß er das wilde, tierische Gelächter aus, während sein abgewandtes Gesicht aufzuleuchten schien.

Das eigenartige Gelächter wirkte erregend auf das Blut

des Polizisten und des jungen Mädchens. Sie traten näher zueinander, so daß ihre Ärmel sich berührten, und blickten verwundert auf den Mann mit dem Filzhut. Er kehrte ihnen sein Gesicht mit den dunklen Brauen wieder zu.

»Wollt ihr etwa behaupten, daß ihr nichts gehört habt?« fragte er.

»Nur dich!« sagte Miss James.

»Nur Sie, Sir«, bekräftigte der Polizist.

»Wie klang es denn?« fragte Miss James.

»Du kannst nicht von mir verlangen, daß ich es beschreibe«, erwiderte der junge Mann mit äußerster Verachtung. »Es war der herrlichste Laut von der Welt!« Und tatsächlich schien er ganz hingerissen in das neue Geheimnis verstrickt.

»Woher kommt es?« fragte Miss James praktisch.

»Anscheinend von dort drüben«, antwortete er verächtlich und deutete auf die Bäume und Büsche hinter dem Gitterzaun auf der andern Straßenseite.

»Oh, dann wollen wir doch mal nachsehen!« schlug sie vor. »Ich kann meinen Apparat tragen und lauschen!«

Der junge Mann schien erleichtert, daß er den Apparat los war. Er bohrte die Hände wieder in die Taschen und hastete quer über die Straße. Ein merkwürdiger Ausdruck huschte über das frische junge Gesicht des Polizisten; er legte seine Hand behutsam und zart um den Arm des jungen Mädchens, weil er ihr behilflich sein wollte. Sie brauchte zwar keineswegs die Stütze seiner starken Hand, aber er interessierte sie, daher nahm sie es nicht übel. Nachdem sie sich ihr Leben lang heftig gegen jede Berührung verwahrt hatte und sich nie von einem Mann hatte anfassen lassen, duldete sie es jetzt mit einer gewissen nymphenhaften Wollust, daß die starke Hand des Polizisten sie stützte, während sie der flinken, wolfsähnlichen Gestalt des andern Mannes jenseits der Straße bergauf folgten. Und sie konnte die Gegenwart des jungen Polizisten trotz der dicken dunkelblauen Uniform wie etwas Junges und Wachsames und Heiteres verspüren.

Als sie den Mann mit dem Filzhut eingeholt hatten, stand er mit geducktem Kopf und angespannt lauschend neben dem eisernen Gitterzaun, hinter dem große, schwarze, schneebetupfte Stechpalmen und alte, verzweigte, stille Ulmen wuchsen.

Der Polizist und das Mädchen blieben wartend stehen. Sie spähte mit den scharfen Augen einer tauben Nymphe, die taub war für die Geräusche der Welt. Der Mann im Filzhut lauschte angespannt. Ein Lastwagen rollte die Straße hinab, so daß der Boden bebte.

»Dort!« rief das Mädchen, als der Lastwagen dumpf vorbeigerattert war. Sie sah sich mit blitzenden Augen nach dem Polizisten um, und ihr frisches, weiches Gesicht strahlte vor überraschter Erregung. Sie blickte dem jungen Polizisten unmittelbar in die verdutzten, amüsierten Augen. Er fand die ganze Geschichte lustig.

»Sehen Sie's denn nicht?« fragte sie ziemlich herrisch.

»Was denn, Miss?« entgegnete der Polizist.

»Ich darf nicht hinzeigen«, erwiderte sie. »Blicken Sie dorthin, wo ich hinblicke!«

Und mit blitzenden Augen blickte sie auf die dunklen Stechpalmenbüsche. Sie mußte etwas sehen, denn sie lächelte leise, mit heimlicher Genugtuung, und warf im Hochgefühl ihrer Rechtfertigung den stolzen Kopf in den Nacken. Der Polizist blickte nicht ins Gebüsch, sondern auf sie. Eine gewisse strahlende Siegesfreude und Genugtuung lag in aller Ausgeglichenheit ihrer schlanken Gestalt.

»Ich wußte schon immer, daß ich ihn sehen würde«, sagte sie triumphierend zu sich selbst.

»Wen siehst du?« schrie der Mann mit dem Filzhut.

»Siehst du ihn denn nicht auch?« fragte sie und drehte ihr weiches, schelmisches, nymphenhaftes Gesicht eifrig zu ihm um: der kleine Mann sollte unbedingt sehen, was sie sah.

»Nein, ich sehe nichts! Was siehst du, James?« rief der Mann im Filzhut beharrlich.

»Einen Mann!«

»Wo?«

»Dort im Stechpalmengebüsch!«

»Ist er jetzt da?«

»Nein, jetzt ist er fort!«

»Was für einen Mann?«

»Ich weiß es nicht.«

»Wie sah er aus?«

»Ich kann's dir nicht sagen!«

Aber im gleichen Augenblick drehte sich der Mann mit dem Filzhut plötzlich um, und der schelmische, triumphierende Ausdruck flog auch ihm ins Gesicht.

»Oh, dort muß er ja sein!« rief er und deutete aufs Dickicht. »Hörst du ihn nicht lachen? Er muß hinter den Bäumen sein!«

Und in merkwürdiger Begeisterung brach seine Stimme wieder in ein Gelächter aus, während er dastand und mit den Füßen auf den Schnee stapfte und schließlich mit geducktem Kopf zu seinem eigenen Gelächter tanzte. Dann wandte er sich um und rannte schnell die von alten Blumen eingefaßte Allee hinauf.

Er lief langsamer, als sich am Ende eines verschneiten, völlig unbegangenen Gartenwegs eine Tür öffnete und eine Frau, die in einen schwarzen Schal mit langen Fransen gehüllt war, im Licht stand. Sie blinzelte in die Nacht hinaus. Dann kam sie an die niedrige Gartenpforte. Noch immer fielen Schneekrümchen nieder. Sie hatte dunkles Haar mit einem hohen dunklen Kamm.

»Haben Sie an meine Tür geklopft?« fragte sie den Mann mit dem Filzhut.

»Ich? Nein!«

»Jemand hat an meine Tür geklopft!«

»So? Bestimmt? Das kann aber nicht sein! Es sind keine Fußspuren im Schnee.«

»Das ist wahr«, sagte sie. »Aber jemand hat geklopft, und jemand hat gerufen!«

»Es ist sehr seltsam«, meinte der junge Mann. »Haben Sie jemanden erwartet?«

»Nein. Nicht gerade erwartet. Nur – daß man immer einen erwartet, nicht wahr?« Im Zwielicht der schneehellen Nacht konnte er erkennen, wie sie ihre großen dunklen Augen zu ihm aufschlug.

»War es jemand, der lachte?« fragte er.

»Nein. Gelacht hat eigentlich keiner. Jemand hatte geklopft, und ich lief hin, um zu öffnen, und hoffte, wie man immer hofft ...«

»Was?«

»Oh – daß etwas Wunderbares geschieht.«

Er stand dicht vor dem niedrigen Gartentor. Sie stand dahinter. Ihr Haar war dunkel, ihr Gesicht schien bräunlich, als sie mit ihren dunklen, geheimnisvollen Augen zu ihm aufsah.

»Haben Sie sich gewünscht, daß jemand käme?« fragte er.

»Ja, sehr«, erwiderte sie mit ihrer durchdringenden jüdischen Stimme. Sie mußte eine Jüdin sein.

»Einerlei, wer?« fragte er lachend.

»Wenn es ein Mann wäre, den ich gernhaben könnte«, antwortete sie mit einer tiefen, bedeutsamen, verstellt schüchternen Stimme.

»Wirklich?« sagte er. »Vielleicht war ich's dann doch, der angeklopft hat – ohne es zu wissen?«

»Ja, ich glaube, so war's – es muß so gewesen sein!«

»Soll ich eintreten?« fragte er und legte die Hand auf die kleine Gartenpforte.

»Finden Sie nicht, es wäre das beste?« erwiderte sie.

Er bückte sich, um den Riegel am Tor aufzuschieben. Während er es tat, drehte sich die Frau in dem schwarzen Schal um, warf noch einen Blick über die Schulter zurück und eilte ins Haus, wobei sie mit ihren hochhackigen Schuhen ungeschickt durch den Schnee lief. Der Mann eilte ihr nach, hastig wie ein Hund, der seine Herrin einholen will.

Inzwischen waren auch das Mädchen und der Polizist eingetroffen. Das Mädchen war stehengeblieben, als es sah, daß der Mann mit dem Filzhut der Frau mit dem schwarzen Fransenschal durch den Garten folgte.

»Geht er ins Haus?« fragte sie rasch.

»Es sieht ganz so aus, was?« entgegnete der Polizist.

»Kennt er die Frau denn?«

»Weiß ich nicht. Er wird sie aber bald genug kennen, glaub ich«, sagte der Polizist.

»Aber wer ist sie denn?«

»Ich weiß nicht, wer sie ist.«

Die beiden dunklen, undeutlichen Gestalten traten durch die helle Türöffnung; dann schloß sich die Tür hinter ihnen.

»Jetzt ist er drin«, sagte das Mädchen draußen im Schnee. Eilig begann sie den Bügel ihres Telefon-Empfängers abzustreifen und den Apparat auszuschalten. Die geheimnisvollen Lichtröhren verschwanden, sie schloß die kleine Ledertasche. Dann stülpte sie sich die weiche Pelzmütze über und stand wieder einmal zum Gehen bereit.

Das etwas kriegerische Aussehen, das ihr der lange dunkelblaue, militärisch geschnittene Mantel verlieh, trat noch stärker hervor, und die leicht besorgte, betroffene Miene war ganz verschwunden. Sie schien sich zu recken, schien ihre Glieder zu befreien, und ihre vollen, weichen Wangen trugen nicht länger den leblosen Ausdruck. Sie waren jetzt von strahlendem Stolz und einer neuen, gefährlichen Sicherheit beseelt.

Sie blickte rasch auf den großen jungen Polizisten. Sein frisches Gesicht war sauber rasiert, er lächelte seltsam unter seinem Helm hervor und wartete ein paar Meter entfernt in stiller Geduld. Sie sah, daß es ein anständiger junger Mann war, einer, der warten konnte.

Auf die Sekunde uralter Furcht folgte sofort ein frohes, ungewohntes Machtgefühl.

»Also wie mir scheint, hat's keinen Sinn, hier zu warten!« Sie sprach sehr entschieden.

»Sie brauchen doch auch nicht auf ihn zu warten, nicht wahr?« fragte der Polizist.

»Nein, bewahre! Er ist viel besser dort aufgehoben, wo er jetzt ist!« Sie stieß ein eigentümlich kurzes Lachen aus. Dann warf sie noch einen Blick zurück und begann bergab zu gehen, in der Hand die kleine Ledertasche. Ihre Füße waren beschwingt, und die Beine kamen ihr lang und kräftig vor. Sie blickte wieder über die Schulter zurück. Der junge Polizist folgte ihr, und sie lachte vor sich hin. Ihre Glieder schienen so geschmeidig und stark zu sein, daß sie, falls sie gewollt hätte, mühelos schneller laufen konnte als er. Wenn sie wollte, könnte sie ihn leicht umbringen, sogar mit den bloßen Händen.

So schien es ihr jedenfalls. Doch weshalb ihn umbringen? Er war ein anständiger junger Bursche. Vor ihren Augen stand noch das dunkle Gesicht in den Stechpalmenbüschen mit den strahlenden, spöttischen Augen. Ihre Brust schien so voller Kraft, und ihre Beine schienen ihr so lang und wild. Sie war selber erstaunt über das starke, glühende, pulsierende Gefühl unter ihren Brüsten, das halb Triumph und halb gesunder Ärger war. Die Hände an den Handgelenken fühlten sich so kräftig an – bei ihr, die immer erklärt hatte, sie habe überhaupt keine Muskeln! Selbst jetzt waren es nicht die Muskeln, es war wie eine Art Flamme.

Plötzlich begann es heftig zu schneien, und wilde, eisige Windstöße griffen sie an. Der Schnee bestand jetzt aus kleinen, gefrorenen Körnern und stach ihr scharf ins Gesicht. Er schien um sie herumzuwirbeln, als wirbelte sie selbst in einer Wolke umher. Aber es machte ihr nichts aus. Eine Flamme brannte in ihr, und ihre Glieder fühlten sich mitten im Wirbelwind lodernd und stark an.

Und die wirbelnde Schneeluft schien erfüllt von Wesenheiten und von seltsamen, nie gehörten Stimmen. Sie war vertraut mit dem Gefühl, daß um sie her Geräusche waren, die sie nicht wahrnehmen konnte. Dieses Gefühl wurde jetzt sehr stark. Sie spürte, daß sich etwas ereignete in der wilden Luft.

Die Londoner Luft war nicht länger schwer und naßkalt und von Geistern der unwilligen Toten durchtränkt. Ein frischer, reiner Sturm fegte vom Pol herunter und brachte Geräusche mit.

Stimmen riefen. Trotz ihrer Taubheit konnte sie jemanden hören, konnte mehrere Stimmen hören, die riefen und pfiffen, als jauchzten sich viele Leute durch die Luft zu:

»Er ist wieder da! Hoho! Er ist wieder da!«

Ein wildes, pfeifendes, jubilierendes Stimmengewirr steckte im Schneesturm. Dann blinkten undeutliche Blitze durch das Schneegestöber.

»Ist das Donner und Blitz?« fragte sie den jungen Polizisten, während sie stillstand und darauf wartete, daß seine Umrisse aus den Schleiern wirbelnden Schnees auftauchen sollten.

»Scheint mir ganz so«, antwortete er.

Und in genau dem Augenblick zuckte wieder ein Blitz auf, und das dunkle, lachende Gesicht war dicht neben dem ihren – es berührte fast ihre Wange.

Sie fuhr zurück, doch das Entzücken lief wie eine Flamme über sie hin.

»Da!« rief sie. »Haben Sie das gesehen?«

»Es hat geblitzt!« sagte der Polizist.

Sie blickte ihn fast ärgerlich an. Doch als sie das reine, frische, animalische Aussehen seiner Haut und den erschrockenen Ausdruck zahmer Tiere in seinen Augen bemerkte, machte er ihr Spaß, und sie lachte ihr leises, triumphierendes Lachen. Er fürchtete sich offenbar – wie ein erschrockener Hund, der etwas Unheimliches sieht.

Der Sturm heulte plötzlich lauter und heftiger, und außer einem seltsamen Geräusch wie von Kastagnetten schien sie Stimmen zu hören, die jauchzten Beifall und schrien:

»Er ist hier! Er ist wieder da!«

Ernst nickte sie mit dem Kopf.

Seite an Seite gingen sie und der Polizist weiter. Sie

wohnte in einer Seitenstraße am Fuße des Hügels allein in einem kleinen stuckverzierten Haus. Zuerst kam eine Kirche und eine Baumgruppe, und dann die Reihe alter Häuschen. Der Wind blies ungestüm durch das dichte Schneegestöber. Hin und wieder fuhr ein Taxi vorbei, und seine Scheinwerfer blinkten gruselig. Doch die Welt schien leer und unbewohnt – abgesehen vom Schnee und den Stimmen.

Als das Mädchen und der Polizist in der Nähe der Kirche an der Baumgruppe vorbeikamen, zwang ein kreiselndes Schneegestöber sie zum Stillestehen, und aus dem wilden Durcheinander hörten sie ein Wirbeln lauter, entzückter Stimmen, etwa wie Möwengekreisch, und die schrien: »Er ist hier! Er ist hier!«

»Ja, ich bin elend froh, daß er wieder hier ist«, sagte das Mädchen ruhig.

»Wie bitte?« fragte der ängstliche Polizist und drängte sich näher an das Mädchen.

Dann ließ der Wind sie weitergehen. Als sie am Zaun entlanggingen, schien es ihnen, als wäre das Kirchenportal offen und die Fensterscheiben zerbrochen und als brausten die Stimmen in toller Jagd durch die ganze Kirche.

»Wie erstaunlich, daß die Kirche offengelassen wurde!« sagte das Mädchen.

Der Polizist blieb stehen. Er konnte nichts erwidern.

Und während sie stillstanden, horchten sie auf den Wind und auf die Kirche voll brausender Stimmen, die alle wild durcheinanderriefen.

»*Jetzt* höre ich das Lachen!« sagte sie plötzlich.

Es kam aus der Kirche: ein Klang wie von tiefem, unaufhörlichem Gelächter, ein seltsamer, nackter Laut.

»Jetzt höre ich es!« sagte sie.

Doch der Polizist sprach nicht. Er stand geduckt und betreten da und horchte auf die seltsamen Geräusche in der Kirche.

Der Wind mußte ein Fenster eingedrückt haben, denn sie konnten den Schnee sehen, der in Salven durch die schwarze Höhlung schoß und wie ein mattes Licht durch die Kirche schweifte. Dann krachte es plötzlich, und darauf folgte ein Ausbruch kichernden, nackten Gelächters. Innen im Kirchenschiff schien ein wunderliches Licht vom Schnee auszugehen, als wallten mächtige, hohe Gespenster umher.

Dann neues Gelächter, und ein Geräusch, wie wenn etwas zerreißt. Vom Winde getragen wirbelten Papierfetzen – ganze Buchseiten – zusammen mit dem Schnee aus der dunklen Fensterhöhle. Dann schwang sich ein weißes Etwas wie ein verrückt gewordener Vogel mit dem Wind in die Höhe, als hätte es Flügel, und ließ sich zappelnd auf einem schwarzen Baum nieder: es war die Altardecke.

Nun klang es kurz wie heiteres Trillern auf. Der Wind lief über die Orgelpfeifen, imme rauf und ab, wie über Panflöten. Bruchstücke wilder, heiter trillernder Musik – und plötzlich wieder das nackte, tiefe Gelächter.

»Nein, wirklich!« rief das Mädchen. »Das ist ja ganz erstaunlich! Hören Sie die Musik und die lachenden Leute?«

»Ich höre jemand auf der Orgel spielen«, antwortete der Polizist.

»Und spüren Sie die warmen Windstöße? Es riecht nach Frühling! Nach Mandelblüten – ja, das ist es! Ein ganz wunderbarer Duft wie von Mandelblüten! Ist es nicht erstaunlich?«

Triumphierend ging sie weiter: an der Kirche vorbei, und dann zu der Reihe alter Häuschen. Sie trat durch die Pforte des kleinen eingezäunten Vorgartens.

»Hier wohne ich!« sagte sie schließlich. »Jetzt bin ich zu Hause. Vielen Dank, daß Sie mich begleitet haben!«

Sie betrachtete den jungen Polizisten. Von oben bis unten war er von all dem Schnee so weiß wie eine Wand, und im unbestimmten Licht der Bogenlampe auf der Straße sah sein Gesicht demütig und verängstigt aus.

»Darf ich eintreten und mich ein bißchen aufwärmen?« bat er bescheiden. Sie wußte, daß er weniger vor Kälte als aus Angst fror. Er schwebte in Todesängsten.

»Gut«, sagte sie, »bleiben Sie unten im Wohnzimmer,

wenn Sie wollen! Aber kommen Sie nicht nach oben, denn ich bin allein zu Hause. Sie können das Feuer im Wohnzimmerkamin anfachen, und wenn Sie aufgetaut sind, können Sie gehen.«

Er blieb auf der großen, niedrigen Couch vor dem Feuer; sein Gesicht war von der Angst bläulich und ausdruckslos. Als sie das Zimmer verließ, blickte er ihr mit seinen blauen, weitaufgerissenen Augen nach. Doch sie stieg in ihr Schlafzimmer hinauf und sperrte die Tür zu.

Am nächsten Morgen stand sie oben im Atelier ihres kleinen Hauses, blickte ihre Bilder an und lachte vor sich hin. Ihre Kanarienvögel schwatzten und pfiffen schrill im Sonnenschein, der auf den nächtlichen Sturm gefolgt war. Der Schnee draußen war noch sauber, und der weiße Glanz in der Luft erweckte den Eindruck, daß die Sonne viel wärmer schiene, als es in Wirklichkeit der Fall war.

Sie betrachtete ihre Bilder und mußte vor sich hinlachen, so komisch erschienen sie ihr. Plötzlich kamen sie ihr als vollkommen widersinnig vor. Sie genoß es richtig, sie zu betrachten, weil sie ihr so grotesk erschienen. Besonders ihr Selbstbildnis mit dem schönen braunen Haar und dem leicht geöffneten Kaninchenmund und den verdutzten, unsicheren Kaninchenaugen. Sie betrachtete das gemalte Gesicht und stieß ein langes, trillerndes Lachen aus, bis die gelben Kanarienvögel, die verblichenen Narzissen glichen, fast verrückt wurden vor irrem Bemühen, noch lauter zu singen. Das lang anhaltende, trillernde Gelächter des Mädchens schallte unheimlich durchs Haus.

Die Haushälterin, eine ziemlich trübselig dreinblickende junge Frau, die sich für etwas Besseres hielt – fast alle Leute in England halten sich für etwas Besseres, das ist nun mal eine typisch englische Krankheit –, trat mit einer fragenden und reichlich mißbilligenden Miene ins Zimmer.

»Haben Sie gerufen, Miss James?« fragte sie laut.

»Nein. Nein, ich habe nicht gerufen. Schreien Sie nicht, ich kann Sie ganz gut hören«, erwiderte das Mädchen.

Die Haushälterin blickte sie wieder an.

»Sie wußten wohl, daß ein junger Mann im Wohnzimmer war?« sagte sie.

»Nein, wirklich?« rief das junge Mädchen. »Ach, der junge Polizist! Den hatte ich ganz vergessen! Er kam aus dem Sturm herein, um sich aufzuwärmen. Ist er noch nicht weg?«

»Nein, Miss James.«

»Wie erstaunlich! Wieviel Uhr ist es? Viertel vor neun? Warum ist er denn nicht gegangen, als er sich gewärmt hatte? Ich muß mich um ihn kümmern, scheint mir.«

»Er erklärt, er sei lahm«, sagte die Haushälterin laut und streng.

»Lahm? Das ist ja seltsam! Gestern abend war er's bestimmt noch nicht! Aber schreien Sie nicht so! Ich kann Sie ganz gut verstehen!«

»Kommt Mr. Marchbanks heute zum Frühstück, Miss James?« fragte die Haushälterin mit immer strengerer Stimme.

»Das weiß ich nicht. Aber ich komme, sowie mein Frühstück bereit ist. Ich komme auf jeden Fall gleich und kümmere mich um den Polizisten. Erstaunlich, daß er noch immer hier ist!«

Sie setzte sich am Fenster in die Sonne, um nachzudenken. Sie konnte den Schnee draußen sehen und die kahlen violetten Bäume. Die Luft schien köstlich und anders als sonst. Unversehens war die Welt ganz anders geworden: als wäre eine Haut oder ein Hüllblatt zerrissen, als wäre der alte, moderige Londoner Himmel aufgeplatzt und wie eine zu alte Haut zurückgerollt und zusammengeschrumpft, so daß ein vollkommen neuer blauer Himmel dablieb.

›Es ist wirklich seltsam!‹ dachte sie bei sich. ›Ich habe das Gesicht des Mannes bestimmt gesehen! Was für ein wundervolles Gesicht es war! Das werde ich nie vergessen! Und solch ein Lachen! Wer zuletzt lacht, lacht am besten! Ihm bleibt bestimmt das letzte Lachen vorbehalten. Deshalb mag ich ihn so gern: er wird als letzter lachen! Es muß jemand wirklich Erstaunliches sein! Wie furchtbar nett, der zu sein, der zuletzt lacht! Er wird's bestimmt sein! Was für ein wunderbares Wesen! Ich muß ihn ja wohl ein Wesen nennen? Eine Person ist er eigentlich nicht.

Aber wie wundervoll von ihm, zurückzukommen und sofort die ganze Welt zu ändern! Ist das nicht erstaunlich? Ich möchte wohl wissen, ob er Marchbanks geändert hat! Marchbanks hat ihn allerdings gar nicht gesehen. Aber er hat ihn gehört. Ob das nicht genügt, möchte ich mal wissen! Ich möcht's *wirklich* wissen!‹

Sie verfiel in Nachsinnen über Marchbanks. Sie und er waren so gute Freunde. Seit fast einem Jahr waren sie so gute Freunde gewesen. Nie Liebende! Nein, beileibe nicht! Aber *Freunde.*

Und schließlich war sie in ihn verliebt gewesen: in Gedanken! Das kam ihr jetzt so komisch vor: daß sie in Gedanken so in ihn verliebt gewesen war. Eigentlich war das Leben doch zu verrückt!

Denn jetzt sah sie ihn und sich als ein äußerst komisches Paar. Er, der das Leben so schrecklich ernst nahm, besonders sein eigenes Leben. Und sie, die so lächerlich *entschlossen* war, ihn vor sich selbst zu retten. Oh, wie verrückt! *Entschlossen,* ihn vor sich selbst zu retten, und in diesem Bemühn, in dieser Entschlossenheit, ihn vor sich selbst zu retten, närrisch in ihn verliebt.

Verrückt! Verrückt! Verrückt! Seit sie den Mann gesehen hatte, der im Stechpalmengebüsch lachte – so ein erstaunliches, wundervolles Lachen –, hatte sie erkannt, wie lächerlich sie selber war. Wirklich, was für eine phantastische Albernheit, einen Mann vor sich selbst retten zu wollen! Überhaupt jemand retten zu wollen! Wieviel amüsanter und aufregender war es, einen Mann auf seine eigene Art in die Verdammnis rennen zu lassen! Die Verdammnis war überhaupt viel amüsanter als die Errettung, und die meisten Männer gehörten weit, weit eher *dorthin!*

Sie hatte sich nie in einen Mann verliebt, und in Marchbanks war sie gar nicht richtig verliebt gewesen. Sie sah es jetzt ganz deutlich. Und schließlich, was für ein Unsinn war doch die Sache mit dem Verliebtsein überhaupt! Gott sei Dank war sie nie in diesen demütigenden Fehler verfallen!

Ja, dem Mann im Stechpalmengebüsch hatte sie es zu verdanken, daß sie jetzt alles so deutlich erkannte: das Lächerliche am Verliebtsein, und die Würdelosigkeit, einem Mann nachzustellen oder sich von ihm stellen zu lassen.

»Ist die Liebe wirklich so verrückt und würdelos?« sagte sie laut vor sich hin.

»I, natürlich!« ertönte eine tiefe, lachende Stimme.

Sie fuhr herum, aber niemand war zu sehen.

›Wahrscheinlich ist's wieder der Mann‹, sagte sie sich. ›Es ist wirklich merkwürdig, finde ich. Ich halte es für höchst merkwürdig, daß ich nie einen Mann haben wollte, einerlei wen. Und nun bin ich schon über Dreißig. Es ist tatsächlich seltsam! Ob etwas an mir nicht stimmt oder ob es im Gegenteil ganz recht ist, kann ich nicht sagen. Ich weiß es erst, wenn ich's erprobt habe. Aber ich glaube, wenn der Mann da weiter so lacht, dann passiert was mit mir!‹

Sie roch den seltsamen Mandelblütenduft im Zimmer und hörte wieder das ferne Lachen.

›Ich frage mich wirklich, weshalb Marchbanks gestern abend zu der Frau ging – zu der jüdisch aussehenden Frau. Was kann er nur von ihr gewollt haben? Oder sie von ihm? Wie eigenartig – als hätten sie beide etwas Gemeinsames vorgehabt! Wie erstaunlich verwirrend das Leben doch ist! So schmuddelig erscheint mir das alles!

Warum lacht im Leben nie jemand wie der Mann da? Er erschien mir so wunderbar! So voller Verachtung! Und so stolz! Und so wirklich! Mit seinen lachenden, verachtungsvollen, erstaunlichen Augen: einfach um zu lachen und wieder zu verschwinden! Ich kann's mir nicht vorstellen, daß der einer jüdisch aussehenden Frau nachstellt – oder überhaupt einer Frau nachstellt –, du meine Güte! Einer Frau nachstellen ist so schmuddelig! So schmuddelig wäre mein Polizist, wenn man's zuließe: wie ein Hund! Ich kann Hunde nicht leiden, wirklich nicht. Und Männer kommen mir so hündisch vor ...‹

Doch noch während sie sinnierte, fing sie schon wieder an, vor sich hinzulachen: lange und leise zu kichern. Wie wundervoll von dem Mann da, zu kommen und so zu lachen, daß der Himmel aufplatzt und wie eine zu alte Haut zusammenschrumpft. War es nicht wundervoll? Wäre es nicht wundervoll, wenn er sie einmal berührte? Nur berührte? Sie meinte, wenn er sie berührte, könnte auch sie neu und weich aus einer alten, harten Schale hervorbrechen. Geistesabwesend starrte sie aus dem Fenster.

»Da kommt er ja gerade!« rief sie plötzlich. Doch sie meinte Marchbanks – und nicht den lachenden Mann.

Da kam er, die Hände noch immer in den Manteltaschen vergraben, den Kopf noch immer ziemlich geduckt in seinem harten Filzhut, und noch immer ziemlich wackelig auf den Beinen. Er kam hastig über die Straße, blickte nicht auf: offenbar war er tief in Gedanken. Offenbar in tiefem Nachsinnen über seine Erlebnisse der letzten Nacht – aufgewühlt von Seelenqualen. Darüber mußte sie lachen.

Sie beobachtete ihn vom Fenster oben und brach in ein lang anhaltendes Lachen aus, und wieder gerieten die Kanarienvögel aus dem Häuschen.

Er war unten im Flur. Seine volle Stimme rief ziemlich herrisch nach ihr:

»James! Kommst du herunter?«

»Nein«, rief sie. »Komm du herauf!«

Er kam herauf, immer zwei Stufen auf einmal, als wären seine Füße ein bißchen wütend über die Treppe, weil sie ihn aufhielt.

Auf der Schwelle blieb er stehen und starrte sie mit einem leeren, höhnischen Blick an; seine grauen Augen schweiften mit einem sonderbaren Licht umher. Sie erwiderte seinen Blick mit seltsamer, recht hochmütiger Nachlässigkeit.

»Willst du kein Frühstück haben?« fragte sie. Er hatte es sich angewöhnt, jeden Morgen herzukommen und mit ihr zu frühstücken.

»Nein«, erwiderte er laut. »Ich war in einer Teestube!«

»Schrei nicht so!« sagte sie. »Ich kann dich sehr gut verstehen!«

Er blickte sie spöttisch und mit einem Anflug von Gehässigkeit an.

»Ich glaube, das hast du stets gekonnt«, erwiderte er, immer noch laut.

»Jedenfalls kann ich's jetzt, deshalb brauchst du nicht zu schreien«, entgegnete sie.

Und wieder blieb sein Blick mit dem sonderbaren, hell phosphoreszierenden Glimmen in den Augen an ihrem Gesicht haften.

»Sieh mich nicht so an«, sagte sie ruhig. »Ich weiß über alles Bescheid!«

Laut und boshaft lachend platzte er los:

»Wer hat dich denn das gelehrt? Der Polizist?« rief er.

»Ach je, der muß übrigens unten sein! Nein, der war eine reine Nebenerscheinung. Wie vermutlich auch die Frau mit dem Schal. Bist du die ganze Nacht geblieben?«

»Nicht ganz. Ich ging vor dem Morgengrauen weg. Und was hast du gemacht?«

»Schrei nicht so! Ich kam lange vor dem Morgengrauen nach Hause.« Und wieder schien sie das lang anhaltende, tiefe Lachen zu hören.

»Also was war denn los?« fragte er neugierig. »Was hast du gemacht?«

»Das weiß ich nicht recht. Warum? Willst du mich zur Rechenschaft ziehen?«

»Hast du das Lachen gehört?«

»O ja. Und noch vieles andere. Und ich hab auch allerlei gesehen.«

»Hast du das Papier gesehen?«

»Nein. Schrei nicht so, ich kann hören.«

»Es war ein mächtiger Sturm; er hat die Fenster und die Türen der Kirche dort oben eingedrückt und eine ziemliche Verwüstung angerichtet.«

»Ich hab's gesehen. Eine Seite aus der Bibel wehte mir direkt ins Gesicht: aus dem Buch Hiob.« Sie lachte leise.

»Aber was hast du sonst noch gesehen?« rief er laut.

»Ich habe *ihn* gesehn!«

»Wen?«

»Oh – das kann ich nicht sagen.«

»Aber wie sah er aus?«

»Das kann ich dir nicht sagen. Ich weiß es wirklich nicht.«

»Aber das mußt du doch wissen! Hat dein Polizist ihn auch gesehn?«

»Nein, ich glaube nicht! – Mein Polizist!« Und sie stieß ein langes, klingelndes Gelächter aus. »Er ist durchaus nicht mein Polizist. Aber jetzt *muß* ich hinuntergehn und mich um ihn kümmern.«

»Es hat dich weiß Gott ganz verändert«, erklärte Marchbanks. »Du hast eben keine Seele, sag ich dir!«

»Ha, Gott sei Dank!« rief sie. »Mein Polizist hat eine, da bin ich sicher. *Mein Polizist*!« Und wieder verfiel sie in ein schallendes, nicht enden wollendes Gelächter, und die Kanarienvögel stimmten eine schrille Begleitmusik an.

»Was ist denn mit dir los?« fragte er.

»Daß ich keine Seele habe! Eigentlich hab ich nie eine gehabt. Ist mir stets angedreht worden! ›Seele‹ war das einzige, was zwischen dir und mir stand. Gott sei Dank ist sie weg! Hast du deine verloren? Die, die dich so geplagt hat wie ein vereiterter Zahn?«

»Aber wovon *redest* du denn bloß?« schrie er.

»Ich weiß nicht«, sagte sie. »Es ist alles so erstaunlich! Aber hör mal, ich *muß* jetzt nach unten gehn und mich um meinen Polizisten kümmern. Er ist unten im Wohnzimmer. Komm lieber mit!«

Sie gingen zusammen hinunter.

Der Polizist lag nur in Hemdsärmeln und Weste auf dem Sofa und machte ein sehr langes Gesicht.

»Hören Sie mal«, sagte Miss James, »stimmt es, daß Sie lahm sind?«

»Es stimmt. Deshalb bin ich ja hier. Ich kann nicht gehen«, erwiderte der blonde junge Mann, und die Tränen traten ihm in die Augen.

»Aber wie ist denn das passiert? Gestern abend waren Sie doch noch nicht lahm?« rief sie.

»Ich weiß nicht, wie es passiert ist – aber als ich aufwachte und stehen wollte, konnt ich's nicht.« Die Tränen liefen ihm über sein bekümmertes Gesicht.

»Ist ja äußerst erstaunlich!« rief sie.

»Was kann man denn da tun?«

»Welcher Fuß ist es?« fragte Marchbanks. »Lassen Sie mal sehen!«

»Ich möchte nicht«, sagte der arme Teufel.

»Doch, es ist besser«, erklärte Miss James.

Langsam zog er den Strumpf aus und zeigte seinen bleichen linken Fuß, der merkwürdig verkrüppelt war, wie die grausige Klaue eines Tiers. Als er selber den Klumpfuß ansah, schluchzte er.

Und als er schluchzte, hörte das Mädchen wieder das tiefe, frohlockende Gelächter. Doch sie achtete nicht darauf, sondern blickte neugierig auf den weinenden jungen Polizisten.

»Schmerzt es?« fragte sie.

»Ja, wenn ich drauf laufen will, tut es weh«, jammerte der junge Mann.

»Ich will Ihnen was sagen«, meinte sie. »Wir rufen einen Arzt an, und er kann Sie in einem Taxi nach Hause bringen!«

Der junge Mann wischte sich beschämt die Augen trocken.

»Aber haben Sie denn keine Ahnung, wie es passiert ist?« fragte Marchbanks besorgt.

»Nein, nicht die Spur!« versicherte der junge Bursche.

Im gleichen Augenblick hörte das Mädchen das tiefe, ewige Lachen direkt in ihrem Ohr. Sie fuhr zusammen, konnte aber nichts sehen.

Sie fuhr abermals herum, weil Marchbanks einen seltsamen, jaulenden Schrei ausgestoßen hatte – wie ein angeschossenes Tier. Sein bleiches Gesicht war verzerrt, war zu einem merkwürdigen Grinsen verzogen, das vor allem Todesqual, aber auch ein wildes Erkennen ausdrückte. Mit starren Augen stierte er auf etwas. Und zu den in Todesqual verzerrten Augen gesellte sich das schaurige Grinsen eines Mannes, der erkennt, daß er sich diesmal rettungslos und sterblich blamiert hat.

»Ah«, kreischte er mit hoher Stimme, »ich wußte, daß er es war!« Und mit einem unheimlichen, schaudernden Lachen schlug er vornüber auf den Teppich, wo er sich in Krämpfen wand. Dann lag er still, in einer grausigen, verkrampften Stellung, wie ein Mann, der vom Blitz erschlagen wurde.

Miss James starrte mit runden, weit aufgerissenen Augen auf ihn nieder.

»Ist er tot?« fragte sie hastig.

Der junge Polizist zitterte so sehr, daß er kaum sprechen konnte. Sie hörte, wie seine Zähne aufeinanderschlugen.

»Es scheint ganz so«, stammelte er.

Ein leiser Duft von Mandelblüten hing in der Luft.

Merkur

Es war ein Sonntag, und es war sehr heiß. Die Ausflügler strömten zum Merkur-Berg, um zweitausend Fuß über den dunstigen Schleier der Täler zu gelangen. Denn der Sommer war sehr feucht gewesen, und die jähe Hitze bedeckte das Land mit heißem Dunst.

Jedesmal, wenn die Seilbahn die Bergfahrt machte, war sie überfüllt. Sie glitt die steile Steigung hinan, die in der Nähe des Gipfels fast senkrecht erschien, und der Stahlfaden der Kabel hing im Tannen-Durchstich wie ein eisernes Seil vor einer Mauer. Die Frauen hielten den Atem an und schauten nicht hin. Oder sie schauten auf die tiefer sinkenden Ebenen des Flusses zurück, die sich dunstig und verschwommen bis weit über die Grenze erstreckten.

Wenn man auf dem Gipfel ankam, gab es dort nichts zu tun. Der Berg war ein mit Tannen bedeckter Kegel; Pfade schlängelten sich zwischen den hohen Baumstämmen hindurch, und man konnte rundherum wandern und Ausblicke auf die Welt ringsum, ringsum erhaschen: die trübe, ferne Flußebene mit dem matt blinkenden großen Strom im Westen; gen Süden die schwarzen, mit Wäldern bestandenen, unruhigen Berge mit grünen Lichtungen und ein oder zwei weißen Häusern; im Osten das innere Tal mit zwei Dörfern und Fabrikschornsteinen, Kirchturmspitzen und Bergen dahinter; und im Norden die steilen Waldberge mit rötlichen Felszacken und rötlichen Burgruinen. Die Sonne prallte heiß herab, und alles lag im Dunst.

Unmittelbar auf dem Gipfel des Berges war ein Turm, ein Aussichtsturm; ein langgestrecktes Restaurant mit einem Biergarten war da, und lauter kleine gelbe Tische, die mit ihren runden gelben Scheiben zu den Kastanien aufblickten; am Abhang dann ein kleiner Felsengarten. Doch nur wenige

Meter entfernt begann schon wieder das Gedränge der großen Bäume.

Die sonntägliche Menge kam wie in Wellen von der Seilbahn her. In Wellen ebbten sie durch den Biergarten. Aber nicht viele setzten sich zum Trinken hin. Niemand gab Geld aus. Einige bezahlten etwas, um auf den Aussichtsturm zu steigen und von dort auf eine Welt voller Dunstschwaden und schwarzer, geduckt hinziehender Berge und halb geschmorter Ortschaften zu schauen. Dann verlor sich jedermann längs der Pfade, um zwischen den Bäumen in der kühlen Luft zu sitzen.

Kein Windhauch rührte sich. Wenn man dalag und zu der struppigen, barbarischen mittleren Welt der Tannen aufblickte, war es nicht leicht zu entscheiden, ob die glatten, hohen Stämme das obere düstere Dunkel stützten oder ob sie sich wie dicke Seile aus ihnen herunterreckten. Jedenfalls spannten sich zwischen der Wipfelwelt und der Erdenwelt die wunderbaren, sauberen Seile unzähliger stolzer Baumstämme – schnurgerade wie Regen. Und während man schaute, sah man, daß die obere Welt sich leise bewegte, leise, ganz leise schwankte wie in einer kreisförmigen Bewegung, obwohl die Stämme unten gänzlich regungslos und wie Monolithen dastanden.

Es gab nichts zu tun. Um alles in der Welt gab es nichts zu tun, konnte nichts getan werden. Warum sind wir alle zum Gipfel des Merkur gefahren? Hier gibt es nichts für uns zu tun.

Was macht es? Wir haben einen Schritt über die Welt hinausgetan. Laßt sie dort unten dünsten und schmoren in ihrer halbgaren Wirklichkeit! Wir auf dem Gipfel des Merkur kümmern uns nicht darum. Wir bemühen uns nicht einmal, herumzuwandern und die dicken, blauen, säuerlichen Heidelbeeren zu pflücken. Wir liegen einfach da und sehen die schnurgeraden Baumstämme, die sich wie Musiksaiten zwischen zwei Welten spannen.

Die Stunden vergehen: die Leute wandern umher und verschwinden und tauchen wieder auf. Alles ist heiß und still. Die Menschheit ist nicht länger so lärmend. Du holst dir etwas zu trinken: Finken laufen zwischen den paar Leuten an den Tischen umher: jeder betrachtet jeden, aber mit Zurückhaltung.

Es gibt nichts anderes zu tun als umzukehren und sich wieder unter die Tannen zu legen. Nichts zu tun. Aber warum überhaupt etwas tun? Der Wunsch, etwas zu tun, ist vergangen. Die Baumstämme, lebendig wie Regen, die sind bestimmt tätig genug.

Am Fuße des altertümlichen Turms ist eine alte Steintafel mit dem Relief eines sehr verwitterten Merkurs. Auch ein Altar oder Votivstein ist da, beide aus Römerzeiten. Man vermutet, daß die Römer auf dem Gipfel den Gott Merkur verehrt haben. Der verwitterte Gott mit seinem runden Sonnenkopf wirkt in dem einheimischen bläulichroten Sandstein stumpfäugig und ausdruckslos. Und niemand wird noch Körner als Opfergabe in die Höhlung des Votivsteins werfen: auch er ist aus gewöhnlichem bläulichrotem Sandstein, ganz ortsgebunden und gar nicht römisch.

Die Sonntagsleute schauen nicht einmal hin. Warum sollten sie? Sie gehen alle weiter, in den Tannenwald hinein. Und viele sitzen auf den Bänken, viele liegen auf Feldstühlen. Es ist jetzt am Nachmittag sehr still und sehr heiß.

Bis ein schwaches Pfeifen in den Wipfeln der Tannen anzuheben scheint, und bis aus der allumfassenden Halbwachheit des Nachmittags eine drohende Unruhe aufsteigt. Die Menge ist aufgeschreckt und blickt zum Himmel auf. Und wirklich, im Westen hat sich eine große schwarze Wolkenbank aufgerichtet, die von weißen Strähnen und losen Brustfedern überspielt wird. Sie sieht sehr unheilkündend aus – wie nur noch die Elemente aussehen können. Tief unter dem jähen, unheimlichen Pfeifen der Tannenwipfel ist ein unterdrücktes Geplapper und ein Rufen erschrockener Stimmen zu hören.

Sie wollen hinunter; die Menge will vom Merkurberg hinunterfahren, ehe der Sturm ausbricht. Um jeden Preis vom Berg herunter! Sie strömen zur Seilbahn, während sich der Himmel mit unglaublicher Geschwindigkeit verfinstert. Und während sich die Menge zur kleinen Station drängt, flammt einleitend der erste Blitz auf, dem sofort ein krachender Donnerschlag und dichte Finsternis folgen. In einer einzigen merkwürdigen Bewegung sucht die Menge in der tiefen Veranda des Restaurants Schutz und drückt sich stumm um die kleinen Tische. Es regnet nicht, und es weht auch kein spürbarer Wind, doch eine jähe Kälte läßt die Menge dichter zusammenrücken.

In der Dunkelheit und Ungewißheit drängt sie sich dichter zusammen. Sie ist merkwürdig einheitlich geworden, die Menge, wie wenn sie verschmolzen wäre zu einem einzigen Körper. Als die Luft einen eisigen Hauch unter die Veranda jagt, murmeln die Stimmen kläglich wie Vögel im Laub, und die Leiber drängen sich dichter zusammen und suchen in der Berührung Schutz.

Das Dunkel, finster wie die Nacht, scheint lange Zeit anzuhalten. Dann plötzlich tanzt der Blitz weiß über den Boden, tanzt und zittert auf der Erde, auf und ab, und erhellt das Einherschreiten eines Mannes, erhellt ihn nur bis zu den Hüften hinauf, weiß und nackt einherschreitend, mit Feuer an den Fersen. Er scheint sich zu beeilen, dieser feurige Mann, dessen obere Hälfte unsichtbar ist und an dessen nackten Fersen kleine weiße Flammen zu flackern scheinen. Seine undeutlichen, kräftigen Schenkel, seine Beine, weiß wie Feuer, schreiten hastig über die freie Fläche vor der Veranda und ziehen in der Bewegung kleine weiße Flammen an den Fersen mit. Er geht irgendwohin, eilig.

Im lauten Knall des Donners verschwindet die Erscheinung. Die Erde bebt, und das Haus stürzt in völlige Finsternis. Ein leises, entsetztes Gewimmer dringt aus der Menge, während die kalte Luft hereinwirbelt. Doch noch immer ist mit der Finsternis kein Regen gekommen. Keine Erleichterung – nur ein langes Warten.

Strahlend und blendend fällt abermals ein Blitz nieder; ein seltsam zerschleißender Schlag gellt aus dem Wald, und all die kleinen Tische und die verborgenen Baumstämme stehen während einer einzigen unnatürlichen Sekunde entblößt da. Dann ein Donnerschlag, bei dem das Haus und die Menge wie bei einer Explosion wanken. Das Unwetter entlädt sich genau über dem Merkur. Ein verspäteter Lärm wie von zersplitternden Zweigen dringt aus dem Wald.

Und wieder der weiße Spritzer des Blitzstrahls auf dem Boden: doch nichts bewegt sich. Und wieder das lange, scheppernde, unverzügliche Losprasseln des Donners in der Finsternis. Die Menge keucht vor Angst, als der Blitz wieder weiß niederfährt, und wieder scheint im Wald etwas zu bersten, während der Donner kracht.

Endlich braust in die Unbewegtheit des Gewitters der Wind herein, der Wind mit scharfen, fliegenden Eisstückchen und dem jähen, aufbrandenden Geheul der Tannenwipfel. Die Menge schreckt zusammen und weicht zurück, weil die Eisstückchen wie Feuer ins Gesicht treffen. Das Geheul der Bäume ist so laut, daß es wie eine neue Stille erscheint. Und lauter noch hört man das Bersten und Zersplittern von Holz, während der Orkan seine volle Wucht auf den Berg richtet.

Mit einem Gebrüll, das jeden andern Laut übertönt, prasselt der Hagel nieder und drischt schwer auf den Boden und die Dächer und Bäume. Und während die Menge vor diesem zermalmenden Eisfall unwiderstehlich in das Innere des Gebäudes wogt, klingt zwischen dem unheilvollen Dröhnen noch das Geklirr und Krachen zerbrechender Dinge.

Ganz plötzlich, nach endlosem Grauen, hört es auf. Draußen über dem Schnee und dem unabsehbaren Graus zerbrochener Zweige und Dinge glimmt schwaches gelbes Licht. Es ist sehr kalt, eine eisige Atmosphäre wie im tiefsten Winter. Der Wald steht fahl über dem weißen Boden, wo zwei

Handbreit hoch die Eisbällchen zu Tausenden liegen, besät mit all den Zweigen und Dingen, die sie zerbrochen haben.

»O ja«, sagen die Menschen und fassen plötzlich Mut, weil das gelbe Licht in der Luft hängt. »Jetzt können wir gehen!«

Die ersten Tapferen kommen heraus, heben die dicken Hagelkörner auf und zeigen auf die umgeworfenen Tische. Andre jedoch säumen nicht lange. Sie eilen zur Bergstation der Seilbahn, um nachzusehen, ob die Bahn noch in Betrieb ist.

Die Bergstation ist auf der Nordflanke des Berges. Die Männer kommen zurück und sagen, daß niemand dort sei. Die Menge beginnt auf die nasse, knirschende weiße Hageldecke hinauszutreten; sie läuft neugierig auseinander und wartet auf die Männer, die die Seilbahn bedienen.

Auf der Südseite des Aussichtsturms lagen zwei Körper im kalten, aber schmelzenden Hagel. Das Dunkelblau der Uniformen war schwärzlich. Beide Männer waren tot. Doch von den Beinen des einen Mannes hatte der Blitz die Kleider ganz und gar abgerissen, so daß er von den Hüften abwärts nackend war. Da lag er, das Gesicht seitlich auf dem Schnee, und zwei Tropfen Blut rannen ihm aus der Nase in seinen großen blonden soldatischen Schnurrbart. Er lag neben dem Votivstein des Merkur. Sein Kamerad, ein junger Mann, lag ein paar Meter hinter ihm mit dem Gesicht nach unten.

Die Sonne begann durchzubrechen. Die Leute starrten voller Grauen auf die Körper der Männer und fürchteten sich, sie zu berühren. Warum waren sie, die toten Seilbahnmänner, überhaupt auf diese Seite des Bergs gekommen?

Die Seilbahn funktionierte nicht. Während des Unwetters war etwas mit ihr geschehen. Die Menge begann, sich auf dem matschigen Eis den kahlen Hügel hinabzuwinden. Überall strotzte der Boden von abgebrochenen Tannenzweigen und Ästchen. Die Büsche und die Laubbäume waren wie durch einen Zauber völlig kahl geplündert. Weiter abwärts war die Welt ohne Laub und so nackend wie im Winter.

»Genau wie im Winter!« murmelten die Leute, während sie entsetzt den steilen, sich schlängelnden Abstieg hinunterhasteten und sich aus den niedergefallenen Tannenzweigen herausarbeiteten.

Inzwischen hatte die Sonne angefangen, in stechender Hitze Dunst aus dem Boden zu ziehen.

Eine Kapelle in den Bergen

Es mag ja alles gut und schön sein, wenn man auf romantische Art durch Tirol wandern will. Traurig sitze ich im Bett, rage mit Kopf und Schultern aus dem riesigen Federbett hervor – wie ein Cherub aus einer Wolke –, und schreibe aus reiner Erbitterung, während Anita auf dem andern Bett liegt und sich über mich amüsiert.

Vor zwei Tagen begann es zu regnen. Wenn ich daran denke, staune ich. Über den Tiroler Alpen hängt die Dachtraufe des Himmels.

Wir machten uns auf den Weg, vor uns die schillernde Wolke der Romantik, die uns von der Isar gen Italien lockte. Weit sind wir nicht gekommen. Und die schillernde Wolke, die noch immer über unserm Haus hängt, hat sich in eine unerschöpfliche Wassersäule verwandelt.

Ich übergehe das Pathetische unsres Aufbruchs vor dem Frühstück im schimmernd verschwimmenden Licht des Isartals mit den blauen Blumen der Wegwarte wie kleinen Wundern zu beiden Seiten der Landstraße. Ich will auch nicht beschreiben, wie wir zur Mittagsstunde am Fuß der Berge dahinkrochen und wie uns der Regen von den schlaffen Strohhüten den Nacken hinunterrann und vom Vordach unsrer Rucksäcke grausam in unsre Stiefel tropfte. Beschämt traten wir in ein Wirtshaus am Wege, wo sieben frische, fröhliche Landleute, drei von ihnen hübsch, Anita zu Ehren ein Freudenfeuer in ihren Herzen entfachten, indes ich in einer Ecke saß und tropfte ...

Gestern, das muß ich zugeben, war es am Nachmittag und am Abend schön. Neben einem Wasserfall inmitten von gelb schaukelndem Rührmichnichtan-Kraut machten wir Tee, während eine Gruppe neugieriger Berge die Hälse reckte, um zuzuschauen, und ein großes grünes Heupferd, bewaffnet wie Ivanhoe, über einen schönen blauschwarzen Enzian hinweghüpfte und in die Ewigkeit flog. Jedenfalls sah ich es nicht mehr.

Man hatte uns gesagt, es gebe einen Fußweg über den Berg, der in dreieinhalb Stunden nach Glashütte führt. Es war tatsächlich eine schwache Wegspur da, und unzählige Erdbeeren wie rötliche Sterne und ein paar blaue Heidelbeeren. Wir kletterten einen großen, steilen Hang hinan und krabbelten jenseits in einen Tannenwald hinunter. Dort war es dumpf und dunkel und deprimierend. Aber wenn man zu Fuß loswandert, läßt man sich nicht so leicht unterkriegen. Wir mühten uns eine Stunde lang weiter und überquerten die Flanke eines Hanges, der schwarz und naß und düster war; zwischen Tannen sahen wir jenseits der Schlucht einen anderen schwarzen und düsteren und abschreckenden Hang, der uns alle Sicht nahm. Zwei Stunden lang rutschten und rangen wir, und noch immer steckten wir tief drinnen, eingeklemmt zwischen den beiden schwarzen Hängen, und hörten das Wasser, das unheimlich und lärmend am Grunde der Falle dahinfloß.

Von der Anstrengung und der düsteren Eintönigkeit des Kampfes wurden wir heiß und schweigsam. Auch ein Rucksack hat seine heimtückischen Seiten, obwohl er ein so guter Freund zu sein scheint. Man ist eines heiklen und schönen Gleichgewichts auf einer schlüpfrigen Baumwurzel völlig sicher – man setzt zum Sprung an – und dann gibt einem der Rucksack einen Schubs in den Rücken, und man liegt längelang da.

Und der Fußweg war einmal ein Fußweg *gewesen.* Die Flanke des dunklen Abhangs war steil wie ein Dach und durchlöchert von zahllosen kleinen Sümpfen, aus denen das Wasser hervorzusickern versuchte, um sich Bach zu nennen, es jedoch nicht konnte. Über diese Sümpfe führte eine alte Matte aus Tannenzweigen: sie federte hinterhältig. Das war also ein Weg. Plötzlich waren keine Tannenzweige mehr da, und man stand verlassen vor dem Matsch des Abhangs. Ich wischte mir die Stirn.

»Du verlierst zu rasch den Mut«, sagte Anita. Ich trat daher beiseite und überließ ihr die Führung.

Etwas weiter unten geriet sie zufällig auf eine andre kleine Spur.

»Siehst du wohl!« rief sie und drehte sich um.

Ich gab keine Antwort. Sie begann ein Liedchen zu summen, da ihr Weg bergab führte. Wir rutschten und mühten uns ab. Dann verschwand ihr Weg im laut gurgelnden, kichernden Bach und kam nicht wieder zum Vorschein.

»Und jetzt?« fragte ich.

»Aber wo ist er denn hin?« rief sie heftig und entrüstet.

»Siehst du, sogar *dein* Weg endet im Nirgendwo«, sagte ich.

»Wenn du predigst, kann ich dich nicht ausstehen«, blitzte sie mich an.

»Jedenfalls können wir nicht am Ende dieses Wegs übernachten«, sagte ich.

Ich fand eine andre Spur, betrat sie aber behutsam und ohne zu triumphieren. Wir gingen schweigend weiter. Und der Weg verschwand im gleichen, laut gurgelnden Bach.

»Mach nur nicht so ein Gesicht!« rief Anita. Ich folgte also wieder dem beschmutzten Schweif ihrer Röcke – aufwärts auf dem nassen, dunklen, abschüssigen Hang. Wir fanden noch einen Weg, und wieder verloren wir die Spur am Ufer des überglücklichen Bachs.

»Vielleicht sollten wir hinüber?« fragte ich sanft, als wir vor dem Wasser standen.

»Ich – ach, warum hab ich nur so ein nasses Streichholz von Mann bei mir!« schalt sie. »Da kann man ewig dran streichen, und es brennt nicht!«

Ich blickte sie nachdenklich an und drehte mich zum Bach um, der listig lauerte. Felsblöcke waren da, und Spritzer und Brecher und das Geplapper des tückischen Wildbachs. Ich legte den Regenmantel auf meinen Rucksack und wagte mich hinüber.

Das gegenüberliegende Ufer war sehr steil und hoch. Die schwarze Schlucht verschlang uns, verschlang uns bis auf den Grund hinunter, und aufwärts blickend kroch ich auf allen vieren los, den Regenmantel wie einen Umhang quer über dem Rucksack, um unbehindert zu sein. Ich krabbelte und hangelte und mühte mich ab.

Und von unten drang immer wieder schallendes Gelächter zu mir herauf. Ich langte oben an und spähte hinab. Ich konnte nichts sehen, nur das girrende Lachen drang herauf.

»Was ist los?« rief ich, doch der Ruf verlor sich im Geschwätz des Wassers. Daher kroch ich über die Kante und saß vernichtet in der düsteren Einsamkeit.

Dann hörte ich einen schrillen, erschrockenen Ruf.

»Wo bist du?«

Mein Herz jubelte und schmolz im gleichen Augenblick.

»Komm hierher!« rief ich und war zufrieden, daß es in der düsteren Einsamkeit überhaupt einen Menschen gab, dem man etwas zurufen konnte.

Sie erschien, verängstigt von der steilen Kletterei und der furchteinflößenden Einsamkeit ringsum.

»Vielleicht hätte ich dich nie wiedergefunden«, sagte sie.

»Es liegt nicht in meiner Absicht, daß du mich verlierst«, sagte ich. Sie setzte sich also hin, und plötzlich zuckte ihr Kopf vor Gelächter, und ihr Körper schüttelte sich vor Gelächter, und sie schrie vor Lachen – alles ohne mich.

»Was ist denn?« fragte ich.

»Beim Raufklettern hast du – ausgesehen wie – ein Kamel mit deinem Buckel«, quietschte sie.

»Wir sollten lieber weitergehen«, sagte ich. Sie rutschte aus und lachte und zappelte. Endlich erreichten wir eine schöne wilde ›Straße‹: es war das Bett eines ehemaligen Bachs, der nicht mehr hier entlangfloß, ein Haufen trockener Felsblöcke, die uns durch das Düster den Hang hinaufführten.

»Jetzt kommen wir heraus!« rief Anita und schaute nach vorn. Auch ich war ganz davon überzeugt. Doch nach einer einstündigen Kletterei steckten wir immer noch im Bachbett mit den trockenen Felsblöcken zwischen dunklen Bäumen, den Zehen der Berge.

Anita erspähte eine aus Borke gezimmerte Jagdhütte und ging hinüber, um sie zu untersuchen. Die Nacht brach an.

»Ich kann nicht rein!« rief sie mir trübselig zu.

»Dann komm weiter!« rief ich.

Es war zu feucht und zu kalt, um im Freien im Wald zu schlafen. Doch statt daß sie kam, bückte sie sich im dunklen Zwielicht nach Erdbeeren. Ich wartete wie ein ergrimmter Schatten. Doch sie – gleichgültig und unbekümmert und glücklich in ihrem Widerspruchsgeist – suchte die Schatten nach Erdbeeren ab.

»Wir *müssen* einen Schlafplatz finden!« rief ich. Und meine erbitterte Hartnäckigkeit wirkte.

Sie begriff, daß ich, wie sie selber auch, in jener Nacht den Bergen ausgeliefert war und daß die Kälte und die großen dunklen Hänge uns einschlossen und wir, selbst zu zweien, nichts ausrichten konnten gegen die Kälte und die Öde der Berge.

Hand in Hand kletterten wir daher schweigend weiter bergauf. Ein dutzendmal war Anita überzeugt, daß wir oben waren. Schließlich verlor auch sie den Mut.

Dann erspähten wir im Dunkeln an einem Pfad zwischen lichter stehenden Bäumen eine Hütte.

»Sicher eine Holzfällerhütte«, sagte sie.

»Eine Kapelle«, sagte ich.

Diesmal hatte ich recht. Es war eine Holzhütte, wie man sie sich vorstellt, und an der Tür hing ein alter schwarzer Kranz. In der kalten, wachsamen Stille der höheren Berge klickte die Tür auf, und wir traten ein.

Im grauen Dämmerlicht, das von draußen hereinfiel, erforschten wir das Innere der kleinen Kapelle, entdeckten die

Kerzen auf dem Altar, die mit Votivbildern völlig bedeckten Wände und vier Reihen kleiner Betpulte. Es war alles eng und so gemütlich wie in einer Schachtel.

Da ich mich in der dünnen, hohen Schattenluft ganz geborgen und übermütig fühlte, zündete ich die Kerzen an – allesamt. Spitze um Spitze züngelten die Kerzenflammen in die Nacht. Es waren sechs. Dann nahm ich meinen Hut und meinen Rucksack ab und frohlockte: mein Herz kam zur Ruhe.

Die Wände der Kapelle waren dicht an dicht mit unverglasten kleinen Bildern bedeckt; alle waren sie bunt, von den Bauern auf Holz gemalt und in kleine Rahmen gesteckt. Ich schaute mich um und sah Kühe und Pferde auf grüner Weide und Männer in ihren Häusern auf den Knien, und ich war so glücklich wie in der Gesellschaft von Engeln.

»Was für ein unvorstellbares Glück!« sagte ich zu Anita.

»Aber was wollen wir denn hier?« fragte sie.

»Auf dem Fußboden schlafen – zwischen den Betpulten! Es ist gerade genug Platz.«

»Wir können doch nicht auf dem Fußboden schlafen!« sagte sie.

»Weißt du etwas Besseres?«

»Einen Heuschuppen! Hier irgendwo in der Nähe muß ein Heuschuppen sein. Hier können wir unmöglich schlafen!«

»O doch!« sagte ich.

Aber ich mußte unbedingt die kleinen Bilder betrachten. Ich stieg auf eine Bank. Anita stand wie ein untröstlicher, himmlischer Engel auf der Türschwelle. Das Licht der sechs schummerigen Kerzen flimmerte über ihren unzufriedenen Mund. Hinter ihr konnte ich die eben angestrahlten Spitzen der Tannenzweige sehen – und dann die Nacht.

Sie drehte sich um und war verschwunden – ein Schatten zwischen Schatten. Ich hörte ihre Stiefel auf den Steinen. Dann wandte ich mich den kleinen Bildern zu, die ich reizend fand. Ich balancierte auf den Betpulten und betrachtete eins ums andere. Es war eine Bilderschrift, die mich wie meine eigene Seele ansprach. Wirklich kleine Bilder für Gott, denn Pferde und Kühe und Männer und Frauen und Berge sind ja Seine Sprache. Sollte er etwa Deutsch oder Englisch oder Russisch lesen, wie ein Schulmeister? Die Bauern konnten sich darauf verlassen, daß Er ihre Bilder verstand: ob Er sich auch um ihre geschriebene Schrift kümmern würde, das war weniger sicher.

Ich betrachtete ein blaßblaues Bild. Es zeigte ein Schlafzimmer, eine Frau lag im Bett, und nahebei lag ein Baby in der Wiege. Das Bett war blau, und es schien aus dem Bild zu fallen, so daß es ein Gefühl von Furcht und Unsicherheit auslöste. Und als die Entfernung sich verringerte, wurde die Bettstelle unheimlich breit. Die Frau lag in dem riesigen, blaugestreiften Federbett und sah mir unmittelbar ins Gesicht. Ihr rosiges Gesicht war so rund wie das einer Flickenpuppe und blickte aus den gleichen runden, weit aufgerissenen Augen drein. Und das Baby blickte auch wie ein Penny-Püppchen mit runden Augen drein.

Maria hat geholfen. E. G. 1777.

Ich betrachtete sie. Und ich wußte, daß ich der Ehemann war, der hinschaute und staunte. Der Ehemann G. erschien nicht persönlich. Nach dem Bildchen auf seiner Netzhaut hatte er dieses Bild reproduziert. Er konnte sie nicht zusammenfassen und erklären, diese Vision von seiner Frau, die leidend im Kindbett lag und dann still und friedlich neben dem Baby in der Wiege ausruhte. Er konnte es nicht fassen, aber er konnte es wenigstens darstellen und es wie einen Spiegel vor Gottes Angesicht aufhängen – eine Feststellung, selbst wenn ihm keine Erklärung zuteil wurde. Und er war zufrieden. Und das war notgedrungen auch ich, obwohl mein Herz sich pochend nach Erkenntnis sehnte.

Die Leute sahen sich sonst nie selbst, nur in gefährlichen Situationen. Wenn ihr Leben bedroht war, dann traf sie die

Selbsterkenntnis wie ein furchtbarer Blitzstrahl und verfolgte sie, bis sie es dargestellt hatten. Sie stellten sich in allen möglichen komischen Stellungen dar: stets im Augenblick, in dem sich der Unfall ereignete.

Joseph Rieck zum Beispiel war schief hintenübergekippt, wie ein Fußballer, der sehr hoch kickt und dabei das Gleichgewicht verliert. Aber auf seinen linken Knöchel war ein großer grauer Felsbrocken gefallen, der ihn hätte töten können und der viel Blut hervorgequetscht hatte, rötlichgelbes Blut schien es im Kerzenlicht zu sein, während die Jungfrau Maria oben in einem Kranz von Wolkenpolstern schwebte und milde überrascht die Hände aufhob.

Joseph Rieck
Gott sey Danck gesagt 1834.

Es war merkwürdig, daß er Gott dankte, weil ihm ein Stein auf den Knöchel gefallen war. Aber vielleicht bedankte er sich dafür, daß der Stein ihm nicht auf den Kopf gefallen war. Oder vielleicht dafür, daß der Knöchel besser geworden war, obwohl es – dem Bild entsprechend – eine üble Wunde sein mußte. Es kam ihm nicht in den Sinn, Gott dafür zu danken, daß nicht schon am Tage seiner Geburt alle Berge Tirols auf ihn gepurzelt waren – so etwas kommt keinem von uns in den Sinn. Wir warten, bis uns ein großer Stein auf den Knöchel fällt. Dann malen wir ein buntes Bild und sagen: »Mitten im Leben sind wir vom Tod umfangen«, und wir danken Gott, daß wir entkommen sind. Alle möglichen Leute sagten Gott sei Dank – entweder, weil ein dicker Stein sie zerquetschte oder weil Bäume auf sie gestürzt waren, als sie sie fällten, oder weil sie über Felswände getaumelt oder von Bächen mit fortgeschwemmt worden waren: lauter kleine Ereignisse, die sie zu dem Ausruf veranlaßten: »Gott sei's gedankt, ich lebe noch!«

Dann waren auch Bildgebete von Frauen da, sehr rührende, weil sie für andere beteten, für ihre Kinder, nicht für sich selbst. Eine Frau kniete in einer Art Zelle; sie trug ein Kleid wie Katharina von Rußland, und ihr gegenüber kniete ein Mann in einem Gewand wie der Pfarrer von Wakefield. Zwischen ihnen hingen an einer Steinwand lange eiserne Ketten, an deren Enden eiserne Ringe baumelten. Darüber, eingerahmt von einem Oval von Polsterwolken, Christus am Kreuz, und über ihm eine kleine Maria, von kurzer Statur, etwa wie die Königin Viktoria, mit einem sehr blauen Tuch auf dem Kopf, das an ihrer rundlichen Figur herunterhing. Die in der Zelle kniende Frau erhob die Hände und sagte:

»O Mutter Gottes von Rerelmos, Ich bitte mach mir mein Kind von Gefangenschaft los, mach ihm von Eissen und Bandten frey, wansz der Göttliche Willen sey.

Susanna Grillen 1783.«

Ich vermute, Herr Grillen wußte, daß es nicht Sache der Mutter Gottes war. Die arme Susanna Grillen! Es war natürlich und fraulich, daß sie die irdischen Mächte mit den Ewigen Mächten gleichsetzte. Was ich nicht ausfindig machen kann, ist die Sache mit dem Jungen, und ob er wirklich Unrecht getan hatte oder ob er einfach das Gesetz irgendeines Herzogs oder Königs oder einer Gemeinschaft übertreten hat. Ich vermute, der arme Mensch wußte selber nicht recht, was für ein Unterschied da bestand. Doch der Vater, der offensichtlich wußte, daß der Sohn in einer zeitweiligen Schwierigkeit steckte, strengte sich nicht besonders an, die Hilfe des Ewigen zu erbitten.

Man müßte die Geschichte Tirols ums Jahr 1783 nachschlagen.

Ein paar Bilder waren Familienbitten, doch die Stimme, die sprach, war stets die Stimme der Mutter. Marie Schneeberger dankte Gott, weil er ihren Sohn geheilt hat. Sie kniete auf der einen Seite des Schlafzimmers, hinter ihr die drei Töchter; Schneeberger kniet ihr gegenüber, mit einigem Zwischenraum, und sein einziger Sohn kniet hinter ihm. Die

Jungfrau Maria schwebte über ihren Gebeten. Die ganze Familie vereinigte sich hier, um den himmlischen Mächten zu danken, daß das Unheil nicht schlimmer gewesen war. Und angesichts der göttlichen Macht war der Mann getrennt von seiner Frau, die Tochter vom Sohn, die Schwester vom Bruder – eine Gruppe auf der einen Seite, die andere Gruppe auf der andern Seite, getrennt vor der Ewigen Gnade – oder der ewigen Furcht.

Die letzte Bildergruppe dankte Gott für die Rettung des Eigentums. Eine Frau ließ sich sechs Kühe – lauter rote – malen, die auf einer Wiese mit Felsen im Hintergrund grasen. Alle Kühe, die ich hierzulande gesehen habe, waren graubraun oder gelbbraun. Aber die hier sind rot. Und die gute Frau dankt Gott sehr aufrichtig, weil er ihr wiedergegeben hat, was fünf Tage verloren war, nämlich ihre sechs Kühe und die kleine Kuhhirtin Käthe. Das kleine Mädchen erscheint weder auf dem Bild noch im Dankgebet: es wird nur erwähnt, daß sie zusammen mit den Kühen verschwunden war. Ich weiß nicht, was aus ihr wurde. Kühe können überall Gras fressen. Vielleicht hat sie die Tiere gemolken, und vielleicht waren gerade die Preiselbeeren reif. Aber fünf Tage waren eine lange Zeit für das arme Käthel.

Hunderte von Tieren wurden gemalt: sie stehen auf den Wiesen, in Gruppen angeordnet wie für ein Kinderspielzeug, für Noahs Arche: eine Gruppe roter Kühe, eine Gruppe brauner Ziegen, ein paar graue Schafe, als wären sie alle zum Klassen-Appell angetreten. Dadurch, daß die Tiere wie Hieroglyphen dastehen, strahlen sie eine symbolische Kraft aus. Sie verkörperten nicht nur den Besitz. Sie waren das wunderbare animalische Leben, dessen der Mensch sich als Nahrung bedienen muß. Wie sie da in großen Mengen aufgestellt waren, konnten sie einen fast erschrecken, als könnten sie uns wie ein Heer über den Haufen rennen.

Nur eine einzige Frau hatte einen Unfall gehabt. Man konnte sie sehen, wie sie die Treppe hinunterfiel und unten in ihrer friedlichen Küche landete, wo ihr Kätzchen neben dem Herd schlief. Das Kätzchen schlief weiter, aber Maria kam in einem blauen Mantel durch die Stubendecke und sah leicht schockiert und mißbilligend drein.

Die einzige von all den Frauen – Frauen, die im Kindbett gelitten oder um eines eigenen Kindes willen gelitten hatten –, war diese Frau, die in ihre Küche hinunterfiel, wo das Kätzchen friedlich weiterschlief. Vielleicht hatte sie keine Kinder. Einerlei, was es gewesen sein mag, ihre Stellung war unfein, wie sie da auf der untersten Stufe aufschlug.

Dort waren sie alle auf ihren Votivbildern, die vermutlich von Frauen bestellt und bezahlt worden waren: Landleute aus dem Tal unten, abgebildet in ihrer Furcht. Sie lebten in den Bergen, wo immer Furcht herrschte. Und manchmal brach sie über einen Mann oder eine Frau herein, wie sie wußten. Dann war kein Frieden im Herzen dieses Menschen, bis die Furcht abgebildet worden war, bis er im Zugriff des Entsetzens dargestellt worden und das Bild der Gottheit, der Furcht, der unbenannten Gottheit dargebracht worden war, deren Macht anerkannt werden mußte, während auf dem gleichen Bild die sanftere göttliche Hilfe dargestellt und angerufen und ihr gedankt wurde. Das Tiefste aller Dinge in den Finsternissen der Berge war die stets gegenwärtige Furcht. Der erste aller Götter war der unbekannte Gott, der jeden Augenblick Leben zermalmte und es stets bedrohte. Sein Schatten lag über den Tälern. Und eine stillschweigende Anerkennung und Sühne für Ihn waren die Votivbilder, aus Furcht gemalt und Ihm, dem Unbenannten, dargebracht. Dagegen auf den Gesichtern von ihnen allen war Maria, die göttliche Hilfe, Sie, die gelitten hatte und erfahren hatte. Und was gelitten und erfahren hatte, das hatte den Sieg davongetragen, und ihm wurde öffentlich gedankt. Doch das, was weder erfahren noch gelitten hatte, die unbenannte Furcht, die gezielt und nur um ein Haar danebengetroffen hatte, mußte heimlich anerkannt werden. Denn um seiner

Seele willen muß der Mensch seine eigene Furcht anerkennen, muß er die Macht anerkennen, die größer ist als er.

Während ich die Inschriften hoch oben an den Wänden las, kehrte Anita zurück. In ihrem vom Wetter verdorbenen Panamahut stand sie unter mir und blickte unzufrieden zu mir empor. Das Licht fiel warm auf ihr Gesicht. Sie war unzufrieden und aufgeregt.

»Ein bißchen weiterhin ist ein prachtvoller Heuschuppen«, sagte sie.

»Halte mir mal einen Augenblick die Kerze, ja?«

»Ein großartiger Schuppen voll Heu – auf einer Lichtung. Ich bin reingeklettert.«

»Macht's dir was aus, mir mal einen Augenblick die Kerze zu halten?«

»Aber nein – komm doch mit!«

»Ich möchte bloß das hier lesen – gib mir die Kerze!« In ungeduldigem Schweigen reichte sie mir eine Kerze. Ich las eine kurze Inschrift.

»Willst du denn nicht kommen?«

»Wir könnten gut hier schlafen«, sagte ich. »Es ist so trokken und geschützt!«

»Oh!« rief sie gereizt. »Komm mit zum Heuschuppen und sieh ihn dir an!«

»In einer Minute«, sagte ich.

Sie drehte sich um. »Was für ein entzückender Altar!« rief sie. »Reizende kleine Papierrosen und Zierat!«

Sie betastete ein paar künstliche Blumen und gedachte sie ins Haar zu stecken. Ich sprang herunter und sagte, daß ich am nächsten Morgen meine Bilder zu Ende lesen wolle. Dann nahm ich den Rucksack und untersuchte die Almosenbüchse an der Tür. Sie war offen und enthielt sechs Kreuzer. Ich steckte aus meinem eigenen armen Säckel vierzig Pfennig hinein, um für die Kerzen zu bezahlen. Dann rief ich Anita, rief sie vom Altarschmuck weg, und wir schlossen die Tür und standen draußen in der Finsternis der Berge.

Ein Heuschuppen in den Bergen

Ich ärgerte mich, daß ich aus meiner Kapelle in die schwarze und trübselige Nacht hinausgeschleppt wurde. In der Kapelle waren Kerzen und ein gedielter Fußboden. Und die Bäche in den Bergen weigern sich stets, anderswo als auf den Wegen zu fließen, die der Mensch angelegt hat. Anita sagte: »Du kannst dir nicht vorstellen, wie schön deine Kapelle aussah, als ich aus der Dunkelheit kam: die schimmernde Kerzenreihe, und innen alles so warm!«

»Warum zum Kuckuck bist du dann nicht dringeblieben?«

»Aber bedenke doch: wenn man in einem Heuschuppen schlafen kann!«

»Ich finde, eine Kapelle ist für die Seele viel erhebender«, sagte ich.

»Aber viel härter für die Knochen«, erwiderte sie.

Wir kämpften uns zu einer kleinen Wiese inmitten von Berggipfeln vor. Anita nannte es einen ›Kessel‹. Ich vermutete, daß wir in dem Falle zur Tülle hereingekommen waren und zum Deckel herausschlüpfen sollten. Jedenfalls stießen die schwarzen Köpfe der Berge ringsherum in die Höhe, und ich fühlte mich so klein wie ein Käfer in einem Wasserbecken.

Im kurzen Gras stand groß und dunkel der Heuschuppen.

»Ich weiß, wie man hineinkommt«, sagte Anita, die hocherfreut war, obgleich wir unbequem unterkommen sollten. »Und jetzt müssen wir essen und Tee trinken!«

»Wo nimmst du das Wasser her?«

Sie lauschte gespannt. Die Tannen am Berghang zischelten leise im Wind.

»Ich höre es«, sagte sie.

»Irgendwo weiter unten in einer greulichen Schlucht«, entgegnete ich.

»Ich geh nachschauen«, sagte sie.

»Ach«, erwiderte ich, »du brauchst nicht auf einem Abhang nachzuschauen, wo nicht die leiseste Spur von einem Rinnsal oder Wasserlauf ist!«

Wir sprachen *sotto voce*, wegen der Dunkelheit und der Stille.

Ich ging die Wiese hinunter und brach mir an den steilsten Stellen fast das Genick. Ich war jetzt sehr durstig, und wir hatten nur noch ganz wenig Schnaps.

»Das Wasser ist bestimmt an der tiefsten Stelle«, sagte ich.

Sie folgte mir listig und übermütig. Bald schmatzte es an einer weichen Stelle unter unsern Füßen.

»Ein verdammter Sumpf!« sagte ich.

»Aber ich höre es rieseln«, antwortete sie.

»Was nützt uns das Rieseln, wenn es verschlammt ist?«

»Du bist ein wahrer Trost«, spottete sie.

»Mir scheint, hier steigt es an«, sagte ich. »Wo wir also zu der Quelle könnten!« Wir patschten die nasse Stelle hinauf und fanden in der Dunkelheit das Loch, wo das Wasser hervorquoll. Nachdem wir unsere Kanne gefüllt hatten (unsre Schuhe übrigens auch), stapften wir zurück. Ich glitt aus und verschüttete das halbe Wasser.

»Wie glücklich mich das alles macht!« sagte Anita.

»Ich wünschte, mich auch«, erwiderte ich.

»Gefällt es dir nicht, Liebster?« fragte sie bekümmert.

Meine Füße waren naß und eiskalt. Überall war es naß und sehr dunkel.

»Ist schon gut«, sagte ich. »Aber die Kapelle . . .«

Wir setzten uns also hinter die Hütte, wo der Wind nicht so heftig blies, und machten Tee und aßen Wurst. Der Wind wehte die Flamme des Spirituskochers hin und her, und Regentropfen begannen niederzuklatschen. Im Stockdunkeln verloren wir zwischen den Holzscheiten unsre Wurst und das Päckchen Tee.

»Endlich bin ich restlos glücklich!« sagte Anita.

Mich ärgerte es, das zu hören. Ich suchte den Tee.

Ehe wir das kostbare Mahl beendet hatten, kam prasselnd der Regen herunter. Eilig packten wir alles in unsre Rucksäcke und trollten uns in den Heuschuppen.

Der Heuschuppen war so groß wie eine richtige Hütte. Er war aus Baumstämmen gezimmert, die einer über dem andern lagen, jedoch nicht richtig verzahnt waren, so daß die ägyptische Finsternis ringsherum von Lichtstreifen umgeben war. In einem Heuschuppen wagt man kein Licht anzuzünden.

»Da ist die Leiter zum Heuboden!« sagte Anita.

Die vordere Abteilung war nur zu einem Viertel mit Heu angefüllt, der Heuboden aber war fast bis zur Decke voll. Ich kletterte die Leiter hinauf und steckte meine Hand sofort in eine ekelhaft nasse Stelle, wo das Wasser durchs Dach hereingeleckt war.

»Hier ist die reinste Pfütze, und wenn der Mann nicht aufpaßt, verfault ihm das ganze Heu«, sagte ich. »Es ist ein widerlich schlecht gebauter Heuschuppen!«

»Hör mal auf den Regen!« flüsterte Anita.

Der Regen prasselte wütend aufs Dach. Deshalb war ich trotz der Luftschlitze froh, im Heuschuppen zu sein, obwohl ein Wind von hundert Pferdestärken hindurchfegte.

»Heu hat zwei Nachteile«, bemerkte ich nach einer Weile. »Es kitzelt wie lauter Insekten, und es ist luftdurchlässig.«

»Luftdurchlässig!« spottete Anita.

»Stimmt aber«, sagte ich.

Große Vorbereitungen begannen. Alle Wertsachen wie Haarnadeln und Strumpfhalter und Pfennige und Heller und Schmuck und Kragenknöpfchen sammelte ich sorgfältig in meinen Hut. Es war stockdunkel. Ich legte den Hut irgendwohin. Wir zogen unsre aufgeweichten Schuhe und Strümpfe aus. Ich stieß die Stiefel in die Heuwand, weil ich mir einbildete, sie müßten irgendwie Eigenwärme erzeugen und leichter trocknen. Dann hängte ich verschiedene beschmutzte Kleidungsstücke zum Trocknen auf.

»Ich bestehe darauf, daß du ein Kopftuch um deinen Kopf knotest«, sagte ich. »Und meine Weste werde ich als Kopfkissen hinlegen.«

Anita fügte sich demütig. Sie war zu froh, um sich zu weigern. Wir hatten keine Wolldecken, nur jeder einen Regenmantel.

»Jetzt ein schönes, großes Loch«, sagte ich, »so groß wie ein Doppelgrab! Ich hoffe nur, daß es keins wird!«

»Wenn du dich erkältest, bin ich dir böse«, sagte Anita.

»Und wenn *du* dich erkältest, werde ich dich liebevoll pflegen«, erwiderte ich.

»Du Lieber!« rief sie zärtlich.

Wir buddelten uns wie zwei Maulwürfe in das Grab hinein.

»Sieh nur, was für Berge von Heu herauskommen!« rief sie.

»Ist recht«, sagte ich. »So kannst du dir deine romantischen deutschen Träume erfüllen, indem du es wieder einschichtest und dich drunter legst!«

»Wie herrlich!« rief sie.

»Und wieviel herrlicher wäre ein dickes deutsches Federbett!«

»Nicht!« flehte sie. »Verdirb es nicht!«

»Ich würde in einem Hummerkorb schlafen«, sagte ich, »um dir einen Gefallen zu tun.«

»Ich will nicht, daß du mir einen Gefallen tust, sondern daß *du* Gefallen dran findest!« rief sie hartnäckig.

»Gott steh mir bei, ich *werde* Gefallen dran finden!« versprach ich ihr.

Zuerst war es in der Heukuhle ziemlich warm, doch ich mußte alle paar Minuten meine Nase und meinen Hals reiben. Das Heu war unvorstellbar heimtückisch und beharrlich. Wie sehr ich auch versuchte, es abzuwehren: ein Halm kitzelte mein Nasloch, ein Samenkorn fiel mir aufs Augenlid, und ein großer Stengel kroch mir hinten in den Nacken. Ich kämpfte wie ein Herkules, um es in Schach zu halten, aber vergebens. Und Anita lachte nur über mein Schnaufen und Prusten.

»Du hast offenbar keine so empfindliche Haut wie ich«, erklärte ich.

»O nein, nicht so zart und fein«, spottete sie.

»Kannst du gar nicht haben«, seufzte ich. Doch bald darauf seufzte sie ebenfalls.

»Warum mußtest du auch eine Weste als Kissen nehmen? Immer kommt mein Gesicht in eins von den Ärmellöchern!«

»Mußt dir's besser einrichten«, sagte ich.

Wir seufzten und litten unter dem verteufelten Gekitzel der Heuhalme.

Dann schliefen wir wahrscheinlich – unruhig wie in einem Fieber.

Donnerschläge weckten mich. Anita klammerte sich an mich. Es war entsetzlich dunkel. Wie eine große, schnalzende Peitsche krachten und knallten die Donnerschläge über unsrer Hütte und schienen zwischen den Berggipfeln hin und her zu poltern.

»Da hast du noch was für dein Geld«, ächzte ich – zu müde, um nur zu leben.

»Schlägt der Blitz in Heuschuppen ein?« fragte Anita.

»Ja, er ist ganz versessen auf Heuschuppen«, erklärte ich, »er macht geradezu Jagd auf Heuschober, der Blitz!«

»Du brauchst mich nicht zu ängstigen«, warf sie mir vor.

»Schlaf wieder ein!« befahl ich.

Aber sie tat's nicht. Anita und das Donnergrollen und die Blitze und dann ein tosender Wind und Sturzbäche von Regen und das langsame, hartnäckige, boshafte Gekitzel der Heusamen führten alle zusammen Krieg gegen meine Müdigkeit. Hin und wieder nickte ich kurz ein. Dann fing es an kalt zu werden, denn der eisige Wind pfiff durch die breiten Spalten zwischen den Balken der Wand. Das abscheuliche Heu konnte uns nicht einmal wärmen. Durch die Ritzen drang der gemeine Wind ein. Und Anita war nicht einverstanden, sich unter dem Heu begraben zu lassen: sie wollte den Kopf und die Schultern frei behalten. Daher hatten wir natürlich nur wenig Schutz. Es wurde kälter und kälter – erbärmlich kalt! Ich grub mich tiefer und tiefer ein. Dann spürte ich Anitas nackte Füße: sie waren eiskalt.

»Frau«, sagte ich zu ihr, »wühle deinen jämmerlichen Kopf ins Heu und deck dich zu! Bewahre dir die Spur animalische Wärme, die du selbst erzeugen kannst!«

»Ich muß atmen«, erwiderte sie verdrießlich.

»Das Heu ist gut durchlüftet«, versicherte ich ihr.

Endlich begann es zu dämmern. Ringsum an den Wänden erschienen statt der blauschwarzen Schlitze jetzt graue Schlitze. Morgengrauen in der Lattenkiste, die sich Heuschuppen nannte. Ich konnte die Leiter und die Rucksäcke unterscheiden. Irgendwo draußen mußte ein Junge eine blecherne Lachsbüchse die Straße entlangtrudeln, dachte ich verschlafen – bis es mir seltsam vorkam und ich mich erinnerte, daß es nur der Klang einer Kuhglocke oder eines Zieglöckleins sein konnte.

»Es ist früher Morgen!« sagte Anita.

»Nennst du das Morgen?« ächzte ich.

»Hast du's warm, Liebster?«

»Ich schmore!«

»Sollten wir aufstehen?«

»Ja. Auf alle Fälle können wir's noch einen Grad kälter und scheußlicher haben.«

»Ich bin restlos glücklich«, wiederholte sie beharrlich.

»Du siehst ganz so aus!« sagte ich.

Sofort erschrak sie.

»Wieso? Sehe ich greulich aus?« fragte sie. Sie kauerte in ihrem Mantel; ihr zerzaustes Haar war voller Heu.

Ich zog meine Stiefel an und torkelte durch die rechteckige Öffnung.

»Komm und schau dir das an!« rief ich aus.

Während der Nacht hatte es mächtig geschneit – nicht bis zu uns herunter, aber ein wenig weiter oben. Wir waren auf einer Rasenlichtung, ungefähr eine halbe Meile breit, und rings um uns her stiegen die Tannenwälder in aller Schwärze auf. Dann plötzlich, auf halber Höhe, änderte sich alles, und große Schneegipfel schwebten blendend weiß im bleichen Morgengrauen. Die ganze obere Welt rundumher gehörte zum Himmel: sie war wundervoll weiß und frisch und hellwach vor Freude. Mir war, als brauchte ich nur durch den Tannenwald hinaufzurennen und könnte dann die Hänge betreten, die schon Himmelshänge waren, könnte bis in den Himmel hinauf.

»Nein!« rief Anita protestierend, und ihre Augen füllten sich mit Tränen. »Nein!«

Gemeinsam erlebten wir einen sehr feierlichen Augenblick – alles wegen des Schnees. Und die ängstlich behutsame Art, wie wir sprachen und uns bewegten, als wären wir die zwei einzigen Menschen, die Gott erschaffen hat, rührt mich noch in der Erinnerung.

»Schau!« rief Anita.

Ich glaubte, mindestens der Erzengel Gabriel stünde neben mir. Aber sie meinte nur meinen Atemhauch, der in der Luft gefror. Das brachte mich zur Besinnung.

»Und diese Kälte!« stöhnte ich. »Sie macht einen ganz zunichte!«

»Ja, mein Liebster, wir müssen Tee trinken«, erwiderte sie besorgt. Ich nahm die Kanne, um Wasser zu holen. Am Morgen sah alles so anders aus. Ich konnte den Sumpf finden, aber nicht das hervorblubbernde Wasser. Anita kam, mich zu suchen. Sie war barfuß, weil ihre Stiefel noch naß waren. Über das eisige, kurzgemähte Gras kam sie zu mir, nahm mir die Kanne ab und fand die Quelle. Ich kehrte um und bereitete das Frühstück vor. Ein kleines Brötchen war da, etwas Tee und ein bißchen Schnaps. Anita erschien mit dem Wasser, das sie ängstlich balancierte. Sie sah verzweifelt aus.

»Oh, wie es weh tut!« rief sie. »Die eiskalten Stoppeln haben mir so weh getan – wie lauter stumpfe, eisige Nadeln!«

Ich sah ihre nackten Füße und war wütend auf sie.

»Niemandem außer einem Verrückten«, rief ich, »würde es auch nur im Traume einfallen, unter solchen Umständen dort barfuß hinunterzugehen!«

»Unter solchen Umständen!« verspottete sie mich.

»Es hätte dir noch viel ärger weh tun sollen«, rief ich. »Es gibt kein schlimmeres Verbrechen als die Dummheit!«

»Kein schlimmeres Verbrechen als die Dummheit«, kam das Echo von ihr, und sie lachte mich aus.

Dann kümmerte ich mich um ihre Füße.

Wir aßen den elenden Brotknust und verschlangen den Tee. Dann trieb ich Anita zum Aufbruch an. Sie machte großartig Toilette – tapfre Tirolerin nannte ich sie –, und endlich zogen wir los. Der Schnee hoch über uns lachte strahlend. Doch die Erde und unsre Stiefel waren patschnaß.

»Ist es nicht herrlich?« rief Anita.

»Ja, mit Schlammfüßen«, antwortete ich. »In unverfälschtem, nassem Schlamm!«

Ernüchtert platschten wir auf einem undeutlichen Pfad weiter. Dann erblickten wir ein schmutziges kleines Bauernhaus und sahen, wie ein ungeschlacht wirkender Mann in den Kuhstall ging.

»Hier also hausen die Schurken und Räuber«, sagte ich.

Dann sahen wir die Frau. Sie trug die blaue Drellhose, die von Bäuerinnen bei der Arbeit getragen wird.

»Geh langsam!« riet Anita. »Vielleicht hat sie noch nicht Toilette gemacht.«

»Ich glaube nicht, daß sie das nötig hat«, erwiderte ich.

Es war ein unheimlich einsames Gehöft – so hoch oben, und kalt und schmutzig. Selbst bei einem derartigen Frost stank es wacker zu den Schneegipfeln auf. Aber ich ging vorsichtig.

Als sie Anita sah, kam die Frau an die Haustür. Sie trug

einen blauen Overall, Hose und Oberteil, die Beine an den Knöcheln eng anliegend, fast so wie altmodische Keulenärmel. Sie war bleich und schien ziemlich geschwächt, als ob das anhaltende Schweigen wie ein abstumpfendes Gift auf sie wirkte. Anita fragte sie nach dem Weg. Sie kam heraus, um es uns zu zeigen, weil kein Pfad da war. Sie ging mit Männerschritten vor uns her, dabei aber müde und erschöpft. Ihr Körper war nicht häßlich, ihr Nacken war der einer Frau, mit weichem Haargekräusel. Sie zeigte uns den Weg bergab.

»Wie alt ist sie?« fragte ich Anita, als sie gegangen war.

»Was meinst du, wie alt sie ist?« erwiderte Anita.

»Vierzig bis fünfundvierzig.«

»Zwei- oder dreiunddreißig«, antwortete Anita.

»Woher willst du das wissen? Nicht älter als ich?«

»Es stimmt sicher.«

Ich blickte mich um. Mechanisch und leblos ging die Frau den steilen Weg zurück. Über uns auf den Gipfeln funkelte der strahlende Schnee. Die flache grüne Mulde, in der das Gehöft lag, war völlig still. Und die Frau schien wie verseucht von all dieser Reglosigkeit und Stille. Es war, als müsse sie allmählich absterben, weil sie dort nicht hingehörte. Und ich sah den Mann in der Tür zum Kuhstall. Er war mager und hatte einen rötlichen Schnurrbart; und auch er hatte das gleiche Aussehen einer gewissen Entrücktheit, als ob das Schweigen und die Einsamkeit und die Berge auch ihn abtöteten.

In einer Schlucht, durch die ein Flüßchen brauste, gingen wir zwischen Felsen bergab. Auf jeder Seite stürzten und hüpften Bäche herunter. Einige, die über eine senkrechte Felswand fielen, wehten träumerisch herab, wie ein umherschweifendes Nebelseil. Ringsumher blühte weiß und offenherzig das Sumpfherzblatt, Parnassusgras genannt, und blickte zu uns empor, und hier und da richtete sich der königliche blauschwarze Enzian auf.

Zwei blaue Vögel

Es war einmal eine Frau, die liebte ihren Mann, aber sie konnte nicht mit ihm leben. Der Mann wiederum hing aufrichtig an seiner Frau, doch er konnte nicht mit ihr leben. Beide waren noch nicht vierzig, beide waren hübsch und anziehend. Sie hegten die aufrichtigste Achtung voreinander und glaubten sich seltsamerweise auf ewig verbunden. Sie kannten sich intimer, als sie sonst irgend jemanden kannten, und sie fühlten sich vom andern besser verstanden als von sonst irgend jemandem.

Und doch konnten sie nicht miteinander leben. Meistens wahrten sie einen Abstand von tausend Meilen – im geographischen Sinne. Doch wenn er in Englands Nebellandschaft saß, war er sich im Hintergrund seines Denkens stets mit einer gewissen grimmigen Treue seiner Frau bewußt, seiner Frau und ihrer seltsamen Begier, treu und anhänglich zu sein, und dabei hatte sie irgendwo im Süden, in der Sonne, ihre galanten Freunde. Und wenn sie auf der Terrasse über dem Meer saß, ihren Cocktail trank und ihre grauen, spöttischen Augen auf das kräftige, dunkle Gesicht ihres Verehrers richtete, den sie eigentlich sehr gern mochte, dann kreisten ihre Gedanken um die scharf geschnittenen Gesichtszüge ihres hübschen jungen Gatten, und wie er wohl gerade seine Sekretärin bat, etwas für ihn zu erledigen – es mit der gutgelaunten, zuversichtlichen Stimme eines Mannes erbat, der genau weiß, daß seine Bitte nur zu gern erfüllt wird.

Die Sekretärin betete ihn natürlich an. Sie war äußerst tüchtig und sehr jung, und sie sah recht gut aus. Sie betete ihn an. Doch das taten schließlich all seine Angestellten, besonders die weiblichen. Seine männlichen Bedienten beschwindelten ihn wahrscheinlich.

Wenn ein Mann eine Sekretärin hat, die ihn anbetet, und wenn man die Frau dieses Mannes ist – was soll man dann tun? Nicht etwa, daß es zwischen ihnen nicht ganz sauber zuginge, falls ihr wißt, was ich meine! Da war nichts, was man als Ehebruch bezeichnen konnte, um es beim rechten Namen zu nennen. Nein, nein! Sie waren einfach der junge Hausherr und seine Sekretärin. Er diktierte ihr, sie rackerte sich für ihn ab und betete ihn an, und alles ging reibungslos.

Er ›betete‹ sie nicht an. Ein Mann braucht seine Sekretärin nicht anzubeten. Aber er verließ sich auf sie. »Auf Miss Wrexall kann ich eben bauen!« Und auf seine Frau konnte er niemals bauen. Bis er dann endlich begriffen hatte, daß es auch gar nicht in ihrer Absicht lag, man solle auf sie bauen.

Daher blieben sie Freunde – in jener grauenhaften, unausgesprochenen Vertrautheit ehemals miteinander verheiratet gewesener Menschen.

Für gewöhnlich gingen sie jedes Jahr zusammen in Urlaub, und wären sie nicht Mann und Frau gewesen, hätten sie viel Spaß und Anregung aneinander gefunden. Die Tatsache, daß sie verheiratet waren und während der letzten drei oder vier Jahre nicht miteinander hatten leben können, verdarb ihnen das Vergnügen am andern. Jeder nährte insgeheim bittere Gefühle über den Partner.

Immerhin waren beide furchtbar nett. Er war ein Muster an Großzügigkeit und empfand eine wirklich zärtliche Achtung vor ihr, einerlei, wieviel galante Freundschaften sie hatte. Ihre galanten Freundschaften waren einfach eine Seite ihrer modernen Lebensbedürfnisse. »Schließlich muß ich doch *leben!* Ich kann mich nicht innerhalb von fünf Minuten in eine Salzsäule verwandeln, nur, weil du und ich nicht miteinander leben können! Eine Frau wie ich braucht Jahre, um sich in eine Salzsäule zu verwandeln! Wenigstens hoffe ich es!«

»Sehr richtig!« erwiderte er. »Sehr richtig! Du mußt sie unbedingt in Essig konservieren, mach nur Essiggurken daraus, ehe du anfängst, Kristalle anzusetzen! Das empfehle ich dir!«

So war er immer: so gräßlich gescheit und rätselhaft! Die Idee mit den eingelegten Essiggurken konnte sie noch halbwegs begreifen, aber das Kristalle-Ansetzen – was mochte das bloß bedeuten?

Oder wollte er ihr damit zu verstehen geben, daß er selber wohlkonserviert war und daß für ihn ein weiteres Einlegen in Essig unterbleiben müsse, weil es nur sein Aroma verderben könnte? Hatte er etwa das gemeint? Und sie selber – wäre sie demnach die Salzlake und das Tränental?

Man wußte ja nie, wie falsch ein Mensch sein konnte, wenn er wirklich gescheit und unergründlich war, und daneben ein bißchen spitzbübisch. Er war so reizend spitzbübisch, wenn er den ausdrucksvollen, eitlen Mund mit der langen Oberlippe verzog, die all seine Eitelkeit verriet! Denn schließlich – ein hübscher junger Mann mit gut geschnittenem Schauspielergesicht – mußte der nicht eitel werden? Die Frauen machten ihn ja so!

Ach, die Frauen! Wie nett wären die Männer, wenn es keine andern Frauen gäbe!

Und wie nett wären die Frauen, wenn es keine andern Männer gäbe! Das ist das beste an einer Sekretärin: sie hat vielleicht einen Ehemann, aber ein Ehemann ist der reinste Niemand, verglichen mit dem Chef, dem Boss, dem Mann, der einem diktiert und dessen Worte man getreulich im Stenogramm aufnimmt und dann ins reine schreibt. Stellt euch eine Ehefrau vor, die alles getreulich festhielte, was ihr Mann sagt! Dagegen eine Sekretärin! Jedes seiner *und* und *aber* bewahrt sie für alle Ewigkeit auf. Was sind – im Vergleich dazu – kandierte Veilchen?

Nun ist es aber so eine Sache, in der Sonne des Südens galante Freundschaften zu haben, wenn man weiß, daß irgendwo hoch oben im Norden in dem Haus, das man als sein Heim betrachten sollte, ein Gatte lebt, den man liebt und der einer Sekretärin diktiert, die man zu verächtlich findet, um sie zu hassen, die man jedoch immerhin verachtet, obwohl man zugibt, daß sie ihre guten Seiten hat. Eine galante Freundschaft nützt einem nicht viel, wenn man ein Staubkorn im Auge hat. Oder irgendwo in einem Herzwinkel.

Was kann man da tun? Der Gatte schickt seine Frau natürlich nicht fort.

»Du hast deine Arbeit und deine Sekretärin«, sagt sie. »Für mich ist kein Platz da!«

»Ein Wohnzimmer und ein Schlafzimmer sind ganz für dich allein da«, erwidert er. »Und ein Garten und ein halbes Auto! Aber tu ganz, was dir beliebt! Tu das, was dir am meisten Freude macht!«

»In dem Falle«, sagt sie, »geh ich über den Winter in den Süden!«

»Ja, tu das!« erwidert er. »Du genießt es immer so.«

»Ja, ich genieße es immer«, wiederholt sie.

Sie trennten sich mit einer gewissen Unnachgiebigkeit, hinter der ein Anflug wehmütiger Sentimentalität steckte. Sie begab sich zu ihren galanten Freundschaften, die, wie das Ei des Pfarrers, nur teilweise schmackhaft waren. Und er klemmte sich hinter die Arbeit. Wie er sagte, haßte er es, zu arbeiten, doch tat er nie etwas anderes. Zehn oder elf Stunden täglich. Das nennt man dann: sein eigener Herr sein!

Der Winter verging also, und der Frühling kam – der Frühling, wenn die Schwalben heimwärts ziehn, oder gen Norden, in unserm Falle. Dieser letzte Winter – einer in einer Reihe ähnlicher Winter – war ziemlich schwer zu überstehen gewesen. Das bißchen Staub im Auge der galanten Dame hatte sich tiefer eingefressen, je mehr sie zwinkerte. Sonngebräunte Gesichter mögen noch so braun sein, und eisgekühlte Cocktails mögen Glanzlichter aufsetzen: sie mochte nach Kräften zwinkern, um das kleine Staubkorn loszuwerden, aber umsonst! Unter den duftenden Perlchen der Mimosen dachte sie an ihren Gatten, der zu Hause in seiner Bibliothek saß, oder an seine ordentliche, tüchtige, aber so *gewöhnliche* Sekretärin, die unentwegt niederschrieb, was er sagte!

›Wie ein Mann so was nur *aushalten* kann? Wie *sie* so was aushalten kann, selbst wenn sie noch so gewöhnlich ist – das ist mir ein Rätsel!‹ klagte die Frau vor sich hin.

Sie meinte die ganze Diktiererei, das tägliche, zehn Stunden währende Beisammensein *à deux* – und nichts, das sie verband, nichts als ein Bleistift und ein Schwall von Worten.

Was kann man da tun? Die Situation hatte sich verschlimmert, anstatt besser zu werden. Die kleine Sekretärin hatte ihre Mutter und ihre Schwester ins Haus geholt. Die Mutter war eine Art Haushälterin, die auch kochte, und die Schwester war eine Art Zimmermädchen: sie besorgte die feine Wäsche, kümmerte sich um seine Anzüge und war der beste Diener. Es war wohl eine glänzende Lösung. Die alte Mutter war eine ausgezeichnete Köchin, die Schwester war alles, was man von einem Diener, einer Feinwäscherin, einem Zimmermädchen und einem Tischkellner erwarten konnte. Und bei alledem war es noch recht vorteilhaft. Sie kannten seine Verhältnisse in- und auswendig. Die Sekretärin eilte in die Stadt, wenn ein Gläubiger gefährlich wurde, und *stets* konnte sie die finanzielle Krise überbrücken.

Natürlich hatte ›er‹ Schulden, und er arbeitete, um sie abzutragen. Und wenn er ein Märchenprinz gewesen wäre, der die Ameisen zu Hilfe rufen konnte, dann hätte er nicht größere Wunder verrichten können, als indem er sich diese Sekretärin und ihre Familie sicherte. Die Entschädigung, die sie erhielten, war nicht der Rede wert. Und sie schienen tagtäglich das Wunder der Speisung der Viertausend zu wiederholen.

›Sie‹ war natürlich die Frau, die ihren Gatten liebte, ihn jedoch in weitere Schulden stürzte, und sie war und blieb ein kostspieliger Posten. Doch wenn sie in ihrem ›Heim‹ erschien, empfing die Sekretärsfamilie sie mit ausgesuchtester Ehrerbietung. Der von den Kreuzzügen heimkehrende Ritter konnte keine größere Geschäftigkeit verursachen. Sie kam sich wie die Königin Elizabeth in Kenilworth vor, eine

Herrscherin, die ihre getreuen Untertanen mit einem Besuch beehrt. Aber vielleicht drohte schon von jeher das Haar in der Suppe: ob sie sich nicht freuen, wenn sie mich wieder los sind?

Doch sie widersprachen: Nein! Nein! Sie hatten gewartet und gehofft und gebetet, daß sie käme und die Verantwortung übernähme: sie, die Herrin, ›seine‹ Frau! Ah, ›seine‹ Frau!

›Seine‹ Frau. Sein Heiligenschein war ihr wie ein Kübel über den Kopf gestülpt. Die Köchin-Mutter stammte ›aus dem Volk‹, daher kam die Zimmermädchen-Tochter und erkundigte sich nach ihren Wünschen.

»Was wünschen Sie morgen zum Mittagessen und zum Abendbrot, Mrs. Gee?«

»Was haben Sie denn meistens?«

»Oh, wir möchten, daß *Sie* es bestimmen!«

»Aber was haben Sie denn *meistens?*«

»Ach, nichts Bestimmtes. Mutter geht und besorgt das Beste, was sie finden kann – alles, was frisch und gut ist. Ich dachte nur, Sie könnten ihr jetzt sagen, was sie besorgen soll!«

»Oh, das weiß ich nicht! Ich versteh mich nicht so darauf! Sagen Sie ihr nur, sie möchte einfach wie bisher weitermachen; ich bin überzeugt, daß sie's am besten versteht!«

»Vielleicht möchten Sie gern eine Süßspeise vorschlagen?«

»Nein, ich mache mir nichts aus Süßspeisen, und Mr. Gee auch nicht, wie Sie wohl wissen. Also keine Süßspeise für mich.«

Es war nicht zu glauben! Das Haus war blitzsauber, und alles lief wie am Schnürchen; wie konnte da eine unpraktische und verschwenderische Gattin es wagen, sich angesichts von soviel erstaunlicher und fast begeisterter Fürsorge noch einzumischen? Und dabei führten sie den ganzen Haushalt fast für umsonst!

Einfach prachtvolle Menschen! Und wie sie ihr schmeichelten!

Doch dabei kam sie sich höchstens lächerlich vor.

»Findest du nicht, daß die Familie den Haushalt sehr gut führt?« ließ er einen Versuchsballon steigen.

»Unglaublich gut! Beinahe phantastisch gut!« antwortete sie. »Und du bist wohl restlos glücklich?«

»Ich fühle mich äußerst wohl dabei«, erwiderte er.

»Das sieht man dir an«, entgegnete sie. »Erstaunlich! Soviel Wohlbehagen ist mir ganz unheimlich! Bist du sicher, daß es dir nicht schadet?«

Sie warf einen verstohlenen Blick auf ihn. Er sah sehr gut und – auf seine romantische Art – unwahrscheinlich hübsch aus. Er war verblüffend gut angezogen und gepflegt. Und er hatte das elegante Auftreten und die glänzende Laune, die einem Mann so gut stehen und die sich nur dann einstellen, wenn er der Hahn im Korb ist und von seinen Hennen vergöttert wird.

»Ja«, sagte er, nahm die Pfeife aus dem Munde und warf ihr einen spitzbübischen Blick zu. »Seh ich etwa so aus, als schadet es mir?«

»Nein, bestimmt nicht«, entgegnete sie sofort und dachte logischerweise – wie man es heutzutage von einer Frau erwartet – an seine Gesundheit und seine Bequemlichkeit, die offenbar die Grundlage allen Glücks sind.

Doch dann wurde sie natürlich in die Gegenströmung hineingerissen:

»Aber für deine Arbeit ist es vielleicht nicht so gut wie für dich persönlich«, sagte sie mit betont zaghafter Stimme. Sie wußte, daß er es nicht ertragen konnte, wenn sie sich auch nur eine Sekunde lang über seine Arbeit lustig machte. Und er kannte diese betont zaghafte Stimme.

»Inwiefern?« fragte er, und all seine Stacheln sträubten sich.

»Oh, ich weiß nicht«, antwortete sie nachlässig. »Vielleicht ist es nicht gut für die Arbeit eines Mannes, wenn er es zu behaglich hat!«

»Das möchte ich sehr bezweifeln!« sagte er, stolzierte

selbstbewußt durch die Bibliothek und sog an seiner Pfeife. »Wenn man in Betracht zieht, daß ich buchstäblich zwölf Stunden täglich arbeite und, selbst wenn ich mir einen kurzen Tag mache, noch zehn Stunden schaffe, dann kannst du wohl kaum behaupten, daß ich vor lauter Wohlbehagen verkomme!«

»Nein, eigentlich nicht«, gab sie zu.

Aber sie glaubte es doch. Seine Behaglichkeit bestand nicht so sehr in gutem Essen und einem weichen Bett, als vielmehr darin, daß keiner, einfach gar keiner, ihm jemals widersprach. ›Ich freue mich so in Gedanken, daß ihm jeder Ärger aus dem Wege geräumt wird‹, hatte die Sekretärin zu seiner Frau gesagt.

›Daß ihm jeder Ärger aus dem Wege geräumt wird!‹ Was für eine Situation für einen Mann! Verhätschelt von Frauen, die darauf achten, daß ihm jeder Ärger aus dem Wege geräumt wird! Wenn überhaupt etwas seine gekränkte Eitelkeit ärger machen konnte, dann doch wohl das!

Seine Frau jedenfalls glaubte es. Aber was konnte man da tun? In der mitternächtigen Stille hörte sie in der Ferne seine diktierende Stimme, wie die Stimme Gottes, die an Samuel erging, eintönig und allein, und im Geist sah sie die kleine Sekretärin, die emsig an ihrem Stenogramm kritzelte. In den sonnigen Morgenstunden dann, wenn er noch im Bett lag – er stand nie vor dem Mittagessen auf –, ertönte aus einer andern Richtung das scharfe Insektengezirp der Schreibmaschine – einem riesigen Heupferdchen gleich, zirpend und scheppernd. Es war das arme Geschöpf, die Sekretärin, die sein Diktat ins reine tippte.

Diese Sekretärin – sie war erst achtundzwanzig – schuftete sich wirklich ab, bis sie nur noch Haut und Knochen war. Sie war klein und gepflegt, aber sie war buchstäblich verbraucht. Sie leistete viel mehr Arbeit als er, denn sie mußte nicht nur alle Worte aufnehmen, die er äußerte, sondern sie auch tippen und drei Durchschläge anfertigen, während er sich noch ausruhte.

›Was sie bloß davon hat‹, dachte die Gattin, ›kann ich mir einfach nicht vorstellen. Sie arbeitet sich halbtot, und für ein erbärmlich niedriges Gehalt, und er hat sie nie geküßt und wird's auch nie tun, wie ich ihn kenne – oder ich müßte mich sehr täuschen.‹

Ob es dadurch schlimmer oder besser wurde, daß er sie nie geküßt hatte (die Sekretärin nämlich), das machte sich die Gattin nicht klar. Er küßte nie jemanden. Ob sie (die Gattin nämlich) von ihm geküßt werden wollte – auch darüber war sie sich nicht im klaren. Wohl lieber nicht, meinte sie.

Was, um Himmels willen, wollte sie denn dann? Sie war seine Gattin. Was, um Himmels willen, wollte sie von ihm?

Bestimmt wollte sie nicht Stenogramm aufnehmen und dann all seine Worte tippen. Und sie wollte eigentlich auch nicht, daß er sie küßte; sie kannte ihn zu gut. Ja, sie kannte ihn zu gut. Wenn man einen Menschen zu gut kennt, möchte man sich nicht von ihm küssen lassen.

Was also dann? Was wollte sie? Warum hatte sie seinetwegen einen so unerhörten Katzenjammer? Nur weil sie seine Frau war? Warum ›genoß‹ sie (und sie war, was Genuß betraf, sehr kritisch) das Zusammensein mit andern Männern, ohne sie je ernst zu nehmen? Und warum mußte sie *ihn* so verdammt ernst nehmen, obwohl sie das Zusammensein mit ihm doch nie richtig ›genoß‹?

Natürlich hatte sie es früher mal *nett* mit ihm gehabt – früher, bevor – ach, bevor sich tausenderlei Kleinigkeiten ereigneten, die im Grunde belanglos waren. Und jetzt genoß sie ihn nicht mehr. Sie genoß es nicht einmal, mit ihm zusammen zu sein. Eine ewige, unausgesprochene Spannung bestand zwischen ihnen, die nie nachließ, selbst wenn sie tausend Meilen voneinander getrennt waren.

Scheußlich! So was nannte man Verheiratetsein! Was konnte man nur tun? Lächerlich, so gut im Bilde zu sein und gar nichts unternehmen zu können!

Wieder einmal kehrte sie zurück, wieder einmal war sie

in ihrem eigenen Haus eine Art Super-Gast – sogar für ihn. Und die Sekretärsfamilie opferte sich für ihn auf.

Sie opferten sich für ihn auf! Buchstäblich! Drei Frauen opferten ihm Tag und Nacht ihr ganzes Leben. Und was erhielten sie dafür als Entgelt? Keinen einzigen Kuß! Sehr wenig Geld, denn seine Schulden waren ihnen ja bekannt, und sie hatten es sich zur Lebensaufgabe gemacht, sie abzutragen. Keine Hoffnungen! Täglich zwölf Stunden Arbeit! Isolierung von der Umwelt, denn er empfing keinen Menschen.

Und außerdem? Nichts! Vielleicht ein erhebendes Gefühl der Wichtigkeit, wenn sie manchmal seinen Namen und sein Bild in einer Zeitung sahen. Aber konnte man sich vorstellen, daß ihnen so etwas genügte?

Und doch genossen sie es. Sie schienen eine tiefe Genugtuung daraus zu ziehen – wie etwa Leute mit einer geheimen Mission. Unerhört!

Aber gut – mochten sie nur! Es waren natürlich ziemlich einfache Leute aus dem Volk – vielleicht waren sie von solchem Glanz betört?

Doch ihm schadete es. Daran war nicht zu zweifeln. Er wurde weitschweifig in seinen Ausführungen und verlor an Qualität, was kein Wunder war. Sein ganzer Stil wurde platter, gewöhnlicher ... Natürlich schadete es ihm!

Da sie seine Gattin war, fand sie, daß sie etwas tun müsse, um ihn zu retten. Aber wie konnte sie das tun? Wie konnte sie auf die so durch und durch ergebene, wunderbare Sekretärsfamilie einen Vorstoß unternehmen? Und doch hätte sie gar zu gern alle zum Teufel gejagt! Natürlich schadeten sie ihm: sie ruinierten sein Werk, seinen Ruf als Schriftsteller, sein Leben. Sie ruinierten ihn mit ihren sklavenhaften Diensten.

Natürlich sollte sie einen Sturmangriff gegen sie unternehmen. Aber wie konnte sie? Angesichts von so viel Aufopferung! Und was hatte sie an deren Statt zu bieten? Bestimmt keine sklavenhafte Aufopferung – weder ihm noch seinem Wortschwall gegenüber! Bestimmt nicht!

Sie malte sich's aus – er entblößt, seiner Sekretärin und seiner Sekretärsfamilie beraubt – und schauderte. Das hieße ja, ein nacktes Baby in die Mülltonne werfen! Sowas tat man nicht!

Und doch mußte etwas getan werden! Sie spürte es. Es juckte sie, noch weitere tausend Pfund Schulden zu machen und wie bisher die Rechnung zu schicken – oder sie ihm schicken zu lassen. Aber nein! Es mußte drastischer sein!

Drastischer – oder vielleicht sanfter. Sie schwankte zwischen dem einen und dem andern. Und weil sie schwankte, tat sie zunächst gar nichts, kam zu keinem Entschluß, trödelte müßig von Tag zu Tag und wartete auf genügend Energie, um wieder Abschied zu nehmen.

Es war Frühling. Wie dumm sie gewesen war, im Frühling herzukommen! Und sie war vierzig! Was für ein Kamel war sie doch, schon vierzig zu werden!

An einem Nachmittag ging sie durch den Garten, als die Vögel laut in ihrem Laubversteck zwitscherten und der Himmel schwer und warm war und sie nichts zu tun hatte. Der Garten war voller Blumen: er liebte sie, weil sie sich so romantisch zur Schau stellten: Flieder und Schneeball und Goldregen und Rotdorn, Tulpen und Anemonen und rosige Gänseblümchen. Eine Fülle von Blumen. Ganze Beete voller Vergißmeinnicht. Blauäuglein. Was für verrückte Namen manche Blumen hatten! Sie hatte sie einfach blaue Knöpfe und gelbe Kleckse und weiße Rüschen genannt. Bitte ein bißchen weniger sentimental, ja?

Der Frühling hatte immer etwas Albernes an sich, all das Zurschaustellen, all das Gepränge mit seinen sprießenden Blättern und Ballettröckchen-Blumen – es sei denn, man hätte etwas Entsprechendes im eigenen Herzen. Hatte sie aber nicht.

Ach du liebe Güte! Hinter der Hecke hörte sie eine Stimme, eine gleichmäßige, ziemlich theatralische Stimme. Ach du liebe Güte! Er diktierte seiner Sekretärin im Garten! Lieber Himmel, war man denn nirgends davor sicher?

Sie blickte sich um: es gab allerdings noch viele Zufluchtswinkel. Aber was nützte es, dorthin zu flüchten? Er würde ewig so weitermachen. Sie trat leise an die Hecke und hörte zu.

Er diktierte einen Artikel über den modernen Roman – für eine Zeitschrift. »Was dem modernen Roman fehlt, ist Architektonik.« Lieber Himmel: Architektonik! Ebensogut könnte er sagen: was dem modernen Roman fehlt, ist Fischbein – oder ein Teelöffel – oder ein plombierter Zahn.

Doch die Sekretärin nahm alles auf, nahm alles auf, nahm alles auf. Nein, das durfte nicht so weitergehen! Es war mehr, als Fleisch und Blut ertragen konnten!

Sie ging leise die Hecke entlang. Es lag etwas Wölfisches in der Art, wie sie sich näher schlich, die breite, kräftige Frau in dem teuren senfgelben Seidenpullover und dem sahneweißen Faltenrock. Ihre Beine waren lang und schön, und ihre Schuhe waren kostbar.

Mit einer merkwürdig wölfischen Heimlichkeit ging sie um die Ecke herum und blickte auf den schmalen, schattigen Rasen, wo sich die Gänseblümchen in unverschämter Fülle breitmachten. Unter der rotblühenden Roßkastanie saß ›er‹: halb zurückgelehnt in einem bunten Liegestuhl, in weißen Wollstoff gekleidet, dazu trug er ein feines gelbes Leinenhemd. Seine elegante Hand hing lose über die Armlehne und schlug gewissermaßen den Takt zu seinen Worten. An einem kleinen grünen Korbtisch neigte die kleine Sekretärin in einem grünen Jerseykleid den dunklen Kopf über ihren Stenoblock und schrieb fleißig all die abscheulichen Kurzschrift-Krakel hin. Es war nicht schwierig, seinem Diktat zu folgen, denn er sprach langsam und wahrte eine Art Rhythmus, zu dem die herunterbaumelnde Hand den Takt schlug.

»Jeder Roman muß einen klar herausgestellten Helden haben, womit wir sympathisieren – mit dem wir sympathisieren – selbst wenn wir erkennen – auch wenn wir uns seiner menschlichen Schwächen durchaus bewußt sind . . .«

›Jeder sein eigener Held‹, dachte die Gattin ergrimmt und vergaß dabei ganz, wie sehr jede Frau ihre eigene Heldin ist.

Aber was sie dann erschreckte, war ein blauer Vogel, der dicht vor den Füßen der konzentriert ihr Stenogramm kritzelnden kleinen Sekretärin herumhüpfte. Es war zwar bloß eine Blaumeise, blau mit grau und ein wenig gelb. Doch der Gattin kam sie im saftstrotzenden Frühling und an diesem schimmernden Nachmittag rein blau vor. Der blaue Vogel umflatterte die netten, aber ziemlich *gewöhnlichen* Füße der kleinen Sekretärin.

›Der blaue Vogel! Der blaue Glücksvogel! Oh, ich habe Glück, ich habe Glück‹, dachte die Gattin.

Und da sie Glück hatte, erschien noch ein zweiter blauer Vogel, das heißt noch eine Blaumeise, und begann sich mit der ersten Blaumeise zu streiten. Ein Paar blaue Glücksvögel, die sich stritten! ›Oh, ich habe wirklich Glück!‹

Sie stand nicht gerade in der Blickrichtung des in die Arbeit versunkenen Menschenpaars. Doch ›ihn‹ störten die kämpfenden blauen Vögel, deren kleine Federn herumzustieben begannen.

»Geht weg!« sagte er milde und verscheuchte sie mit seinem dunkelgelben Taschentuch. »Tragt euren kleinen Streit anderswo aus, ihr lieben kleinen Kampfhähne, und bringt eure Privatangelegenheiten nicht gerade hier in Ordnung!«

Die kleine Sekretärin blickte rasch auf, denn sie hatte schon angefangen, es niederzuschreiben. Er bedachte sie mit seinem schiefen, kapriziösen Lächeln.

»Nein, das müssen Sie nicht schreiben«, sagte er freundlich. »Haben Sie die beiden Meisen gesehen, wie sie aufeinander losgingen?«

»Nein«, antwortete die kleine Sekretärin und blickte sich strahlend um – mit Augen, die von der Arbeit noch halb blind waren.

Was sie jedoch sah, war die eigenartige, kraftvolle, elegante Wolfsgestalt der Gattin, und ihre Augen weiteten sich entsetzt.

»Aber *ich* hab sie gesehn!« sagte die Gattin und trat mit den schöngeformten, seltsam wölfischen Beinen näher, die unter dem sehr kurzen Rock hervorschauten.

»Sind es nicht erstaunlich boshafte kleine Biester?« sagte er.

»Ja, erstaunlich«, wiederholte sie, bückte sich und hob eine kleine Brustfeder auf. »Erstaunlich! Da sieh, wie die Federn fliegen!«

Und sie nahm die Feder zwischen die Fingerspitzen und betrachtete sie. Dann blickte sie die Sekretärin an, und dann blickte sie ihn an. Zwischen ihren Augenbrauen stand ein sonderbarer, werwolfartiger Ausdruck.

»Ich finde«, begann er jetzt, »das sind die herrlichsten Nachmittage, wenn kein direktes Sonnenlicht da ist, jedoch alle Töne und Farben und Gerüche in der Luft verschmelzen, verstehst du, wenn die ganze Geschichte vom Frühling durchtränkt ist. Dann ist's, als wäre man innen drin, du weißt wohl, wie ich's meine, wie innen im Ei, und bereit, die Schale aufzupicken.«

»Ja, genau so«, pflichtete sie ihm bei, ohne davon überzeugt zu sein.

Eine kleine Pause entstand. Die Sekretärin sagte nichts. Sie wartete darauf, daß die Gattin wieder gehen sollte.

»Vermutlich bist du furchtbar beschäftigt«, sagte sie, »wie meistens?«

»Fast so«, erwiderte er und verzog abweisend den Mund.

Wieder eine inhaltlose Pause, in der er nur darauf wartete, daß sie gehen sollte.

»Ich weiß, daß ich dich gestört habe«, sagte sie.

»Eigentlich«, erwiderte er, »hatte ich gerade die beiden Blaumeisen beobachtet.«

»Zwei kleine Teufelchen!« sagte die Frau und blies die gelbe Feder von ihrer Fingerspitze fort.

»Richtig!« sagte er.

»Aber dann will ich lieber gehen, damit du mit deiner Arbeit vorankommst«, meinte sie.

»Es eilt nicht«, entgegnete er mit wohlwollend nachlässigem Tonfall. »Ich glaube eigentlich nicht, daß es sehr fördernd ist, im Freien zu arbeiten!«

»Warum hast du's denn getan?« fragte die Gattin. »Du weißt doch, daß du's nie konntest!«

»Miss Wrexall schlug es vor, weil sie meinte, es könnte anregend sein. Aber ich glaube nicht, daß es irgendwie förderlich ist, nicht wahr, Miss Wrexall?«

»Es tut mir sehr leid!« flüsterte die kleine Sekretärin.

»Warum soll es *Ihnen* leid tun?« fragte die Gattin und blickte beinah gütig auf sie herab, wie etwa ein Wolf auf einen kleinen schwarzbraunen Straßenköter. »Sie haben es sicher nur zu seinem Besten vorgeschlagen.«

»Ich dachte, die frische Luft könnte ihm guttun«, gab die kleine Sekretärin zu.

»Warum denken Menschen wie Sie niemals an sich selber?« fragte die Gattin.

Die Sekretärin blickte sie scharf an.

»Das tun wir, glaube ich, doch – wenn auch auf andere Art«, erwiderte sie.

»Auf *sehr* andere Art!« bemerkte die Gattin ironisch. »Warum bringen Sie ihn nicht dahin, daß er an *Sie* denkt?« fuhr sie langsam und mit schleppender Stimme fort. »An einem so milden Frühlingsnachmittag sollten Sie ihn dahin bringen, Ihnen an Sie gerichtete Gedichte zu diktieren, die von den blauen Glücksvögeln handeln, wie sie Ihre zierlichen kleinen Füßchen umflattern! Ich würde das bestimmt tun, wenn ich seine Sekretärin wäre.«

Eine drückende Pause folgte. Die Gattin stand unbeweglich wie eine Statue in einer Haltung da, die bezeichnend für sie war: halb hatte sie sich der kleinen Sekretärin zugewandt, halb kehrte sie ihr den Rücken. So machte sie es immer: kehrte allem ein wenig den Rücken. Die Sekretärin blickte ihn an.

»Ich schrieb nämlich gerade einen Aufsatz über die Zukunft des Romans«, sagte er.

»Ich weiß, ich weiß!« sagte die Gattin. »Das macht es ja so schlimm! Warum nicht etwas Lebendiges aus dem Leben eines Romanschriftstellers?«

Diesmal entstand ein längeres Schweigen, während sich ein leidender und irgendwie abwesender, statuenhafter Ausdruck bei ihm zeigte. Die kleine Sekretärin ließ den Kopf hängen. Die Gattin schlenderte gemächlich von dannen.

»Wo waren wir stehengeblieben, Miss Wrexall?« ließ sich seine Stimme vernehmen.

Die kleine Sekretärin zuckte zusammen. Sie war zutiefst empört! Ihre wunderschöne Beziehung – die zwischen ihm und ihr – so zu verderben!

Doch bald lavierte sie auf dem Gefälle seiner Worte wieder stromabwärts und war zu emsig bei der Sache, um irgendwelche Gefühle zu haben, ausgenommen das einer großen Emsigkeit.

Die Teestunde war da; ihre Schwester trug das Teebrett in den Garten hinaus. Und sofort erschien auch die Gattin. Sie hatte sich umgezogen und trug jetzt ein Kleid aus zichorienblauem, feinem Tuch. Die kleine Sekretärin raffte ihre Papiere zusammen und wollte auf ihren ziemlich hochhackigen Schuhen davonstöckeln.

»Gehen Sie nicht, Miss Wrexall!« sagte die Gattin.

Die kleine Sekretärin blieb augenblicklich stehen und zauderte dann. »Meine Mutter erwartet mich«, wandte sie ein.

»Erklären Sie ihr, Sie kämen nicht. Und bitten Sie Ihre Schwester, noch eine Tasse Tee zu bringen. Ich möchte, daß Sie mit uns Tee trinken.«

Miss Wrexall warf einen Blick auf den Mann, der sich im Liegestuhl auf den einen Ellbogen stützte und eine rätselhafte Hamlet-Miene aufgesetzt hatte.

Er warf ihr einen raschen Blick zu und verzog dann, gleichgültig wie ein Knabe, seinen Mund.

»Ja, bleiben Sie doch einmal, um mit uns Tee zu trinken«, sagte er. »Ich sehe Erdbeeren und weiß, daß Sie gern davon picken würden!«

Sie blickte ihn an, lächelte gezwungen und eilte dann fort, um ihrer Mutter Bescheid zu geben. Sie blieb sogar lange genug weg, um sich ein anderes Kleid überzuwerfen.

»Oh, wie elegant Sie sind!« rief die Frau, als die kleine Sekretärin in ihrer zichorienblauen Seide auf dem Rasen erschien.

»Ach, es lohnt sich nicht, mein Kleid anzusehen – neben Ihrem!« entgegnete Miss Wrexall. Die beiden Kleider waren tatsächlich von der gleichen Farbe.

»Wenigstens haben Sie sich Ihres verdient, und das ist mehr, als ich von meinem behaupten kann«, sagte die Gattin, während sie den Tee eingoß. »Trinken Sie ihn stark?« Sie blickte aus ihren schweren Augen auf das kleine, überarbeitete junge Ding, ein blaugekleidetes Vögelchen, und ihre Augen sprachen Bände – so dunkel und rätselhaft blickten sie.

»Ach, danke, einfach, wie es kommt!« antwortete Miss Wrexall und beugte sich nervös vor.

»Er ist sehr stark – falls Sie Ihre Gesundheit ruinieren wollen?«

»Oh, dann möchte ich ihn mit etwas Wasser.«

»Finde ich auch.«

Während sie Tee tranken und die beiden Frauen gegenseitig ihre blauen Kleider betrachteten, fragte die Gattin: »Wie ging's mit der Arbeit – gut?«

»Ach«, erwiderte er, »nicht besser, als zu erwarten war! Nichts als Geschwafel! Aber gerade das wollen sie haben. Ein furchtbarer Blödsinn, nicht wahr, Miss Wrexall?«

Miss Wrexall rückte unbehaglich auf ihrem Stuhl hin und her. »Es hat mich interessiert«, sagte sie, »wenn auch nicht so sehr wie der Roman.«

»Der Roman? Welcher Roman?« fragte die Gattin. »Ein neuer?« Miss Wrexall blickte ihn an. Nicht um die Welt würde sie etwas aus seinem dichterischen Schaffen verraten.

»Ach, ich hatte Miss Wrexall nur erst den Gedankengang skizziert«, erklärte er.

»Erzähl mal!« rief die Gattin. »Miss Wrexall, erzählen Sie uns mal, um was es geht!« Sie drehte sich auf ihrem Stuhl ein wenig um und fixierte die kleine Sekretärin.

Miss Wrexall wand sich verlegen: »Oh, ich hab's leider nicht sehr gut begriffen!«

»Ach was, nur zu! Dann erzählen Sie uns eben das, was Sie begriffen haben.«

Miss Wrexall saß stumm und verärgert da. Sie spürte, daß ihr eine Falle gestellt wurde. Sie blickte auf die blauen Falten ihres Rockes.

»Ich fürchte, ich kann es nicht«, erklärte sie.

»Warum befürchten Sie es denn? Sie sind so *überaus* tüchtig. Bestimmt können Sie alles nur so aus dem Ärmel schütteln. Ich vermute sogar, daß *Sie* einen großen Teil von Mr. Gees Büchern für ihn schreiben! Er skizziert die Umrisse, und Sie füllen alles aus. So haben Sie es doch gemacht, nicht wahr?« Sie sprach lustig, und als wollte sie ein Kind necken. Und dann blickte sie auf die feinen Falten in ihrem eigenen blauen Kleid, das so vornehm und so kostbar war.

»Sie können unmöglich im Ernst sprechen!« entgegnete Miss Wrexall nun ganz erbittert.

»Doch, natürlich. Ich habe es längst vermutet, das heißt, seit einiger Zeit schon, daß Sie einen großen Teil von Mr. Gees Büchern für ihn schreiben – seinen Anweisungen folgend!«

Es wurde in spöttischem Ton geäußert, doch die Worte waren brutal.

»Ich würde mich sehr geschmeichelt fühlen«, entgegnete Miss Wrexall und richtete sich auf, »wenn ich nicht wüßte, daß Sie mich nur demütigen wollen.«

»Sie demütigen? Aber nein, mein liebes Kind – nichts könnte mir ferner liegen! Sie sind doppelt so gescheit wie ich und millionenmal klüger! Nein, mein liebes Kind, ich hege die größte Bewunderung für Sie! Ich möchte nicht tun, was Sie tun – nicht für alle Schätze Arabiens! Ich könnt's auch gar nicht ...«

Miss Wrexall verkapselte sich und schwieg.

»Willst du etwa sagen, meine Bücher läsen sich, als hätte ...« begann er mit zermarterter Stimme und richtete sich auf.

»Ja, sicher«, erwiderte die Gattin. »*Genau so* sind sie, als hätte Miss Wrexall sie nach deinen Anweisungen geschrieben! Ich habe es *allen Ernstes* geglaubt, daß sie es tut – vielleicht, wenn du zu beschäftigt bist ...«

»Wie gescheit von dir«, sagte er.

»Sehr«, erwiderte sie. »Besonders, falls ich mich getäuscht habe!«

»Das hast du!« sagte er.

»Wie äußerst seltsam!« rief sie. »Dann hätte ich mich also wieder einmal getäuscht!«

Eine völlige Stille trat ein.

Sie wurde von Miss Wrexall unterbrochen, die nervös an ihren Fingern zupfte. »Sie wollen verderben, was zwischen mir und ihm ist, das ist mir ganz klar«, sagte sie bitter.

»Aber liebes Kind, was *ist* denn zwischen Ihnen und ihm?« fragte die Gattin.

»Ich war *glücklich*, mit ihm zu arbeiten und für ihn zu arbeiten! Ich war *glücklich*, für ihn zu arbeiten!« rief Miss Wrexall, und vor Kummer und zorniger Empörung stiegen ihr die Tränen in die Augen.

»Mein liebes Kind!« rief die Gattin mit geheuchelter Begeisterung. »Sie müssen weiterhin glücklich sein, für ihn zu arbeiten, Sie müssen glücklich sein, solange Sie's können! Wenn es Sie glücklich macht – oh, dann genießen Sie es! Natürlich! Glauben Sie, ich wäre so grausam und wollte es Ihnen nehmen? Daß Sie mit ihm arbeiten? Ich kann weder stenographieren noch tippen noch doppelte Buchführung oder wie man das nennt. Ich versichere Ihnen, daß ich durch und durch unfähig bin. Ich habe noch nie Geld verdient. Ich bin der Schmarotzer auf der britischen Eiche – wie die Mistel. Der blaue Glücksvogel flattert nicht um *meine* Füße. Wahrscheinlich sind es zu große Treter.«

Sie blickte auf ihre teuren Schuhe. »Wenn ich überhaupt ein kritisches Wort zu äußern hätte«, sagte sie und wandte sich an ihren Mann, »dann beträfe es dich, Cameron, weil du soviel von ihr entgegennimmst und ihr nichts gibst!«

»Aber er gibt mir alles, alles!« rief Miss Wrexall. »Er gibt mir alles!«

»Was meinen Sie mit ›alles‹?« fragte die Gattin und blickte sie streng an.

Miss Wrexall zügelte sich sofort. Irgend etwas peitschte durch die Luft, und die Stromrichtung wechselte.

»Ich meine damit nichts, um das *Sie* mich beneiden müßten!« erklärte die kleine Sekretärin ziemlich hochmütig. »Ich habe mich noch nie billig gemacht!«

Ein verblüfftes Schweigen folgte.

»Mein Gott!« rief die Gattin dann. »Wenn Sie das nicht billig nennen? Ich muß wirklich feststellen, daß Sie überhaupt nichts von ihm bekommen, sondern nur immer geben! Und wenn Sie das nicht ›Sich-billig-Machen‹ nennen – mein Gott!«

»Wir sehen eben die Dinge von ganz verschiedenen Standpunkten aus!« erklärte die Sekretärin.

»Allerdings tun wir das – Gott sei Dank!« sagte die Gattin.

»Wem zuliebe dankst du Gott?« fragte er sarkastisch.

»Jedermann zuliebe, scheint mir! Deinetwegen, weil du alles ohne Gegenleistung erhältst, und Miss Wrexalls wegen, weil ihr das ja offenbar gefällt, und meinetwegen,weil ich mir das alles als Außenseiter ansehen kann!«

»Sie *brauchten* kein Außenseiter zu sein«, rief Miss Wrexall großmütig, »wenn Sie sich nicht selber zum Außenseiter gemacht hätten!«

»Besten Dank, mein liebes Kind, für Ihr Entgegenkommen«, sagte die Gattin und erhob sich, »aber ich fürchte, kein Mann kann erwarten, daß zwei blaue Glücksvögel um seine Füße flattern und sich gegenseitig die kleinen Federn ausreißen!«

Und damit ging sie weg.

Nach einer verkrampften und verzweifelten Stille rief Miss Wrexall:

»Auf mich braucht doch wirklich keine Frau eifersüchtig zu sein?«

»Stimmt!« sagte er.

Und das war alles, was er sagte.

Lächeln

Er hatte bei sich beschlossen, die ganze Nacht aufzubleiben – als eine Art Buße. Im Telegramm hatte nur gestanden: »Ophelias Zustand kritisch.« Unter diesen Umständen, fand er, wäre es leichtfertig, sich ein Bett im Schlafwagen zu nehmen. Deshalb saß er, während sich die Nacht auf Frankreich niedersenkte, müde in einem Erster-Klasse-Abteil.

Er hätte natürlich an Ophelias Bett sitzen sollen. Aber Ophelia hatte ihn nicht gewollt. Also wollte er wenigstens im Zuge aufbleiben.

Tief in ihm drinnen spürte er ein dunkles, drückendes Gewicht: wie eine Geschwulst, die durch und durch mit Schwermut angefüllt war und auf seiner Lebenskraft lastete. Er hatte das Leben stets ernst genommen. Jetzt überwältigte ihn der Ernst. Sein dunkles, hübsches, glattrasiertes Gesicht mit den dichten, dunklen Augenbrauen, die wie in dumpfer Seelenqual verzerrt waren, hätte zu einem Christus am Kreuz gepaßt.

Die Nacht im Zuge war ein Inferno: alles war unwirklich. Die beiden ältlichen Engländerinnen ihm gegenüber waren längst gestorben, vielleicht sogar noch vor ihm. Denn er selbst war natürlich auch tot.

Langsame graue Dämmerung stahl sich über die Berge an der Grenze, und er beobachtete es mit blicklosen Augen. Doch sein Geist wiederholte:

Dann brach mit frühen Regenschauern
ein trübes, kühles Morgengrauen an
und schloß die Lider ihr, die stillen,
die einem andern Morgen aufgetan.

Und sein Mönchsgesicht mit der ewigen Leidensmiene verriet nichts von der Verachtung, ja Selbstverachtung, die er gegenüber dieser Sentimentalität empfand, denn als solche verurteilte sie sein kritischer Verstand.

Dann war er in Italien: mit leisem Widerwillen blickte er auf das Land. Er war nicht länger fähig, etwas zu fühlen, und hatte nur diesen Anflug von Widerwillen, als er die Olivenbäume und das Meer sah. Eine Art poetischer Schwindelei.

Es war wieder Abend, als er das Heim erreichte, in dem Ophelia Zuflucht gefunden hatte. Er wurde in das Zimmer der Frau Oberin, in den Palast geführt. Sie erhob sich, verneigte sich stumm vor ihm und blickte an ihrer Nase herab. Dann sagte sie auf Französisch:

»Es schmerzt mich, was ich Ihnen mitteilen muß. Sie ist heute nachmittag gestorben.«

Er stand betäubt und fühlte jedenfalls nicht viel, sondern starrte mit seinem hübschen, ausgeprägten Mönchsgesicht ins Leere.

Die Frau Oberin legte ihre weiße, schöne Hand leicht auf seinen Arm, blickte in sein Gesicht auf und beugte sich vor:

»Courage!« sagte sie leise. *»Courage*, ja?«

Er trat zurück. Er hatte sich von jeher gefürchtet, wenn eine Frau sich derartig zu ihm vorbeugte. In ihren umfangreichen Röcken wirkte die Frau Oberin sehr fraulich.

»Gewiß«, erwiderte er auf Englisch. »Kann ich sie sehen?«

Die Frau Oberin läutete, und eine junge Schwester erschien. Sie war ziemlich blaß, doch aus ihren Haselnußaugen blickte etwas Naives, Mutwilliges. Die ältere Frau stellte sie vor, und die junge Frau machte eine sittsame kleine Verbeugung. Doch Matthew streckte ihr die Hand hin – wie ein Ertrinkender, der nach einem Strohhalm greift. Die junge Nonne öffnete ihre gefalteten Hände und legte die Rechte scheu in seine Hand, widerstandslos, wie ein schlafender Vogel.

Und dem unauslotbaren Hades seiner Schwermut entstieg der Gedanke: ›Was für eine hübsche Hand!‹

Sie gingen einen schmucken, aber eiskalten Korridor entlang und klopften an eine Tür. Matthew, der durch seinen fernen Hades wanderte, bemerkte trotzdem die schwarzen Frauenröcke in ihrer weichen, schönen Fülle, wie sie in leiser Hast vor ihm einherflatterten.

Er war entsetzt, als die Türe aufging und er in dem hohen, edlen Raum rund um das weiße Bett die Kerzen brennen sah. Eine Schwester saß neben den Kerzen, und ihr Gesicht in der weißen Haube schien dunkel und primitiv, als sie von ihrem Brevier aufblickte. Dann erhob sie sich, eine kräftige Frau, und verneigte sich leicht, und Matthew gewahrte die geschmeidigen, flaumdunklen Hände, durch die vor der schweren blauen Seide ihres Busens ein schwarzer Rosenkranz wanderte.

Die drei Schwestern schwebten in ihren bauschigen, schwarzseidenen Röcken still und doch sehr erregt zum Kopfteil des Bettes. Die Frau Oberin beugte sich vor und hob mit äußerster Behutsamkeit den weißen Tüllschleier von dem toten Gesicht.

Matthew sah die wundervolle Gelassenheit des Todes im Antlitz seiner Frau, und sofort rührte sich etwas wie Gelächter in der Tiefe seines Herzens; er ließ ein kleines Räuspern hören, und ein erstaunliches Lächeln erschien in seinem Gesicht.

Beim Licht der Kerzen, die warm und flink wie ein Christbaum zitterten, blickten die drei Nonnen aus innig mitleidvollen Augen unter dem weißen Stirnband hervor und auf ihn. Sie waren wie ein Spiegel. Drei Augenpaare blinzelten plötzlich wie in leiser Furcht und nahmen einen Ausdruck verblüfften Staunens an. Und in die Gesichter der drei Nonnen, die ihn im Kerzenschimmer hilflos anblickten, stahl sich allmählich und unwillkürlich ein seltsames Lächeln. In den drei Gesichtern blühte das gleiche Lächeln so ganz verschieden auf – wie das Aufblühen von drei zarten Blüten. Bei der bleichen jungen Nonne war es fast Schmerz, mit einem Anklang mutwilligen Entzückens. Über das dunkle, ligurische Gesicht der wachenden Schwester aber, einer reifen Frau mit gerader Stirn, zog langsam ein heidnisches Lächeln und war in seinem archaischen Humor unendlich verschmitzt. Es war das etruskische Lächeln, verschmitzt und unerschrocken und unwiderlegbar.

Die Frau Oberin, die ein stark ausgeprägtes Gesicht hatte, das dem Matthews etwas glich, bemühte sich sehr, nicht zu lächeln. Doch er hielt sein komisches, boshaftes Kinn immer noch zu ihr emporgewandt, und sie senkte ihr Gesicht, je mehr ihr Lächeln zunahm, zunahm und sich ausbreitete.

Die junge, bleiche Schwester verhüllte plötzlich ihr Gesicht mit dem Ärmel und zitterte am ganzen Leibe. Die Frau Oberin legte den Arm um die Schulter des jungen Mädchens und murmelte mit italienischer Ergriffenheit: »Armes kleines Ding! Weine nur, armes kleines Ding!« Doch hinter ihrer Ergriffenheit steckte noch das Kichern. Die kräftige, dunkle Schwester stand unverändert da und umklammerte die schwarzen Rosenkranzkugeln; unverrückbar das lautlose Lächeln.

Matthew wandte sich jäh dem Bett zu, um zu sehen, ob seine Frau ihn beobachtet hatte. Es war eine der Angst entsprungene Bewegung. Ophelia lag so niedlich und so rührend da; die spitze, tote kleine Nase stach in die Luft, und ihr Gesicht – das Gesicht eines starrsinnigen Kindes – war im letzten Starrsinn festgebannt. Das Lächeln wich von Matthews Gesicht, und an seine Stelle trat ein Ausdruck unendlichen Märtyrertums. Er weinte nicht, er stand einfach da und starrte gedankenleer. Nur der eine Ausdruck vertiefte sich immer mehr in seinem Gesicht: ›Ich wußte ja, daß mir dieses Martyrium bevorstand!‹

Sie war so niedlich, so kindlich, so gescheit, so starrsinnig, so abgekämpft – und so tot! Es machte ihn alles so verwirrt.

Zehn Jahre waren sie verheiratet gewesen. Er war nicht ohne Fehler – o nein, nein, keineswegs! Aber Ophelia hatte immer ihren Kopf durchsetzen wollen. Sie hatte ihn geliebt und war so starrsinnig geworden und hatte ihn verlassen und wurde von Sehnsucht oder Verachtung oder Zorn gepackt, ein dutzendmal, und war ein dutzendmal zu ihm zurückgekehrt.

Kinder hatten sie nicht. Und er in seiner Sentimentalität hatte sich stets Kinder gewünscht. Eine große Traurigkeit ergriff ihn.

Jetzt würde sie nie wieder zu ihm zurückkehren. Es war das dreizehntemal, und sie hatte ihn auf immer verlassen.

Oder doch nicht? Noch während er es dachte, spürte er, daß sie ihm einen kleinen Rippenstoß versetzte, um ihn zum Lächeln zu bringen. Er verzerrte das Gesicht ein wenig, und seine Stirn legte sich verärgert in Falten. Nein, fiel ihm gar nicht ein, jetzt zu lächeln! Er schob den kantigen, glattrasierten Unterkiefer vor und entblößte die kräftigen Zähne, während er auf die tote Frau niederblickte, die ihn so unglaublich herausforderte. ›Bist du mal wieder so weit?‹ hätte er ihr am liebsten zugerufen – wie der Mann bei Dickens.

Er war selbst nicht ohne Fehler gewesen. Er wollte an seine eigenen Schwächen denken.

Plötzlich wandte er sich den drei Frauen zu, die ins Dunkel hinter den Kerzen entschwunden waren und nun in der Umrahmung ihrer weißen Haubenstreifen zwischen ihm und dem Nirgendwo schwebten. Seine Augen funkelten, und er entblößte die Zähne.

»*Mea culpa! Mea culpa!*« grollte er.

»*Macché!*« rief die eingeschüchterte Frau Oberin; ihre beiden Hände flogen auseinander und wieder zusammen und, wie ein nistendes Vogelpärchen, in die Geborgenheit ihrer Ärmel hinein.

Matthew duckte den Kopf, warf spähende Blicke umher und war bereit, sich aus dem Staube zu machen. Im Hintergrund stimmte die Frau Oberin leise ein Vaterunser an, und ihr Rosenkranz tänzelte. Die bleiche junge Schwester schwand noch weiter ins Dunkel hinein. Doch die schwarzen

Augen der stämmigen, dunkelhäutigen Schwester blinzelten wie unentwegt humorvolle Sterne auf ihn nieder, und wieder spürte er den Rippenstoß, der ihn zum Lächeln aufforderte.

»Hören Sie«, wies er die Frauen ab, »ich bin ganz verstört! Ich möchte lieber gehen!«

Sie verharrten wie gebannt in ihrer Bestürzung. Geduckt eilte er auf die Tür zu. Doch bereits beim Gehen begann sich das Lächeln wieder auf sein Gesicht zu schleichen, noch in letzter Sekunde von dem unentwegt blinzelnden schwarzen Auge der stämmigen Schwester erspäht. Ach, wie gern, dachte er insgeheim, würde er ihre beiden geschmeidigen, flaumdunklen Hände halten, die wie zwei sich paarende Vögel wollüstig ineinander geschmiegt waren.

Doch er versteifte sich darauf, bei seinen eigenen Schwächen zu verweilen. *»Mea culpa!«* heulte er sich an. Und sogar während er es hervorheulte, spürte er den Rippenstoß, der ihm gebot: *Lächle!*

Die drei Frauen, die in dem hohen Raum zurückblieben, sahen einander an, und ihre Hände flogen einen kurzen Augenblick in die Höhe, wie sechs Vögel, die plötzlich aus dem Laub schwirrten und dann wieder zur Ruhe kommen.

»Der Arme!« sagte die Frau Oberin mitleidig.

»Ja, o ja, der Arme!« rief die jüngste Schwester in naiver, schriller Erregung.

»Già!« sagte die Dunkelhäutige.

Die Frau Oberin trat lautlos an das Bett und neigte sich über das tote Antlitz.

»Sie scheint es zu wissen, die arme Seele!« murmelte sie. »Findet ihr nicht auch?«

Die drei Hauben beugten sich gemeinsam vor. Und zum erstenmal sahen sie das leise, ironische Lächeln, das um Ophelias Mundwinkel spielte. Sie blickten einander in betroffenem Staunen an.

»Sie hat ihn gesehen!« tuschelte die aufgewühlte jüngste Schwester.

Die Frau Oberin zog den fein gearbeiteten Spitzenschleier behutsam über das kalte Gesicht. Dann sprachen sie ein Gebet für ihre Seele, und die Finger glitten über den Rosenkranz. Danach rückte die Frau Oberin zwei Kerzen auf ihren Haltern zurecht, indem sie das dicke Licht mit festem, samtigem Zugriff packte und es tief hineindrückte.

Die dunkelhäutige, stämmige Schwester nahm mit ihrem frommen Büchlein wieder Platz. Die andern beiden raschelten sachte zur Tür und auf den großen weißen Korridor hinaus. Als sie in all ihrer dunklen Stoffhülle sachte und lautlos gleich dunklen Schwänen flußabwärts zogen, stockten sie auf einmal. Gleichzeitig hatten sie die verlorene Gestalt eines Mannes erblickt, der in einem düsteren Mantel am andern Ende des Korridors in kühler Ferne herumirrte. Plötzlich schien die Frau Oberin ihren Schritt zu beschleunigen.

Matthew sah, wie sie auf ihn lossegelten, zwei umfangreiche Gestalten mit weiß umrahmten Gesichtern und hilflosen Händen.

»Pardon, ma mère!« entschuldigte er sich wie auf der Straße. »Irgendwo muß ich meinen Hut gelassen haben . . .«

Er machte eine verzweifelte, rührende Geste mit den Armen. Nie war ein Mensch so gänzlich ohne jedes Lächeln.

Der Schaukelpferd-Sieger

Es war einmal eine Frau, die schön war und lauter gute Karten in der Hand hatte; doch sie hatte kein Glück. Sie heiratete aus Liebe, und die Liebe wurde zu Asche. Sie hatte nette Kinder; doch dachte sie, sie wären ihr aufgezwungen worden, und sie konnte sie nicht lieben. Sie sahen sie mit kalten Blicken an, als ob sie einen Fehler an ihr entdeckt hätten. Und sofort glaubte sie, da sei ein Fehler an ihr, den sie verstecken müsse. Doch was es eigentlich war, das sie verstecken müsse, das konnte sie nie herausfinden. Trotzdem, wenn die Kinder da waren, spürte sie immer, wie sich ihr innerstes Herz verhärtete. Das machte ihr Kummer, und auf ihre Art war sie um so sanfter und besorgter zu den Kindern, als ob sie sie sehr liebe. Nur sie selber wußte, daß in ihrem innersten Herzen eine harte kleine Stelle war, die keine Liebe empfinden konnte, nein, für niemanden. Alle andern sagten von ihr: »Sie ist so eine gute Mutter! Sie liebt ihre Kinder abgöttisch.« Nur sie selbst und ihre Kinder wußten, daß es nicht so war. Sie lasen es sich von den Augen ab.

Es waren ein Junge und zwei kleine Mädchen. Sie wohnten in einem hübschen Haus mit einem Garten, und sie hatten eine geschulte Dienerschaft und fühlten sich allen Nachbarn überlegen.

Obwohl sie auf großem Fuße lebten, waren sie in ihrem Haus immer voller Sorge. Nie war genug Geld da. Die Mutter hatte ein kleines Einkommen, und der Vater hatte ein kleines Einkommen; aber es war bei weitem nicht genug für die gesellschaftliche Stellung, die sie behaupten mußten. Der Vater ging in die Stadt in ein Büro. Doch obwohl er mit guten Aussichten begann, verwirklichten sich diese Aussichten nie. Ständig hing das aufreibende Gefühl über ihnen, das Geld reiche nicht; der Lebensstil jedoch wurde weiter beibehalten.

Schließlich sagte die Mutter: »Ich will sehen, ob ich nicht etwas verdienen kann.« Aber sie wußte nicht, wo beginnen. Sie zerbrach sich den Kopf, versuchte dies und das, hatte aber nirgends Glück. Das Mißgeschick grub ihr tiefe Falten ins Gesicht. Die Kinder wuchsen heran; sie sollten auf Schulen geschickt werden. Mehr Geld mußte herbei, mehr Geld mußte herbei! Der Vater, der immer sehr gut aussah und einen kostspieligen Geschmack hatte, erweckte den Eindruck, als könne er nie etwas Nützliches tun. Und der Mutter, die sehr auf sich hielt, wollte auch nichts glücken, und ihr Geschmack war genauso kostspielig.

Und so hing allmählich wie eine Verwünschung das unausgesprochene Wort über dem Haus: »Mehr Geld muß herbei! Mehr Geld muß herbei!« Die Kinder konnten es die ganze Zeit über hören, obwohl niemand es laut sagte. Sie hörten es zu Weihnachten, als teures und prächtiges Spielzeug das Kinderzimmer füllte. Hinter dem funkelnden, hochmodernen Schaukelpferd, hinter dem eleganten Puppenhaus begann eine Stimme zu tuscheln: »Mehr Geld muß herbei! Mehr Geld muß herbei!« Und dann hörten die Kinder einen Augenblick zu spielen auf und lauschten. Sie blickten einander in die Augen, um sich zu überzeugen, ob sie es alle vernommen hätten. »Mehr Geld muß herbei! Mehr Geld muß herbei!«

Es tuschelte zwischen den Sprüngen des sich noch bewegenden Schaukelpferdes, und selbst das Pferd, das seinen zähnefletschenden Holzkopf abwärts neigte, hörte es. Die große Puppe, die so rosig und geziert lächelnd in ihrem neuen Puppenwagen saß, konnte es ganz deutlich hören und schien daraufhin um so selbstbewußter zu lächeln. Selbst das dumme Hündchen, das des Teddybären Stelle einnahm, wie sah es so erstaunlich dumm drein, und aus keinem andern Grunde, als weil es im ganzen Hause das heimliche Getuschel hörte: »Mehr Geld muß herbei! Mehr Geld muß herbei!«

Doch niemand sagte es je laut. Das Getuschel war überall,

und deshalb sprach keiner es aus. Genau wie man niemals sagt: »Ich atme!«, obwohl der Atem die ganze Zeit kommt und geht.

»Mutter«, fragte Paul eines Tages, »warum haben wir kein eigenes Auto? Warum benutzen wir immer das vom Onkel oder sonst ein Taxi?«

»Weil wir der arme Seitenzweig der Familie sind«, sagte die Mutter.

»Aber warum, Mutter?«

»Ach, ich glaube«, sagte sie langsam und verbittert, »das kommt daher, weil dein Vater kein Glück hat.«

Der Knabe schwieg ein Weilchen. »Ist Glück Geld, Mutter?« fragte er dann ziemlich schüchtern.

»Nein, Paul, nicht ganz. Aber man kommt dadurch zu Geld.«

»Oh!« sagte Paul nachdenklich. »Ich dachte, als Onkel Oscar sagte: ›Sauglück!‹, meinte er Geld?«

»Er meinte Geld; aber Geld ist nicht Glück.«

»Oh!« sagte der Knabe. »Was ist denn aber Glück, Mutter?«

»Man kommt durch Glück zu Geld. Wenn man Glück hat, hat man auch Geld. Deshalb ist es besser, Glück zu haben, als von Hause aus reich zu sein. Wer reich ist, kann sein Geld verlieren. Aber wer Glück hat, bekommt immer mehr Geld.«

»Oh, wirklich? Und Vater hat kein Glück?«

»Bestimmt nicht! Überhaupt kein Glück!« sagte sie verbittert.

Der Knabe sah seine Mutter mit unsicheren Augen an.

»Warum?« fragte er.

»Ich weiß es nicht. Keiner kann je wissen, warum ein Mensch Glück hat und der andere Pech.«

»Wirklich? Keiner? Überhaupt keiner?«

»Gott vielleicht. Doch Er sagt es nicht.«

»Das sollte Er aber! Und du, Mutter, hast du kein Glück?«

Wie kann ich wohl, da ich einen Mann geheiratet habe, der kein Glück hat.«

»Aber du selber, bist du nicht glücklich, Mutter?«

»Das glaubte ich immer, ehe ich verheiratet war. Jetzt finde ich, daß ich sehr unglücklich bin.«

»Warum?«

»Ach, laß nur. Vielleicht bin ich es im Grunde doch nicht«, sagte sie.

Das Kind betrachtete sie, um zu sehen, ob es ihr Ernst war. Aber an den Linien um ihren Mund erkannte er, daß sie nur versuchte, etwas vor ihm zu verbergen.

»Na«, sagte er aufsässig, »ich habe jedenfalls Glück!«

»Warum?« fragte seine Mutter und mußte lachen.

Er blickte sie an. Er wußte selbst nicht, warum er es gesagt hatte.

»Gott hat es mir gesagt«, behauptete er dreist.

»Hoffentlich hat Er's getan, Liebling«, sagte sie und lachte wieder auf, aber ziemlich verbittert.

»Bestimmt, Mutter.«

»Großartig«, sagte sie, einen Ausdruck ihres Mannes benutzend.

Der Knabe merkte, daß sie ihm nicht glaubte, oder vielmehr, daß sie seinen Worten keine Beachtung schenkte. Das verdroß ihn, und er beschloß, ihre Aufmerksamkeit zu erzwingen. Er trollte sich, verträumt und wie Kinder es tun, auf der Suche nach dem Schlüssel zum ›Glück‹. In Gedanken vertieft und ohne die andern zu beachten, schlich er gewissermaßen verstohlen umher auf der heimlichen Suche nach dem Glück. Er wollte Glück haben, er wollte es, er wollte es. Wenn die beiden Mädchen im Kinderzimmer mit ihren Puppen spielten, saß er auf seinem großen Schaukelpferd und stürmte toll einher, mit einer Wildheit, daß die kleinen Mädchen scheu zu ihm aufblickten. Das Pferd galoppierte ungestüm, das wehende schwarze Haar des Jungen flog in die Höhe, seine Augen hatten einen seltsamen Glanz. Die kleinen Mädchen wagten nicht, ihn anzusprechen.

Wenn er seinen tollen Ritt beendet hatte, kletterte er hinunter, stellte sich vor das Schaukelpferd und starrte ihm unverwandt auf den gesenkten Kopf. Das rote Maul stand ein wenig offen, die großen Augen waren weit aufgerissen und glasklar.

»Jetzt!« befahl er dem schnaubenden Renner stumm, »jetzt trag mich dorthin, wo das Glück ist! Trag mich jetzt hin!«

Und er schlug das Pferd mit der kleinen Peitsche, um die er Onkel Oscar gebeten hatte, auf den Hals. Er *wußte,* daß das Pferd ihn dorthin tragen konnte, wo das Glück war, wenn er es nur dazu zwingen würde. Also stieg er wieder auf, begann von neuem den wütenden Ritt und hoffte, schließlich hinzugelangen. Er wußte, daß er hingelangen könne.

»Du wirst es noch zerbrechen, Paul!« mahnte die Kinderfrau.

»Er reitet immer so. Ich wünschte, er hörte auf«, sagte Joan, die ältere Schwester.

Aber er starrte nur schweigend auf sie hinunter. Die Kinderfrau ließ ihn gewähren. Sie begriff ihn nicht. Und überhaupt war er ihr schon über den Kopf gewachsen.

Eines Tages kamen seine Mutter und Onkel Oscar dazu, als er gerade auf einem seiner wilden Ritte war. Er sprach nicht mit ihnen.

»Hallo, du kleiner Jockey! Sitzt du auf einem Sieger?« fragte sein Onkel.

»Wirst du nicht allmählich zu groß für ein Schaukelpferd? Du bist nicht länger ein kleiner Junge«, meinte seine Mutter.

Doch Paul warf ihr nur einen blitzend blauen Blick aus seinen großen, ziemlich eng stehenden Augen zu. Er pflegte zu niemand zu sprechen, wenn er in voller Fahrt war. Seine Mutter beobachtete ihn besorgt.

Endlich brach er unvermittelt ab, zwang sein Pferd zu einem gleichmäßigen Galopp und glitt aus dem Sattel.

»Ich bin also dagewesen«, verkündete er wild, und seine blauen Augen blitzten noch, und er stand breitbeinig auf seinen langen, stämmigen Beinen.

»Wo bist du gewesen?« fragte sein Mutter.

»Wo ich hinreiten wollte«, rief er prahlerisch.

»Das ist recht, mein Sohn«, sagte Onkel Oscar. »Hör du nie auf, ehe du am Ziel bist. – Wie heißt dein Pferd?«

»Es hat keinen Namen«, sagte der Knabe.

»Kann wohl auch ohne Namen gut laufen?« fragte der Onkel.

»Ach, es hat verschiedene Namen. Vorige Woche hieß es Sansovino.«

»Oho, Sansovino! Der hat das Ascot-Rennen gemacht! Woher kanntest du den Namen?«

»Er spricht immer mit Bassett über die Pferderennen«, sagte Joan.

Der Onkel war entzückt, als er hörte, daß sein kleiner Neffe über alle Rennen auf dem laufenden war. Bassett, der junge Gärtner, der im Kriege am linken Fuß verwundet worden war und seine jetzige Stelle durch Onkel Oscar erhalten hatte, dessen Bursche er gewesen war, schien auf ›dem grünen Rasen‹ völlig zu Hause. Er lebte für die Rennen – und der Junge mit ihm.

Oscar Creswell erfuhr es alles von Bassett.

»Master Paul kommt und fragt mich, also bleibt mir weiter nichts übrig, als ihm zu antworten, Sir«, sagte Bassett, und sein Gesicht war so furchtbar ernst, als ob er von religiösen Dingen spräche.

»Und setzt er manchmal auch auf ein Pferd, in dem er den Sieger vermutet?«

»Oh, ich möchte ihn nicht verraten, Sir! Er ist ein kleiner Sportsmann, Sir, ein tüchtiger Sportsmann. Wenn Sie ihn lieber selbst fragen könnten? Er hat solchen Spaß daran, und vielleicht denkt er, ich hätte ihn verraten, Sir, und nichts für ungut.«

Bassett sprach so ernst wie ein Pfarrer.

Der Onkel ging zu seinem Neffen und lud ihn zu einer Fahrt in seinem Auto ein. »Hör mal, Paul, alter Junge, hast du jemals auf ein Pferd gesetzt?« fragte der Onkel.

Der Knabe sah den hübschen Mann scharf an.

»Warum? Meinst du, ich sollte nicht?« wich er aus.

»Ach wo – ich dachte, du könntest mir vielleicht einen Tip fürs Lincoln geben.«

Der Wagen fuhr schneller, hinaus aufs Land, zu Onkel Oscars Landsitz in Hampshire.

»Ehrenwort?« fragte der Neffe.

»Ehrenwort, mein Sohn«, sagte der Onkel.

»Also gut: Daffodil!«

»Daffodil? Bezweifle ich, mein Sohn. Was hältst du von Mirza?«

»Ich kenne nur den Sieger«, sagte der Knabe. »Und das ist Daffodil.«

»So so, Daffodil.«

Es entstand eine Pause. Daffodil war eigentlich ein Außenseiter.

»Onkel?«

»Ja, mein Junge?«

»Du sagst es doch nicht weiter, nicht wahr? Ich hab's Bassett versprochen.«

»Zum Teufel mit Bassett, alter Junge! Was hat der denn damit zu tun?«

»Wir sind Partner. Von Anfang an waren wir Partner. Onkel, er hat mir meine ersten fünf Shilling geliehen, und ich hab sie verloren. Ich habe ihm auf Ehrenwort versprochen, daß es unter uns bliebe. Und dann hast du mir den Zehn-Shilling-Schein geschenkt, mit dem ich zum erstenmal gewonnen habe. Darum dachte ich, du hast Glück. Du sagst's nicht weiter, nicht wahr?«

Der Knabe blickte den Onkel aus seinen großen, funkelnden, ziemlich dicht beieinanderstehenden blauen Augen an. Der Onkel rutschte auf dem Sitz umher und lachte unbehaglich.

»Meinetwegen, Junge. Ich werd deinen Tip für mich behalten. Also Daffodil. Wieviel setzt du auf Daffodil?«

»Alles, bis auf zwanzig Pfund«, sagte der Junge. »Die behalte ich als Reserve.« Der Onkel hielt es für einen guten Witz.

»Also zwanzig Pfund behältst du zurück, du kleiner Phantast? Und wieviel wettest du?«

»Ich wette dreihundert«, sagte der Knabe ernst. »Aber ganz unter uns, Onkel Oscar! Ehrenwort?«

Der Onkel brach in schallendes Gelächter aus.

»Natürlich bleibt's unter uns, du kleiner Nat Gould!« rief er lachend. »Aber wo hast du denn deine dreihundert?«

»Bassett verwahrt sie für mich. Wir sind Partner.«

»Ach so, ja; und wieviel setzt Bassett auf Daffodil?«

»Ich glaube, er wird nicht ganz so hoch gehen wie ich. Vielleicht setzt er hundertfünfzig.«

»Hundertfünfzig was? Pennies?« lachte der Onkel.

»Pfund!« sagte das Kind und sah den Onkel erstaunt an. »Bassett hält sich eine größere Reserve zurück als ich.«

Onkel Oscar schwieg, halb verwundert, halb belustigt. Er ging der Sache nicht weiter auf den Grund, beschloß aber, seinen Neffen zum Lincoln-Rennen mitzunehmen.

»Also, Söhnchen«, sagte er, »ich setze zwanzig für mich auf Mirza und fünf für dich auf welches Pferd du willst. Welches wählst du?«

»Daffodil, Onkel.«

»Nein, doch nicht den Fünfer auf Daffodil!«

»Wenn es mein Fünfer ist, möchte ich es tun«, sagte der Knabe.

»Gut, gut, hast recht. Ein Fünfer für dich und ein Fünfer für mich auf Daffodil.«

Der Junge war noch nie bei einem Pferderennen gewesen, und seine Augen sprühten blaues Feuer. Er kniff den Mund zusammen und paßte auf. Ein Franzose, der vor ihm saß, hatte sein Geld auf Lancelot gesetzt. Toll vor Aufregung schwenkte er die Arme und schrie mit seiner französischen Aussprache gellend: »Lancelot! Lancelot!«

Daffodil kam als Erster. Lancelot war Zweiter und Mirza Dritter. Der Knabe war seltsam gelassen, trotz roter Wangen und lodernder Augen. Sein Onkel brachte ihm vier Fünf-Pfund-Noten, vier zu eins.

»Was soll ich damit tun?« fragte er und hielt sie dem Knaben unter die Augen.

»Vielleicht sprechen wir mit Bassett darüber«, sagte der Junge. »Ich glaube, ich habe jetzt Fünfzehnhundert. Und zwanzig in Reserve. Und dann diese zwanzig hier.«

Sein Onkel betrachtete ihn einen Augenblick prüfend.

»Hör mal, mein Junge«, sagte er. »Das ist doch nicht dein Ernst mit Bassett und den Fünfzehnhundert, nicht wahr?«

»Doch, natürlich. Aber es muß unter uns bleiben, Onkel! Ehrenwort?«

»Ja, ja, Ehrenwort, mein Sohn. Aber ich muß mit Bassett sprechen.«

»Onkel, wenn du gern Partner werden möchtest, mit mir und Bassett, könnten wir alle drei Partner sein. Nur müßtest du auf Ehrenwort versprechen, es nicht weiterzusagen. Bassett und ich haben Glück, und du hast auch Glück; denn mit deinem Zehn-Shilling-Schein hab ich ja zu gewinnen angefangen.«

Onkel Oscar nahm Bassett und Paul mit nach Richmond Park, und dort sprachen sie miteinander.

»Die Sache ist so, Sir«, sagte Bassett, »Master Paul ließ sich über die Rennen von mir erzählen, Renngeschichten, verstehen Sie, Sir? Und immer wollte er durchaus wissen, ob ich gewonnen oder verloren hatte. Es ist jetzt ungefähr ein Jahr her, als ich für ihn fünf Shilling auf Blush of Dawn setzte, und die verloren wir. Dann drehte sich das Glück – mit den zehn Shilling, die wir von Ihnen hatten. Wir setzten sie auf Singhalese. Und seit der Zeit geht's schön gleichmäßig weiter, wenn man alles in allem nimmt. Was meinen Sie, Master Paul?«

»Wir machen's, wenn wir sicher sind«, sagte Paul. »Nur wenn wir nicht ganz sicher sind, verlieren wir.«

»Oh, aber dann sind wir vorsichtiger.«

»Aber wann seid ihr *sicher?*« lächelte Onkel Oscar.

»Master Paul weiß es, Sir«, sagte Bassett leise und fromm. »Es ist, als ob er's vom Himmel weiß. So wie jetzt mit Daffodil für das Lincoln. Das war bombensicher.«

»Haben Sie etwas auf Daffodil gesetzt?« fragte Onkel Oscar.

»Ja, Sir. Ich habe meinen Schnitt gemacht.«

»Und mein Neffe?«

Bassett schwieg hartnäckig und sah Paul an.

»Ich habe zwölfhundert gewonnen, nicht wahr, Bassett? Ich habe Onkel erzählt, daß ich dreihundert auf Daffodil gesetzt hatte.«

»Stimmt«, sagte Bassett und nickte.

»Aber wo ist das Geld?« fragte der Onkel.

»Ich habe es sicher verwahrt und verschlossen, Sir. Master Paul kann's jede Minute haben, wenn er mich danach fragt.«

»Was, fünfzehnhundert Pfund?«

»Und zwanzig. Und vierzig, heißt das – mit den zwanzig, die er draußen auf dem Rennplatz gemacht hat.«

»Erstaunlich«, sagte der Onkel.

»Wenn Master Paul Ihnen die Partnerschaft anbietet, würde ich an Ihrer Stelle annehmen, Sir, und nichts für ungut«, sagte Bassett.

Oscar Creswell dachte nach.

»Ich möchte das Geld sehen«, sagte er.

Sie fuhren wieder nach Hause, und tatsächlich, Bassett erschien mit fünfzehnhundert Pfund in Noten im Gartenhaus. Die zwanzig Pfund Reserve lagen bei John Glee, als Wetteinlage.

»Da siehst du, Onkel, es ist alles in Ordnung, wenn ich *sicher* bin. Dann gehen wir drauflos, mit allem, was wir haben. Nicht wahr, Bassett?«

»Jawohl, Master Paul.«

»Und wann bist du sicher?« fragte der Onkel lachend.

»Ach, manchmal bin ich *ganz* sicher, so wie bei Daffodil«, sagte der Junge« »und manchmal habe ich nur so ein Gefühl, und manchmal hab ich überhaupt keine Ahnung, nicht wahr, Bassett? Dann sind wir vorsichtig, weil wir dann meistens verlieren.«

»Aha, so ist das! Und wenn du sicher bist, so wie bei Daffodil, woher bist du dann so sicher, mein Sohn?«

»Ach – hm – das weiß ich nicht«, sagte der Junge verlegen. »Ich bin eben sicher, verstehst du, Onkel? Das ist alles.«

»Als ob er's vom Himmel hätte, Sir«, beteuerte Bassett von neuem.

»Was ihr nicht sagt«, meinte der Onkel.

Aber er wurde Partner. Und als das Leger-Rennen bevorstand, war Paul *sicher* wegen Lively Spark, das ein ganz unbedeutendes Pferd war. Der Junge bestand darauf, tausend auf das Pferd zu setzen; Bassett entschloß sich zu fünfhundert, und Oscar Creswell setzte zweihundert. Lively Spark wurde erster Sieger, und es war zehn zu eins dagegen gesetzt worden. Paul hatte zehntausend gewonnen.

»Es ist bloß, weil ich ganz sicher war«, sagte er.

Sogar Oscar Creswell hatte zweitausend eingesackt.

»Höre, mein Sohn«, sagte er, »die Geschichte macht mich nervös.«

»Nicht nötig, Onkel«, sagte Paul. »Vielleicht bin ich jetzt auf lange Zeit hinaus nicht mehr sicher.«

»Also, was willst du mit dem Geld machen?« fragte der Onkel.

»Ich hab's natürlich wegen Mutter gemacht«, sagte der Junge. »Sie sagte, sie hätte kein Glück, weil Vater kein Glück hätte, und da dachte ich, wenn ich nun Glück hätte, würde das Getuschel vielleicht aufhören.«

»Was für ein Getuschel würde aufhören?«

»In unserm Haus. Ich hasse unser Haus, weil es überall tuschelt.«

»Was tuschelt es?«

»Oh – ach –« der Junge wurde unruhig, »ach, ich weiß nicht. Aber es ist nie genug Geld da, Onkel, weißt du's?«

»Ich weiß, mein Junge, ich weiß.«

»Und weißt du auch, daß die Leute Mutter immer Briefe schicken, Onkel?«

»Ja, leider.«

»Und dann tuschelt das Haus, wie jemand, der einen hinter dem Rücken auslacht. Es ist scheußlich. Wirklich. Ich dachte, wenn ich Glück hätte –«

»– könntest du es zum Schweigen bringen.«

Der Knabe betrachtete ihn mit großen blauen Augen, in denen ein unheimliches Feuer loderte. Er sagte kein Wort.

»Und nun?« sagte der Onkel. »Was wollen wir nun tun?«

»Ich möchte nicht, daß Mutter weiß, daß ich Glück hatte«, sagte der Knabe.

»Warum nicht, mein Junge?«

»Sie würde es nicht länger zulassen.«

»Das glaube ich kaum.«

»Oh!« Der Junge wand sich auf seltsame Art: »Ich *will's* aber nicht, daß sie es erfährt.«

»Gut, mein Junge, dann werden wir es so einrichten, daß sie es nicht erfährt.«

Es gelang ihnen ganz leicht. Paul händigte seinem Onkel auf dessen Vorschlag hin fünftausend Pfund aus, die bei dem Familien-Rechtsanwalt hinterlegt wurden. Dieser sollte Pauls Mutter benachrichtigen, daß ein Verwandter ihm fünftausend Pfund übergeben hätte, welche Summe zu je eintausend Pfund während der nächsten fünf Jahre an Mutters Geburtstag ausgezahlt werden sollte.

»Dann hätte sie fünf Jahre hintereinander ein Geburtstagsgeschenk von tausend Pfund«, sagte Onkel Oscar. »Hoffentlich wird es dann nicht später um so schwerer für sie.«

Pauls Mutter hatte im November Geburtstag. Das Haus hatte in letzter Zeit schlimmer denn je ›getuschelt‹, und selbst trotz seines Glücks hatte Paul es nicht ertragen können. Er sehnte sich sehr danach, die Wirkung des Geburtstagsbriefes zu sehen, der seiner Mutter von den tausend Pfund berichten würde.

Wenn keine Gäste da waren, nahm Paul jetzt die Mahlzeiten mit seinen Eltern ein, da er der Kinderstube entwachsen war. Seine Mutter ging fast täglich in die Stadt. Sie hatte entdeckt, daß sie ein eigenartiges Talent hatte, Pelze und Kleiderstoffe zu entwerfen; deshalb arbeitete sie heimlich im Studio einer Freundin, die bei den führenden Stoffhändlern als erste Künstlerin galt. Für Zeitungsreklamen zeichnete sie Damen in Pelzen und Damen in Seide und Flitter. Diese junge Künstlerin verdiente mehrere tausend Pfund im Jahr; Pauls Mutter jedoch verdiente nur mehrere hundert Pfund im Jahr, und wieder war sie nicht zufrieden. Sie wollte unbedingt in einer Sache hervorragend sein, und das gelang ihr nicht, nicht einmal mit den Skizzen für Kleiderstoffreklamen.

Am Morgen ihres Geburtstages saß sie unten beim Frühstück. Paul beobachtete ihr Gesicht, während sie ihre Briefe las. Er erkannte den Brief des Rechtsanwalts. Als sie ihn las, verhärtete sich ihr Gesicht und wurde ausdruckslos. Dann bildete sich ein kalter, entschlossener Zug um ihren Mund. Sie versteckte den Brief unter dem Stoß der übrigen Post und sagt kein Wort darüber.

»Hast du bei der Post nichts Nettes für deinen Geburtstag gehabt, Mutter?« fragte Paul.

»Ach, so ziemlich«, sagte sie, und ihre Stimme klang kalt und abwesend.

Sie fuhr in die Stadt, ohne noch etwas zu sagen.

Aber am Nachmittag erschien Onkel Oscar. Er erzählte, Pauls Mutter habe eine lange Besprechung mit dem Rechtsanwalt gehabt und gefragt, ob nicht die ganzen Fünftausend sofort ausbezahlt werden könnten, da sie Schulden habe.

»Was findest du, Onkel?« fragte der Knabe.

»Ich überlasse es dir, mein Sohn.«

»Oh, dann soll sie alles haben. Ich kann mit dem andern Geld noch mehr verdienen«, sagte der Junge.

»Der Vogel in der Hand ist mehr wert als die Taube auf dem Dache, mein Kleiner«, sagte Onkel Oscar.

»Aber beim Grand National weiß ich es *sicher*, oder beim Lincolnshire, oder beim Derby. Bei *einem* von diesen dreien weiß ich es bestimmt ganz sicher«, sagte Paul.

Also unterzeichnete Onkel Oscar das Schriftstück, und Pauls Mutter erhielt die ganzen fünftausend Pfund. Darauf ereignete sich etwas sehr Merkwürdiges. Die Stimmen im Haus wurden auf einmal völlig verrückt, wie ein Chor von Fröschen an einem Frühlingsabend. Einige neue Möbel wurden angeschafft, und Paul erhielt einen Hauslehrer. Er sollte nun wirklich im nächsten Herbst nach Eton auf seines Vaters Schule geschickt werden. Im Winter war das Haus voll Blumen, und aller Luxus tauchte auf, an den seine Mutter in ihrer Jugend gewöhnt war. Und doch – hinter den Zweigen von Mimosen und Mandelblüten und den Stößen schillernder Kissen kreischten und schrillten die Stimmen geradezu in Ekstase: »Mehr Geld muß herbei! Oh-h-h! Mehr Geld muß herbei! Oh, gleich, gleich! Gleich – muß mehr Geld herbei! Mehr als früher! Mehr als früher!«

Paul erschrak furchtbar. Mit seinen Hauslehrern studierte er weiter an seinem Latein und Griechisch. Aber das emsigste Studium betrieb er mit Bassett. Das Grand National war vorbei: er hatte nichts ›gewußt‹ und hundert Pfund verloren. Der Sommer nahte. Er stand Todesängste wegen des Lincoln aus. Doch selbst für das Lincoln ›wußte‹ er nichts und verlor fünfzig Pfund. Seine Augen sahen verstört und seltsam aus, als ob etwas in ihm bersten wollte.

»Laß es gehen, mein Junge! Mach dir nicht solche Sorgen deswegen!« sagte Onkel Oscar. Aber es war gerade, als ob der Knabe nicht hörte, was sein Onkel sagte.

»Für das Derby muß ich es wissen, für das Derby muß ich es wissen«, wiederholte das Kind immer wieder, und seine großen blauen Augen brannten wie in einem Wahn.

Seiner Mutter fiel es auf, wie überanstrengt er aussah.

»Du solltest ans Meer gehen! Möchtest du nicht lieber jetzt schon ans Meer gehen, anstatt noch länger zu warten? Ich finde, es wäre besser!« sagte sie und blickte besorgt auf ihn hinunter, und es war ihr merkwürdig schwer ums Herz seinetwegen.

Aber der Knabe schlug seine unheimlichen blauen Augen auf.

»Ich kann unmöglich vor dem Derby gehen, Mutter«, sagte er. »Unmöglich!«

»Warum nicht?« sagte sie, und ihre Stimme klang streng, weil ihr widersprochen wurde. »Warum nicht? Du kannst trotzdem von der See aus zum Derby fahren und mit deinem Onkel Oscar zuschauen, wenn du das gern möchtest. Du brauchst doch nicht hier darauf zu warten. Überhaupt finde ich, du bekümmerst dich viel zu sehr um diese Pferderennen. Das ist ein schlechtes Zeichen. Meine Familie war immer auf Glücksspiele aus, und weil du noch nicht erwachsen bist, kannst du nicht begreifen, wieviel Unheil dadurch angerichtet wurde. Und es wurde Unheil angerichtet. Ich werde Bassett entlassen müssen und Onkel Oscar bitten, nicht mit dir über die Rennen zu sprechen, falls du mir nicht versprichst, vernünftiger zu sein. Geh ans Meer und vergiß es! Du bist ja ein Nervenbündel!«

»Ich tue alles, was du willst, Mutter, nur schicke mich erst nach dem Derby weg«, sagte der Junge.

»Wegschicken? Von wo? Hier von diesem Haus?«

»Ja«, sagte er und blickte sie an.

»Aber, du sonderbares Kind, warum hängst du denn auf einmal so sehr an diesem Haus? Ich wußte nicht, daß du es so liebst!«

Er blickte sie stumm an. Er hatte ein doppeltes Geheimnis, etwas, das er nicht einmal Bassett oder seinem Onkel verraten hatte.

Seine Mutter jedoch, die zuerst ein paar Augenblicke unentschlossen und ein wenig ärgerlich dagestanden hatte, sagte:

»Nun, meinetwegen! Geh dann nach dem Derby ans Meer, wenn du es so willst. Aber versprich mir, daß du dir die Nerven nicht noch mehr ruinierst! Versprich mir, daß du nicht mehr soviel an Pferderennen und *Ereignisse* denkst, wie du es nennst.«

»O nein«, sagte der Junge obenhin. »Ich werde nicht daran denken. Du brauchst dich nicht zu sorgen. Ich würde mir keine Sorgen machen, Mutter, wenn ich du wäre.«

»Wenn du ich wärest, und ich du wäre, dann möchte ich wohl wissen, was wir tun würden«, sagte die Mutter.

»Aber du weißt doch, daß du dich nicht zu sorgen brauchst, nicht wahr, Mutter?«

»Ich wäre furchtbar froh, wenn ich's wüßte«, sagte sie müde.

»Oh, aber du kannst froh sein. Ich meine, du *mußt* glauben, daß du dir keine Sorgen zu machen brauchst«, beharrte er.

»Muß ich? Dann will ich es mir vornehmen«, sagte sie.

Pauls geheimstes Geheimnis war sein hölzernes Schaukelpferd, das namenlose. Seit er der Kinderfrau und der Erzieherin entwachsen war, hatte er sich das Schaukelpferd in sein eigenes Schlafzimmer oben im Haus stellen lassen.

»Aber du bist doch zu alt für ein Schaukelpferd«, hatte die Mutter eingewandt.

»Ach, weißt du, Mutter, bis ich ein *richtiges* Pferd haben kann, möchte ich gern irgendein Tier bei mir haben«, hatte die wunderliche Antwort gelautet.

»Findest du, daß es dir Gesellschaft leistet?« lachte sie.

»O ja, es ist sehr gut und leistet mir immer Gesellschaft, wenn ich da bin«, sagte Paul.

So stand also das ziemlich schäbige Schaukelpferd, im Sprung erstarrt, in des Knaben Schlafzimmer.

Das Derby rückte näher, und die Spannung des Knaben wuchs. Er hörte kaum, was man zu ihm sagte; er war sehr schwach, und seine Augen sahen wirklich unheimlich aus. Seine Mutter hatte plötzlich seltsame Anwandlungen von

Unruhe seinetwegen. Manchmal spürte sie eine halbe Stunde lang eine jähe Sorge, die fast Angst war. Dann wollte sie sogleich zu ihm stürzen und sich überzeugen, daß es ihm gut ginge.

Zwei Nächte vor dem Derby war sie in der Stadt auf einer großen Gesellschaft, als einer dieser Angstanfälle um ihren Sohn, ihren Erstgeborenen, ihr so ans Herz griff, daß sie kaum sprechen konnte. Sie kämpfte mit aller Macht gegen das Gefühl an; denn sie gab viel auf gesunden Menschenverstand. Aber es war zu stark. Sie mußte den Tanzsaal verlassen und nach unten gehen und bei sich zu Hause anrufen. Die Erzieherin der Kinder war furchtbar überrascht und erschrocken, weil man ihr mitten in der Nacht telephonierte.

»Geht es den Kindern gut, Miss Wilmot?«

»O ja, es geht ihnen sehr gut.«

»Und Master Paul? Wie geht's ihm?«

»Er ging zu Bett und war wohl und munter. Soll ich nach oben springen und nach ihm schauen?«

»Nein«, sagte seine Mutter zaudernd. »Nein, lassen Sie nur. Es ist gut. Und bleiben Sie nicht auf! Wir werden bald heimkommen.« Sie wollte nicht, daß ihr Sohn gestört würde.

»Gut«, sagte die Erzieherin.

Es war gegen ein Uhr, als Pauls Vater und Mutter vor ihrem Hause vorfuhren. Alles war still. Pauls Mutter ging in ihr Zimmer und schlüpfte aus ihrem weißen Pelzmantel. Sie hatte ihrer Zofe gesagt, nicht auf sie zu warten. Unten hörte sie ihren Mann, der sich einen Whisky Soda mischte.

Und dann, wegen der seltsamen Angst in ihrem Herzen, schlich sie sich nach oben vor das Zimmer ihres Sohnes. Lautlos ging sie den oberen Korridor entlang. War das nicht ein schwaches Geräusch? Was war es?

Sie stand mit angespannten Muskeln vor seiner Tür und lauschte. Es war ein seltsames dumpfes und doch nicht lautes Geräusch. Ihr Herz stand still. Es war ein tonloses Geräusch, und doch wild und gewaltig. Etwas Riesiges. Eine heftige, aber gedämpfte Bewegung. Was war es? Was in Gottes Namen war es? Sie meinte es zu wissen. Sie ahnte, daß sie es wußte. Sie wußte, was es war.

Und doch konnte sie es nicht unterbringen. Sie konnte nicht sagen, was es war. Und es ging weiter und weiter, wie verrückt.

Leise, vor Furcht und Angst wie gelähmt, drehte sie den Türknauf.

Das Zimmer war dunkel. Doch in der Nähe des Fensters hörte und sah sie etwas auf und ab tauchen. Sie starrte furchtsam und entsetzt.

Dann plötzlich schaltete sie das Licht an und sah ihren Sohn in seinem grünen Schlafanzug, der wie toll auf dem Schaukelpferd ritt. Das jäh aufflammende Licht traf ihn, wie er das hölzerne Pferd antrieb, und sie, wie sie da blond in ihrem grünkristallenen Kleid auf der Schwelle stand.

»Paul!« rief sie. »Was machst du denn nur?«

»Malabar ist's!« schrie er mit mächtiger, fremder Stimme. »Malabar ist's!«

Seine Augen funkelten sie eine Sekunde lang fremd und sinnlos an, während er innehielt und das Pferd nicht länger antrieb. Dann fiel er krachend zu Boden, und sie, überflutet von der Qual ihres mütterlichen Gefühls, stürzte vor, um ihn aufzuheben.

Aber er war ohne Besinnung, und er blieb ohne Besinnung und bekam ein Gehirnfieber. Er redete und warf sich umher, und seine Mutter saß versteinert neben ihm.

»Malabar! Malabar ist's! Bassett, Bassett, ich *weiß* es! Es ist Malabar!«

So schrie der Knabe und versuchte aufzustehen und das Schaukelpferd anzutreiben, das ihn inspirierte.

»Was meint er mit Malabar?« fragte die Mutter mit eisigem Herzen.

»Ich weiß es nicht«, sagte der Vater versteinert.

»Was meint er mit Malabar?« fragte sie ihren Bruder Oscar.

»Es ist eins der Pferde, die bei dem Derby laufen«, war die Antwort.

Und gegen seinen Willen sprach Onkel Oscar mit Bassett und setzte selbst tausend auf Malabar: vierzehn zu eins.

Am dritten Tag der Krankheit war die Krise: sie warteten auf den Wechsel. Der Knabe wälzte sich mit seinem langen, lockigen Haar rastlos auf dem Kissen umher. Er schlief nicht, noch erlangte er das Bewußtsein, und seine Augen waren wie blaue Steine. Seine Mutter saß da und spürte ihr Herz nicht mehr, als sei sie wirklich zu Stein geworden.

Am Abend erschien Oscar Creswell nicht; aber Bassett ließ fragen, ob er für einen Augenblick, nur für einen kurzen Augenblick, nach oben kommen dürfe. Pauls Mutter war sehr böse über diese Zudringlichkeit, aber dann besann sie sich und willigte ein. Dem Jungen ging es immer gleich. Vielleicht brachte Bassett ihn zur Besinnung zurück.

Der Gärtner, ein gedrungener Bursche mit braunem Schnurrbärtchen und kleinen, scharfen braunen Augen, betrat das Zimmer auf Zehenspitzen, faßte, Pauls Mutter grüßend, an die nicht vorhandene Mütze und stahl sich an das Bett. Mit funkelnden kleinen Äuglein blickte er auf das sich herumwerfende sterbende Kind.

»Master Paul!« flüsterte er. »Master Paul! Malabar kam wirklich als Erster! Ein glatter Sieg! Ich hab getan, was Sie mir sagten. Sie haben über siebzigtausend Pfund gewonden, ja, und nun haben Sie achtzigtausend! Malabar hat gesiegt, Master Paul!«

»Malabar! Malabar! Habe ich Malabar gesagt, Mutter? Habe ich Malabar gesagt? Glaubst du jetzt, daß ich Glück habe, Mutter? Ich *wußte*, daß es Malabar ist, siehst du wohl? Über achtzigtausend Pfund! Das nenn ich Glück, Mutter, du auch? Über achtzigtausend Pfund! Ich wußte es! Hab ich nicht gewußt, daß ich's wußte? Malabar hat gesiegt. Wenn ich so lange reite, bis ich sicher bin, dann kannst du so hoch setzen, wie du willst, Bassett, das sag ich dir. Hast du alles gesetzt, was du hast, Bassett?«

»Ich hab tausend gesetzt, Master Paul.«

»Ich hab's dir nie erzählt, Mutter: wenn ich mein Pferd reite und *hinkomme,* dann bin ich sicher, oh, ganz sicher. Ich habe *Glück*, Mutter, habe ich's dir nie gesagt?«

»Nein, nie«, sagte die Mutter.

Der Knabe aber starb in der gleichen Nacht.

Und noch während er tot dalag, hörte seine Mutter ihres Bruders Stimme, die zu ihr sprach: »Mein Gott, Hester, über achtzigtausend Pfund kannst du als Gewinn buchen und einen armen Teufel von Sohn als Verlust. Armer Teufel! Armer Teufel! Für ihn ist's ja doch am besten, daß er aus einem Leben ging, in dem er sein Schaukelpferd reiten mußte, um den Sieger herauszufinden.«

Sonne

I

»Schicken Sie sie weg, in die Sonne!« sagte der Arzt.

Sie hielt nicht viel von der Sonne, aber sie ließ sich wegschicken, zusammen mit ihrem Kind und einem Kindermädchen und ihrer Mutter – fort übers Meer.

Das Schiff sollte um Mitternacht auslaufen. Und ihr Mann blieb zwei Stunden bei ihr, während das Kind zu Bett gebracht wurde und die Passagiere an Bord kamen. Es war eine finstere Nacht, und der Hudson wogte in tiefer Schwärze, die wie mit verschütteten Lichttröpfchen bestreut war. Sie lehnte an der Reling, blickte hinunter und dachte: das ist das Meer; es ist tiefer als man glaubt und reicher an Erinnerungen. Im gleichen Augenblick schien sich das Meer aufzubäumen – wie die Schlange des Chaos, die seit Ewigkeiten lebt.

»Solche Trennungen sind nicht gut«, sagte ihr Mann, der neben ihr stand. »Sie sind nicht gut. Ich mag sie nicht.«

Seine Stimme war voller Furcht und Besorgnis, und sie klang so, als klammere er sich an eine letzte Hoffnung wie an einen Strohhalm.

»Nein, ich auch nicht«, erwiderte sie mit eintöniger Stimme.

Sie mußte daran denken, wie verzweifelt sie sich beide gewünscht hatten, von einander loszukommen. Die bevorstehende Trennung zerrte zwar leise an ihren Gefühlen, trieb aber den Stachel, der sich in ihr Herz gebohrt hatte, nur noch tiefer.

Sie schauten beide nach ihrem schlafenden Sohn, und die Augen des Vaters wurden feucht. Doch es ist nicht das Feuchtwerden der Augen, das ausschlaggebend ist – sondern es ist der tiefverwurzelte, eiserne Rhythmus der Gewohnheit, der jahrelangen, lebenslänglichen Gewohnheiten, eine tief verankerte Triebkraft.

Und in seinem und ihrem Leben war die Triebkraft, ihre und seine, einander feind gewesen. Sie zerstörten sich gegenseitig, wie zwei Maschinen, die nicht aufeinander abgestimmt sind.

»Besucher von Bord! Besucher von Bord!«

»Maurice, du mußt gehen!« Und bei sich dachte sie: für ihn heißt es ›Von Bord!‹ für mich heißt es ›In See!‹

Vom mitternächtlich trübseligen Pier winkte er ihr mit seinem Taschentuch zu, während das Schiff Zoll um Zoll vom Ufer abrückte: einer in der Menge. Einer in der Menge. *C'est ça!*

Die Fährboote glitten noch immer wie große, mit Lichterreihen beladene Schüsseln schräg über den Hudson. Der schwarze Schlund drüben mußte der Lackawanna-Bahnhof sein.

Der Dampfer drang immer weiter in die Lichter hinein; der Hudson schien kein Ende zu nehmen. Doch endlich fuhren sie um die Biegung, um das armselige Lichtgeflimmer auf der Battery. Die Freiheitsstatue schwenkte ihre Fackel wie in einem Wutanfall hoch. Dann kam die Dünung des offenen Meeres.

Und wenn der Atlantik auch grau wie Lava war, schließlich gelangten sie doch in die Sonne. Sie hatte sogar ein Haus über dem blauesten Meer mit einem riesigen Garten und Weinberg voller Reben und Olivenbäumen, der in Terrassen steil zum ebenen Uferstreifen abfiel; und der Garten war voll heimlicher Winkel und dichter Zitronenwäldchen tief unten in der Schlucht und voll versteckter, klargrüner Wassertümpel; in einer kleinen Grotte entsprang eine Quelle, aus der schon die alten Sikuler getrunken hatten, noch bevor die Griechen kamen; und ein altes Grabgewölbe, dessen Nischen leer waren, diente einer meckernden grauen Ziege als Stall. Die Mimosen dufteten, und auf dem Vulkan drüben glänzte der Schnee.

Sie nahm das alles wahr, und irgendwie war es besänftigend. Aber es war alles nur äußerlich. Im Grunde machte sie sich nichts daraus. Sie war dieselbe, mitsamt allem Mißmut und aller Enttäuschung und ihrem Unvermögen, sich richtig ergreifen zu lassen. Das Kind fiel ihr auf die Nerven und nahm ihr die innere Ruhe. Sie fühlte sich so schrecklich – so qualvoll verantwortlich für den Jungen, als müsse sie über jeden seiner Atemzüge Rechenschaft ablegen. Und das war eine Qual für sie, für das Kind und für alle übrigen Beteiligten.

»Du weißt doch, Juliet«, sagte ihre Mutter zu ihr, »der Arzt hat dir verordnet, in der Sonne zu liegen, ohne Kleider! Warum tust du's nicht?«

»Wenn ich mich danach fühle, werde ich's tun!« brauste Juliet auf. »Willst du mich umbringen?«

»Dich umbringen? Unsinn! Ich will nur dein Bestes!«

»Um Gottes willen, hör auf, mein Bestes zu wollen!«

Die Mutter war schließlich so verletzt und erzürnt, daß sie abreiste.

Das Meer wurde weiß und dann unsichtbar. Der Regen strömte nieder. Es wurde kalt in dem Haus, das nur für sonniges Wetter gebaut war.

Dann wieder kam ein Morgen, an dem die Sonne wie flüssiges Metall funkelnd und nackt aus dem Meer aufstieg. Das Haus blickte nach Südosten, und Juliet lag im Bett und beobachtete den Sonnenaufgang. Ihr war, als hätte sie noch nie die Sonne aufgehen sehen. Noch nie hatte sie gesehen, daß die Sonne nackt und rein über dem Meereshorizont stand und die Nacht wie Wasser von sich abschüttelte. Wie rund und nackt sie war! Und sie wollte zu ihr gehen.

Der heimliche Wunsch sprang in ihr auf, nackt in die Sonne zu gehen. Sie hegte ihren Wunsch wie ein Geheimnis. Sie wollte sich mit der Sonne vereinigen.

Doch sie wollte vom Haus weggehen – weg von den Menschen. Und es ist nicht leicht, sich in einem Land, wo jeder Olivenbaum Augen hat und jeder Abhang weithin sichtbar ist, zu verstecken und sich mit der Sonne zu vermählen.

Sie fand jedoch eine Stelle: eine felsige Klippe, die sich über dem Meer in die Sonne vorschob und mit hohen Kakteen bewachsen war, die Feigenkakteen hießen. Aus diesem Kakteendickicht erhob sich eine Zypresse mit einem bleichen, dicken Stamm und einem Wipfel, der sich biegsam in die Bläue neigte. Sie stand wie ein Wächter da, der aufs Meer hinausblickt, oder wie eine Kerze, deren hohe Flamme sich dunkel vom Licht abhebt: als leckte das Dunkel mit einer langen Zunge zum Himmel auf.

Juliet setzte sich neben die Zypresse und zog ihr Kleid aus. Die unförmigen Kakteen schützten sie wie ein häßlicher und doch reizvoller Wald. Sie saß da und bot der Sonne ihre Brust dar: selbst jetzt seufzte sie, wie unter einem starken Schmerz leidend, über die Grausamkeit, sich hingeben zu müssen, aber triumphierend, daß es immerhin kein menschlicher Liebhaber war.

Doch die Sonne wanderte weiter über den blauen Himmel und sandte im Weiterziehen ihre Strahlen nieder. Juliet spürte den sanften Hauch des Meeres auf ihren Brüsten, die sich anfühlten, als wollten sie niemals reifen. Die Sonne spürte sie kaum. Ihre Brüste waren Früchte, die verwelkten, statt zu reifen.

Bald jedoch verspürte sie die Sonne in ihnen: wärmer, als jemals die Liebe gewesen war, wärmer als Milch oder die Hände ihres Kindes. Endlich, endlich waren ihre Brüste in der Sonne wie lange weiße Trauben.

Sie streifte all ihre Sachen ab und lag nackt in der Sonne, und während sie so dalag, blinzelte sie durch die Finger zum Sonnenrund auf, zu der blauen, flimmernden Rundung, deren äußere Ränder Glanz ausstrahlten. Flimmernd, in wunderbarer Bläue, stand der lebendige Sonnengott da und verströmte weißes Feuer von seinen Rändern. Mit seinem blauen Feuerleib blickte er auf sie nieder und überflutete ihre Brüste und ihr Gesicht, ihre Kehle, ihren matten Leib, ihre Knie, ihre Schenkel und ihre Füße.

Sie lag mit geschlossenen Augen da, und durch ihre Lider drang es wie rötliche Flammen. Es war zuviel! Sie streckte die Hand aus und legte sich Blätter über die Augen. Dann lag sie wieder in der Sonne, genau wie die langen grünen Kürbisse, die zu Gold heranreifen müssen.

Sie konnte es spüren, wie die Sonne bis in ihre Knochen eindrang, ja sogar noch tiefer, bis in ihre Gefühle und Gedanken. Die dunklen, verkrampften Gefühle entspannten sich allmählich, das kalte, dunkle Gerinnsel ihrer Gedanken löste sich auf. Bald war sie ganz und gar durchwärmt. Sie drehte sich um und setzte auch ihre Schultern, ihre Hüften, die Rückseite ihrer Schenkel und sogar ihre Fersen der Sonne aus. Und halb betäubt lag sie da, weil ihr etwas so Seltsames widerfuhr. Ihr müdes, fröstelndes Herz schmolz und löste sich, schmelzend, in Nichts auf. Nur ihr Schoß blieb verkrampft und widersetzlich – ewigen Widerstand leistend. Sogar der Sonne leistete er Widerstand.

Als sie sich wieder angekleidet hatte, legte sie sich noch einmal hin und blickte in die Zypresse hinauf, deren Wipfel, ein Gespinst, in der Brise hierhin und dorthin wehte. Und die ganze Zeit war sie sich des großen Sonnenballs bewußt, der über den Himmel schweifte, und ihres eigenen Widerstrebens.

Betäubt ging sie nach Hause, halb geblendet, sonnenblind und sonnenbetäubt. Aber diese Blindheit empfand sie als Fülle – und die undeutliche, warme, drückende Sinnenverwirrung als einen kostbaren Schatz.

Der kleine Junge kam auf sie zugerannt und rief: »Mammi! Mammi!« Es war der seltsame kleine Vogelschrei ängstlichen Verlangens: immer verlangte er nach ihr. Sie war erstaunt, daß der ängstliche, nach Liebe verlangende Ruf diesmal keinen Widerhall in ihrem schlaftrunknen Herzen fand. Sie fing den Jungen mit den Armen auf, aber sie dachte: er sollte nicht so ein Häufchen Schwäche sein! Wenn er Sonne in sich hätte, würde er hochspringen. Und wieder spürte sie den unnachgiebigen Widerstand in ihrem Schoß – einen Widerstand gegen ihn und alles.

Sie ärgerte sich sogar über die kleinen Hände, die sich anklammern wollten, besonders an ihren Hals, und sie wandte ihn ab. Sie wollte nicht, daß er ihn anfaßte. Sie stellte den Jungen auf den Boden.

»Lauf!« rief sie. »Lauf in die Sonne!«

Und sofort zog sie ihm seine Sachen aus und setzte ihn nackt auf die warme Terrasse.

»Spiel in der Sonne!« rief sie.

Er war erschrocken und wollte weinen. Doch in der warmen Trägheit ihres Körpers und der völligen Gleichgültigkeit ihres Herzens und im Widerstreben ihres Schoßes ließ sie eine Apfelsine über die roten Fliesen zu ihm hintrudeln, und mit seinem weichen, unausgeprägten kleinen Körper tappelte er hinter ihr drein. Aber sowie er sie hatte, ließ er sie wieder fallen, weil sie sich auf seiner Haut fremd anfühlte. Und er sah sich nach seiner Mutter um, verzog das Gesicht, als wollte er weinen, und war wegen seiner Nacktheit erschrocken.

»Bring mir die Apfelsine!« rief sie und war erstaunt, daß seine Angst sie so kalt ließ. »Bring Mammi die Apfelsine!«

Er soll nicht so werden wie sein Vater, dachte sie bei sich, wie ein Wurm, den nie die Sonne beschienen hat!

2

Früher hatte sie in quälendem Verantwortungsgefühl an den Jungen gedacht, als wäre sie, weil sie ihn geboren hatte, für jede Minute seines Daseins verantwortlich. Selbst wenn ihm die Nase lief, war es ihr widerwärtig und wie ein Stachel im Herzen, als müsse sie sich sagen: sieh bloß das Geschöpf an, das du in die Welt gesetzt hast!

Jetzt änderte sich das alles. Sie war nicht mehr im Innersten von dem Jungen in Anspruch genommen; ihre nervöse Besorgtheit und ihr Wille ließen von ihm ab – und er gedieh um so besser.

All ihre Gedanken waren bei dem Sonnenball und seiner Pracht, und wie er in sie eingedrungen war. Ihr Leben war jetzt ein heimlicher Ritus. Vor Tagesanbruch lag sie schon wach und wartete, ob sich das Grau in mattes Gold verfärbte oder ob Wolken über dem Meereshorizont lagen. Wie groß war ihre Freude, wenn die Sonne in ihrer Nacktheit wie geschmolzenes Gold aufstieg und ihr blauweißes Feuer über den zarten Himmel streute!

Doch manchmal kam sie rötlich hervor, wie ein wildes, scheues Geschöpf. Und manchmal stieß sie sich langsam und dunkelrot wie im Zorn empor und schob sich langsam höher. Ein andermal wieder war sie nicht zu sehen, nur eine Wolkenbank streute Gold und Scharlach hernieder, während sie hinter der Wand höher stieg.

Juliet konnte von Glück sagen. Wochen verstrichen, und obwohl die Morgendämmerung manchmal bewölkt und der Nachmittag grau war, verging doch nie ein Tag ganz ohne Sonne, und an den meisten Tagen herrschte strahlender Sonnenschein, obwohl es Winter war. Die zierlichen kleinen wilden Krokusse kamen lila und gestreift hervor, und die wilden Narzissen ließen ihre winterlichen Blütensterne niederhängen.

Jeden Tag ging Juliet zur Zypresse hinunter und in den Kakteenwald auf dem Vorsprung, an dessen Fuß gelbliche Klippen aufragten. Sie war jetzt klüger und gewitzter und trug nur noch einen taubengrauen Umhang und Sandalen, so daß sie sich im Nu in einem verborgenen Winkel der Sonne hingeben konnte. Und wenn sie sich verhüllte, war sie sofort wieder grau und unsichtbar.

Jeden Tag, vom Morgen bis zur Mittagsstunde, lag sie am Fuß der mächtigen Zypresse mit den silbernen Wurzeltatzen, während die Sonne wie ein Gott über den Himmel schritt. Jetzt war sie schon mit jeder Faser ihres Körpers mit der Sonne vertraut. Ihr besorgtes Herz, das besorgte, verkrampfte Herz, war ganz und gar hingeschwunden wie eine Blüte, die in der Sonne abfällt und nur eine kleine, reifende Frucht zurückläßt. Und ihr verkrampfter Schoß, der zwar noch immer geschlossen war, entfaltete sich langsam, ganz langsam, langsam wie eine Seerosenknospe unter dem Wasserspiegel, wenn die Sonne sie geheimnisvoll berührt. Wie eine Seerosenknospe unter einem Wasserspiegel hob er sich langsam der Sonne entgegen, um sich schließlich der Sonne, und nur der Sonne, zu öffnen.

Ihr ganzer Körper war mit der Sonne vertraut, die blauflüssig mit glühenden Rändern Feuer ausstrahlte. Und obwohl die Sonne auf die ganze Welt schien, richteten sich doch, wenn Juliet unbekleidet dalag, all ihre Strahlen auf sie allein. Es war eins von den Wundern der Sonne: sie konnte auf eine Million Menschen scheinen und doch der strahlende, herrliche, einmalige Sonnenball sein, der sich nur ihr allein zuwandte.

Mit ihrem Wissen um die Sonne und der Überzeugung, daß die Sonne allmählich in sie eindrang, um sie im kosmisch-fleischlichen Sinne des Wortes ›zu erkennen‹, kam ein Gefühl in ihr auf, als sei sie den Menschen ferngerückt, verbunden mit einer gewissen verächtlichen Duldsamkeit gegen die Menschen. Sie waren so naturfern, so sonnenfern. Sie waren wie Kirchhofswürmer.

Selbst die Bauern, die mit ihren Eseln den alten Felsenweg hinaufzogen, waren nicht völlig durchsonnt, obwohl sie sonnenbraun aussahen. Immer war, wie eine Schnecke im Gehäuse, ein kleiner weißer Angstkern da, weil der Mensch sich vor der natürlichen Lebensflamme duckt. Er wagt sich nicht hervor, um der Sonne voll ins Auge zu sehen: immer muß er sich ducken. Alle Menschen waren so.

Warum also die Menschen an sich herankommen lassen?

Seit sie gegen die Menschen und gegen die Männer gleichgültig geworden war, hütete sie sich nicht mehr so ängstlich davor, gesehen zu werden. Der alten Marinina, die im Dorf Einkäufe für sie machte, hatte sie erzählt, der Arzt habe ihr Sonnenbäder verordnet. Das mochte genügen.

Marinina war eine große, stolze, magere Frau von über

sechzig Jahren mit krausem dunkelgrauem Haar und dunkelgrauen Augen, aus denen alle Verschmitztheit von Jahrtausenden und das halb spöttische Lachen sprachen, das aus langer Erfahrung herrührt. Tragik stammt aus Mangel an Erfahrung.

»Es muß schön sein, nackt in der Sonne zu liegen«, sagte Marinina mit verschmitztem Lachen in den Augen, während sie die andere Frau aufmerksam ansah. Juliets blondes, kurzes Haar kräuselte sich an den Schläfen wie eine kleine Wolke. Marinina stammte aus der Magna Graecia und hatte uralte Erinnerungen. Wieder blickte sie Juliet an. »Aber wenn eine Frau schön ist, kann sie sich vor der Sonne sehen lassen, eh? Stimmt's nicht?« schloß sie mit eigentümlichem, atemlosem kleinem Lachen, das den Frauen früherer Zeiten eigen war.

»Wer weiß, ob ich schön bin«, sagte Juliet.

Aber einerlei, ob sie schön war – sie wußte, daß die Sonne sie gelten ließ. Und das kam auf das gleiche heraus.

Wenn sie sich manchmal mittags aus der Sonne zu den Felsen hinunterstahl, am Klippenrand vorbei und hinunter in die tiefe Schlucht, wo im kühlen, ewigen Schatten die Zitronen hingen, und wenn sie dort in der Stille ihren Umhang fallen ließ und sich rasch an einem von den tiefen, durchsichtig grünen Wassertümpeln wusch, dann sah sie im grünen Dämmerlicht der Zitronenblätter, daß ihr ganzer Körper rosig war, rosig und golden gebräunt. Sie war wie ein andrer Mensch. Ja, sie war ein andrer Mensch geworden.

Und ihr fiel ein, daß die Griechen gesagt hatten, ein nicht besonnter weißer Körper sei nicht gesund und wie ein Fisch.

Dann rieb sie sich etwas Olivenöl in die Haut und wanderte ein Weilchen in der dunklen Unterwelt der Zitronenbäume herum, drückte sich eine Zitronenblüte in den Nabel und lachte. Es konnte leicht sein, daß ein Bauer sie sah. Aber dann würde er mehr Angst vor ihr haben als sie vor ihm. Sie wußte um den weißen Angstkern der mit Kleidern bedeckten Menschen.

Und der steckte sogar in ihrem kleinen Sohn, wie sie wußte. Wie mißtrauisch er sie ansah, wenn ihr ganzes Gesicht voller Sonne war und sie ihn auslachte. Sie bestand darauf, daß er jeden Tag nackt in der Sonne herumtappelte. Und jetzt wurde auch sein kleiner Körper rosig; das blonde Haar stand als dichter Schopf über seiner Stirn, und seine Wangen hatten über dem feinen Gold der sonnengebräunten Haut das Rot von Granatäpfeln. Er war munter und gesund, und die Dienstboten, denen das Gold und Rot und Blau an ihm gefiel, nannten ihn einen kleinen Engel.

Doch seiner Mutter traute er nicht: sie lachte ihn aus! In seinen großen blauen Augen unter der gerunzelten Stirn sah sie den Kern aus Furcht und Argwohn, der, wie sie jetzt glaubte, hinter allen Männeraugen war. Sie nannte es Scheu vor der Sonne. Und ihr Schoß blieb verschlossen vor den Männern, den Sonnenscheuen.

Er scheut die Sonne, dachte sie bei sich, wenn sie in die Augen des Kindes blickte.

Und während sie ihn beobachtete, wie er in der Sonne herumtappelte und torkelte und dabei seine kleinen Vogelschreie ausstieß, sah sie, daß er sich innerlich vor der Sonne verschloß und versteckte und daß er sich ungeschickt und mit schwerfälligen Bewegungen im Gleichgewicht hielt. Sein Gemüt verbarg sich, wie eine Schnecke im Gehäuse, in einer feuchten, kalten Spalte seines Inneren. Es erinnerte sie an seinen Vater. Sie wünschte, sie könnte ihn hervorlocken, ihn in einer übermütigen Gebärde in eine Begrüßung der Sonne ausbrechen lassen.

Sie beschloß, ihn mitzunehmen, hinunter zur Zypresse inmitten der Kakteen. Sie würde auf ihn achtgeben müssen – wegen der Dornen. Doch dort würde er sicherlich aus dem kleinen Gehäuse in seinem Innern hervorkommen. Die spießige kleine Verkrampfung mußte von seiner Stirn verschwinden.

Sie breitete eine Decke für ihn aus und setzte sich. Dann ließ sie ihren Umhang heruntergleiten, streckte sich aus und beobachtete einen Habicht hoch oben im Blau und die wippende Spitze der Zypresse.

Der Junge spielte mit Steinchen auf der Decke. Als er aufstand, um wegzutappeln, stand sie ebenfalls auf. Er drehte sich um und sah sie an. Aus seinen blauen Augen traf sie beinah schon der herausfordernde, warme Blick des echten Mannes. Und mit der Röte auf seiner blonden Haut war er hübsch. Er war nicht mehr weiß. Seine Haut war wie Goldstaub.

»Gib acht auf die Dornen, Liebling«, sagte sie.

»Dornen!« wiederholte er zwitschernd und blickte wie ein nackter Putto über die Schulter weg zweifelnd zu ihr auf.

»Böse spitze Dornen!«

»Pitze Dornen!«

In seinen kleinen Sandalen torkelte er über die Steine und zupfte an der vertrockneten Minze. Als er in eine Kaktee zu fallen drohte, sprang sie flink wie eine Schlange herzu. Es überraschte sie sogar selber. Was für eine Wildkatze ich doch bin, dachte sie.

Jeden Tag, wenn die Sonne schien, nahm sie ihn mit zur Zypresse.

»Komm!« sagte sie. »Wir wollen zur Zypresse gehen!«

Und wenn der Himmel bedeckt war und die Tramontana blies, so daß sie nicht hinuntergehen konnten, zwitscherte der Junge unaufhörlich: »Zur Presse gehn! Zur Presse gehn!«

Er vermißte es ebensosehr wie sie.

Sie nahm nicht einfach Sonnenbäder. Es war viel mehr als das. Tief in ihr drinnen entfaltete und entspannte sich etwas, und sie überließ sich den kosmischen Einflüssen. Ein geheimnisvolles Wollen in ihr, das tiefer als ihr Bewußtsein und ihr bewußter Wille war, verband sie mit der Sonne, und dieser Strom überflutete sie und ihren Schoß. Sie selbst, ihr bewußtes Selbst, war dabei untergeordnet, ein untergeordneter Zuschauer. Die wahre Juliet wurde zutiefst in ihrem Körper von den dunklen Fluten der Sonne getragen, wie wenn ein Strom dunkler Strahlen dunkel und veilchenfarben um die süße, geschlossene Knospe ihres Schoßes kreiste, unaufhörlich kreiste.

Sie war immer Herrin ihrer selbst gewesen, hatte gewußt, was sie tat, und hatte sich fest in der Gewalt. Jetzt spürte sie in sich eine ganz andere Gewalt, die stärker war als sie selbst, dunkler und wilder: Elementarisches, das sie überflutete. Jetzt war sie unsicher, war im Banne einer Macht, die über ihre Fassungskraft hinausging.

3

Der Februar endete plötzlich mit großer Hitze. Beim leisesten Windhauch fielen die Mandelblüten wie rosa Schnee. Die seidigen lila Anemonen kamen hervor. Der Asphodill stand hoch und in Knospen, und das Meer war kornblumenblau.

Juliet hatte es aufgegeben, sich um irgend etwas zu sorgen. Jetzt verbrachten sie den größten Teil des Tages nackend in der Sonne, sie und der kleine Junge, und mehr verlangte sie nicht. Manchmal ging sie ans Meer hinunter, um zu baden, und oft streifte sie in den Schluchten umher, in die der Sonnenschein fiel und wo sie außer Sicht war. Manchmal sah sie einen Bauern mit einem Esel, und er sah sie. Aber mit ihrem Kind wanderte sie so still und natürlich einher, und der Ruf von der Heilkraft der Sonne für Seele und Leib hatte sich schon bei den Leuten herumgesprochen, so daß es zu keiner Aufregung kam.

Sie und das Kind waren jetzt beide am ganzen Körper sonnenbraun mit einem rosigen Schimmer. Ich bin ein anderer Mensch geworden, dachte sie, wenn sie ihre rosig-goldenen Brüste und Schenkel sah.

Auch der Junge war ein andres Geschöpf geworden. Er lebte in einer eigentümlichen, ruhigen, sonnendunklen Versunkenheit. Jetzt konnte er still für sich spielen, und sie brauchte ihn kaum noch zu beobachten. Es schien ihm kaum aufzufallen, wenn er allein war.

Es wehte kein Windhauch, und das Meer war tief dunkelblau. Sie saß neben der großen grausilbernen Wurzeltatze der Zypresse und döste in der Sonne, aber ihre Brüste waren voller Saft und Kraft. Sie spürte, daß sich ein Tatendrang in ihr regte, ein Tatendrang, der ein neues Selbst in ihr wecken mochte. Noch wollte sie es nicht wahrhaben. Die neue Regung würde neuen Kontakt bedeuten, und den wollte sie nicht haben. Sie wußte nur zu gut um das ungeheure, kalte Räderwerk der Zivilisation und was ein Kontakt mit ihm bedeutete und wie schwer es war, sich ihm zu entziehen.

Der Junge war ein paar Schritte den Felsenpfad hinabgegangen, hinter das wuchernde Gewirr einer Kaktee. Sie hatte ihn beobachtet – ein richtiges goldbraunes Kind der Winde mit goldblondem Haar und roten Wangen –, wie er die getüpfelten Blätter vom Aronstab sammelte und in Reihen anordnete. Er stand jetzt fest auf den Beinen und wußte sich so schnell wie ein junges Tier zu helfen, das in sein Spiel versunken ist.

Plötzlich hörte sie ihn rufen: *»Schau mal, Mammi! Schau mal!«* Ein besonderer Ton in seinem Vogelgezwitscher ließ sie heftig hochfahren.

Das Herz wollte ihr stehenbleiben. Über seine nackte kleine Schulter blickte er zu ihr hin und zeigte mit seiner winkenden kleinen Hand auf eine Schlange, die sich einen Meter von ihm entfernt aufgerichtet hatte und zischend den Rachen öffnete, so daß die gegabelte, zarte Zunge wie ein schwarzer Schatten flatterte.

»Schau mal, Mammi!«

»Ja, Liebling, es ist eine Schlange«, antwortete sie langsam und mit gepreßter Stimme.

Er blickte sie an. Seine großen blauen Augen waren unsicher, ob er sich fürchten müsse. In Juliets sonnengesättigter Stille war etwas, das ihn beruhigte.

»Schlange«, zwitscherte er.

»Ja, Liebling. Faß sie nicht an! Sie beißt vielleicht.«

Die Schlange war niedergesunken, löste sich aus den Schleifen, in denen sie sich gesonnt hatte, und schmiegte ihren langen, goldbraunen Körper in trägen Windungen in die Felsen hinein. Der Junge drehte sich um und sah ihr schweigend zu. Dann sagte er:

»Schlange geht weg!«

»Ja, laß sie nur gehen! Sie will gern allein sein.«

Er beobachtete noch immer das träge, geschmeidige Weitergleiten des Tieres, das sich apathisch den Blicken entzog.

»Schlange ganz fort!« sagte er.

»Ja, sie ist ganz fort. Komm einen Augenblick zu Mammi!«

Er kam und setzte sich mit seinem rundlichen, nackten kleinen Körper auf ihren nackten Schoß, und sie glättete sein sonnenhelles Haar. Sie sagte nichts: es war ja jetzt vorbei. Die merkwürdig gelassene Kraft der Sonne durchtränkte sie wieder, durchtränkte alles ringsumher wie mit einem Zauber, und die Schlange gehörte dazu, ebenso wie sie und das Kind.

Ein andermal sah sie in der Feldsteinmauer einer Oliventerrasse eine schwarze Schlange kriechen.

»Marinina«, sagte sie, »ich habe eine schwarze Schlange gesehen. Sind sie gefährlich?«

»Oh, die schwarzen Schlangen nicht. Aber die gelben, die bestimmt. Wenn eine gelbe Schlange einen beißt, muß man sterben. Und ich habe Angst vor ihnen, sogar vor den schwarzen, wenn ich sie sehe.«

Juliet ging trotzdem mit dem Kind zur Zypresse. Aber sie schaute sich stets aufmerksam um, eh sie sich hinsetzte, und untersuchte alle Stellen, zu denen das Kind hinlaufen könnte. Dann legte sie sich hin und überließ sich wieder der Sonne, und ihre gebräunten, birnenförmigen Brüste deuteten aufwärts. Für ein Morgen hatte sie keine Gedanken übrig. Sie weigerte sich, über ihren Garten hinaus an etwas zu denken, und Briefe mochte sie nicht schreiben. Schreiben überließ sie dem Kindermädchen. Sie lag also in der Sonne, aber nicht lange, denn die Sonne brannte allmählich stärker und heftiger. Und gegen ihren Willen hob sich die Knospe, die hart und tief im geheimsten Dunkel ihres Selbst versenkt war, hob sich und reckte den gebogenen Stiel, um die dunklen Kelchblätter zu öffnen und einen rosa Anhauch zu zeigen. Ihr Schoß wollte sich auftun wie eine Lotusblume in rosiger Ekstase.

4

Aus dem Frühling wurde Sommer, und die Sonne, im Zenit ihrer Macht, strahlte allgewaltig nieder. In den heißen Tagesstunden lag Juliet im Schatten eines Baums, oder sie ging sogar in die kühle Geborgenheit des Zitronenwäldchens hinunter. Manchmal stieg sie auch in die schattige Tiefe der Schluchten, auf den Grund der Ravine in der Nähe ihres Hauses. Der Junge lief emsig und schweigsam umher, ein ganz mit dem Leben beschäftigtes Tierchen.

Eines Mittags, als sie in aller Nacktheit langsam zwischen den Büschen der dunklen Ravine umherging, sah sie plötzlich hinter einer Biegung im Fels den Bauern vom benachbarten *podere*, der sich bückte und einen Haufen Reisig bündelte, das er abgehackt hatte, und in der Nähe stand sein Esel. Der Mann trug baumwollne Sommerhosen, und als er sich bückte, wandte er ihr sein Gesäß zu. Im dunklen Bachbett der kleinen Ravine war es völlig still und heimlich. Eine Schwäche überfiel sie, und einen Augenblick konnte sie sich nicht rühren. Der Mann hob das Reisigbündel mit kräftigen Schultern auf und drehte sich zu seinem Esel um. Als er sie erblickte, schrak er zusammen und stand wie gebannt, als sähe er eine Erscheinung. Dann begegneten sich ihre Blicke, und sie spürte, wie das blaue Feuer durch ihre Glieder und in ihren Schoß strömte, der sich in hilfloser Ekstase öffnete. Noch immer blickten sie einander in die Augen, und Feuer wogte zwischen ihnen wie das blaue, niederströmende Feuer aus dem Herzen der Sonne. Und sie sah, wie sich unter seiner Kleidung der Phallus hob, und wußte, daß er auf sie zukommen würde.

»Mammi, ein Mann! Mammi!« Das Kind legte seine Hand auf ihren Schenkel. »Mammi, ein Mann!«

Sie hörte den ängstlichen Ton in seiner Stimme und flog herum.

»Es macht nichts, mein Junge!« sagte sie, nahm ihn bei der Hand und führte ihn wieder hinter den Felsen, während der Bauer sah, wie sich ihr nacktes, entschwindendes Gesäß hob und senkte.

Sie schlüpfte in ihren Umhang, nahm den Jungen auf den Arm und begann, durch das Gestrüpp gelb blühender Büsche auf einem steilen Ziegenpfad zum lichten Tag und den Olivenbäumen unterhalb des Hauses zu klettern. Dort setzte sie sich hin, um sich zu fassen.

Das Meer war blau; sehr blau, und sanft und ruhig sah es aus, und in einer Art von strahlendem Verlangen war ihr Schoß weit offen, so weit offen wie eine Lotusblume oder wie eine Kakteenblüte. Sie konnte es spüren, und es beherrschte ihr Denken. Und in ihrem Herzen brannte bitterer Kummer, der sich gegen das Kind und gegen die schwierigen, widrigen Umstände richtete.

Sie kannte den Bauern vom Sehen: ein Mann, der etwas über Dreißig sein mochte und breit und sehr kräftig gebaut war. Sie hatte ihn oft von der Terrasse ihres Hauses aus beobachtet, hatte beobachtet, wie er mit seinem Esel gekommen war, wie er seine Olivenbäume gestutzt und allein gearbeitet hatte, immer allein, immer allein, mit kräftigem Körper, einem breiten roten Gesicht und ruhiger Selbstsicherheit. Sie hatte ein- oder zweimal mit ihm gesprochen und in seine großen blauen Augen geblickt, die tief und von südländischem Feuer waren. Und sie kannte seine jähen Bewegungen, die ein wenig heftig und schwungvoll waren.

Doch gedacht hatte sie nie an ihn. Nur war ihr aufgefallen, daß er immer sehr sauber und ordentlich aussah. Und dann hatte sie eines Tages seine Frau gesehen, als sie ihrem Mann das Essen brachte und beide sich in den Schatten eines Johannisbrotbaums setzten, zwischen sich ein ausgebreitetes weißes Tuch. Und da hatte Juliet gesehen, daß die Frau des Mannes älter war als er, eine dunkle, stolze, schwermütige Frau. Und dann war eine junge Frau mit einem Kind gekommen, und der Mann hatte mit dem Kind getanzt und war so jung und leidenschaftlich gewesen. Aber es war nicht sein eigenes Kind: er hatte keine Kinder. Doch als er so munter mit dem Kind getanzt hatte, so voll unterdrückter Leidenschaft – da war er Juliet zum erstenmal richtig aufgefallen. Doch selbst danach hatte sie nicht mehr an ihn gedacht. Mit seinem breiten roten Gesicht und der starken Brust und den ziemlich kurzen Beinen war er zu sehr ein ungehobeltes Tier – ein Bauer eben –, als daß sie an ihn gedacht hätte.

Doch jetzt hatte der seltsame Anruf seiner Augen, die so blau und überwältigend wie das Herz der blauen Sonne waren, von ihr Besitz ergriffen. Und sie hatte unter seiner dünnen Hose das ungebärdige Bemühen des Phallus gesehen: für sie! Und mit seinem roten Gesicht und mit seinem starken Körper war er ihr wie die Sonne erschienen, wie die Sonne mit ihrer starken Glut.

Sie spürte ihn so mächtig, daß sie sich nicht weit von ihm entfernen wollte. Sie blieb unter dem Baum sitzen. Dann hörte sie, wie das Kindermädchen im Haus mit einer Glocke läutete und rief. Und das Kind rief zurück. Also mußte sie aufstehen und hineingehen.

Am Nachmittag saß sie vor dem Haus auf der Terrasse, die über die Olivenhänge bis aufs Meer hinunterblickte. Der Mann kam und ging, kam und ging zum kleinen Schuppen auf seinem *podere* am Rande des Kakteendickichts. Und er blickte wieder zu ihrem Haus und zu ihr, die auf der Terrasse saß. Und ihr Schoß öffnete sich ihm.

Doch sie hatte nicht den Mut, zu ihm hinunterzugehen. Sie trank Tee und saß immer noch auf der Terrasse. Und der Mann kam und ging und blickte zu ihr hinauf, blickte wieder zu ihr hinauf. Bis die Abendglocke von der Kapuzinerkirche am Dorftor schepperte und die Dunkelheit anbrach. Und immer noch saß sie auf der Terrasse. Bis sie ihn endlich im Mondschein sah, wie er seinen Esel belud und ihn traurig auf dem Pfad zur kleinen Landstraße trieb. Sie hörte ihn auf dem Straßenpflaster hinter ihrem Haus vorbeigehen. Er war fort, war ins Dorf heimgekehrt, um zu schlafen – mit seiner Frau zu schlafen, die ihn ausforschen würde, weshalb er so spät zurückkam. Niedergeschlagen war er fortgegangen.

Juliet saß bis spät in die Nacht hinein auf der Terrasse und beobachtete das Mondlicht auf dem Meer. Die Sonne hatte ihren Schoß geöffnet, und sie war nicht mehr frei. Der Kummer der offenen Lotusblume hatte sie befallen, und jetzt war sie es, die nicht den Mut hatte, die Schritte über die Schlucht zu wagen.

Doch endlich schlief sie. Und am Morgen fühlte sie sich besser. Ihr Schoß schien sich wieder geschlossen zu haben. Sie wünschte so sehr, daß es so bliebe. Nur die Knospe unter dem Wasserspiegel – und die Sonne! Sie wollte nie mehr an den Mann denken.

Sie badete in einem von den großen Tümpeln weiter abwärts im Zitronenwäldchen, unten im Kühlen, in der letzten Schlucht, so weit wie möglich von der andern wilden Ravine entfernt. Unten watete das Kind zwischen den gelben Sauerkleeblüten, die im Schatten gediehen, und sammelte heruntergefallene Zitronen. Sein braungebrannter kleiner Körper schweifte sonnengesprenkelt zwischen den lichteren Stellen umher.

Juliet setzte sich auf das steile Ufer der Ravine und fühlte sich fast wieder frei: die Blüte in ihr sank zu einer dunklen Knospe zusammen und war geborgen.

Plötzlich tauchte hoch oben am Rande des Steilhangs vor

dem strahlend hellblauen Himmel Marinina auf, die sich ein schwarzes Tuch um den Kopf gebunden hatte. Sie rief mit ihrer gelassenen Stimme: *»Signora! Signora Giulietta!«*

Juliet drehte sich um und stand auf. Marinina zögerte einen Augenblick, als sie die nackte Frau im Gewirr ihres sonnengebleichten Blondhaars dastehen sah. Dann kam die alte Frau auf dem steilen, sonnenhellen Pfad gewandt den Abhang hinunter.

Ein paar Schritte vor der sonnengebräunten Frau blieb sie stehen und musterte sie mit verschmitztem Lächeln.

»Wie schön Sie doch sind!« sagte sie kühl, beinah sarkastisch. »Ihr Mann ist gekommen!«

»Was für ein Mann?« rief Juliet.

Die alte Frau ließ ein verschmitztes, abgehacktes Lachen hören – den Spott der Frauen aus alter Zeit.

»Haben Sie denn keinen Mann?« fragte sie.

»Ich? Wo? In Amerika«, sagte Juliet.

Die alte Frau blickte über die Schulter zurück und lachte wieder abgehackt.

»In Amerika? Nichts da! Er kam hinter mir her. Wahrscheinlich hat er den Weg verpaßt.« Und in tonlosem Frauengelächter warf sie den Kopf in den Nacken.

Die Pfade waren von Gras und Blumen und Katzenkraut so überwuchert, daß sie nur noch wie Vogelspuren in einer ewigen Wildnis aussahen. Seltsam lebendig ist die Wildnis auf den alten klassischen Stätten, denen der Mensch schon so lange vertraut ist.

Juliet sah die Sizilianerin nachdenklich an.

»Ach – also gut! Soll er nur kommen!«

Und eine kleine Flamme sprang in ihr auf. Es war die sich öffnende Blüte. Er war immerhin ein Mann.

»Soll er hierherkommen? Jetzt?« fragte Marinina, und ihre spöttischen rauchgrauen Augen blickten lauernd in Juliets Augen. Dann zuckte sie gleichmütig die Achseln.

»Gut! Wie Sie wünschen! Aber was für eine Überraschung für ihn!«

Sie öffnete den Mund und lachte lautlos und belustigt, dann deutete sie auf das Kind, das sich jetzt die kleine Brust mit Zitronenblüten bestreute. »Sehen Sie nur, wie schön das Kind ist! Ein himmlischer Engel! Darüber wird er sich bestimmt freuen, der arme Mensch. Ich bringe ihn also her.«

»Ja, bring ihn her!«

Die alte Frau kletterte rasch wieder den Pfad hinan und fand Maurice, der mit seinem grauen Filzhut und dem dunkelgrauen Stadtanzug unschlüssig im Weinberg stand. In der strahlenden Sonne und in der Anmut der alten griechischen Landschaft sah er rührend fehl am Ort aus: wie ein Tintenklecks auf dem hellen, sonnendurchglühten Hang.

»Kommen Sie!« sagte Marinina zu ihm. »Sie ist hier unten.«

Und flink, mit langen Schritten ausholend, führte sie ihn hinunter und bahnte ihm einen Weg durch die Gräser. Am Rand des Steilhangs blieb sie plötzlich stehen. Tief unter ihnen waren die dunklen Wipfel der Zitronenbäume.

»Gehen Sie nur dort hinunter!« sagte sie zu ihm, und er dankte ihr und warf einen raschen Blick zu ihr auf.

Er war ein Mann in den Vierzigern, sauber rasiert, mit grauem Gesicht, sehr ruhig und eigentlich scheu. Er leitete sein Geschäft umsichtig und tüchtig, aber ohne aufsehenerregende Erfolge. Und er traute niemandem. Die alte Frau der Magna Graecia umfaßte ihn mit einem Blick: ein guter Mensch, dachte sie bei sich, aber kein Mann, der Arme!

»Die Signora ist unten«, sagte Marinina und streckte den Arm wie eine Schicksalsgöttin aus.

Und wieder sagte er mit unbeweglicher Miene: »Danke, danke!« und hielt sich achtsam an den Pfad. Marinina hob mit vergnügter Bosheit das Kinn. Dann machte sie sich auf den Heimweg.

Maurice mußte im Gewirr des mittelmeerischen Dickichts auf jeden Schritt achten und erblickte seine Frau deshalb erst, als er nach einer kleinen Biegung ganz dicht vor ihr war. Sie stand aufrecht und nackt neben dem vorspringenden Felsen und glühte von Sonne und warmem Leben. Ihre Brüste schienen sich zu heben und alarmbereit zu lauschen; ihre Schenkel waren braun und beschwingt. Der Lotus in ihrem Schoß war weit offen und breitete sich beinah klaffend in den violetten Strahlen der Sonne aus – wie eine große Lotusblüte. Und Juliet zitterte hilflos: ein Mann kam näher. Der Blick, den sie ihm zuwarf, als er zimperlich wie Tinte auf Löschpapier näher kam, war rasch und nervös.

Maurice, der arme Mensch, zögerte, wandte den Kopf auf die Seite und blickte weg.

»Hallo, Juliet!« rief er, nervös hüstelnd. »Das ist ja großartig!«

Er näherte sich ihr mit abgewandtem Gesicht und warf nur verstohlene Blicke auf sie, während sie mit dem eigenartigen Seidenglanz ihrer besonnten Haut vor ihm stand. Irgendwie schien sie nicht gar so schrecklich nackend zu sein. Das Goldrot der Sonnenbräune war ihr Kleid.

»Hallo, Maurice!« sagte sie und wich etwas zurück, denn ein kalter Schatten war auf die offene Blüte ihres Schoßes gefallen. »So bald hatte ich dich nicht erwartet!«

»Stimmt«, sagte er. »Es gelang mir, mich schon etwas früher freizumachen.«

Und wieder hüstelte er gedankenlos. Er hatte sie in voller Absicht überraschen wollen.

Sie standen ein paar Meter voneinander getrennt und schwiegen. Mit ihren sonnengebräunten, windumkosten Hüften war sie für ihn eine neue Juliet – nicht die nervöse New Yorkerin.

»Ja, wirklich«, sagte er. »Es ist – äh – großartig. Du siehst – äh – großartig aus. Wo ist der Junge?«

In seinem fernsten Innern regte sich das Verlangen nach den Gliedern und dem sonnendurchtränkten Fleisch der Frau, der fleischlichen Frau. Es war ein neues Verlangen in seinem Dasein, und es schmerzte ihn. Er wollte ablenken.

»Da ist er!« sagte sie und deutete auf einen nackten

Schlingel, der im tiefen Schatten heruntergefallene Zitronen aufeinandertürmte.

Der Vater stieß ein komisches kleines Lachen aus, fast wie ein Wiehern.

»Ach ja, da ist er ja, der kleine Mann! Fein!« Sein verängstigtes und verdrängtes Gemüt zitterte vor Erregung, und er klammerte sich an den Strohhalm seines wachen Bewußtseins. »Hallo, Johnny!« rief er, und es klang ziemlich matt. »Hallo, Johnny!«

Der Junge blickte auf und ließ ein paar Zitronen aus seinen molligen Armen herunterpurzeln, aber er antwortete nicht.

»Laß uns zu ihm gehen«, sagte Juliet, drehte sich um und schritt den Pfad entlang. Ganz gegen ihren Willen hob sich der Schatten von der offenen Blüte ihres Schoßes, und jedes Blütenblatt zitterte freudig erregt. Ihr Mann folgte ihr und beobachtete das geschmeidige Heben und Senken ihrer rosigen Hüften, die sich im Gehen etwas wiegten. Vor Bewunderung war er ganz benommen, aber er fühlte sich furchtbar unsicher. Er war an sie als eine Dame gewöhnt. Aber das hier war nicht mehr eine Dame, sondern ein geschmeidiger, sonnenstarker Körper, ohne Seele und verführerisch wie eine Nymphe, die ihre Hüften tanzen läßt. Was sollte er hier mit sich anfangen? Mit seinem dunkelgrauen Anzug und dem hellgrauen Hut, dem grauen Mönchsgesicht eines scheuen Geschäftsmannes und seiner grauen Kaufmanns-Mentalität paßte er überhaupt nicht hierher. Ein seltsames Zittern schoß ihm in die Lenden und in die Beine. Er war entsetzt, denn er spürte, daß er sich mit einem wilden Triumphschrei auf diese Frau in ihrem sonnengebräunten Fleisch hätte stürzen können.

»Er sieht gut aus, nicht wahr?« sagte Juliet, als sie durch das Meer gelber Sauerkleeblüten zu den Zitronenbäumen kamen.

»O ja! Ja! Großartig! Großartig! Hallo, Johnny! Kennst du deinen Pappi nicht? Kennst du deinen Pappi nicht wieder, Johnny?«

Er kauerte sich hin, dachte nicht mehr an die Bügelfalte in seiner Hose und streckte die Hände aus.

»Zitronen«, sagte das Kind, wie ein Vogel zwitschernd. »Zwei Zitronen!«

»Zwei Zitronen«, wiederholte der Vater. »Viele, viele Zitronen!«

Das Kind kam und legte seinem Vater je eine Zitrone in die ausgestreckten Hände. Dann trat er zurück und schaute ihn an.

»Zwei Zitronen«, wiederholte der Vater. »Komm, Johnny! Komm her und sag deinem Pappi guten Tag!«

»Geht Pappi wieder weg?« fragte das Kind.

»Wieder weg? Hm – äh – heute noch nicht.«

Und er schloß seinen Sohn in die Arme.

»Jacke ausziehn! Pappi muß Jacke ausziehn«, sagte der Junge und wehrte sich freundlich gegen die Berührung des Stoffes.

»Also gut! Pappi zieht die Jacke aus.«

Er zog seine Jacke aus und legte sie sorgfältig auf die Seite, dann blickte er auf die Bügelfalten in seiner Hose und zupfte ein wenig daran, kauerte sich wieder hin und nahm seinen Sohn in die Arme. Als er den nackten, warmen Körper des Kindes spürte, wurde ihm schwach zumute. Die nackte Frau blickte auf das rosige Kind in den Armen eines Mannes in Hemdsärmeln. Der Junge hatte seinem Vater den Hut vom Kopf gezogen, und Juliet betrachtete das glatte, dunkelgrau melierte Haar ihres Mannes. Jedes Haar war ordentlich an seinem Platz. Und so gänzlich, gänzlich ohne Sonne! Der kalte Schatten senkte sich wieder über die Blüte ihres Schoßes. Sie schwieg lange, während der Vater mit dem Kind sprach, das seinen Pappi geliebt hatte.

»Wie stellst du dir das nun vor, Maurice?« fragte sie plötzlich.

Er warf ihr einen raschen Seitenblick zu und hörte ihre harte amerikanische Stimme. Er hatte sie vergessen.

»Hm – was denn, Juliet?«

»Oh, alles! Wegen hier! Ich kann doch nicht wieder zurück in die East Forty-Seventh!«

»Hm.« Er zauderte. »Nein, vermutlich nicht. Wenigstens nicht jetzt gleich.«

»Nie«, sagte sie, und dann schwiegen beide.

»Ach, hm, ich weiß nicht . . .« sagte er.

»Glaubst du, daß du hierherkommen kannst?« fragte sie stürmisch.

»Ja. Ich kann einen Monat bleiben. Doch, ein Monat, das läßt sich machen«, sagte er zögernd. Dann wagte er einen schwierigen, scheuen Seitenblick und wandte sein Gesicht wieder ab.

Sie blickte auf ihn herunter. Ihre lebendigen Brüste hoben sich seufzend, als wollte sie den kalten Schatten der Sonnenlosigkeit ungeduldig abschütteln.

»Ich kann nicht zurück«, sagte sie langsam. »Ich kann diese Sonne nicht im Stich lassen. Wenn du nicht herkommen kannst . . .«

Sie brach unschlüssig ab. Doch die schroffe Stimme der Amerikanerin war verschwunden, und er hörte die Stimme des Fleisches, des sonnenreifen Körpers. Wieder und immer wieder blickte er sie an, mit wachsendem Verlangen und schwindender Angst.

»Ja«, sagte er. »Das hier ist das Richtige für dich. Du bist großartig, wie du jetzt bist. Ja, ich finde auch, du kannst nicht zurück.«

Und beim schmeichelnden Klang seiner Stimme begann sich die Blüte ihres Schoßes, wenn auch gegen ihren Willen, mit zitternden Blütenblättern zu öffnen.

Er stellte sich vor, wie sie in der New Yorker Wohnung ausgesehen hatte: bleich und stumm und ihn schrecklich tyrannisierend. In seinen menschlichen Beziehungen war er das Vorbild einer sanften, scheuen Natur, und ihre stumme, furchtbare Feindseligkeit nach der Geburt des Kindes hatte ihn zutiefst erschreckt. Aber er hatte eingesehen, daß sie nichts dafür konnte. Frauen waren nun einmal so. Ihre Gefühle schlagen um und kehren sich gegen ihr eigenes Selbst – es war schrecklich, es war zerstörerisch. Schrecklich, schrecklich war das Zusammenleben mit einer solchen Frau, deren Gefühle sich gegen ihr eigenes Selbst kehrten. Unter ihrer bedrückenden Feindseligkeit hatte er sich überwältigt gefühlt. Sich selbst hatte sie auch restlos aufgerieben, und sogar das Kind. Nein, alles andre lieber als das! Gott sei Dank schien die Sonne diese gespenstige, bedrohliche Frau jetzt aus ihr vertrieben zu haben.

»Aber was wird aus dir?« fragte sie.

»Aus mir? Oh – ich kann ja das Geschäft weiterführen und – hm – hier lange Ferien verbringen – solange du hierbleiben willst. Bleib nur, solange du willst ...« Er blickte stumm zu Boden. Er fürchtete sich so davor, den bedrohlichen, rächenden Geist ihres Frauentums in ihr zu wecken, und er hoffte sehr, daß sie so bliebe, wie er sie jetzt sah – wie eine nackte, reifende Erdbeere – eine weibliche Frucht. Als er zu ihr aufsah, sprach aus seinem unsicheren Blick etwas wie ein Flehen.

»Selbst wenn es für immer wäre?« fragte sie.

»Oh – hm – ja, wenn du möchtest. ›Immer‹ ist sehr lange. Man kann nicht gut voraussehen.«

»Und kann ich machen, was ich will?« Sie blickte ihm herausfordernd und offen in die Augen. Vor ihrer rosigen, wettergefestigten Nacktheit fühlte er sich hilflos – so groß war seine Furcht, die andere Frau in ihr, die harte Amerikanerin, das rachsüchtige Schreckgespenst, wieder zu wecken.

»Hm – ja. Ich glaube schon. Solange du dich nicht unglücklich machst – dich und den Jungen.«

Wieder sah er mit einem zwiespältigen, unsicheren Flehen zu ihr auf: er dachte an das Kind, aber er hoffte für sich selbst.

»Das tu ich nicht«, antwortete sie rasch.

»Ja«, sagte er. »Das glaube ich auch nicht.«

Sie schwiegen. Die Glocken im Dorf läuteten eilig die Mittagsstunde ein. Das bedeutete Essen.

Sie schlüpfte in ihren grauen Kreppkimono und band sich eine breite grüne Schärpe um die Taille. Dann streifte sie dem Jungen ein blaues Hemdchen über den Kopf, und zusammen gingen sie zum Haus hinauf.

Bei Tisch beobachtete sie ihren Mann, sein graues Stadtgesicht, sein glattgebürstetes, graumeliertes Haar, seine sehr korrekten Tischmanieren und seine übergroße Zurückhaltung im Essen und Trinken. Manchmal warf er unter seinen schwarzen Wimpern hervor einen verstohlenen Blick auf sie. Er hatte die unsicheren graugoldenen Augen eines Tieres, das jung eingefangen wurde und das dauernd ohne einen warmen Hoffnungsstrahl in fremder, kalter Gefangenschaft gelebt hatte. Nur seine schwarzen Wimpern und Brauen waren hübsch. Sie erfaßte ihn nicht. Sie konnte sich nicht in ihn versetzen. Da sie selbst so voller Sonne war, konnte sie ihn nicht sehen: seine Sonnenlosigkeit machte ihn zu einem Nichts.

Den Kaffee tranken sie auf dem Balkon, unter der rosigen Fülle der Bougainvillea. Weiter unten, jenseits, auf dem angrenzenden *podere,* saßen der Bauer und seine Frau neben dem hohen grünen Weizen unter einem Johannisbrotbaum; sie saßen einander gegenüber, zwischen ihnen war ein kleines weißes Tuch auf dem Boden ausgebreitet. Ein großes Stück Brot war noch übrig, aber sie waren fertig mit Essen und hatten dunklen Wein in ihren Gläsern. Der Bauer blickte zur Terrasse auf, sowie der Amerikaner ins Freie trat. Juliet bot ihrem Mann einen Stuhl an, der den beiden den Rücken kehrte. Dann setzte sie sich und blickte den Bauern an. Bis sie sah, daß seine dunkelhäutige Frau sich umdrehte und auch zu ihr herschaute.

5

Der Mann war rettungslos in sie verliebt. Sie sah, wie sein breites, ziemlich rotes Gesicht starr zu ihr hinaufblickte, bis seine Frau sich umdrehte, um auch herzuschauen. Dann hob er sein Glas auf und kippte sich den Wein in die Kehle. Die Frau starrte die Leute auf dem Balkon lange an. Sie war hübsch und herb und bestimmt älter als er. Doch der Unterschied lag vor allem darin, daß sie, die Vierzigjährige, eine ziemlich dominierende und überlegene Frau, ihr Mann aber mit seinen fünfunddreißig Jahren eher leichtsinnig war. Es schien einen ganzen Generationen-Unterschied auszumachen. Er gehörte zu meiner Generation, dachte Julie, und sie gehört zu Maurices Generation. Juliet war noch nicht dreißig.

Der Bauer sah in seiner weißen Baumwollhose, dem hellroten Hemd und mit dem zerbeulten alten Strohhut so reizvoll und sauber aus, und er besaß all die Sauberkeit seiner Gesundheit. Er war stämmig und breit und schien eher klein, aber sein Fleisch war voll einer solchen Vitalität, als wäre er immer drauf und dran, sich zu bewegen, zu arbeiten oder sogar mit einem Kind herumzuspielen – wie sie es damals beobachtet hatte. Er war der typische italienische Bauer, der sich gern einsetzen will, leidenschaftlich gern, sich und sein kräftiges Fleisch und seinen pochenden Blutpuls. Aber er war eben durch und durch ein Bauer und würde daher warten, daß die Frau den ersten Schritt machte. Mit seinem Begehren würde er in einer langsamen, verzehrenden Passivität herumlungern und immer nur hoffen, daß die Frau zu ihm käme. Er würde nie versuchen, sich ihr zu nähern, nie. Sie würde sich ihm nähern müssen. Er würde nur herumlungern – in Reichweite.

Da er spürte, daß sie ihn ansah, schleuderte er seinen alten Strohhut weg und entblößte seinen runden Kopf mit dem kurzgeschnittenen braunen Haar. Er streckte seine braunrote Hand nach dem großen Brotlaib aus, brach ein

Stück ab und kaute es mit vollen Backen. Er wußte, daß sie ihn sah. Und sie hatte solche Macht über ihn, das heiße, stumme Tier mit dem heißen, schweren Blutstrom in seinen starken Adern! Von unzähligen Sonnen war er durch und durch heiß geworden – und gedankenlos wie der hohe Mittag. Und scheu, mit einer heftigen, wilden Scheu, die mit verzehrendem Begehren auf sie warten, aber nie, niemals, den ersten Schritt machen würde.

Mit ihm zusammen: das wäre wie ein Bad in einer andern Art Sonnenschein, schwer und wuchtig und schwitzend. Und hinterher würde man es vergessen. Er persönlich würde nicht existieren. Es wäre bloß ein Bad warmen, kraftvollen Lebens – und dann das Sichtrennen und Vergessen. Dann abermals das zeugende Bad, wie die Sonne.

Würde das denn nicht gut sein? Persönliche Kontakte waren ihr so verleidet: wenn man hinterher mit dem Mann sprechen mußte. Aber bei dem gesunden Geschöpf dort würde man hinterher einfach befriedigt von dannen gehen. Während sie so dasaß, spürte sie, wie sich das Leben von ihm zu ihr und von ihr zu ihm sponn. An seinen Bewegungen erkannte sie, daß er sie noch stärker spürte als sie ihn. Es war fast ein eindeutiger Schmerz im Bewußtsein ihrer beiden Körper, und jeder saß wie zerrissen da und wurde von einem scharfäugigen Gatten und Besitzer beobachtet. Und Juliet dachte: Warum soll ich nicht zu ihm gehen? Warum sollte ich nicht ein Kind von ihm tragen? Es wäre gerade so, als würde ich ein Kind der nichtbewußten Sonne und der nichtbewußten Erde tragen, ein Kind wie eine Frucht. Und die Blüte in ihrem Schoß erstrahlte. Sie kümmerte sich nicht um Gefühle oder Besitzerrechte. Sie war gänzlich unbekümmert und wollte nichts als den männlichen Tau.

Doch ihr Herz war von Furcht umschattet. Sie wagte es nicht! Wenn doch der Mann einen Ausweg finden wollte! Aber er wollte nicht. Er würde herumlauern und warten, in ewigem Verlangen herumlauern und warten, daß sie durch die Schlucht käme. Aber sie wagte es nicht. Und er würde herumlauern.

»Hast du nie Angst, daß die Leute dich sehen, wenn du dein Sonnenbad nimmst?« fragte ihr Mann, drehte sich um und blickte zu dem Bauern hinüber. Die düstere Frau jenseits der Schlucht drehte sich ebenfalls um und starrte zur Villa hinüber. Es war eine Art Kampf.

»Nein! Das läßt sich vermeiden. Hast du Lust? Möchtest du auch Sonnenbäder nehmen?« fragte Juliet.

»Oh – hm – ja, warum nicht? Ganz gern, solange ich hier bin.«

In seinen Augen glomm ein verzweifelter Wagemut auf, diese neue Frucht zu kosten, diese Frau mit den rosigen, an der Sonne gereiften Brüsten, die sich spitz unter dem Kimono abzeichneten. Und sie stellte ihn sich vor: den blutleeren, gebleichten kleinen Stadtmenschen, den braven Bürger, der vor dem nackten Auge der Sonne gebrandmarkt wie ein Verbrecher dastehen würde. Wie er es verabscheuen würde, sich der Sonne preiszugeben!

Und die Blüte in ihrem Schoß wurde verwirrt, so verwirrt. Sie wußte, daß sie ihn nehmen würde. Sie wußte, daß sie sein Kind tragen würde. Sie wußte, es war für ihn, für den gebrandmarkten kleinen Stadtmenschen, daß ihr Schoß wie eine strahlende Lotusblüte offenstand, wie der purpurne Stern einer Anemone mit der dunklen Mitte. Sie wußte, daß sie nicht zu dem Bauern hinübergehen würde; sie hatte nicht genug Mut, sie war nicht frei genug.

Und sie wußte, daß der Bauer sie niemals holen würde; er war so hartnäckig passiv wie die Erde selbst und würde warten, warten, sich nur immer wieder und wieder vor ihr zeigen und mit der Beharrlichkeit tierhaften Verlangens in ihrem Blickfeld verweilen.

Sie hatte gesehen, wie das Blut in das braungebrannte Gesicht des Bauern schoß, und hatte gespürt, wie sich aus seinen aufleuchtenden Blicken eine hervorberstende, jähe blaue Glut über sie ergoß, und hatte das Erwachen seines großen Phallus gesehen, der für sie, für sie anschwoll. Und doch würde sie niemals zu ihm gehen – sie wagte es nicht, so vieles war wider sie.

Und der gebleichte kleine Körper ihres Mannes, der von der Großstadt gebrandmarkte, würde sie besitzen, und sein verrückter kleiner Penis würde wieder ein Kind in ihr zeugen. Sie konnte es nicht ändern. Sie war an das riesige, starre Rad der äußeren Umstände gefesselt, und im ganzen Weltall war kein Perseus, die Fesseln zu sprengen.

Prinzeßchen

Für ihren Vater war sie das Prinzeßchen. Für ihre Onkel und Tanten in Boston war sie Dollie Urquhart, das arme kleine Ding.

Colin Urquhart war nun einmal ein bißchen verrückt. Er entstammte einer alten schottischen Familie und behauptete, königlicher Abstammung zu sein. Das Blut schottischer Könige flösse in seinen Adern. Eben deswegen, sagten seine Verwandten in Amerika, sei er nicht ganz bei Trost. Sie hatten keine Lust mehr, dargelegt zu bekommen, um welches schottische Königsblut es sich nun handele. Das Ganze war lächerlich und peinlich. Man hatte lediglich behalten, daß er kein Stuart sei.

Er war ein hübscher Mann mit großen blauen Augen, die manchmal ins Leere starrten, weichem schwarzem Haar, das ziemlich tief in seine niedrige, breite Stirn gekämmt war, und eindrucksvollem Wuchs. Hinzu kam eine wohlklingende Stimme, die manchmal gedämpft und manchmal kraftvoll wie Erz ertönte und seinen Charme vervollständigte. Er bot den Anblick eines keltischen Helden aus alter Zeit und hätte eigentlich einen grauen Schottenkilt mit Umhang tragen und freie Knie haben sollen. Seine Erscheinung schien den Nebeln ossianischer Vergangenheit zu entsteigen.

Im übrigen war er einer jener vermögenden, wenn auch nicht übertrieben reichen Edelleute, die noch vor fünfzig Jahren ziellos umherreisten, nirgendwo ankamen, nie etwas taten und nie etwas Faßbares vorstellten, aber doch in den vornehmen Kreisen mehr als eines Landes wohlgelitten waren.

Erst als er vierzig Jahre war, nahm er eine Frau, und zwar die vermögende Miss Prescott aus Neu-England. Auf Hannah Prescott machte der Mann mit dem weichen schwarzen, noch nicht ergrauten Haar und den großen, verträumten blauen Augen starken Eindruck. Schon mehrere Frauen vor ihr waren diesem Eindruck unterlegen, aber Colin Urquhart hatte sich dank seiner Undeutlichkeit jede engere Bindung zu ersparen gewußt.

Seine Frau lebte drei Jahre lang im Dunst und Glanz der Gegenwart ihres Gatten; dann ging sie dabei drauf. Es war ein Leben wie in einem Zauberbann. So ziemlich alles um ihn her ließ ihn vollständig unberührt – es hatte schon etwas Gespenstisches. Er betrug sich charmant, ritterlich, gefällig, er war mit seiner gedämpft-melodischen Stimme von vollendeter Anmut. Aber er war geistesabwesend. Wenn es darauf ankam, war er nicht zugegen. Wie man zu sagen pflegt: er war nicht recht bei sich.

Nach dem ersten Jahr ihrer Ehe gebar ihm seine Frau ein Mädchen, aber auch das brachte ihn nicht zu sich. Seine Schönheit und seine unheimliche Musikalität wurden der Frau schon nach den ersten paar Monaten unerträglich. Er glich einem lebenden Echo, und wenn man sein Fleisch berührte, schien es nicht das Fleisch eines wirklichen Menschen.

In der Nacht, als sie ihr Kind zur Welt brachte, ging ihr auf, daß er einfach ein bißchen gestört war. »Ah, da ist also endlich mein Prinzeßchen angekommen!« gab er in seinem singenden, kehligen keltischen Tonfall von sich. Wie ein entzückter Barde schwankte er dabei hin und her.

Es war ein winziges, zerbrechliches Geschöpf mit großen, erstaunten blauen Augen. Sie tauften es Mary Henrietta und pflegten es Dollie zu nennen. Er aber sprach immer nur von ›seinem Prinzeßchen‹.

Ihn anzufahren, führte zu nichts. Er tat seine großen Blauaugen noch weiter auf und nahm eine stille, kindische Würde an, an der alles zerschellte.

Hannah Prescott war nie eine kräftige Natur gewesen; ihr Lebenswille war gering. Zwei Jahre nach der Geburt der Kleinen starb sie plötzlich. Ihre Familie nährte einen uneingestandenen, aber tiefen Groll gegen Colin Urquhart.

Sie warfen ihm Selbstsucht vor. Einen Monat nach der Beerdigung, in Florenz, verlangten sie von ihm die Herausgabe des Kindes, und da er dies höflich, musikalisch, aber strikt abschlug, sperrten sie Hannahs Familieneinkommen. Er behandelte die Prescotts, als seien sie keine Wirklichkeiten, sondern wesenlose Erscheinungen wie etwa Grammophone oder Maschinen, für ihn nicht vorhanden. Er gab ihnen Antworten, aber ihr tatsächliches Vorhandensein nahm er einfach nicht zur Kenntnis.

Sie planten, ihm die Vormundschaft und Erziehungsberechtigung über sein Kind entziehen zu lassen. Das hätte indessen einen Skandal hervorgerufen. Daher taten sie das Einfachste und nahmen keine Notiz mehr von ihm. Dem Kind jedoch schrieben sie gewissenhaft Briefe und übersandten ihm zu Weihnachten oder zum Todestag seiner Mutter kleine Geldgeschenke.

Für das Prinzeßchen waren die Bostoner Verwandten jahrelang nur ein Name. Sie wuchs bei ihrem Vater auf, der von seinem bescheidenen Einkommen lebte und fortgesetzt umherreiste. Aber er ging nie nach Amerika. Das Kind erhielt immerfort neue Erzieherinnen: in Italien eine Contadina, in Indien eine Ayah, in Deutschland ein hellblondes, bäuerisches Fräulein. Vater und Tochter waren unzertrennlich. Er war kein Einsiedler, sondern machte Besuche, wo immer er sich aufhielt, und nahm Einladungen zum zweiten Frühstück oder zum Tee an, selten zum Abendessen. Immer mit dem Kind. Sie wurde allgemein ›Prinzeß Urquhart‹ genannt, als sei dies ihr wirklicher Name.

Sie war ein lebhaftes, zierliches, kleines Ding mit dunkelgoldenem Haar, das zu einem weichen Braun hinüberwechselte, und großen, etwas vorquellenden Augen, die zugleich unschuldsvoll und wissend dreinschauten. Sie war von vornherein erwachsen gewesen und wuchs doch nie heran.

An ihrer merkwürdigen Mischung von Weisheit und Kindlichkeit war ihr Vater schuld. »Mein Prinzeßchen soll sich nicht zuviel aus den Leuten und ihrem Tun und Treiben machen«, predigte er ihr. »Die Leute wissen nicht, was sie reden und tun. Es ist alles dummes Geschwätz, und sie tun sich weh und zetern dann. Mach dir nichts draus, Prinzeßchen. Es ist alles Quatsch. In jedem Menschen ist noch ein anderer drin, ein Dämon, den das alles nichts angeht. Wenn du all ihr Getue von ihnen abschälst wie von der Zwiebel die Schale, kommt ein grüner Dämon zum Vorschein, den man nicht wegschälen kann, er ändert sich nicht und den berührt es gar nicht, was man mit seiner Schale macht, und all der Unfug und all die Gatten und Weiber und Kinder und ihr ganzes Getöse. Also, du schälst alles weg und kommst an den kleinen grünen Dämon heran, der drinnen sitzt, bei jedem, und der ist dann sein richtiges Selbst. Den berührt nichts, er gehört zu den Geistern und Feen, die kümmern sich um gar nichts. Natürlich gibt es herrliche und gemeine Geister, und vornehme und niedrige Feen. Nur königliche Feen, die gibt es nicht mehr, außer dir, Prinzeßchen. Du bist die letzte königliche Fee aus alter Zeit. Die allerletzte, Prinzeßchen. Andere gibt es nicht mehr. Du und ich, wir sind die letzten. Und wenn ich tot bin, bist nur noch du übrig. Und deshalb, mein Liebling, soll dir nichts an den Leuten und ihrer Welt liegen. Ihre Geister sind niedrig und sterben ab. Königlich sind sie nicht. Nach mir bist nur du noch königlich. Vergiß das nie. Und vergiß auch nicht: es ist ein tiefes Geheimnis! Wenn du je davon redest, werden die Leute dich umbringen, denn das mißgönnen sie dir, daß du eine Prinzessin bist. Das ist unser Geheimnis, mein Liebling. Ich bin ein Prinz, und du eine Prinzessin, aus uraltem Stamm. Dies Geheimnis aber behalten wir ganz für uns. Darum nun mußt du die Leute immer höflich behandeln, denn Adel verpflichtet. Sei höflich und leutselig zu ihnen, sie sind ja nur gemeines Volk. Denk nie, sie wären dir ebenbürtig. Du wirst immer finden, daß ihnen was fehlt, das Königliche, das nur du hast.«

Das Prinzeßchen nahm diese Lehren früh in sich auf. Sie setzten sich in ihrem Innern fest und formten es zu einem harten, klaren Kristall, undurchdringlich und fertig. »Nein, dieses Kind!« sagten die Frauen. »Wie wunderlich und altmodisch sie ist, ganz wie eine Dame, das arme Wurm!«

Sie hielt sich gerade und war äußerst penibel. Klein, ja fast winzig von Wuchs, mutete sie neben ihrem hochgewachsenen, schönen, verrückten Vater wie ein untergeschobenes Kind an. Sie kleidete sich einfach, meistens in Blau oder Blaßgrau, mit Krägelchen aus Milaneser Spitzen oder feinstem Leinen. Sie hatte zarte, kleine Hände, die das Klavier unter ihrem Spiel wie ein Spinett klingen ließen. Im Freien trug sie lieber Umhänge und Capes statt Mäntel, und Hüte im Stil des 18. Jahrhunderts. Ihre Haut hatte den Farbton reiner Apfelblüte. Als wäre sie einem Gemälde entstiegen, so sah sie aus. Aber kein Mensch bekam bis zum Ende ihrer Tage je zu wissen, in welches absonderliche Bild ihr Vater sie eingepaßt hatte – ein Bild, aus dem sie niemals heraustrat.

Ihre Großeltern und ihre Tante Maud äußerten zweimal den Wunsch, sie zu sehen, einmal in Rom und einmal in Paris. Jedesmal waren sie gleichermaßen begeistert, pikiert und verärgert. Sie war ein so auserlesenes kleines Jüngferlein, dabei wissend, und sonderbar selbstsicher. Diese herablassende Selbstsicherheit und innere Kühle reizten ihre Verwandten zur Wut.

Ihr Großvater war der einzige, den sie bezauberte. Er war in das kleine, makellose Ding regelrecht verliebt. Noch Monate nach einer Begegnung fand seine Frau ihn tief in Gedanken an seine Enkelin versunken und von der Hoffnung erfüllt, sie wiederzusehen. Nie gab er die Hoffnung auf, sie möge eines Tages bei ihm und der Großmutter leben.

»Vielen Dank, lieber Großvater! Du bist zu gütig. Aber Papa und ich sind so ein wunderliches altes Paar und leben ganz in unserer eigenen Welt.«

Ihr Vater ließ sie – von weitem – einen Einblick in die Außenwelt tun. Er gab ihr auch zu lesen. Als ganz junges Mädchen las sie Zola und Maupassant und erlebte Paris mit den Augen dieser Dichter. Später las sie Tolstoi und Dostojewskij. Aus Dostojewskij wurde sie nicht klug. Die anderen nahm sie mit durchtriebenem Verständnis in sich auf, wie sie auch die Geschichten des Decamerone, die sie in altitalienisch las, und das Nibelungen-Epos begriff. Unheimlich, wie sie alles gleichsam in einem völlig kalten Licht, ohne eine Glut darin, zu begreifen schien. Sie war eben ein Findelkind und nicht so recht menschlich.

Das brachte ihr auch sonderbare Antipathien ein. Besonders in Paris kam es vor, daß Kutscher oder Gepäckträger sie plötzlich, wenn sie allein war, mit roher Brutalität behandelten. Sie witterten in ihr Impertinenz und Arroganz gegen das, was ihnen selber teuer war. Diese Selbstsicherheit, die von ihr ausging; und dabei war die Blüte ihrer Mädchenhaftigkeit ganz ohne Duft. Einen saftigen, sinnenfrohen römischen Kutscher konnte sie angucken wie ein komisches Tier, über das man höchstens lacht. Sie kannte ihn aus ihrem Zola. Und die Herablassung, mit der sie ihm ihren Befehl gab, als sei nur sie selber schöne Wirklichkeit, er aber ein Untier, machte so einen Mittelmeermenschen, der auf seine Männlichkeit pochte und für den der Phallus immer noch das einzige Mysterium war, einfach wütend. Dann bekam sie rohe, abscheuliche Schimpfworte an den Kopf geworfen.

Aus solchen beängstigenden Vorkommnissen zog sie den Schluß, daß sie Hilfe nötig hatte. Diese niedrigen Leute repräsentierten die rohe Gewalt, gegen die ihr Geist nichts ausrichtete. Doch lernte sie, auf sie gefaßt zu sein. Die primitive, phallische, verkrampfte Wut, die der gemeine Mann gegen sie empfand, war ihr unverständlich – sie war und blieb die Prinzessin, die Elfe. Ihr Vater wurde nie so behandelt; sie fand vielmehr heraus, daß es ihre Mutter war, die sie in ihr haßten. Eine Blüte ohne Frucht war es, die ein solcher Kutscher in ihr sah und die es ihn drängte zu zerstören: ihre Überlegenheit und ihre geschlechtslose Schönheit.

Als sie neunzehn war, starb ihr Großvater und hinterließ ihr zu Händen zuverlässiger Treuhänder ein erhebliches Vermögen. Es sollte ihr nur unter der Bedingung ausbezahlt werden, daß sie die Hälfte des Jahres in Amerika zubrächte.

»Sie sollen ihr Geld behalten!« sagte sie zu ihrem Vater. »Was soll diese Bedingung? Ich habe keine Lust, mich sechs Monate im Jahr in Amerika einzusperren.«

»Sei klug, Prinzeßchen«, war seine Antwort. »Wir sind ziemlich arm und nie vor Gemeinheiten sicher. Und ich kann Gemeinheiten nicht ertragen. In dieser Welt leben wir wie Verstoßene. Wir sind machtlos. Laß uns lieber das Geld nehmen, dann wird niemand wagen, uns Gemeinheiten anzutun.«

Eine neue Zeit begann für sie. Sie verbrachten den Sommer an den großen Seen, in Kalifornien oder im Südwesten. Der Vater dichtete ein wenig, die Tochter malte. Er machte Gedichte über die Seen oder die Riesenbäume, und sie verfertigte zierliche Zeichnungen. Er war kräftig und liebte das Leben im Freien. Tagelang waren sie zusammen draußen, im Kanu, und des Nachts schliefen sie am Lagerfeuer. Die Prinzessin, so zart sie auch war, ließ sich nicht unterkriegen, niemals. Sie ritt mit ihm durch die Gebirge, bis sie vor Müdigkeit nichts mehr wußte als dies: daß sie zu Pferde saß. Nie gab sie sich geschlagen. Nachts hüllte er sie in Decken über einem Lager von Tannenzweigen. Da lag sie dann und sah zu den Sternen empor. Ihre Rolle hielt sie durch.

Die Jahre gingen dahin. Sie wurde zu einer Frau von fünfundzwanzig, von dreißig Jahren. Immer das gleiche jüngferliche, zierliche Prinzeßchen, kühl-wissend wie eine alte Frau und völlig unberührt. Da fragte man sie wohl: »Was werden Sie einmal tun, wenn Ihr Vater nicht mehr da ist?«

Dann gab sie, kühl und teilnahmslos wie eine Elfe, zurück: »Daran denke ich nie.«

Sie hatte ein kleines, schön eingerichtetes Häuschen in London und ein ebenso kleines, ebenso schönes in Connecticut; in jedem waltete eine treue Haushälterin. Sie hatte zwei Heime und kannte eine Unmenge interessanter Menschen, Künstler, Literaten. Was wollte sie mehr?

Die Jahre gingen unmerklich dahin. Sie war auch hierin wie eine Elfe: sie alterte nicht. Mit dreiunddreißig sah sie nicht anders aus als mit dreiundzwanzig. Nur ihr Vater wurde alt und immer wunderlicher. Ihre Aufgabe bestand darin, seine verborgene Wunderlichkeit zu hüten. Die letzten drei Jahre seines Lebens wohnte er in dem Häuschen in Connecticut. Er war gestört und erlitt manchmal Anfälle, die das Prinzeßchen schier umwarfen. Körperliche Gewalt war ihr zum Herzbrechen zuwider. Aber die Tatsache seines Zustandes wurde nie offen zugegeben, sie engagierte eine jüngere, gebildete und feinfühlige Pflegerin für den alten Mann. Miss Cummins war ihr leidenschaftlich ergeben und hegte eine an Liebe grenzende Verehrung für den schönen, weißhaarigen, ritterlichen Greis, der sich seiner Wutanfälle nicht mehr entsann, wenn sie vorüber waren.

Das Prinzeßchen war, als er starb, achtunddreißig Jahre alt und immer noch ganz unverändert. Winzigklein und wie eine würdevolle, duftlose Blüte. Ihr kurzes braunes Haar war biberfellfarben und umrahmte ihr Apfelblütengesicht, das mit seinem gebogenen Näschen einem alten Florentiner Gemälde glich. Im Gang und in der Sprache war sie ungemein ruhig. Ihre blauen Augen schienen eine immerwährende stumme Herausforderung zu enthalten, die im Laufe der Jahre einen fast höhnischen Ausdruck annahm.

Nach seinem Tode war ihr, als habe sich alles in einem Nebel aufgelöst. Im Bann des Irreseins ihres Vaters hatte sie wie in einem Treibhaus gelebt, und dies war nun plötzlich fort und entließ sie in die rauhe, frische, alltägliche Luft.

Was tun? Die reine Leere lag vor ihr. Sie hatte nur noch die Cummins, mit der sie das Geheimnis um ihren Vater und die Verehrung für ihn teilte. Sie spürte, wie diese ihre Verehrung im Laufe der Jahre auf sie übergegangen war. Und jetzt war nur noch die Cummins Trägerin dieser Empfindung; sie selbst aber, die Prinzessin, war ein leeres Gefäß.

Ein leeres Gefäß im Riesenspeicher der Welt!

Was tun? Da sie sich nicht wie Alkohol in einer offenen Flasche verflüchtigen konnte, mußte etwas geschehen. Niemals zuvor hatte eine solche Notwendigkeit bestanden, die der niedrigen Masse vorbehalten war. Nun aber befand sie sich in deren Nähe und unterlag dem Zwang, etwas tun zu müssen. Es war demütigend und entwürdigend. Auch kam ihr neuerdings zum Bewußtsein, daß sie von Männern mit abschätzenden Blicken betrachtet wurde. Nicht als ob sie plötzlich für Männer etwas übrig hätte. Männer bedeuteten ihr gar nichts. Aber diese sonderbare Einrichtung der Ehe beschäftigte sie. Es setzte sich in ihr fest, daß die Ehe das sei, was sie zu tun habe. Ehe und Mann war dasselbe, das war ihr bekannt. Fakten waren ihr bekannt. Aber der Mann schien mehr ihrer Vorstellung anzugehören, als selber etwas zu sein.

Nachdem alles mit dem Tode ihres Vaters Zusammenhängende geordnet war, lag es natürlich nahe, auf Reisen zu gehen. Mit Miss Cummins. Die beiden waren einander vertraut, blieben aber immer Fräulein Urquhart und Miss Cummins, und hielten Distanz. Die Cummins, aus Philadelphia, eine gescheite, intellektuelle Person, aber im Reisen unerfahren und vier Jahre jünger als die Prinzessin, empfand sich als erheblich geringer als diese. Sie verehrte ihre zeitlose, nie alternde Herrin inbrünstig. Wenn sie die Reihen zierlicher, winziger, teuerster Schuhchen im Schrank der Prinzessin betrachtete, überkam sie eine Regung von Zärtlichkeit, ja von Ehrfurcht. Sie war auch jungfräulich, aber mit einem verwirrt-neugierigen Ausdruck ihrer braunen Augen. Ihr Teint war hell und sauber, ihre Gesichtszüge wohlgeformt, doch ausdruckslos. Ihre Stimme war bis zum Flüstern gedämpft, ein nicht zu behebendes Überbleibsel aus der Atmosphäre des alten Herrn.

Nach Europa zog es die Prinzessin nicht. Seit dem Tode ihres Vaters verspürte sie einen Drang nach Westen. Sie folgte unwillkürlich der Ausdehnungstendenz des Landes, die an der pazifischen Küste ganz plötzlich, unter Schwärmen von Badegästen, zum Stillstand kam.

Aber nein, nicht an die pazifische Küste, so weit wollte sie nicht. Vielmehr zog es sie nach New Mexico. Als die Menge sich wieder ein wenig verzog, Ende August, traf sie mit Miss Cummins im Rancho del Cerro Gordo ein. Diese Ranch war am Rande der Wüste gelegen, an einem Fluß, der vier Meilen vom Fuß der Berge entfernt dahinfloß, eine Meile von San Cristobal, einer indianischen Niederlassung, entfernt. Diese Ranch eignete sich nur für reiche Leute, die Prinzessin zahlte für sie beide dreißig Dollar pro Tag. Aber sie bewohnten ein zwischen Obstgärten gelegenes kleines Häuschen für sich. Zu Abend aßen sie im großen Gästehaus.

Der Prinzessin ging noch immer der Gedanke ans Heiraten im Kopf herum. Im Rancho del Cerro Gordo wohnten vielerlei Gäste – nur keine armen. Alle waren reich, und die meisten romantisch. Etliche waren reizend, andere gewöhnlich; einige waren vom Film und sonderbar, doch natürlich und anziehend, und viele waren Juden. Obgleich sie in der Unterhaltung die anregendsten waren, mochte die Prinzessin die Juden nicht. Sie redete mit den Juden, malte mit den Malern, ritt mit jungen Studenten aus und amüsierte sich ganz gut. Aber sie kam sich vor wie ein Fisch auf dem Trockenen. Und der Begriff ›Ehe‹ blieb ihr etwas Abstraktes, das nichts mit den jungen Männern hier zu tun hatte, auch mit den sympathischen nicht.

Sie sah aus wie knapp fünfundzwanzig Jahre alt. Der

keusche Mund und die Zartheit ihres Gesichts ließen sie nicht älter erscheinen. Nur der spöttische Ausdruck, der manchmal in ihre Augen trat, machte die Leute stutzig. Wenn sie ihr Alter niederschreiben mußte, schrieb sie ›achtundzwanzig‹ und malte dabei die Zwei so undeutlich, daß sie auch für eine Drei hingehen konnte.

Männer deuteten ›ernste Absichten‹ an, namentlich Studenten. Aber unter dem spöttischen Lächeln ihrer Augen verstummten sie wieder. Es kam ihr lächerlich und sogar ein bißchen unverschämt vor. Der einzige Mann, der sie überhaupt beschäftigte, war einer der Fremdenführer, ein Mann namens Domingo Romero. Ihm hatte vor zehn Jahren die Ranch gehört, und er hatte sie verkauft, war dann aber wiedergekommen. Seinem Vater hatten einige Quadratmeilen rings um San Cristobal gehört, aber das Vordringen der Amerikaner, das Sterben der Schafherden und die Apathie der Menschen, die am Rande der Wüste lebten, hatten die alte spanische Familie Romero zugrunde gerichtet. Die letzten von ihr waren nur noch mexikanische Bauern.

Domingo hatte seine zweitausend Dollar durchgebracht und arbeitete jetzt für die Yankees als Führer. Er war dreißig Jahre alt, ein großer, schweigsamer Mensch mit einem schweren, verschlossenen Mund und trotzigen, dunklen Augen. Von hinten sah er gut aus, kräftig und wohlgewachsen, doch sein braunes Gesicht war lang und finster und so ausdruckslos, wie es für die Mexikaner dieser Gegend charakteristisch war. Sie scheinen gesund und stark zu sein, zum Lachen und Scherzen aufgelegt, aber ihre Natur ist erstarrt, als wüßte sie keine Betätigung für ihre Tatkraft, und ihre starren Gesichter bringen keinen Daseinszweck zum Ausdruck. Sie warten auf den Tod, sie warten auf irgendeine Erweckung. Aber sie finden diesen Daseinszweck nur in Selbstquälerei und Totenkult. Sie verehren den Tod aus Selbstquälerei, weil sie nicht imstande sind, der riesenhaften und schönen, aber bösartigen Landschaft, in die sie hineingestellt sind, einen Sinn abzugewinnen. Dergleichen war im mystischen Dunkel ihrer Augen zu lesen.

In der Regel aber waren die Augen dieser Mexikaner verschlossen und verschlafen, bisweilen feindselig, bisweilen freundlich, und oft bargen sie das unheildrohende Glimmern und Glitzern der Indianeraugen in sich.

Domingo Romero bot mit seiner dunklen Hautfarbe, dem schweren Mund und den schwarzen Indianeraugen einen fast typisch mexikanischen Anblick. Aber inmitten der Hoffnungslosigkeit seiner Blicke glomm ein Funke Stolz, Selbstvertrauen und Kühnheit. Nur ein Funke in einem See von schwarzer, regloser Verzweiflung.

Und dieser Funke machte den Unterschied zwischen ihm und den anderen aus. Er verlieh ihm in Auftreten und Erscheinung Feingefühl und Schönheit. Statt des üblichen mexikanischen Ungetüms trug er als Kopfbedeckung einen flachen schwarzen Hut, und seine Anzüge waren elegant und aus leichten Stoffen. Schweigsam, unauffällig und in der Landschaft kaum bemerkbar, gab er einen erstklassigen Führer von hoher Intelligenz ab. Er sah jede Schwierigkeit voraus. Er konnte am Lagerfeuer, mit seinen mageren braunen Händen hantierend, vorzüglich kochen, und sein einziger Fehler war, daß er nicht gefällig, gesprächig, gemütlich sein konnte.

Die Juden pflegten zu sagen: »Nein, geben Sie uns nicht den Romero mit, mit dem kommt man nicht ins Gespräch.«

Touristen kommen und gehen; sie durchschauen selten etwas. Den Funken in Romeros Augen gewahrten sie nicht, dazu waren sie zu unlebendig.

Die Prinzessin aber gewahrte ihn einmal, als sie ihn zum Führer hatte. Sie fischte Forellen im Cañon, die Cummins las in ihrem Buch, die Pferde waren an einem Baum angepflockt und Romero war dabei, die Köderfliege zu wählen. Er machte sie fest und reichte der Prinzessin die Angel. In diesem Augenblick sah sie den Funken in seinem Blick. Sofort wußte sie, daß er ein Gentleman war. Daß sein Dämon, wie ihr Vater es genannt hätte, zu den vornehmen gehörte. Augenblicklich änderte sie ihr Benehmen ihm gegenüber.

Es war früh im September, das Wasser wurde schon kühl, die Blätter aber waren noch grün. Romero hatte ihr über einer ruhigen Einbuchtung hinter den Baumwollstauden auf einem Felsen ihren Platz angewiesen. Dort stand sie, eine winzige, wohlgeformte Gestalt im weichen, enganliegenden grauen Sweater, den gutgeschnittenen grauen Reithosen und schwarzen Schaftstiefeln. Unter dem kleinen grauen Filzhut stahl sich ihr lockeres braunes Haar vor. War sie eine Frau? Nicht so recht. Eher ein Elfengeschöpf, das sich da auf dem Felsen gegen die kahle Felslandschaft abhob. Sie verstand es, mit der Angel umzugehen, ihr Vater hatte einen Fischer aus ihr gemacht.

Romero angelte etwas weiter flußabwärts. Er hatte ein schwarzes Hemd und schwarze Hosen an, die in seinen Reitstiefeln staken. Den Hut hatte er auf den Felsen neben sich gelegt. Er hatte drei Forellen gefangen. Hin und wieder blickte er zu der Prinzessin hinüber, die noch nichts gefangen hatte. Schließlich zog er die Angel ein und kam zu ihr. Er untersuchte ihre Schnur, prüfte ihre Stellung. Schweigend deutete er mit seinen schlanken braunen Händen einige Änderungen an. Dann zog er sich zurück und beobachtete sie, an einen Baum gelehnt. Er half ihr von weitem. Sie spürte es. Und schon im nächsten Augenblick biß der Fisch an. Nach zwei Minuten zog sie eine starke Forelle hoch. Mit glitzernden Augen und geröteten Wangen sah sie sich nach ihm um. Als sie seinem Blick begegnete, glitt über sein dunkles Gesicht ein grüßendes Lächeln von eigentümlichem Charme.

Sie spürte, daß er ihr half. Sie spürte in seiner Gegenwart eine verborgene männliche Eigenschaft, die ihr neu war. Das Blut stieg ihr in die Wangen, ihre blauen Augen wurden dunkler. Fortan hielt sie nach diesem starken Strahl männlicher Güte, die ihm aus dem Herzen kam, Ausschau.

Eine stille, unausgesprochene Vertrautheit erwuchs zwischen ihnen. Sie mochte seine Stimme, seine Erscheinung, seine Anwesenheit leiden. Seine Muttersprache war Spanisch, Englisch sprach er mit einem fremden Akzent, langsam, suchend und in dem melancholischen Tonfall, der vom Spanischen her kam. In seinem Äußeren war er von unauffälliger Korrektheit, wohlrasiert und das dichte, ziemlich lange Haar im Nacken sorgsam geschnitten. Sein schwarzes Wollhemd, der breite Ledergürtel, die weiten schwarzen Hosen in den verzierten Cowboystiefeln – alles war von unzerstörbarer Eleganz. Silberschnallen oder Ringe trug er nicht, nur seine Stiefel waren bebortet und am Rand mit weißem Wildleder verziert. Er sah schlank und elegant aus und war doch sehr stark.

Aber seltsam: er gab ihr das Gefühl ein, daß ihm der Tod nahe wäre. Vielleicht war ja auch er halbwegs in den Tod verliebt. Wie dem auch sei – das Gefühl seiner Todesnähe machte ihn für sie ›annehmbar‹.

So klein sie auch war, gab sie doch eine gute Reiterin ab. Sie bekam auf der Ranch eine Fuchsstute zugewiesen, die schön im Fell war, gut gebaut, mit kräftigem, breitem Nacken und dem gebogenen Rücken, der den guten Renner verrät. Sie hieß Tansy. Ihr einziger Fehler war der bei Stuten übliche: sie neigte zur Hysterie.

Täglich ritten die Prinzessin und die Cummins mit Romero in die Berge. Einmal blieben sie zwei Tage lang zusammen mit Freunden, die sich ihnen angeschlossen hatten, draußen. Aber die Prinzessin sagte zu Romero: »Zu dreien gefällt es mir doch am besten.«

Er gab ihr ein flüchtiges, aber betörendes Lächeln zur Antwort.

Noch kein Mann hatte ihr diese Fähigkeit zu stiller Zartheit erwiesen, diese Kraft, aus der Ferne zu helfen, beim

Angeln oder beim Reiten oder wenn Tansy einmal scheute. Es erregte sie, dieses Lächeln, das unvermutet über sein dunkles Gesicht glitt und seine kräftigen weißen Zähne entblößte. Er verzog sein Gesicht fast zu einer Grimasse, und doch war solche Wärme darin, daß sie sich wahrhaftig wie eine Prinzessin vorkam.

Dennoch kam in seiner Gegenwart ihre fixe Idee einer Heirat nicht auf. Irgendwie war ihrem absonderlichen kleinen Gehirn die Vorstellung einer Ehe mit ihm nicht gegeben, obwohl kein bestimmtes Hindernis vorlag; und konventionell war sie nicht. Wenn sie es recht bedachte, ging ihr auf, daß sehr wohl ihre beiden ›Dämone‹ sich vermählen könnten, ja wohl gar schon vermählt waren. Eine feine Intimität des Einandererkennens waltete zwischen ihnen. Aber wie dies zu einer Ehe sollte führen können, blieb ihr uneinfühlbar. Eher hätte sie einen der netten jungen Harvard- oder Yalestudenten ehelichen können.

So ging die Zeit dahin, und sie ließ sie verstreichen. Der September neigte sich seinem Ende zu. Die Espen auf den Berghöhen wurden gelb und die Eichen rot; die Baumwollstauden im Tal und am Ufer waren noch unverändert.

»Wann reisen Sie ab?« fragte Romero einmal und sah sie unbeteiligt an.

»Ende Oktober«, sagte sie. »Ich habe versprochen, Anfang November in Santa Barbara zu sein.« Er verbarg den Funken in seinen Augen, aber sie gewahrte, wie sein schwerer Mund sich finster vorschob.

Sie hatte sich öfters beklagt, daß sie nie Wild zu sehen bekäme, von Eichhörnchen oder einem Skunk oder Stachelschwein abgesehen. Kein Bär, kein Puma, kein Hirsch. »Gibt es denn kein größeres Wild hier?« fragte sie enttäuscht.

»Doch«, sagte er. »Hirsche gibt es. Auch Bärenspuren hab ich schon gesehen.«

»Aber warum bekommt man die Tiere selbst nie zu Gesicht?« Sie sah wie ein begehrliches Kind aus.

»Das geht nicht so leicht. Sie lassen die Menschen nicht an sich heran. Man muß lange auf sie warten, oder ihren Spuren auf weite Entfernungen folgen.«

»Ich mag nicht abreisen, ehe ich einen Hirsch oder Bären gesehen habe.«

Er lächelte nachsichtig. »Wollen Sie etwa in die Berge und darauf warten?«

»Ja«, erwiderte sie und blickte mit einer naiven Anwandlung von Unternehmungslust zu ihm empor. Sofort wurde sein Gesicht wieder ernst und sachlich. »Dann müssen Sie da oben ein Haus ausfindig machen. Die Nächte sind jetzt eiskalt. Sie müßten in einem Haus übernachten.«

»Gibt es denn keine Häuser da oben?«

»Doch. Es gibt eine kleine Hütte, die mir gehört. Ein Goldgräber hat sie vor langer Zeit errichtet. Dort könnten Sie eine Nacht bleiben. Vielleicht sehen Sie dann Großwild. Vielleicht, man weiß es nicht. Vielleicht auch nicht.«

»Wieviel Aussicht ist denn vorhanden?«

»Schwer zu sagen. Als ich zuletzt da war, kamen drei Hirsche zur Tränke, und ich habe zwei Waschbären erlegt. Aber vielleicht sehen wir diesmal gar nichts.«

»Gibt es da Wasser?«

»Ja. Die Hütte steht an einem kleinen, runden Bergsee, der von Schneewasser gespeist wird.«

»Ist das weit?«

»Ziemlich. Können Sie den Grat dort erkennen?« Er hob den Arm und wies in die Ferne. »Dort, wo keine Bäume mehr sind, nur Gestein. Über diesen Grat muß man hinaus, in derselben Richtung weiter, dann kommt man durch die Fichten zu der Hütte. Mein Vater kaufte einem bankrotten Goldgräber das Schürfrecht ab. Aber nie ist dort Gold gefunden worden, und keiner kommt je dorthin. Es ist zu einsam.«

Sie sah zu dem schweren Massiv der Rocky Mountains hinüber. Es war jetzt Anfang Oktober, die Espen verloren schon ihre gelben Blätter, und die Fichten und Rottannen schienen dunkler zu werden. Die mit Eichengestrüpp bewachsenen Flächen auf den Höhen waren rot wie Blut.

»Kann ich dahingelangen?«

»Sie können schon. Aber jenseits des Grates liegt jetzt schon Schnee. Es ist kalt und einsam da oben.«

»Ich möchte hin«, sagte sie hartnäckig.

»Gut«, sagte er. »Wenn Sie wollen ...«

Sie bezweifelte, daß die Wilkinsons sie allein, nur mit Romero und der Cummins, gehen lassen würden. Aber ihr Eigensinn, der schon etwas Unzurechnungsfähiges hatte, hielt sie gefangen. Sie wollte in das verborgene Herz der Berge schauen. Sie wollte zu der Hütte unterhalb der Fichten am grünen Bergsee, dort wollte sie sehen, wie das Wild sich frei bewegte.

»Wir werden den Wilkinsons sagen, daß wir den Ausflug zum Frijoles Cañon machen«, schlug sie vor. Dieser Ausflug gehörte zu den üblichen Touren. Dort war es weder anstrengend noch einsam, noch kalt. Man übernachtete in einem Blockhaus, das sich Hotel nannte.

Romero sagte: »Wenn Sie das wollen, so sprechen Sie bitte mit ihnen. Sie werden es mir übelnehmen, daß ich Sie so hoch in die Berge führe. Und ich muß zuerst mit einem Packpferd voraus, um Proviant und Decken hinzubringen. Es ist ein anstrengender Ritt. Möglich, daß Miss Cummins es nicht schafft.«

»Das werden wir sehen!« Sie war plötzlich ganz Autorität. »Ich wünsche es. Ich spreche mit Mrs. Wilkinson. Wir reiten Sonnabend.«

Er schüttelte den Kopf. »Ich muß Sonntag mit dem Packpferd und den Sachen voraus; früher kann ich nicht.«

»Gut. Dann eben Montag.« Schon der geringste Widerstand ärgerte sie. Romero wußte, daß er, wenn er Sonntag in der Frühe aufbrach, erst spät in der Nacht zurück sein konnte. Trotzdem sagte er zu, Montag um sieben Uhr aufzubrechen. Der Cummins wurde aufgetragen, alle Vorbereitungen für den angeblichen Ritt nach Frijoles Cañon zu treffen. Sonntag hatte Romero seinen freien Tag. Als die Prinzessin sich am Sonntagabend zurückzog, war er noch nicht wieder da, aber Montag früh, als sie sich ankleidete, sah sie ihn die drei Pferde aus dem Stall holen. Sie war wohlgelaunt. Die Nacht war kalt gewesen, am Grabenrand hatte sich Eis gebildet. Die Eichhörnchen waren mit verängstigten Augen in die Sonne gekrochen, zu steif, um sich zu bewegen.

»Wir bleiben zwei bis drei Tage weg«, sagte die Prinzessin zu Mrs. Wilkinson.

»Schön, dann fangen wir erst Donnerstag an, uns Sorgen zu machen«, erwiderte diese. »Jedenfalls liefert Romero Sie wieder ab. Er ist zuverlässig.«

Als sie sich dem Gebirge zuwandten, lag die Sonne schon über der Wüste und ließ das Gestrüpp, den Salbei und die riesige Sandfläche blaß aufleuchten. Zur Rechten lagen die Schatten der Lehmsiedlung, die sich flach, fast unsichtbar, an die Erde schmiegte. Weiter im Hintergrund lagen die Ranch und die Gruppen der Baumwollstauden, deren Spitzen unter dem klaren blauen Himmel anfingen zu vergilben. Die weiten Flächen des Südwestens legten die Farben des Herbstes an.

Die drei trabten den Pfad entlang der Sonne entgegen, die über dem dunklen Massiv der Berge golden funkelte. Die Vorderhänge lagen noch im Schatten, über den Seitenhängen flammte es schon schweflig auf. Das rote Eichenlaub, die blauschwarzen Tannen und die grauen Felsen mischten ihre Farbtöne ineinander. Das Wasser des Cañons strahlte in tiefer Bläue.

Sie ritten hintereinander. Romero hatte auf seinem Rappen die Führung, hinter ihm die Prinzessin auf ihrer Fuchsstute, am Schluß die Cummins, die auf dem Pferderücken nie recht glücklich war; sie ritt in dem Staub, den die anderen aufwirbelten. Manchmal stieß ihr Pferd ein Schnauben aus und ließ sie zusammenzucken.

Im sanften Trab ging es weiter und weiter. Romero blickte sich nie um. Er vernahm das Getrappel der Hufe hinter sich, mehr brauchte er nicht. Die Pferdehufe klapperten und scharrten im Gestein. Dann und wann streckte ein Dornbusch flaumige Büschel von reinstem Gold nach ihnen aus. Sie wandten sich in die bläulichen Schatten hinein, einen steilen Felsabhang hinauf. Tief und verschleiert lag die Welt unter ihnen. Dann tauchten sie in den Schatten des tiefen San Cristobal Cañons, in dem das Wasser schnell dahinströmte. Hin und wieder blieb ein Pferd stehen, um ein Grasbüschel abzurupfen.

Der Pfad wurde jetzt enger. Die Felsen rückten näher zusammen, es wurde dunkler und kühler, indem es höher und höher ging, wo die Bäume sich in der Enge des Felseinschnittes drängten. Sie befanden sich jetzt zwischen Baumwollbäumen, die sich gerade und weich zu erstaunlicher Höhe erhoben. Droben schimmerten die Wipfel vergoldet. Tiefer unten aber, wo die Pferde sich zwischen den Baumstämmen den Fels hinaufmühten, lastete blauer Schatten über dem dahinrauschenden Wasser, den grauen Flechtengehängen und den blassen Storchschnabelstauden zwischen der Wildnis und Fäulnis dieses nie betretenen Winkels. Welch ein Wirrsal von Verfall und Verwesung! Ein Frösteln überkam die Prinzessin, wenn sie in diese Welt hineinsah.

Sie klommen wieder bergab, planschten durch das Wasser und auf dem jenseitigen Ufer wieder aufwärts. Romeros Rappe hielt den Schritt an, beäugte die gefallenen Stämme und ging flott hinüber. Die Fuchsstute folgte zögernd. Der Falbe von Miss Cummins bockte und mußte am Zaum geführt werden. In dem Schweigen der Wildnis, das nur vom Klappern der Hufe oder ihrem Plätschern im Wasser unterbrochen wurde, wenn der Pfad den Bach wieder kreuzte, arbeiteten sie sich weiter empor. Droben leuchteten die Berghöhen gelb, von dunklen Tannenflecken gesprenkelt. Manchmal ging es erneut bergab und quer durch das Wasser. Die Pferde schritten vorsichtig über gestürzte Baumstämme und Felsbrocken hinweg. Der Rappe ging mit hin und her schlagendem Schweif voran. Auch die Stute der Prinzessin gelangte sicher durch das Geröll hindurch. Doch hinter ihr ließ der Falbe plötzlich ein wildes Schnauben hören. Bevor sie sich umwandte, erhaschte sie das dunkle Gesicht Romeros, der sich mit dämonischer Wachsamkeit zurückdrehte. Der Falbe hinkte; eins seiner Knie war von Blut gerötet.

»Er wäre um ein Haar gestürzt!« schrie die Cummins.

Romero war im Nu aus dem Sattel und eilte das Stück Weg zurück. Er beruhigte den Falben mit gedämpfter Stimme und betastete das verletzte Knie. »Hat er sich verletzt?« fragte die Cummins ängstlich und schrie auf, als sie den dünnen Blutstreifen das rehfarbene Fell hinabrinnen sah. »Wie entsetzlich!« Sie war blaß geworden. Romero richtete sich auf und sagte: »Nicht weiter schlimm. Gebrochen ist nichts.«

Zur Prinzessin sagte er: »Das Tier kann gehen, es ist nichts Schlimmes.«

»Was, hier sollen wir hinauf?« schrie die Cummins. »Wie lange dauert das?«

»Ungefähr fünf Stunden«, erwiderte er.

»Fünf Stunden! Auf einem Pferd mit einem wunden Knie? Und so steil hinauf? Nein, wie denken Sie sich das?«

»Ja, ziemlich steil ist es«, sagte er, schob sich den Hut zurück und starrte auf das blutende Knie. Der Falbe ließ den Kopf hängen. »Ich glaube, er schafft es schon«, fügte Romero hinzu.

»Daran ist doch nicht zu denken!« rief die Cummins aufgeregt und mit tränennassen Augen. »Um keinen Preis reite ich da hinauf!«

»Warum denn nicht?«

»Es tut ihm doch weh!«

Romero untersuchte aufs neue das Knie. »Doch, er kann es schaffen. Und steif wird das Bein nicht.«

»Fünf Stunden den steilen Berg da hinauf? Das bringe ich nicht fertig. Ich werde ihn am Zaum nehmen und probieren, ob er überhaupt gehen kann. Reiten tu ich ihn nicht. Ich gehe zu Fuß.«

»Aber liebste Cummins, Romero sagt doch aber, es geht«, redete die Prinzessin ihr zu.

Aber mit der Cummins war nichts anzufangen. »Es tut ihm weh. Das ertrage ich nicht.« Die Vorstellung, ein Tier litte Schmerzen, machte sie immer hysterisch. Sie gingen also weiter, und sie führte den Falben am Zügel, aber er hinkte. Sie setzte sich auf einen Stein. »Das kann ich nicht mit ansehen. Es ist grausam.«

»Wenn wir nicht darauf achten, hinkt er nach einer Weile nicht mehr«, sagte Romero. »Jetzt spielt er sich nur auf, weil er merkt, daß wir darauf eingehen.«

»Spielt sich auf?« versetzte sie ärgerlich. »Das kann ich mir nicht denken. Man sieht doch, wie weh es ihm tut.«

Guter Rat war teuer. Die drei blieben regungslos auf dem Pfad, die Prinzessin im Sattel, die Cummins auf ihrem Felsstück und Romero nachdenklich neben dem ermatteten Falben.

»Tja, dann müssen wir eben umkehren«, sagte Romero schließlich.

»Nein!« rief die Prinzessin. »Kommt nicht in Frage.« Es klang zornig.

Die Cummins stand von ihrem Sitz auf und sagte entschlossen: »Ich führe ihn nach Hause, und Sie beide gehen allein weiter.«

Der Vorschlag wurde schweigend angehört. Die Prinzessin starrte spöttisch auf ihre Gesellschafterin nieder. Diese fuhr fort: »Wir sind ja erst zwei Stunden unterwegs. Es macht mir nichts aus, zu Fuß zurückzugehen. Reiten kann ich das Tier nicht. Nicht mit dieser Wunde.«

Schweigen. Romero verhielt sich völlig teilnahmslos. Dann sagte die Prinzessin: »Also gut. Führen Sie ihn nach Hause. Es wird schon gehen. Zustoßen kann Ihnen nichts. Sagen Sie zu Hause Bescheid, daß wir morgen oder übermorgen zurück sind.« Es kam kühl und sachlich heraus. Sie konnte es nicht leiden, auf Hindernisse zu stoßen.

»Wir können ja alle umkehren und ein andermal wiederkommen«, sagte Romero leichthin.

»An einem anderen Tag geht es nicht«, sagte die Prinzessin. »Ich will weiter.« Sie sah ihm geradewegs in die Augen und begegnete dem Funken in seinem Blick.

Er zuckte die Achseln. »Wenn Sie es wünschen, gehe ich mit Ihnen. Miss Cummins kann bis zum Ende der Schlucht auf meinem Pferd sitzen, und ich führe ihres. Dann komme ich zu Ihnen zurück.«

Dies wurde beschlossen. Die Sättel wurden getauscht, die Cummins bestieg Romeros Rappen, er ergriff den Zügel des Falben, und sie kehrten um. Die Prinzessin ritt allein weiter bergauf. Sie war über die Cummins wütend und achtete auf gar nichts, sondern überließ das Pferd einfach sich selber.

Etwa eine Stunde lang ließ sie sich so treiben und gelangte ziemlich hoch hinauf. Das Pferd kletterte stetig. Sie kamen auf eine Lichtung, der Pfad wand sich durch schlanke Espenstämme. Hier oben war es sehr windig. Viele der Bäume waren schon kahl, an anderen flatterten die gelben, blütenähnlichen Blätter haltlos. Der Hang vor ihr glich einem leuchtenden Teppich, dicht wie ein Fuchsfell und gelb von Narzissen, die im Winde und der Höhensonne gediehen.

Sie hielt an und blickte zurück. In der Ferne sah sie durch die Öffnung der Schlucht gleich einem Eirund das blasse Blau der Wüste mit dem dunklen, zackigen Einschnitt des Rio Grande-Cañons. Und weit, weit am Horizont Bergkämme, wie Säume von Engelsgewändern.

Sie dachte über ihr Abenteuer nach. Sie war mit Romero

allein. Aber sie konnte sich auf sich selber verlassen, und Romero war nicht der Mann, ihr gegen ihren Willen etwas anzutun. Dies war ihr erster Gedanke. Vor allem aber war sie ganz von dem Wunsche besessen, über den Bergkamm hinweg zu gelangen und dahinter die Gebirgswelt zu erleben. Und dies mit Romero gemeinsam, weil zwischen ihnen eine besondere Bindung bestand. Die Cummins hätte doch nur gestört.

Sie setzte ihren Ritt fort und gelangte an eine Senkung vor dem Gipfel, ein kleines, flaches Tal, das mit dürrem Gras bewachsen war. Ein Bach sickerte wie ein Faden hindurch. Es war wie ein kleines Paradies, in welchem man sich Hirsche, Rehe und sonstiges Großwild vorstellen konnte. Hier wollte sie auf Romero warten und in der Zwischenzeit frühstücken.

Sie schnallte den Sattel ab und ließ die Stute an einer langen Leine frei. Wie schön sich die fuchsrote Tansy zwischen den gelben Blättern ausnahm, die den steinigen Boden wie eine Patina bedeckten. Sie selber fühlte sich mit ihrem gelb-braunen Wollsweater, der dem Gras ähnelte, und ihren lohfarbenen Reithosen dem Bild gut angepaßt.

Sie holte das eingewickelte Frühstück aus der Satteltasche, breitete sich ein kleines Tischtuch auf den Boden, setzte sich nieder und wartete. Dann machte sie ein kleines Feuer und briet sich ein Ei. Dann lief sie hinter Tansy her, die über den Bach gelaufen war, und holte sie zurück. Endlich saß sie wieder in der Sonne und wartete.

Der Himmel war blau, die kleine Talsenke lag lieblich wie ein Feenreich vor ihren Augen. Darüber aber ragten die hohen Felswände, dunkel vom Tannenbewuchs – die wilden, gewaltigen, grausamen Berge.

Zwei phantastische Gestalten zu Pferde erschienen zwischen den Fichten jenseits des Baches und kamen auf sie zu. Es waren zwei Indianer, in ihre grauen Baumwolldecken gewickelt wie Mumien anzusehen. Ihre Flinten ragten über die Sättel hinaus. Im Näherkommen wickelten sie sich aus den Decken und grüßten mit neugierigen Blicken aus kohlschwarzen Augen. Ihre schwarzen Haare waren zerzaust, die auf die Schultern fallenden Strähnen verschmutzt. Die beiden sahen ermüdet aus. Am Lagerfeuer der Prinzessin hielten sie an und saßen ab, schlugen sich die Decken um die Hüften, nahmen ihren Ponies die Sättel ab und ließen sie frei, dann setzten sie sich ans Feuer. Ein Lagerfeuer war ein Lagerfeuer! Der eine war ein junger Indianer, den sie schon kannte. Der andere war älter.

»Sie ganz allein?« fragte der jüngere.

»Romero kommt gleich«, erwiderte sie.

»Ah, Romero! Sie mit ihm. Wohin reiten Sie?«

»Über den Grat hinüber. Und Sie?«

»Hinunter zum Pueblo.«

»Wie lange sind Sie unterwegs?«

»Fünf Tage.« Der junge Indianer lachte sinnlos.

»Etwas geschossen?«

»Nein. Nur Spur von zwei Hirschen gesehen. Aber nichts geschossen.«

Sie bemerkte eine verdächtige Ausbuchtung unter einem der Sättel. Wahrscheinlich eine Hirschkeule. Aber sie sagte nichts.

»Haben Sie gefroren?« fragte sie.

»Ja. Sehr kalt nachts. Und hungrig. Seit gestern nichts gegessen. Alles aufgegessen.« Er lachte wieder sein kleines, sinnloses Lachen. Die beiden sahen verhungert und ausgehöhlt unter ihrer dunklen Haut aus. Die Prinzessin suchte in ihrer Satteltasche nach etwas zu essen. Es war noch ein Stück Speck und Brot da, das reichte sie ihnen. Sie rösteten den Speck an dünnen Stöcken über dem Feuer. Als Romero zurückkam, sah er das kleine Idyll: die Frau in ihren lohfarbenen Reithosen, ein taubenblaues Seidentuch um den Kopf, und ihr gegenüber die beiden Indianer, von denen der eine sich übers Feuer beugte, um den Speck zu rösten.

Er kam näher und tauschte mit den beiden Grüße auf spanisch, dann setzte er sich dazu, holte seinen Proviant hervor und aß. Die Prinzessin ging an den Bach, um zu trinken und sich die Hände zu waschen.

»Du Kaffee?« fragten die Indianer.

Romero verneinte. Sie ruhten eine Stunde oder mehr in der warmen Mittagssonne. Dann sattelte Romero und ritt mit der Prinzessin über den Bach in den Fichtenwald hinein, aus dem die Indianer aufgetaucht waren. Die beiden blieben am Lagerfeuer sitzen.

Als sie allein waren, warf Romero ihr einen Blick zu, aus dem sie nicht klug wurde. War sie leichtsinnig gewesen, sich auf dies einzulassen? »Macht es Ihnen auch nichts aus, mit mir allein zu reiten?« fragte sie.

»Wenn Sie es wünschen ...« erwiderte er.

Sie waren nun am Fuße des hohen, kahlen Felsgipfels angelangt. Spärlich ragten die Fichten aus dem Gestein wie Borsten auf einem toten Rieseneber. Die Mexikaner, erzählte Romero, hatten vor zwanzig Jahren die Bergwälder niedergebrannt, um die ›Weißen‹ zu vertreiben. Der graue Gipfelhang mutete leichenhaft an. Der Pfad war kaum noch zu sehen. Sie kletterten den Hang zwischen den gestürzten, aschgrauen Baumstämmen empor. Der Wind blies durch die Cañonschlucht von der Wüste herauf. Die Wüste lag tief unten wie eine Fata Morgana, bleich und endlos. Die Prinzessin getraute sich nicht hinzusehen.

Eine Stunde lang erklommen die Pferde den Hang mit fliegenden Flanken, hielten inne, um Atem zu schöpfen, und kletterten weiter, Länge um Länge die steinerne Schräge hinauf, ihren Weg über die silbergrauen Baumleichen hinweg suchend. Als sie dicht unter dem Grat waren, gingen die Pferde leichter und griffen flotter aus. Eiskalter Wind pfiff um sie her. Dann tauchten sie aus dem dunklen Gestrüpp droben auf dem Gipfel auf.

Vor ihnen lagen die massigen Gebirgsbrocken in machtvoller Verschlingung hingebreitet, von Leben und Seele entblößt. Unter dem schwärzlichen Tannengestrüpp lagen weiße Schneelachen. Die runden Berggipfel und die wie Tierrücken hingestreckten Felsgrate drängten einander wie eine riesige eingepferchte Herde.

Die Prinzessin fürchtete sich. Es war außerhalb aller menschlichen Maße. So fern und fremd dem Leben hatte sie sich's nicht vorgestellt. Aber jetzt war ihr Wunsch erfüllt. Sie hatte die grauenerweckende, abstoßende Felsenlandschaft gesehen, hier lag sie vor ihren Augen gebreitet, titanisch und unheimlich.

Sie wollte zurück. Sie wollte umkehren. Sie fürchtete sich. Aber Romero ritt auf der windgeschützten Seite des Tannenwaldes weiter. Er deutete auf den Abhang, wo ein großer, aufgeworfener Erdhaufen neben einer Erdhöhle lag: »Hier hat einer Gold gesucht.« Der Erdhaufen sah ganz frisch aus.

»Erst kürzlich?« fragte sie.

»Vor zwanzig oder dreißig Jahren«, sagte er. »Hier geht der Pfad dort hinüber, auf dem Grat entlang, bis Lucytown, wo er auf die richtige Straße trifft. Wir müssen dort hinunter, hinter dem Berg, ein Weg ist dort nicht.«

Wie er mit seiner schlanken Hand in die Ferne deutete, schien er nur der Dämon seiner selbst, von Verhängnis trächtig. Ihr war schwindlig, sie sah nicht gut, die Höhenluft setzte ihr zu. Nur einen Adler erkannte sie, der über ihnen am Himmel kreiste und die Unterseite seiner Schwingen sehen ließ.

»Werde ich es auch schaffen?« fragte sie schwach.

»O ja! Es ist jetzt ganz leicht. Es kommen keine schwierigen Strecken mehr.«

Es war kalt. Der Pfad führte wieder aufwärts auf einen schmalen Grat zu, von dem der Berg zu beiden Seiten steil abfiel. Sie empfand Furcht. Sie sah Wüste und bläuliche Bergkämme. Es war nicht zu ertragen; sie schloß die Augen und ließ die Gedanken schweifen. Die Stute folgte dem Pfad. Schließlich wandten sie sich, den Wind jetzt im Rücken, den Bergen entgegen. Wieder eine Wendung, dann ging es bergab. Sie verließen den Pfad. Die Pferde rutschten im Geröll und suchten sich selber den Weg. Es war nachmittags, gegen vier Uhr, die Sonne glühte schon tiefer am Horizont. Es wurde kälter. Romero, an den sie kaum noch dachte, stieg ab und half ihr aus dem Sattel. Sie schwankte, suchte aber ihre Schwäche zu verbergen. »Hier müssen wir hinunter«, sagte er. »Die Pferde führe ich am Zügel.«

Der kahle, mit verbranntem Gras bewachsene Steilhang erstreckte sich vor ihnen tief hinab. Sie hatte das Gefühl, wenn sie jetzt ins Rutschen käme, müsse sie wie ein Schlitten in die bodenlose Tiefe fahren. Aber sie riß sich zusammen. Ihre Augen funkelten vor Entschlossenheit. Sie konnte das Knarren der Tannen im Wind von tief drunten her hören. Sie sah mit ihren geröteten Wangen und dem wehenden Haar wie ein wildes Elfengeschöpf aus.

»Nein, mein Pferd führe ich selber«, sagte sie.

»Aber geben Sie acht, daß es nicht ins Rutschen kommt!« mahnte er. Er ging voran und glitt gewandt den steilen Hang hinunter, sprang von Fels zu Fels und nutzte jede glattere Rinne zum Weiterkommen aus. Sein Rappe kam rutschend, springend und tastend hinter ihm her, bisweilen die Vorderläufe hart zurückstemmend und sich gegen die Abschüssigkeit wehrend. Romero dirigierte ihn mit leichter Hand am Zügel. Die Prinzessin folgte ihm blindlings. Sie hielt sich schwankend, doch geschickt auf den Beinen, Tansy hinter sich herziehend. Wie ein winziger Farbfleck auf dem dürren Gestein nahm sie sich aus, winzig wie ein Vogelei. Wenn Romero sich nach ihr umsah, war er vor lauter Verwunderung ganz benommen.

Weiter, weiter hinab, fort aus diesem scharfen Zugwind. Drunten standen Tannen und Fichten, ein kleiner Bach quoll aus dem Gestein hervor. Endlich erreichten sie das

Tal. Romero hielt an und setzte sich neben einen Beerenstrauch in der Sonne nieder. Die Prinzessin kam näher, ihre Wangen brannten, und in ihren dunkelblauen Augen, die jetzt dunkler als ihr Kopftuch waren, stand eine unnatürliche Glut.

»Wir schaffen es«, sagte er.

Sie ließ die Zügel fallen und sank ins Gras. Sie konnte ihre Gedanken nicht sammeln, sie brachte kein Wort hervor, aber gottlob waren sie jetzt aus dem Wind heraus und in der Sonne. Nach einer Weile kehrte ihre Selbstbeherrschung zurück. Sie trank etwas Wasser. Romero prüfte die Sättel. Ein Stück Weges führten sie die Pferde noch an dem Wasserlauf entlang, dann saßen sie wieder auf. Sie ritten weiter abwärts in ein mit Espen bestandenes Tal. Durch die dünnen, glatten Stämme und die hellen flatternden Scheiben der Blätter drang der Goldglanz der Sonne. Danach kamen wieder die Schatten der dunklen, harzduftenden Fichten, deren Zweige sie vom Pferderücken herabfegen wollten, so daß sie sich hin und her drehen mußten, um nicht zu fallen. Dann kamen sie aus dem Schatten des Dickichts ins Helle: ein nackter Talgrund mit Fels und grauem Geröll tat sich vor ihnen auf, und mitten darin eine kleine Hütte und ein kreisrunder Bergsee mit dunkelgrünem Wasser.

Die Sonne war dicht vorm Untergehen. Schatten lagen schon über dem See und der Hütte, droben die Gipfel glühten noch. Die Hütte war nicht viel mehr als ein Loch mit einem Fußboden aus Lehm. Die Tür hing aus der Angel. Drinnen stand eine hölzerne Pritsche mit drei abgesägten Baumstümpfen davor, die als Schemel dienten, dazu eine offene Feuerstelle; mehr Platz bot der Raum nicht, der kaum zwei Menschen faßte. Ein Dach hatte das Gebilde nicht, aber Romero hatte dichte Tannenäste darüber gelegt.

Die besondere Maßlosigkeit des Urwaldes waltete über dem ganzen Ort, der Schmutz und Unrat der Tiere, die Verwahrlosung der Wildnis. Die Prinzessin spürte die Abstoßung von alldem, und ihr war schwach und elend zumute.

Romero sammelte eine Handvoll Zweige und machte auf der Feuerstelle ein Feuer, dann widmete er sich den Pferden. Sie starrte benommen in die Glut und legte hin und wieder neues Holz auf. Das Feuer durfte nur kleingehalten werden, eine größere Glut hätte die ganze Hütte in Brand gesetzt. Aus dem schadhaften Kamin, der aus Lehm und Steinen bestand, stieg der Rauch auf. Als Romero mit den Sätteln und Satteltaschen hereinkam, saß sie noch ganz erstarrt vor der Glut und wärmte sich die winzigen Hände. Ihre lohfarbenen Reithosen leuchteten daneben wie ein anderes Feuer.

»Wollen Sie etwas Whisky? Oder Tee? Oder lieber Suppe?« fragte er.

Nur halb begreifend, sah sie verwirrt zu ihm auf. »Tee«, sagte sie dann, »mit etwas Whisky. Wo ist der Kessel?«

»Ich bringe ihn herein.«

Sie nahm ihren Mantel und folgte ihm ins Freie. Oben glühte der Himmel noch immer, und die Bergkämme standen in Flammen. Die Pferde grasten zwischen dem Gestein. Romero kletterte auf einem Geröllhaufen herum und räumte etliche Steine weg, bis er eine Höhlung freigelegt hatte, wo er verschiedenes versteckt hielt. Er brachte ein Bündel von Decken, Kochtöpfe, einen Spirituskocher und eine Axt zum Vorschein. Es war die übliche Lagerausrüstung. Er arbeitete rasch und energisch. Seine resolute Tatkraft schüchterte sie ein.

Sie nahm einen Topf und ging zum Wasser hinunter, ihn zu füllen. Der See war still und geheimnisvoll, das Wasser klar und von sattem Grün. Und wie kalt es hier war! Sie hockte sich nieder und spülte den Topf aus. Jetzt verschwand der Sonnenglanz von den Bergspitzen. Es bedrückte sie. Plötzlich spürte sie, wie sie vom anderen Ufer her angestarrt wurde. Sie unterschied im Dämmer die Gestalt eines Luchses, der sich drüben zusammenduckte, farblos wie das Gestein. Das Tier beobachtete sie mit einer unheimlichen Art kalter, furchtloser Neugier. Die vorgestreckte Schnauze, die hochgestellten Ohren mit den spitzen Haarbüscheln. Mit einer erschrockenen Bewegung verschüttete sie das Wasser, da war das Tier wie ein Blitz verschwunden. Sie zitterte vor Angst. Sie witterte die Schrecknisse der Wildnis, die sie umgaben.

Romero brachte die Decken und Geräte in die Hütte. Drinnen war es schon dunkel. Er zündete eine Laterne an und ging mit der Axt wieder hinaus. Sie hörte, wie er Holz schlug, während sie das Feuer unter dem Kessel unterhielt. Als er mit einem Armvoll Reisig hereinkam, goß sie das Teewasser auf.

»Setzen Sie sich und trinken Sie«, forderte sie ihn auf.

Er goß etwas Whisky – Schmuggelware – in die Becher und den Tee darauf. Schweigend saßen sie auf den Baumstümpfen und tranken. Hin und wieder brachte der Rauch sie zum Husten.

»Wir wollen Eichenzweige verbrennen«, sagte er. »Die qualmen nicht so.« Er redete nur das Nötigste und war ihr fremd und ferngerückt. Ebenso weit war sie ihm entrückt. Welten lagen zwischen ihnen, als sie so nahe beieinander saßen. Er wickelte Bettzeug auseinander und breitete Decken und ein Schaffell über die Pritsche. »Legen Sie sich und ruhen Sie sich aus«, sagte er. »Ich mache das Abendessen.«

Sie legte sich, das Gesicht zur Wand gedreht, nieder, in ihren Mantel gehüllt. Das Abendessen kochte auf dem Spirituskocher. Schon drang der Geruch der Suppe ihr in die Nase, und nun vernahm sie auch das Brutzeln der Hähnchen in der Pfanne.

»Wollen Sie sich zum Essen hersetzen?« fragte er. Sie richtete sich mit einem Ruck auf. »Geben Sie es mir hierher«, erwiderte sie.

Er reichte ihr einen Teller Suppe. Sie saß zwischen den

Decken und aß langsam. Sie hatte Hunger. Dann reichte er ihr einen Blechteller mit gebratenem Huhn und Johannisbeergelee, Brot und Butter. Es schmeckte gut. Inzwischen bereitete er Kaffee. Sie sprach nichts. Irgend etwas sperrte sich in ihr. Sie fühlte sich in die Enge getrieben. Nach dem Essen wusch er das Geschirr und räumte auf. Anders hätten sie sich in dem engen Loch nicht bewegen können. Das eichene Brennholz gab nachhaltige Wärme her. Eine Weile stand Romero unschlüssig da, dann fragte er: »Gehen Sie bald schlafen?«

»Ja, bald. Und wo schlafen Sie?«

»Hier auf dem Fußboden.« Er deutete an die Wand. »Draußen ist es zu kalt.«

»Ja, das ist es ...« Sie saß reglos da, ihre Wangen glühten, ihre Gedanken überstürzten einander. Sie musterte ihn, wie er sich seine Decken auf dem Fußboden ausbreitete, den Schafspelz zuunterst.

Dann ging sie in die Nacht hinaus. Die Sterne standen groß am Himmel, sie selber stand tief unten in einer schattigen Schlucht. In der Stille schienen die Nadelwälder vor Kälte und Spannung zu knirschen. Auf dem reglosen Wasser schwammen fremdartige Sterne. In der Nacht würde es Frost geben. Von ferne vernahm man das singende Geheul der Kojoten. Sie dachte an das Ergehen der Pferde. Ihr schauderte. Sie kehrte zur Hütte zurück, durch deren Türritze Licht schien, steckte den Kopf herein und fragte: »Was wird aus den Pferden?«

»Der Rappe läuft nicht weg, und die Stute wird bei ihm bleiben«, sagte er. »Legen Sie sich jetzt schlafen?«

»Ich glaube, ja.«

»Gut. Ich füttere noch die Pferde.« Er ging hinaus und kam nach einer Weile wieder. Sie hatte sich fest in den Mantel gewickelt und lag mit dem Gesicht zur Wand. Er blies das Licht aus und begann sich zu entkleiden. Sie schlief rasch ein.

Sie träumte, es schneite, und Schnee fiel weich und stetig auf das Dach. Sie wurde lebendig unterm Schnee begraben. Es wurde kälter und kälter, der Schnee fiel und fiel und lag auf ihr, tief wurde sie darunter begraben. Dann erwachte sie mit einem plötzlichen Schreck. Ihr war sehr kalt. Die schweren Decken hatten sie steif gemacht. Sie empfand Atemnot und konnte sich nicht bewegen. Sie sah um sich. Es herrschte tiefe Dunkelheit, kein Funke glomm mehr auf der Feuerstelle, das dünne Holz war völlig verbrannt. Sie saß in einer Finsternis, die dem Vergessen gleichkam. Nur durch einen Türspalt war ein Stern zu sehen.

Was tat ihr not? Sie saß aufrecht auf ihrem Lager und wiegte sich traurig hin und her. Die gleichmäßigen Atemzüge des schlafenden Mannes drangen zu ihr. Sie zitterte vor Kälte. Es verlangte sie nach schützender Wärme, nach Loslösung von sich selber. Zugleich aber verlangte sie tiefer als alles andere danach, unberührt zu bleiben. Keiner hatte ein Recht auf sie, sie anzutasten. Ein unbändiger Wille war in ihr lebendig, daß kein Mensch, kein Mann vor allem, ein Recht an ihr habe, eine Gewalt über sie ausübe. Keiner und nichts durfte sie besitzen.

Aber doch, wie sie zitterte, wie sie fror ... wie ihr Herz nicht frei schlagen wollte ... Wollte denn niemand ihr Herz anrühren und zum Schlagen bringen?

Sie suchte zu sprechen und räusperte sich heiser. »Romero«, brachte sie hervor. »Es ist so kalt!« Ihre Stimme war fremd. Wessen Stimme war das? Er setzte sich sofort auf. Sie vernahm seine Worte: »Soll ich Sie wärmen?«

»Ja«, sagte sie.

Als er sie in seine Arme nahm, wollte sie ihn anschreien: er dürfe sie nicht berühren. Sie machte sich steif. Sie blieb aber sprachlos. Er war warm. Er hatte eine erschreckende tierische Wärme in sich, die sie zu zerstören schien. Er keuchte vor Verlangen. Und diesem Tier war sie überantwortet! Nie, niemals hatte sie dergleichen gewollt. Und doch hatte ihr Wollen bewirkt, daß dieses ihr nun geschah. Ihr Wollen bewirkte, daß sie da lag und es geschehen ließ. Sie hatte gewollt, daß es geschähe, und es war geschehen. Wiewohl sie leidenschaftlich gewollt hatte, niemals angetastet zu werden.

Hart und mächtig war die Umarmung dieses fremden Wesens, das Mann hieß. Ihr graute vor dem Kampf, der nötig sein würde, sich von ihm zu befreien. Ihr graute vor der Eiseskälte des einsamen Lagers.

»Willst du von mir weg?« fragte er mit seiner fremden Stimme. Ach, wäre sie nur tausend Meilen weit weg! Und doch hatte sie diese Nähe gewollt.

»Nein«, erwiderte sie. Sie fühlte, wie Stolz und Freude in ihm aufstiegen, Stolz und Freude auf ihre Kosten. Er hatte sie bekommen. Sie war sein Opfer. Die Gewalt, die er über sie hatte, der Besitz berauschte ihn.

Als der Morgen dämmerte, schlief er fest. Sie setzte sich aufrecht und sagte: »Ich möchte Feuer.«

Er schlug seine dunklen Augen auf und lächelte zärtlich und wollüstig.

»Machen Sie Feuer«, sagte sie. Es war ihr unerträglich, zu sehen, wie er sich anzog. Sie verbarg ihr Gesicht, während er es tat. Verzweifelt. Wie stolz und freudig er war! Aber als er die Tür öffnete und ein kalter Luftzug hereinkam, rückte sie an die warme Stelle, wo er gelegen hatte.

Er machte Feuer, ging hinaus und kam mit Wasser wieder. »Bleiben Sie liegen, bis die Sonne kommt«, sagte er. »Es ist sehr kalt.«

»Geben Sie mir meinen Mantel.« Sie wickelte sich in den Mantel. Das Feuer fing schon an, Wärme zu spenden.

»Nach dem Frühstück machen wir uns auf den Rückweg«, sagte sie.

Er hockte vor dem Spirituskocher und briet Rühreier. Als sie das sagte, fuhr er betroffen auf und sah sie mit weichen, zärtlichen Augen voll an. »Wünschst du es denn?«

»Doch, wir wollen so schnell wie möglich wieder heim«, entgegnete sie mit abgewandtem Gesicht.

»Willst du von mir weg?« wiederholte er seine Frage von der Nacht, beinahe angstvoll.

»Ich will von hier weg«, sagte sie entschieden. Es stimmte. Sie wollte dringend weg, zurück zu den Menschen.

Er richtete sich zu seiner vollen Höhe auf. Die Pfanne in der Hand stand er da und sagte: »Sie mochten es nicht?«

»Ach, nicht sehr. Warum fragen Sie? Sie etwa?«

Sie bemerkte sofort, daß sie ihn grausam verletzt hatte. Er legte die Pfanne aus der Hand und starrte zur Wand. Sie aber bekam sich jetzt wieder in die Hand. Er besaß noch etwas von ihr, aber sie mußte sich selber ganz und gar wiederhaben.

Er sah sie mit grauem, schwerem Gesicht an: »Ihr Amerikanerinnen. Immer wollt ihr die Männer demütigen.«

»Ich bin keine Amerikanerin, sondern Engländerin. Und ich will niemanden demütigen. Ich will zurück. Jetzt sofort.«

»Und was werden Sie da unten von mir erzählen?«

»Daß Sie sehr gut und rücksichtsvoll zu mir waren.«

Er bückte sich wieder und rührte an den Eiern. Er brachte ihr Teller und Kaffeetasse und machte sich an sein eigenes Frühstück. Er schien aber nicht schlucken zu können. Er sah wieder zu ihr hin: »Die Nacht hat Ihnen also nicht gefallen?«

»Nicht sehr«, sagte sie mit Anstrengung. »Mir liegt daran nichts.«

Seine Miene nahm einen Ausdruck erstarrten Staunens an, ging in Zorn über und zuletzt in steinerne Verzweiflung. »Wirklich nicht?«

Sie gab seinen Blick feindselig zurück: »Nein. Nicht wirklich.«

Eine dunkle Flamme stand in seinem Gesicht. Er sagte, als spräche er nur zu sich selber: »Dann werde ich es dir beibringen.«

Er erhob sich und ergriff ihre Kleidungsstücke, die an einem Nagel hingen: die feine Batistunterwäsche, die lohfarbene Reithose, der Wollsweater, das taubenblaue Kopftuch. Auch ihre Reitstiefel und ihre perlenbestickten Pantoffeln nahm er an sich. Er raffte es alles zusammen und ging aus der Tür. Sie sah ihn zu dem dunkelgrünen See hinuntersteigen. Er schleuderte die Kleidungsstücke auf das Wasser hinaus. Das Wasser war gefroren. Auf dem klaren grünen Spiegel sah sie ihre Sachen liegen, ein bunter Farbfleck. Er nahm dicke Steine auf und schmiß sie auf das Eis hin, daß die Oberfläche zerbrach und die Sachen im aufspritzenden Wasser verschwanden, während der Lärm im Tal widerhallte.

Sie saß, in ihren Mantel gehüllt, voller Verzweiflung da. Romero kam in die Hütte zurück und sagte: »Jetzt bleibst du hier bei mir.«

Sie war außer sich. Ihre blauen Augen klirrten gegen die seinen. Zwei Teufel, die sich zum Kampf anschickten. In seinem Gesicht lag diese Unerlöstheit, und dahinter ein schon dämonisches Verlangen nach dem Tode. Er sah, wie sie sich, nach Plänen ringend, in der Hütte umschaute. Sah ihren Blick auf dem Gewehr ruhen. Er nahm es und ging damit hinaus. Er kam wieder, nahm ihren Sattel, trug ihn zum See und warf ihn hinein. Dann holte er seinen eigenen Sattel und warf ihn hinterher. »Willst du jetzt noch fort?« fragte er mit einem Lächeln.

Sollte sie ihm schöntun, ihn überreden? Aber darüber war er jetzt hinaus. Erstarrt saß sie zwischen ihren Decken da, hart wie Eis vor Wut.

Er verrichtete die Hausarbeit und verschwand mit dem Gewehr. Sie erhob sich und stand in ihrem blauen Pyjama, den Mantel um sich geschlagen, in der Tür. Der grüne See lag wieder glatt da. Die steinernen Abhänge starrten bleich und kalt. Noch lagen die Schatten tief über dem Tal. Die Pferde grasten in der Ferne. Könnte sie nur eines einfangen! Die strahlende Sonne lag gelb auf halber Bergeshöhe. Es war neun Uhr.

Den Tag hindurch war sie allein. Sie fürchtete sich, sie wußte nicht wovor. Vor dem Knarren des Tannenwaldes? Vor der ungezügelten, herzlosen Wildnis der Landschaft? Sie saß den ganzen Tag in der Sonne und wartete, wartete auf eine Rettung. Ihr ganzes Innere war vor lauter Verzweiflung zusammengekrampft.

In der Ferne bewegte sich auf dem bleichen Abhang ein dunkler Fleck. Gewiß war es ein Bär. Am Nachmittag kam Romero zurück, das Gewehr und ein erlegtes Stück Wild über der Schulter. Schweigend. Jetzt ließ der Krampf in ihren Eingeweiden nach. Sie wurde kalt. Mit kalter Angst fürchtete sie sich vor ihm.

»Wildbret«, sagte er und warf ihr das tote Tier vor die Füße. »Es ist schön hier. Du wirst hierbleiben wollen.«

Sie floh in die Hütte. Er kam hinter ihr her: »Komm in die Sonne!« Er packte sie mit kräftigem Griff und nahm sie auf den Arm. Es gab keinen Widerstand dagegen. Ruhig trug er sie hinaus und setzte sich, sie im Arm haltend, vor die Tür. »In der Sonne ist es warm«, redete er. »Sieh doch nur, wie schön es hier ist. Eine schöne weiße Frau bist du. Warum bist du häßlich zu mir? Bleib nur hier. Hier ist es gut und warm.«

Er streifte ihr den Mantel ab und hielt sie in ihrem dünnen blauen Pyjama in den Armen.

»Eine schöne kleine weiße Frau bist du«, redete er. »Du sollst nicht häßlich zu mir sein. Du willst es ja auch gar nicht, ich weiß, daß du es nicht willst.«

Starr und hilflos war sie ihm zu Willen. Die Sonne beschien ihre feine weiße Haut. Ihn überkam absonderlich wohlgelaunte Stimmung. »Danach will ich gern in der Hölle schmoren!« redete er. Sie war machtlos, aber im Innern widerstand sie ihm, war sie wie Stein. Als er sie losließ, sagte sie: »Sie glauben, so könnten Sie mich erobern. Aber das können Sie nicht. Nie werden Sie mich erobern!«

Viele Empfindungen malten sich in seinem Gesicht: Verwunderung, Schreck und ein Schmerz, der seinem Ausdruck etwas Maskenhaftes verlieh. Er ging hinaus, hängte sein Wildbret an einen Ast und zog es ab. Während er noch dabei war, ging die Sonne unter, und wieder wurde es eiskalte Nacht.

Als er vor dem Feuer kauerte und das Abendessen bereitete, sagte er: »Paß auf, ich lasse dich nicht weg. In der Nacht hast du mich gerufen, daher habe ich ein Recht auf dich. Sag, daß du bei mir bleiben willst, dann ist es in Ordnung, und morgen gehen wir hinunter zur Ranch und heiraten, oder was du willst. Du mußt nur sagen, daß du bei mir bleiben willst. Sonst behalte ich dich hier, bis irgend etwas passiert.«

Sie schwieg eine Weile, dann sagte sie: »Gegen meinen Willen bleibe ich bei keinem Menschen. Sie waren mir bisher nicht zuwider, jedenfalls nicht, solange Sie mir nicht Ihren Willen aufzwingen wollten. Ich lasse mir von niemandem seinen Willen aufzwingen. Sie können es nicht, niemand kann es. Und lange Zeit, es zu versuchen, haben Sie nicht. Man wird nach mir suchen.«

Er dachte darüber nach. Sie bereute schon, es gesagt zu haben. Düster beugte er sich wieder über seine Kocharbeit.

Nein, in seine Gewalt bekam er sie nicht, so sehr er sie auch verletzen konnte. Ihr Geist war hart, unbeugsam, wie Diamant. Aber sprengen konnte er ihn, das war ihr bewußt. Noch ein weniges mehr, und sie zersprang.

In finsteren, brutalen Exzessen suchte er seine Gier nach ihr auszuleben. Von der Qual zerrissen glaubte sie jedesmal zu sterben. Auf eigentümliche Art hatte er sie dennoch in seine Gewalt bekommen – einen Teil ihres Wesens jedenfalls, von dem sie nie etwas hatte wissen wollen. Von brennender Pein gefoltert, spürte sie jetzt, daß ihr Lebensfaden am Zerreißen war, daß sie sterben würde.

Ach, könnte sie doch wieder allein sein, allein, kühl und

unberührt! Konnte sie jemals wieder sich selber ertragen? Selbst jetzt haßte sie ihn nicht. Darum ging es nicht, er war kaum vorhanden; es waltete ein böses, glühendes Verhängnis.

Am nächsten Tag durfte sie kein Feuer anzünden, denn der Rauch konnte Aufsehen erregen. Es war ein grauer Tag; sie fror. Er blieb in der Nähe und bereitete auf dem Spirituskocher Suppe. Sie aber lag regungslos auf den Decken. Am Nachmittag zog sie sich die Decke über den Kopf und brach in Tränen aus. Nie in ihrem Leben hatte sie wirklich geweint. Romero zog ihr die Decke fort, um nachzusehen, was sie so schüttelte. Sie schluchzte in hilfloser Ohnmacht. Er deckte sie wieder zu und ging hinaus. Sah nach den Wolken, die über den Bergen hingen und ein wenig Schnee fallen ließen. Ein gräulicher, windiger Tag. Die Schrecknisse des Winters nahten.

Sie weinte stundenlang. Danach entstand zwischen ihnen ein großes Schweigen. Sie waren wie zwei Menschen, die gestorben waren. Er rührte sie nicht mehr an. In der Nacht lag sie und zitterte wie ein sterbender Hund. Ihr war, als müsse schon dies Zittern etwas in ihrem Körper zerstören und sie umbringen.

Schließlich mußte sie doch den Mund auftun. Mit klappernden Zähnen brachte sie hervor: »Machen Sie doch Feuer. Mich friert so.«

»Willst du zu mir kommen?« erwiderte er.

»Mir wäre lieber, Sie machten Feuer«, sagte sie. Ihre Zähne schlugen, als hackten sie die Worte entzwei. Er stand auf und machte Feuer. So kam endlich ein wenig Wärme, so daß sie einschlafen konnte.

Am Tag darauf war es windig und eiskalt, aber die Sonne schien. Romero ging schweigend umher, das Gesicht totenstarr. Es war nun alles so traurig und totenhaft, daß sie eher wünschte, es geschähe irgend etwas, als daß dieses Nichts fortdauerte. Hätte er jetzt von ihr verlangt, sie solle mit ihm kommen und ihn heiraten, sie hätte eingewilligt. Es kam nicht mehr darauf an.

Aber er verlangte nichts mehr von ihr. Seine Begierde war erloschen und kalt wie Eis in ihm geworden. Er hielt rund um das Haus Wache.

Am vierten Tag saß sie in eine Decke gewickelt vor der Hütte im Sonnenschein, als sie die kleinen Gestalten zweier Reiter den grasigen Abhang herunterkommen sah. Sie stieß einen Schrei aus. Romero sah rasch auf und erblickte die Reiter. Sie waren abgestiegen und suchten den Boden nach Spuren ab.

»Die suchen mich«, sagte sie.

»Auch gut«, erwiderte er auf spanisch. Er holte sein Gewehr und setzte sich, die Waffe über den Knien.

»Nein!« rief sie. »Nicht schießen!«

»So?« sagte er. »Bist du gern bei mir?«

»Nein. Aber schießen Sie nicht!«

»Ich will nicht ins Loch.«

»Sie kommen nicht ins Loch. Schießen Sie nicht.«

»Ich schieße«, murmelte er. Er kniete nieder, legte an und zielte sorgfältig. Sie sah ohnmächtig zu, in hoffnungsloser Pein. Der Schuß knallte. Eins der Pferde da drüben stieg auf dem Steilhang auf und stürzte. Der Reiter war ins Gras gefallen und nicht mehr zu sehen. Sein Gefährte sprang auf sein Pferd und galoppierte zu den nächsten Tannen in Deckung. Peng! Peng! tönten Romeros nächste zwei Schüsse. Aber er traf nicht und der Reiter verschwand hinter Deckung. Romero duckte sich hinter einen Felsblock. Tiefes Schweigen im strahlenden Sonnenschein.

Die Prinzessin saß zusammengekauert auf ihrer Pritsche in der Hütte. Sie war wie gelähmt. Romero kniete, kniete barhäuptig in seinem schwarzen Hemd hinter seinem Felsblock auf der Lauer. Stunden schien es zu dauern. Seine Gestalt sah schön und gespannt aus. Sie wunderte sich, daß er ihr nicht leid tat. Sie hätte ihn jetzt liebevoll zu sich herrufen können. Aber ihr Herz schmolz nicht mehr. Ihr Gemüt blieb hart und kalt. Nein, sie liebte ihn nicht. Niemals würde sie einen Mann lieben. Dies stand unumstößlich in ihr fest. Es glich einem Racheakt.

Plötzlich fuhr sie so zusammen, daß sie fast von ihrem Lager fiel. Ein Schuß krachte dicht hinter der Hütte. Romero sprang in die Luft. Seine Arme streckten sich aus, drehten sich in seinem Sprung. Ein zweiter Schuß krachte. Er sank, sich krümmend, zusammen, seine Hände streckten sich nach der Hüttentür aus.

Sie saß regungslos, betäubt, und starrte auf die verzerrte Gestalt. Ein paar Augenblicke später tauchte ein Mann in der Uniform der Forstverwaltung dicht am Haus auf. Ein junger Mann mit dem breitrandigen Stetsonhut, dunkelgrünem Flanellhemd und Reitstiefeln, das Gewehr in der Hand. Er trat an die liegende Gestalt heran.

»Romero also«, sagte er und drehte den Toten auf den Rücken. Wo Romeros Brust gelegen hatte, war eine kleine Blutlache entstanden.

»Hab ihn schärfer erwischt als ich dachte«, fügte er hinzu. Er setzte sich neben den Toten. Von weitem drang der Ruf seines Gefährten herüber. Er sprang wieder auf: »Hallo, Bill! Hab ihn erwischt! Fertiggemacht!«

Der andere Mann kam zu Pferde aus dem Wald hervor. Er hatte ein frisches, freundliches Gesicht, seine runden braunen Augen waren weit aufgerissen.

»Was, ist er denn tot?« fragte er besorgt.

»Sieht so aus«, gab der andere kühl zurück. Jener stieg ab und beugte sich über die Leiche. »Tja, mit dem ist's aus. Junge, Junge! Es ist Domingo Romero.«

»Ich weiß.« Er guckte ratlos in die Hütte hinein. Da saß die Prinzessin und stierte mit runden Eulenaugen vor sich hin.

»Hallo«, sagte der Mann und nahm den Hut ab. In ihr stieg ein Gelächter auf. Obwohl ihr beileibe nicht danach zumute war. Sagen konnte sie nichts.

»Warum hat er geschossen?« fragte der Forstmann.

Sie rang nach Worten. Endlich sagte sie mit stammelnder, feierlicher Überzeugung: »Er war verrückt geworden.«

»Großer Gott! Verrückt geworden, sagen Sie? Wie scheußlich. Das erklärt es!«

Er nahm ihre Behauptung ohne weiteres hin.

Mit einiger Schwierigkeit schafften die beiden die Frau wieder in die Ranch hinunter. Auch sie schien ein wenig verrückt geworden zu sein.

»Ich weiß gar nicht recht, wo ich bin«, sagte sie im Bett zu Mrs. Wilkinson. »Können Sie mir's erklären?«

Mrs. Wilkinson erklärte es, so taktvoll es ging.

»Ah so, ja«, sagte die Prinzessin. »Jetzt erinnere ich mich. Ich hatte im Gebirge einen Unfall, nicht wahr? Wir waren auf einen Mann gestoßen, der verrückt wurde und mein Pferd unter mir wegschoß.«

»Ja, ja, ihr wart auf einen Mann gestoßen, der verrückt wurde.«

Der wahre Sachverhalt wurde vertuscht. Nach vierzehn Tagen reiste die Prinzessin in Richtung Osten ab, von Miss Cummins begleitet. Sie hatte sich allem Anschein nach vollkommen erholt. Sie war wieder zur Prinzessin, zum unberührten Jüngferlein geworden.

Nur war ihr kurzgeschnittenes Haar an den Schläfen ergraut, und ihre Augen schauten ein bißchen irr drein. Sie schien leicht gestört.

»Seitdem mir dieser Unfall im Gebirge zustieß und ich einem Mann begegnete, der verrückt wurde und mein Pferd unter mir totschoß und mein Führer ihn niederschießen mußte, bin ich nicht mehr ganz dieselbe.« So drückte sie sich aus.

Späterhin ging sie mit einem älteren Herrn die Ehe ein und schien zufrieden.

Die Frau, die davonritt

I

Von allen Ehen hatte sie sich gerade die ihre als ein Abenteuer vorgestellt. Nicht daß der Mann selber einen besonderen Zauber für sie hatte. Er war klein, sehnig und krumm, zwanzig Jahre älter als sie, mit braunen Augen und ergrauendem Haar, vor Jahren aus Holland nach Amerika eingewandert, eine Niete von einem Tunichtgut; er war aus den Goldminen im Westen nach Mexiko verschlagen worden und als Besitzer von Silbergruben in der Wildnis der Sierra Madre mehr oder weniger reich geworden. Das Abenteuer lag mehr in seinen Lebensumständen als in seiner Person; aber was er geleistet hatte, hatte er allein geleistet, und trotz überstandener Rückschläge war er noch immer ein kleiner Dynamo an Energie – eins jener menschlichen Originale, die man sich nicht erklären kann.

Als sie gewahr wurde, was er geleistet hatte, sank ihr der Mut. Da war der hohe, mit Grün bewachsene, langgestreckte Bergrücken und mitten in seiner Einsamkeit die spitzen rötlichen Haufen trockenen Schlammes aus dem Silberbergwerk. Unterhalb der traurigen, kahlen Werkanlagen stand das viereckig gebaute einstöckige Wohnhaus aus ungebrannten Ziegeln mit einem Garten und einer weit vorspringenden Veranda voller tropischer Gewächse. Wenn man aus dem eingeschlossenen, blumenbewachsenen Innenhof hochblickte, war der gewaltige rötliche Schlammkegel und die Maschinerie der Extraktionsanlage gegen den Himmel zu sehen, weiter nichts.

Gewiß, die großen, hölzernen Torflügel standen häufig offen. Dann konnte sie nach draußen gehen und sehen, wie in der ungeheuren Außenwelt die monoton bewaldeten Berge sich einer nach dem anderen auftürmten, vom Nichts ins

Nichts. Im Herbst waren sie grün, sonst aber rötlich, trocken und unwirklich.

In seinem abgenutzten alten Ford nahm ihr Mann sie manchmal in die tote, dreimal abgestorbene kleine spanische Stadt mit, die vergessen in den Bergen lag. Die große, von der Sonne gedörrte tote Kirche, die verlassenen Portale, der trübselige, überdachte Marktplatz, wo, als sie zum erstenmal dorthin kam, ein toter Hund zwischen den Fleisch- und Gemüseständen lag, den niemand wegschaffte. Totes, von Totem umgeben.

Alle Welt redete zaghaft von Silber und wies dabei Stücke von Erz vor. Silber lag still. Der Weltkrieg kam und ging vorbei. Der Silbermarkt war tot. Die Gruben ihres Mannes wurden stillgelegt. Aber sie lebten beide weiter in dem einstöckigen Haus unterhalb der Werkanlagen, zwischen Blumen, die ihr nie viel bedeuteten.

Sie hatte zwei Kinder, einen Jungen und ein Mädchen. Der Junge war fast zehn Jahre alt, als sie sich aus ihrer Starre löste, die aus Unterjochung und Erstaunen bestand. Sie war jetzt dreiunddreißig, eine hochgewachsene, blauäugige, benommene Frau, die anfing, dicker zu werden. Ihr kleiner, sehniger, verkrümmter Mann mit den braunen Augen war jetzt dreiundfünfzig. Zäh wie Draht war er, unverwüstlich und voller Tatkraft, aber durch den Niedergang des Silbermarktes und eine sonderbare Unzugänglichkeit seiner Frau eingeschüchtert.

Er war ein Mann von Grundsätzen und ein guter Gatte. Auf seine Weise verehrte er sie. Nie kam er über seine verdutzte Bewunderung, die er für sie hegte, hinweg. Aber in seinem innersten Herzen war er Junggeselle geblieben. Als kleiner Junggeselle von zehn Jahren war er in die Welt hinausgestoßen worden. Als er dann heiratete, zählte er über vierzig Jahre und hatte zum Heiraten Geld genug. Aber sein Vermögen blieb das eines Junggesellen: er war Herr darüber, und seine Ehe war der letzte und intimste Bestandteil seines Lebenswerkes.

Bis zur Selbstvergessenheit bewunderte er seine Frau, ihren Körper, alle ihre Reize. Immer blieb sie für ihn die bestechende junge Dame aus Kalifornien von der Berkeley University, als die er sie kennengelernt hatte. In diesen Bergen von Chihuahua bewachte er sie wie ein Scheich. Er war eifersüchtig auf sie wie auf seine Silbermine, und das will was heißen.

Mit dreiunddreißig Jahren war sie immer noch das Mädchen von Berkeley, in allem – außer dem Physischen. Ihre Entwicklung war sonderbarerweise mit der Heirat zum Stillstand gekommen. Weder geistig noch körperlich war ihr Mann für sie eine Wirklichkeit geworden. Sie war seine späte Leidenschaft, aber körperlich bedeutete er ihr nichts. Seelisch hingegen hatte er die Oberhand und hielt sie in unüberwindlicher Sklaverei.

Die Jahre in dem Ziegelhaus mit dem sonnigen Innenhof und dem Silberbergwerk vergingen. Ihr Mann war niemals untätig. Als es mit dem Silber bergab ging, richtete er talabwärts in etwa dreißig Kilometern Entfernung eine Farm ein, wo er eine Schweinezucht betrieb. Es waren rassige Prachtexemplare. Und dabei haßte er Schweine! Im Grunde war er ein zimperlicher Idealist und haßte die physische Seite des Lebens. Er arbeitete gern und liebte es, immerfort etwas zu schaffen. Auch seine Ehe und seine Kinder waren etwas, das er schuf, ein Teil seines Unternehmens, und zwar einer, der gefühlsmäßigen Nutzen abwarf.

Allmählich versagten ihre Nerven. Sie mußte aus all diesem heraus. Er brachte sie für ein Vierteljahr nach El Paso, das lag wenigstens in den Vereinigten Staaten.

Aber er hielt sie weiterhin im Bann. Als die drei Monate vorüber waren und sie wieder da war, war sie in dem Ziegelhaus mitten in den ewigen grünen oder braunen Bergen, die leer wie das Unerforschliche waren, ganz die alte. Sie unterrichtete ihre Kinder und überwachte die mexikanische Dienerschaft. Manchmal brachte ihr Mann Besucher ins Haus, Mexikaner, Spanier oder gelegentlich auch Weiße.

Er hatte gern Weiße bei sich wohnen, aber wenn sie da waren, kam er aus der Unruhe nicht heraus. Seine Frau schien eine geheime Erzader seines Bergwerks zu sein, von der niemand als er selbst etwas wußte. Aber von den jungen Männern, die manchmal ins Haus kamen, meistens Bergbauingenieure, war sie gefesselt. Von einem wirklichen Gentleman konnte auch er sich fesseln lassen. Aber er war ein altmodischer Goldgräber, der eine Frau hatte, und wenn ein Gentleman ein Auge auf seine Frau warf, hatte er das Gefühl, als werde seine Mine geplündert und ihre Geheimnisse verraten.

Einer dieser jungen Herren setzte ihr nun den Gedanken in den Kopf. Sie standen vor dem großen Holztor des Innenhofs und sahen hinaus. Die Berge waren grün, es war im September nach der Regenzeit. Nirgends gab es etwas zu sehen, nichts als das vereinsamte Bergwerk, die verlassenen Anlagen und die Gruppe der halbverlassenen Arbeiterhäuschen.

»Was wohl«, sagte der junge Mann, »hinter diesen großen, leeren Bergen liegt?«

»Wieder Berge«, erwiderte Ledermann. »Dann Sonora, und dann die Küste. In der anderen Richtung dort, von wo Sie kamen, die Wüste; und nach jener Richtung wieder Hügel und Berge.«

»Und was gibt es auf diesen Hügeln und Bergen? Sicher muß es dort irgend etwas Wunderbares geben. Es sieht so aus wie nirgendwo auf der Welt. Wie auf dem Mond.«

»Wenn Sie auf die Jagd wollen – es gibt da viel Wild. Außerdem Indianer, wenn Sie die wunderbar finden.«

»Wilde?«

»Sie sind wild genug.«

»Aber freundliche?«

»Das kommt drauf an. Manche sind noch ganz wild und lassen niemanden an sich heran. Einen Missionar bringen sie um, sobald sie ihn nur zu Gesicht bekommen. Und wo ein Missionar nicht hinkommt, kommt kein Mensch hin.«

»Was sagt denn die Regierung dazu?«

»Sie sind viel zu weit weg, die Regierung kümmert sich nicht um sie. Und sie sind schlau. Wenn sie Unannehmlichkeiten erwarten, schicken sie eine Abordnung nach Chihuahua und unterwerfen sich – der Form nach. Die Regierung ist dann froh und läßt es dabei bewenden.«

»Leben sie denn noch ganz wie Wilde mit ihren Bräuchen und Kulten?«

»O ja. Sie benutzen Pfeil und Bogen. Ich habe sie in der Stadt auf dem Marktplatz gesehen, wie sie sich da mit ihren komischen blumenbekränzten Kopfbedeckungen, nackt bis auf einen Schurz, sogar bei kaltem Wetter, mit bloßen Beinen herumtreiben.«

»Glauben Sie nicht, daß es da oben in ihren entlegenen Dörfern wunderbar zugehen muß?«

»Wunderbar, nein, wieso? Es sind eben Wilde, und die benehmen sich alle so ziemlich gleich. Sie sind verkommen, dreckig, unhygienisch, wissen ein paar gerissene Tricks und müssen darum kämpfen, nicht zu verhungern.«

»Aber sie haben doch uralte Mysterien und Kulte? Doch, sie müssen wunderbar sein.«

»Von Mysterien weiß ich nichts. Sie geben Geschrei und heidnischen Unfug von sich, mehr oder weniger unanständigen. Darin kann ich nichts Wunderbares finden. Ich verstehe auch nicht, was Sie daran finden, wo Sie doch London, Paris, New York kennen . . .«

»Ach Gott, London, Paris oder New York kennt doch jeder«, erwiderte der junge Mann, als sei dies ein Argument.

Seine unklare Begeisterung für die Wilden fand im Herzen der Frau einen Widerhall. Eine törichte, romantische Sehnsucht, so unwirklich wie die eines jungen Mädchens, überkam sie. Sie spürte die Bestimmung in sich, sich in die geheimen Jagdgründe dieser zeitlosen und unheimlichen Indianer zu begeben.

Dies bewahrte sie als ein Geheimnis. Der junge Mann verabschiedete sich. Ihr Mann wollte ihn bis Torreon begleiten, da er dort etwas zu erledigen hatte. Er wollte mehrere Tage fortbleiben. Bevor er sich aufmachte, brachte sie die Rede auf die Indianer: sie fragte ihn nach den wandernden Stämmen aus, die den Navajos ähnelten und frei umherschweiften, nach den Yaquis von Sonora und den verschiedenen Gruppen in den Tälern des Bezirks Chihuahua.

Da sollte es einen Stamm geben, Chilchuis genannt, die in einem Hochtal in südlicher Richtung lebten und für den heiligen Stamm aller Indianer galten. Die Nachkommen Montezumas und der alten Azteken- und Totonaca-Könige sollten noch unter ihnen leben. Die Priester dort, so hieß es, hingen noch ihrer uralten Religion an und brachten Menschenopfer. Reisende waren bis zu ihrem Gebiet vorgestoßen und von Hunger und Strapazen erschöpft zurückgekommen; sie hatten allerhand barbarische Kultgegenstände mitgebracht, jedoch ohne in den armseligen, verhungerten Dörfern etwas Besonderes studiert zu haben. Wenn Ledermann dies alles auch nur ziemlich beiläufig erwähnte, schien er dabei doch offenkundig etwas von dem Gruseln zu empfinden, das sich bei dem Gedanken an alte und wilde Mysterien einzustellen pflegt.

»Wie weit ist das entfernt?« erkundigte sie sich.

»Nun, etwa drei Tage zu Pferde, wenn man den Weg über Cuchitee und an dem kleinen See vorbei nimmt, der da liegt.«

Ihr Mann und der junge Mann reisten ab. Die Frau machte ihre verrückten Pläne. Letzthin hatte sie ihm, der Abwechslung halber, die Erlaubnis abgerungen, gelegentlich mit ihm auszureiten. Allein durfte sie das nie. Das Land war unsicher, gesetzlos und wild. Aber sie besaß ihr eigenes Pferd und träumte von der Freiheit, die sie als Mädchen in den kalifornischen Bergen genossen hatte.

Ihre neun Jahre alte Tochter hatte sie in einem kleinen Kloster der vereinsamten spanischen Grubenstadt, acht Kilometer entfernt, untergebracht.

»Manuel«, sagte sie zu dem Diener, »ich reite ins Kloster,

um Margarita zu besuchen und ihr ein paar Sachen zu bringen. Vielleicht bleibe ich über Nacht dort. Gib auf Freddy acht und paß auf alles auf, bis ich wieder da bin.«

»Soll ich nicht das Pferd des gnädigen Herrn nehmen und mitkommen, oder soll Juan . . .?« fragte Manuel.

»Nein, keiner von euch. Ich reite allein.«

Manuels Blicke widersprachen. Es war doch unmöglich, daß die Dame allein ritt!

»Ich reite allein«, wiederholte die hochgewachsene blonde Frau mit gelassenem und überheblichem Nachdruck, und der Mann fügte sich schweigend und mit unglücklicher Miene.

»Warum reitest du allein, Mutter?« fragte ihr Junge, als sie ihren Proviant fertigmachte.

»Kann man mich denn keinen Augenblick in meinem Leben mal allein lassen?« brach es mit einer Aufwallung von Energie aus ihr hervor. Und gleich dem Diener verstummte auch das Kind eingeschüchtert.

So brach sie unbekümmert auf, im Herrensitz auf ihrem kräftigen Rotfuchs, in derbes Leinen gekleidet, einen Reitrock über den Breeches, einen roten Schlips auf der weißen Bluse, einen schwarzen Filzhut auf dem Kopf. In den Satteltaschen hatte sie Mundvorrat und eine Feldflasche mit Wasser, und hinten eine Eingeborenen-Decke aufgeschnallt. Den Blick in die Ferne gerichtet, ritt sie los. Manuel und der Junge standen im Tor, um ihr nachzublicken, aber sie wandte sich nicht einmal mehr um, ihnen zuzuwinken.

Nach etwa zwei Kilometern verließ sie die holprige Straße und schlug einen schmalen Pfad ein, der rechts abbog, über steiles Geröll und an hohen Bäumen vorbei, durch eine verlassene Siedlung in ein anderes Tal. Es war September. Das Wasser des kleinen Baches, der das verödete Werk gespeist hatte, sprudelte reichlich. Sie stieg ab, um zu trinken; auch das Pferd ließ sie trinken.

Vom Hang weit oben her sah sie Eingeborene zwischen den Bäumen herabkommen. Sie hatten sie gesehen und beobachteten sie. Sie tat dasselbe. Es waren drei Leute, zwei Frauen und ein Junge, die einen weiten Umweg machten, als wollten sie nicht in ihre Nähe kommen. Ihr war das gleichgültig. Sie saß auf und ritt weiter, das stille Tal hinan, über die Silbergruben und jegliche Spuren von Bergbau hinaus. Noch immer hatte sie einen rauhen Pfad vor sich, der über Geröll und Gesteinsblöcke in das jenseitige Tal führte. Diesen war sie schon zuvor mit ihrem Mann geritten. Danach, soviel war ihr bekannt, mußte sie nach Süden abbiegen.

Seltsamerweise spürte sie keine Angst, obwohl es eine unheimliche Gegend war: die schweigenden, drohenden Bergabhänge, die manchmal zwischen den Baumstämmen in der Ferne sichtbaren und mißtrauisch wieder verschwindenden Indianer, die großen Geier, die wie riesenhafte Fliegen weit weg über irgendeinem Kadaver, einem Hof oder einer Gruppe von Hütten kreisten. Als sie höher hinaufgelangte, wichen die Bäume zurück, und der Pfad verlief durch dorniges Buschwerk, das von blauen und roten Schlinggewächsen durchzogen war. Dann hörte dies auf, und sie näherte sich den Tannen.

Nun hatte sie den Bergkamm überschritten, und ein neues stilles, einsames grünes Tal lag vor ihr. Mittag war jetzt vorbei. Ihr Pferd näherte sich einem kleinen Wasserlauf, und sie stieg ab, um ihre Mittagsmahlzeit zu verzehren. Sie saß da in der Stille und sah auf das regungslose, unbelebte Tal hinab und zu den spitzen Berggipfeln hinüber, die mit ihren Felsen und Tannen im Süden aufragten. Zwei Stunden rastete sie in der Mittagsglut, während das Pferd in der Runde das Gras abrupfte. Es war seltsam, wie sie sich weder fürchtete noch einsam fühlte. Die Einsamkeit kam ihr eher wie ein Trunk kühlen Wassers für den Durstigen vor. Eine merkwürdige Hochstimmung kam über sie und gab ihr von innen her Halt.

Sie ritt weiter und übernachtete in einem Tal neben einem Bach, tief im Gebüsch. Sie hatte Vieh gesehen und mehrere Spuren überquert. In der Nähe mußte sich ein Hof befinden. Sie hörte den klagenden, unheimlichen Schrei eines Pumas und das Antwortgebell von Hunden. Sie saß in einer versteckten Mulde an ihrem Lagerfeuer und fürchtete sich nicht. Immer weiter hielt die seltsame Hochstimmung, die in ihr aufstieg, sie bei Laune.

Vor dem Morgengrauen wurde es sehr kalt. Sie lag in ihre Decke gewickelt, blickte zu den Sternen empor, lauschte auf das Zittern ihres Pferdes und kam sich wie eine Frau vor, die tot und über alles hinweg ist. Vielleicht hatte sie zur Nachtzeit tief in ihrem Innern ein Knirschen vernommen, das ihren eigenen Tod bedeutete. Oder war es ein Knirschen im Erdinnern gewesen und zeigte etwas Großes und Geheimnisvolles an?

Beim ersten Morgengrauen erhob sie sich, vor Kälte gefühllos, und zündete ein Feuer an. Sie aß hastig, gab dem Pferd ein paar Stücke Ölkuchen zu fressen und machte sich wieder auf den Weg. Sie vermied es, jemandem zu begegnen, und da sie tatsächlich niemandem begegnete, so ging daraus hervor, daß sie ihrerseits gemieden wurde. Endlich kam das Dörfchen Cuchitee mit seinen schwarzen Hütten und rötlichen Dächern in Sicht – ein düsterer, trostloser Haufen an einer längst stillgelegten, vereinsamten Grube. Dahinter erhob sich eine langgestreckte, hohe Bergkette grün und hell gegen das dunklere, wildere Grün der Tannen. Darüber hinaus ragte nackter, zackiger und zerklüfteter Fels, von weißen Schneestreifen unterbrochen, gegen den Himmel. Hier oben hatte schon Neuschnee zu fallen begonnen.

Da sie sich nun mehr oder weniger ihrer Bestimmung näherte, wurde sie unsicher und mutlos. Sie hatte den kleinen See zwischen den silbrigen Espen, deren weiße Stämme rund und weich wie Frauenarme waren, hinter sich gelassen. Es war ein lieblicher Ort – in Kalifornien wäre sie darüber in Entzücken geraten. Hier gewahrte sie zwar, wie lieblich er war, aber achtete dessen nicht. Sie war von der Nacht im Freien erschöpft und fürchtete sich vor der nächsten. Sie wußte nicht mehr, wohin sie ritt, noch warum sie es tat. Ihr

Pferd trottete mühselig dahin, auf einem schmalen, steinigen Pfad auf den schroffen Bergabhang zu. Hätte sie noch eine Spur eigenen Willens gehabt, sie wäre in das Dorf zurückgekehrt, um Schutz zu finden und zu ihrem Mann gebracht zu werden. Aber eigenen Willen hatte sie nicht mehr.

Das Pferd patschte durch einen Bach und unter riesenhaften, vergilbenden Pappeln ein Tal hinan. Sie mußten jetzt fast in dreitausend Meter Höhe sein, und vor Müdigkeit und der Höhe fühlte ihr Kopf sich ganz leer an. Hinter den Pappeln gewahrte sie zu beiden Seiten steile Berghänge, die sie einschlossen, von ineinander verschränkten Espen und weiter oben von spitzaufragenden Tannen und Fichten bestanden. Mechanisch verfolgte sie weiter den Pfad – einen anderen gab es in diesem engen Tal nicht, weder aufwärts noch vorwärts.

Plötzlich machte ihr Pferd einen Sprung zur Seite. Drei Männer, in dunkle Decken gehüllt, standen vor ihr. »Adios!« tönte der klangvolle Gruß aus verhaltenen Indianerstimmen an ihr Ohr. »Adios«, erwiderte sie in ihrer selbstsicheren amerikanischen Frauenart.

»Wohin reiten Sie?« kam eine ruhige Frage auf spanisch. Die Männer waren nahe an sie herangekommen und sahen zu ihr auf.

»Geradeaus«, erwiderte sie kühl mit ihrem harten angelsächsischen Spanisch.

Für sie waren dies einfach Eingeborene, dunkelgesichtige, kräftige Männer mit Strohhüten, in dunklen Decken – ganz so wie die Leute, die daheim für ihren Mann arbeiteten, nur daß sie das schwarze Haar fremdartig lang bis über die Schultern fallend trugen. Sie bemerkte es mit einem gewissen Widerwillen. Dies mußten die Wilden sein, die zu sehen sie hergekommen war.

»Woher kommen Sie?« fragte der Mann. Es war immer derselbe, der sprach. Er war jung und hatte lebhafte, große, glänzende schwarze Augen, die sie von der Seite musterten. Er hatte einen weichen schwarzen Schnurrbart und spärliche, vereinzelte Kinnhaare. Er sah nicht aus, als hätte er sich letzthin gewaschen, so dunkel er auch war.

Die beiden anderen waren ähnlich wie er, jedoch älter, kraftvoll und schweigsam. Der eine hatte einen dünnen schwarzen Schnurrbartstrich, war sonst aber bartlos. Der andere hatte glatte Wangen und die spärlichen, dunklen Haare rund um das Kinn, die den typischen Indianerbart bildeten.

»Von weit weg«, erwiderte sie halb scherzhaft und ausweichend.

Es wurde schweigend aufgenommen. Dann fragte der Jüngere mit seiner beharrlichen Ruhe: »Aber wo wohnen Sie?«

»Im Norden«, sagte sie leichthin.

Wieder Stillschweigen. Dann redete der junge Mann mit seinen Gefährten ruhig und auf indianisch.

»Wohin wollen Sie hier hinauf?« fragte er plötzlich herausfordernd und gebieterisch und deutete den Pfad hinauf.

»Zu den Chilchui-Indianern«, versetzte sie kurz.

Er sah sie an. Seine Augen waren lebhaft, schwarz und unmenschlich. Auf ihrem vollen, ruhigen, hellen Gesicht bemerkte er im Abendlicht das hindurchscheinende Lächeln der Selbstsicherheit, die müden, bläulichen Schatten unter ihren großen blauen Augen, und dann, in diesen Augen, ein halb kindliches, halb anmaßliches Vertrauen auf ihre weibliche Macht, aber auch einen absonderlichen Zug von Entrücktheit.

»*Usted es Señora?* Sie sind eine Frau?« fragte er.

»Ja, ich bin eine Frau«, erwiderte sie gelassen.

»Mit einer Familie?«

»Mit einem Mann und zwei Kindern«, sagte sie. »Ein Junge und ein Mädchen.«

Er wandte sich an seine Gefährten und übersetzte, was sie gesagt hatte, in seiner leisen, gurgelnden Sprache, die wie verborgenes, fließendes Wasser klang. Sie waren offenbar in Verlegenheit.

Dann fragte der Jüngere: »Wo ist denn Ihr Mann?«

»Weiß ich nicht«, sagte sie obenhin. »Eine Woche geschäftlich verreist.«

Er musterte sie aus schlauen schwarzen Augen. Trotz ihrer Müdigkeit lächelte sie schwach, in einem Gefühl des Stolzes auf ihr Abenteuer und mit der Sicherheit ihrer Weiblichkeit, auch im Banne der Verrücktheit, unter dem sie sich befand.

»Was wollen Sie denn tun?« fragte der Indianer.

»Ich will zu den Chilchui-Indianern«, versetzte sie. »Ich will ihre Häuser sehen und ihre Götter kennenlernen.«

Der Indianer übersetzte dies wieder. Es folgte ein fast betroffenes Schweigen. Die beiden Älteren sahen sie unter ihren geschmückten Hüten hervor ernst von der Seite an. Dann sagten sie etwas mit tiefen Kehllauten zu dem Jüngeren. Dieser zögerte, aber dann wandte er sich an die Frau: »Gut. Kommen Sie. Aber wir sind nicht vor morgen da. Heute nacht müssen wir im Freien schlafen.«

»Gut«, sagte sie. »Ich kann im Freien schlafen.«

Sie brachen gleich auf und klommen den steinigen Pfad in flotter Gangart empor ... Der junge Indianer ging neben ihrem Pferd, die beiden anderen folgten hinterdrein. Einer von ihnen hatte einen dicken Stock, und mit diesem versetzte er dem Pferd dann und wann einen derben Schlag auf die Flanke, um es anzutreiben. Das Pferd machte dann einen jähen Sprung zur Seite, der die Reiterin im Sattel zurückwarf, und das brachte sie in Zorn.

»Tu das nicht!« rief sie wütend und drehte sich nach dem Mann um. Sie begegnete seinen großen, schwarzglänzenden Augen und verzagte zum erstenmal. Diese Augen hatten nichts Menschliches an sich. Sie sahen keine Frau in ihr, sondern ein fremdes und unerklärliches Wesen, unerklärlich und feindlich. Wieder hatte sie, in ihrem Sattel sitzend, das Gefühl, tot zu sein. Da schlug er das Pferd abermals, und sie erlitt im Sattel einen heftigen Stoß.

Der Zorn der verwöhnten Frau kam in ihr hoch. Sie hielt

das Pferd an und wandte sich mit flammenden Augen an den Indianer neben ihr: »Sagen Sie ihm, er soll das Pferd nicht anrühren!«

Ihr Blick traf auf den seinen, und sie gewahrte in seiner schwarzglänzenden Unergründlichkeit, wie in einem Schlangenauge, einen feinen Funken von Hohn. Er sprach in seinen leisen Indianerlauten zu dem Mann hinter ihm. Dieser hörte zu, ohne aufzusehen. Dann schlug er das Pferd abermals, und es sprang in großen Sätzen den Pfad hinauf, daß die Steine umherflogen und die Reiterin hin und her geschleudert wurde.

Wahnsinniger Zorn flackerte in ihren blauen Augen. Sie wurde weiß im Gesicht und zog die Zügel an. Bevor sie sich umdrehen konnte, hatte der junge Indianer den Zügel gepackt und zog das Pferd hinter sich her. Sie war machtlos, und zugleich mit dem heftigsten Zorn durchging sie ein leiser Jubelschauer. Sie wußte, daß sie tot war.

Die Sonne ging unter. Grelles gelbes Licht flutete über die Espen und die Tannen, deren Nadeln sich dunkelglänzend abzeichneten. Die Felsen erglühten in einem überirdischen Schimmer. Durch diesen Lichtglanz hindurch lief der Indianer neben dem Pferd unermüdlich dahin, seine dunkle Decke baumelte, seine nackten Beine schienen in dem starken Licht seltsam verwandelt, rot. Sein Strohhut mit den lächerlichen Feder- und Blumenverzierungen leuchtete über der Flut seiner langen schwarzen Haare. Manchmal stieß er einen leisen Ruf aus, worauf dann der andere dem Tier einen neuen Hieb versetzte.

Das wunderbare Licht auf den Bergen verblich. Die Welt wurde dunkler, die Luft wehte kalt. Am Himmel kämpfte sich der Halbmond gegen die Glut des Westens herauf. Gewaltige Schatten fielen von den schroffen Felsen herab. Wasser rauschte. Die Frau war sich nur ihrer unsäglichen Müdigkeit und des kalten Höhenwindes bewußt. Sie merkte nicht, wie das Mondlicht den Tag verdrängte, indessen sie nahezu bewußtlos vor Erschöpfung weiterritt.

So zogen sie einige Stunden im Mondschein dahin. Dann wurde plötzlich haltgemacht. Die Männer sprachen leise miteinander.

»Wir lagern hier«, sagte der Jüngere.

Sie wartete, daß ihr aus dem Sattel geholfen würde, aber der Indianer stand nur da und hielt den Zügel. Sie fiel beinahe herunter, so ermüdet war sie. Sie hatten eine Stelle am Fuß des Abhangs gewählt, die noch etwas Sonnenwärme ausstrahlte. Der eine Indianer hieb Tannenäste zurecht, und der andere machte aus ihnen kleine, schräge Dächer an der Felswand, zum Schutz gegen den Wind, und schichtete Tannenzweige für das Lager. Der dritte entfachte ein kleines Feuer, um Tortillas zu backen.

Die Frau trank Wasser. Essen wollte sie nichts. Sie wollte nichts, als sich hinlegen. »Wo schlafe ich?« fragte sie.

Der junge Indianer wies auf eins der Schutzdächer. Sie kroch darunter und blieb regungslos liegen. Was mit ihr geschah, kümmerte sie nicht, dazu war sie zu müde und dachte an nichts mehr. Durch die Zweige konnte sie sehen, wie die Männer auf den Fersen um das Feuer hockten, ihre Tortillas, die sie mit ihren dunklen Fingern aus der Asche holten, verzehrten und aus einer Kürbisflasche tranken. Dabei redeten sie in leisen, murmelnden Lauten mit langen Pausen. Ihr Sattel und die Satteltaschen lagen unberührt nicht weit vom Feuer. Die Männer bekundeten weder für sie noch für ihr Eigentum Interesse. Sie hockten da, die Hüte auf den Köpfen, und aßen mechanisch wie Tiere. Ihre dunklen Umhänge mit den Fransen fielen vorn und hinten bis zum Boden und ließen die kräftigen, dunklen Beine sehen, nackt und zusammengekauert wie Tierläufe, darunter auch die schmutzigen weißen Hemden und eine Art Lendenschurze, ihr einziges weiteres Kleidungsstück. Sie nahmen nicht mehr Anteil an ihr, als wäre sie ein Stück Wildbret, das sie erlegt und unter ein Schutzdach gehängt hatten.

Nach einer Weile löschten sie sorgfältig das Feuer und krochen unter ihre eigenen Dächer. Indem die Frau sie durch die Zweige hindurch beobachtete, wie ihre dunklen Gestalten schweigend im Mondlicht dahinhuschten, machte sie Augenblicke plötzlicher Angst durch – würden sie jetzt über sie herfallen?

Aber sie schienen sie gänzlich vergessen zu haben. Dem Pferd waren die Vorderbeine gefesselt, und sie konnte hören, wie es sich mühsam bewegte. Alles war jetzt still, das Schweigen des Gebirges, tödlich und kalt. Sie schlief, wachte auf und schlief wieder ein, von Kälte und Müdigkeit benommen. Es war eine lange, lange Nacht, eisig und ewig. Und sie wußte, daß sie gestorben war.

2

Als sich dann etwas regte und sie das Geräusch von Stahl und Feuerstein hörte und die Gestalt eines Mannes erblickte, der wie ein Hund über dem Knochen vor einem roten Feuerschein hockte, und sie merkte, daß der Tag angebrochen war, da wollte ihr scheinen, die Nacht sei zu rasch vergangen. Und als dann das Feuer brannte, kam sie, getrieben von wirklichem Durst nach Kaffee, unter ihrem Dach hervor. Die Männer wärmten Tortillas.

»Können wir Kaffee kochen?« fragte sie.

Der Jüngere sah auf, und ein Funke von Hohn schien in seinen Augen zu glimmen.

»Nein«, sagte er. »Keine Zeit dazu.«

Sie musterten sie, auf den Fersen hockend, in dieser schrecklichen Morgendämmerung, und hatten nicht einmal Hohn in den Augen, sondern nur dieses ferne, furchtbare, unmenschliche Glitzern. Sie waren unnahbar. Sie sahen sie nicht als eine Frau an, sondern so, als wäre sie gar keine, als nähme ihre weiße Farbe ihr ganzes Frausein fort und ließe sie nur als eine weibliche weiße Riesenameise zurück. Nichts sonst sahen sie in ihr.

Ehe die Sonne aufging, saß sie wieder im Sattel, und es

ging in der eiskalten Luft steil aufwärts. Dann kam die Sonne, und bald wurde ihr in der Glut auf den kahlen Felsen heiß. Klommen sie zum Dach der Welt hinauf? Drüben waren gegen den Horizont Schneestreifen zu sehen.

Im Laufe des Morgens gelangten sie an eine Stelle, an der das Pferd nicht mehr weiterkonnte. Sie machten angesichts eines riesigen Felsabsturzes, der wie die schimmernde Brust eines Tieres aussah, Rast. Über diese Felswand mußten sie hinweg, an einer welligen Felsspalte entlang. In stundenlanger Mühe hatte sie sich auf Händen und Füßen von Spalte zu Spalte zu bewegen, an der schrägen Fläche des Hanges hin. Die Indianer, einer vor ihr und einer hinter ihr, schritten auf ihren geflochtenen Ledersandalen langsam und aufrecht dahin; sie aber getraute sich nicht, sich in ihren Reitstiefeln aufzurichten. Sie wunderte sich die ganze Zeit, warum sie so beharrlich an diesen Felsspalten entlangkletterte, statt einfach hinunterzufallen und allem ein Ende zu machen. Die Welt lag unter ihr.

Einmal, auf einer Fläche von Geröll, blickte sie zurück und sah den dritten Indianer mit dem Sattel und den Satteltaschen auf dem Rücken, an einem Gurt um die Stirn gehalten, daherkommen. Den Hut hielt er in der Hand und schritt so mit dem weichen, schweren Tritt des Indianers dahin, ohne in den Felsrissen, die sich wie Krater im Schild des Berges ausnahmen, zu schwanken.

Der Hang führte jetzt abwärts. Die Indianer schienen sich zu erregen. Einer lief in langsamem Trab voraus und verschwand um einen Felsvorsprung. Der Pfad wand sich nun um den Berg herum und abwärts, bis sie endlich im Glanz der Morgensonne ein Tal unter sich erblickten, das wie in einen riesenhaften Trog zwischen Felswänden in den Berg eingelassen war. Es war ein grünes Tal mit einem Fluß, Bäumen und einer Anhäufung niedriger Häuser mit flachen, glitzernden Dächern. Alles sah winzigklein und vollkommen aus und lag tausend Meter tief unter ihnen. Die gerade Brücke über dem Fluß, der freie Platz mit den

Häusern rundum, die größeren Häuser an den gegenüberliegenden Enden des Platzes, die schlanken, hohen Pappeln und die Weiden, die Flächen von Mais, der von der Sonne versengt war, die braunen Flecke der Schafe und Ziegen fern auf den Berghängen, die eingezäunten Wiesen am Flußufer – das sah alles so vollkommen und bezaubernd aus wie jeder Ort, aus großer Höhe gesehen, vollkommen und bezaubernd aussieht. Ungewöhnlich war, daß diese niedrigen Häuschen glitzernd weiß getüncht waren und aussahen wie Kristalle von Salz oder Silber. Es ängstigte sie.

Sie begannen den langen, gewundenen Abstieg und folgten dem Bach, der über Felsblöcke stürzend dahinschoß. Zunächst befanden sie sich nur zwischen Felsen; dann kamen die Nadelbäume und endlich die silbrigen Espen. Alles war bedeckt von den Herbstblumen, rosafarbenen und margeritenartigen, weißen und gelben. Die Frau mußte sich setzen und ausruhen, sie war zu müde. Sie betrachtete die bunten Blumen wie jemand, der tot ist, sie betrachtet: als bleiche, kauernde Schatten.

Dann kamen Gras- und Weideflächen zwischen Espen und Tannen. Ein Hirte, fast nackt in der Sonne, nur mit Hut und baumwollenem Lendenschurz, trieb seine Schafe. Dann saßen sie in einem Hain und warteten, der junge Indianer und die Frau. Der Mann, der den Sattel trug, war weitergegangen. Sie vernahmen Schritte, und drei Männer in feinen Umhängen in Rot, Gelb, Schwarz und Orange und mit leuchtendem Kopfschmuck aus Federn näherten sich ihnen. Der Älteste trug Pelzstreifen in sein Haar geflochten, und sein roter und gelber Umhang war wie ein Jaguarfell schwarz gefleckt. Die beiden anderen waren auch alte Männer, wenn auch nicht grauhaarig. Ihre Umhänge waren gestreift und ihr Kopfputz weniger prächtig.

Der Junge redete mit ruhigen Worten auf sie ein. Sie hörten zu, ohne zu antworten und ihn oder die weiße Frau anzusehen. Sie hielten ihre Gesichter gesenkt und hörten nur zu. Endlich wandten sie sich der Frau zu und betrachteten sie.

Der Älteste, ein Medizinmann oder was er vorstellen mochte, hatte ein gefurchtes und verrunzeltes Gesicht, bronzefarben und mit spärlichen Haaren um den Mund. Zwei lange graue Haarzöpfe, mit Pelz und Federn durchflochten, hingen ihm auf die Schultern. Was an ihm auffiel, waren seine Augen. Sie waren schwarz und von großer, eindringlicher Kraft, und in ihrer dämonischen Furchtlosigkeit wohnte keinerlei Zweifel. Lange und durchdringend senkten sich ihre Blicke in die Augen der weißen Frau, als suchten sie etwas, und sie wußte nicht was. Sie bot ihre ganze Kraft auf, um diesen Augen zu widerstehen. Doch half es ihr nichts. Der Mann blickte sie nicht an wie ein Mensch den andern. Ihren Widerstand, ihren Trotz nahm er nicht einmal wahr, er sah an beiden vorbei, sie wußte nicht wohin.

Es war aussichtslos, auf eine Verständigung mit diesem Geschöpf zu rechnen. Der Alte wandte sich um, redete ein paar Worte zu dem Jungen.

Dieser sagte zu ihr auf spanisch: »Er fragt, was Sie hier wollen.«

»Ich? Nichts. Ich will sehen, wie es hier aussieht.«

Dies wurde dem Alten übersetzt. Er richtete seine Augen wieder auf sie. Dann redete er wieder mit leiser, murmelnder Stimme zu dem Jungen.

»Er sagt: warum verläßt sie ihr Haus der weißen Männer? Will sie den Gott des weißen Mannes zu den Chilchui bringen?«

»Nein«, erwiderte sie unerschrocken. »Ich bin von dem Gott des weißen Mannes fortgegangen. Ich komme, den Gott der Chilchui zu suchen.«

Darauf folgte tiefes Schweigen. Dann, leise, fast müde: »Sucht die weiße Frau den Gott der Chilchui, weil sie ihres eigenen Gottes müde ist?«

»Ja. Sie ist des weißen Gottes müde«, erwiderte sie, weil sie annahm, dies war es, was sie hören wollten. Sie wollte dem Gott der Chilchui dienen.

Sie gewahrte, wie in der Stille, die der Übersetzung ihrer

Worte folgte, Triumph und Jubel die Indianer erfüllte. Dann richteten sich alle diese durchbohrenden schwarzen Augen auf sie, und eine stählerne Begehrlichkeit war darin zu erkennen. Dies war um so rätselhafter, als nichts Sinnliches, nichts Sexuelles in diesen Blicken war. Vielmehr lag eine schreckliche, glänzende Reinheit darin, die über ihren Verstand ging. Wäre nicht etwas in ihr gestorben, so daß nur kalte und wachsame Verwunderung noch in ihr lebte – sie wäre vor Angst gelähmt gewesen.

Die Ältesten berieten eine Weile, dann gingen zwei von ihnen fort und ließen sie mit dem jungen Mann und dem Ältesten allein. Der Älteste sah sie mit einem Ausdruck der Besorgtheit an.

»Er will wissen, ob Sie müde sind«, sagte der Junge.

»Ja, sehr«, erwiderte sie.

»Sie werden Ihnen eine Sänfte bringen«, sagte der Junge.

Als diese kam, war es eine Art von Hängematte aus dunklem Wollgeflecht, an einer Stange befestigt, die von zwei Indianern auf der Schulter getragen wurde. Sie wurde auf dem Boden ausgebreitet; sie setzte sich darauf, und die Männer hoben die Stange auf die Schultern. Wie in einem Sack, hin und her schwingend, wurde sie aus dem Hain getragen, hinter dem alten Häuptling her, dessen Jaguarumhang im Sonnenlicht seltsam hin und her schwang.

Sie gelangten auf den Grund des Tales. Die reifen Maiskolben, nicht sehr hoch in dieser großen Höhe, standen vor ihnen. Der gutausgetretene Pfad schlängelte sich zwischen Feldern hin. Die Frau konnte nichts als die aufgereckte Gestalt des alten Häuptlings vor sich sehen. In seinem flammenfarbenen und schwarzen Umhang schritt er weich und schwer, aber behende dahin, den Kopf vorgestreckt, und sah weder nach rechts noch nach links. Gleichmäßig auftretend, folgten ihm die Träger, und ihr langes bläulichschwarzes Haar fiel ihnen wie ein Fluß über die nackten Schultern.

Sie ließen die Maisfelder hinter sich und gelangten an einen Wall aus Erde und Ziegeln, dessen hölzerne Torflügel offenstanden. Sie schritten hindurch und befanden sich in einem Gefüge kleiner Gärten mit Blumen, Kräutern und Obstbäumen, und jeder Garten war durch einen schmalen Graben mit fließendem Wasser bewässert. In jeder Blumen- und Baumgruppe stand ein kleines, weißgetünchtes Haus, ohne Fenster und mit geschlossener Tür. Der ganze Ort war ein System kleiner Pfade, Bäche und Brücken zwischen blühenden, quadratischen Gärten.

Sie folgten dem breitesten Pfad zwischen Laub und Gras, von Jahrhunderten menschlicher Füße glattgetreten und von keinem Huf oder Rad berührt, gelangten an einen kleinen Fluß und überquerten das klare, rasch dahinschießende Wasser auf einer Brücke aus rohen Balken. Überall herrschte Stille, und nirgends war ein menschliches Wesen zu sehen. Unter schönen Pappeln führte der Weg weiter und mündete auf den Hauptplatz des Ortes. Dieser bestand aus einem länglichen Rechteck niedriger weißer Häuser mit Flachdächern. Zwei größere Häuser, die aus kleineren, würfelförmigen Häusern, auf größere und längliche aufgesetzt, bestanden, erhoben sich einander genau gegenüber an den zwei Enden des Platzes. Jedes der kleinen Häuser war blendend weiß bis auf die Balkenenden, die unter den Dachrändern vorstanden, und die flachen Dächer. Um jedes der größeren Häuser lief eine Umzäunung und umschloß einen Garten mit Bäumen, Blumen und verschiedenen kleineren Häusern.

Keine Menschenseele war zu sehen. Schweigend schritten sie zwischen den Häusern auf den Platz. Er war leer und trocken. Generationen hatten seine Erde glattgetreten. Die Türen all der fensterlosen Häuser gingen auf diesen Platz, aber alle waren geschlossen. Überall lag Brennholz neben der Schwelle, die Öfen rauchten sogar, aber keine Spur von Leben ließ sich blicken.

Der Alte schritt geradewegs über den Platz auf das eine der beiden größeren Gebäude zu, dessen zwei obere Stockwerke spielzeughaft ein wenig zurücktraten. Eine Außentreppe aus Stein führte zum Dach des ersten Stockwerks hinauf. Am Fuß blieben die Träger stehen und ließen die Frau auf den Boden nieder.

»Sie gehen da hinauf«, sagte der spanischsprechende junge Indianer. Sie beschritten die Stufen zum Lehmdach des unteren Stockwerks, das einen Umgang um die Wände des zweiten formte. Die Frau folgte ihm bis zur Rückseite des Hauses, dann stiegen sie wieder hinunter in den Garten.

Bislang war niemand zu sehen gewesen; jetzt aber erschienen zwei Männer, barhäuptig und mit langem, geflochtenem Haar. Sie trugen weiße Hemden, die in einen Lendenschurz gesteckt waren. Sie gingen mit den Ankömmlingen durch den Garten mit seinen roten und gelben Blumen auf ein niedriges, langgestrecktes weißes Haus zu und traten, ohne anzuklopfen, hier ein.

Drinnen war es dunkel. Ein Gemurmel von Männerstimmen war zu vernehmen. Mehrere Männer waren anwesend. Ihre weißen Hemden waren im Dämmerlicht zu erkennen, ihre dunklen Gesichter aber nicht. Sie saßen auf einem großen Holzbalken an der gegenüberliegenden Wand. Außer diesem Balken war nichts in dem Raum vorhanden als nur am anderen Ende eine Lagerstatt, und auf dieser lag eine mit Fellen zugedeckte Gestalt.

Der Alte, der die Frau begleitet hatte, nahm den Hut, den Umhang und die Sandalen ab. Er legte alles beiseite, trat an das Lager und sprach mit leiser Stimme. Eine Zeitlang erfolgte keine Antwort. Dann richtete sich ein alter Mann, dem schneeweißes Haar um das dunkel erkennbare Gesicht stand, wie eine Erscheinung hoch und blickte den Eingetretenen, auf einen Ellbogen gestützt, starr und schweigend entgegen.

Der Alte redete wiederum etwas, dann führte der Junge die Frau an der Hand an das Lager. Sie stand in ihrem leinenen Reitanzug mit den schwarzen Stiefeln, ihrem Hut und dem roten Schlips vor dem mit Fellen bedeckten Lager dieses Uralten, der wie eine Geistererscheinung dasaß. Sein weißes Haar hing strähnig herab, sein Gesicht war fast schwarz. Mit einer Gespanntheit, die nicht von dieser Welt war, entrückt, beugte er sich vor, um sie zu mustern. Sein Gesicht glich dunklem Glas, und die wirren weißen Haare, die ihm um Kinn und Lippen hingen, waren ganz unglaubhaft. Unter den schwachen weißen Augenbrauen sahen seine schwarzen Augen sie wie die von fernen Toten an, die Unsichtbares erblicken. Endlich sprach er ein paar leise, hohlklingende Worte, als ob er zur dunklen Luft spräche.

Der Junge übersetzte: »Er fragt, ob Sie Ihr Herz den Göttern der Chilchui bringen.«

Sie erwiderte willenlos: »Sagen Sie ihm – ja.«

Eine Pause entstand; dann sprach der Uralte wieder wie zur Luft. Einer der Anwesenden ging hinaus. Es herrschte eine Stille in dem dämmerigen Raum, in den nur durch die Tür etwas Licht hereinkam, wie die Stille der Ewigkeit.

Die Frau sah umher. Auf dem Balken saßen vier alte grauhaarige Indianer. Zwei andere standen regungslos an der Tür. Alle hatten lange Haare und trugen weiße, in den Schurz gesteckte Hemden. Ihre kräftigen Beine waren nackt. Endlich kam der Mann, der hinausgegangen war, zurück und hatte einige weiße und dunkle Kleidungsstücke über dem Arm. Der Junge nahm sie ihm ab und hielt sie der Frau hin: »Hier, ziehen Sie das hier an.«

»Nur wenn ihr Männer alle hinausgeht«, erwiderte sie.

»Keiner tut Ihnen was«, versetzte er ruhig.

Er gab den Männern an der Tür ein Zeichen. Sie traten heran und griffen sie, ohne ihr weh zu tun, aber mit großer Kraft, bei den Armen. Dann kamen zwei der alten Männer, schlitzten ihr mit Messern ungeheuer geschickt ihre Stiefel auf und zogen sie ihr ab; alsdann schlitzten sie ihr auch die Kleider auf, daß sie niederfielen. In wenigen Augenblicken stand sie in weißer Nacktheit da. Der Uralte auf dem Lager sprach einige Worte, und die Männer drehten die Frau zu ihm hin, damit er sie sehen konnte. Er sagte wieder etwas, und der junge Indianer zog die Nadeln und Kämme aus ihrem blonden Haar, daß es ihr in wirrem Gelock über die Schultern fiel. Dann sagte der Uralte abermals etwas. Der Junge führte sie dicht an das Lager. Der Liegende befeuchtete seine Fingerspitzen mit den Lippen und berührte die Frau zart an den Brüsten, dem Leib und dem Rücken. Jedesmal, wenn sie die Fingerspitzen über ihre Haut gleiten fühlte, zuckte sie zusammen, als werde sie vom Tod selbst angerührt.

Eine fast traurige Verwunderung erfüllte sie darüber, daß sie sich ihrer Blöße nicht schämte – nur traurig und verloren fühlte sie sich. Zumal auch sonst niemand Scham empfand. Die Älteren verharrten gespannt und in einer tiefen, unverständlichen Gemütsbewegung gefangen, die ihre eigene Erregung wegwischte, während das Gesicht des Jüngeren einen seltsamen Ausdruck der Verzückung annahm. Sie selber aber war sich nun völlig fremd geworden, als gehöre ihr Körper nicht mehr zu ihr.

Sie legten ihr die neuen Kleider an: ein langes weißes Baumwollhemd, das ihr bis zu den Knien reichte, eine Jacke aus dickem blauem Wollstoff, die mit roten und grünen Blumen bestickt war und nur über der einen Schulter geschlossen war und um den Leib von einer geflochtenen rot und schwarzen Wollschärpe zusammengehalten wurde.

Als sie so bekleidet war, führte man sie mit bloßen Füßen in ein kleines Häuschen in dem eingezäunten Garten. Der junge Indianer sagte ihr, sie könne haben, was sie wollte, und sie bat um Wasser, sich zu waschen. Er brachte es in einem Krug nebst einem länglichen Becken aus Holz. Dann verschloß er die Gittertür des Hauses und ließ sie als Gefangene zurück. Durch die Gitterstäbe konnte sie die roten Blumen und einen Kolibri draußen sehen. Dann vernahm sie den dumpfen, rollenden Klang einer Trommel vom Dach des großen Hauses her, und darauf verkündete eine Stimme in einem entrückten, gefühllosen Singsang von der Höhe herab eine Botschaft in fremder Sprache. Sie lauschte, als befände sie sich im Reich der Toten.

Aber sie war sehr müde. Sie ließ sich auf dem mit Fellen bedeckten Lager nieder, zog die dunkle Wolldecke über sich, tat alles von sich ab und schlief ein.

Als sie aufwachte, war es spät am Nachmittag. Der junge Indianer kam mit einem Korb herein, der Speisen enthielt, Tortillas und Maisbrei mit Fleischstücken, vermutlich Hammelfleisch, und mit einem Honiggetränk sowie einigen frischen Pflaumen. Auch brachte er eine Kette aus roten und gelben Blumen und Büschelchen blauer Knospen herbei, besprengte sie mit Wasser aus dem Krug und reichte sie ihr lächelnd hin. Er war sanft und behutsam, auf seinen Gesichtszügen und in den Augen hatte er einen Ausdruck von Jubel und Verzückung, der sie ein wenig ängstigte. Das Glitzern war jetzt aus seinen schwarzen Augen mit den geschwungenen, dunklen Wimpern verschwunden; er sah sie mit dem weichen Glühen einer Verehrung an, die nichts Menschliches mehr an sich hatte und sie mit ihrer erschreckenden Teilnahmslosigkeit beunruhigte.

»Wünschen Sie sonst etwas?« fragte er leise, sanft, melodisch und so verhalten, als spräche er zu jemand anderem und wolle sie nicht mit dem Klang seiner Stimme berühren.

»Werde ich hier als Gefangene gehalten?« fragte sie.

»Nein«, war die sanfte Antwort. »Sie können morgen in den Garten gehen.« Immer diese seltsame Behutsamkeit! »Mögen Sie dieses Getränk?« erkundigte er sich hierauf und hielt ihr eine Schale hin. »Es ist sehr erfrischend.«

Neugierig kostete sie das Getränk, das aus Kräutern gebraut und mit Honig gesüßt war und ein merkwürdiges, nachwirkendes Aroma hatte. Der junge Mann beobachtete sie befriedigt. »Es hat einen eigentümlichen Geschmack«, sagte sie.

»Es ist sehr erfrischend«, wiederholte er. Immer noch ruhten seine Blicke mit einem Ausdruck hingegebener Verzückung auf ihr. Dann ging er fort. Sogleich danach verspürte sie Übelkeit und erbrach sich heftig – sie hatte sich nicht mehr in der Gewalt.

Danach spürte sie, wie eine beruhigende Lässigkeit über sie kam. Ihre Glieder wurden gelöst und schwerelos, sie lag da und lauschte auf die Geräusche des Dorfes, sah zu, wie der Himmel sich gelb färbte und roch den Rauch brennenden Zedern- und Tannenholzes. Deutlich vernahm sie das Bellen von Hunden, das Scharren von Füßen in der Ferne und das Murmeln von Stimmen; und so deutlich nahm sie den Geruch des Rauches und der Blumen und des sinkenden Abends wahr, so klar sah sie den einen hellen Stern unendlich weit überm Sonnenuntergang funkeln, daß sie das Gefühl hatte, alle ihre Sinne seien in den Lüften verstreut; daß sie den Klang der Blumen zu vernehmen meinte, die sich in der Nacht entfalteten, und das kristallene Tönen der Himmelssphären, die aneinander vorbeiglitten, und die in der Luft auf und nieder senkende Feuchtigkeit spürte sie gleich einer Harfe im Weltall.

Sie war in diesem Haus und Garten eine Gefangene. Aber es machte ihr nichts aus. Es dauerte Tage, ehe sie gewahr wurde, daß sie keine Frau je zu Gesicht bekam, nur die alten Männer aus dem großen Haus, das ihr eine Art Tempel zu sein schien; die Männer mußten irgendwelche Priester sein. Sie trugen stets dieselben Kleidungsstücke in roten, gelben und schwarzen Farben und legten stets das gleiche ernste, entrückte Wesen an den Tag.

Manchmal kam einer von ihnen zu ihr und saß schweigend bei ihr. Keiner, außer dem jüngeren, sprach eine andere Sprache als seine indianische. Die Alten saßen etwa eine Stunde lang bei ihr und lächelten, wenn sie etwas auf spanisch sagte, aber antworteten nie, es sei denn mit diesem langsamen, behutsamen Lächeln. Dabei ging ein Ausdruck von fast väterlicher Fürsorge von ihnen aus. Ihre dunklen Augen aber hatten in ihrer Tiefe etwas unergründlich Wildes und Gnadenloses. Sie suchten es, wenn sie hinsah, mit diesem Lächeln zu verschleiern, aber sie sah es dennoch. Und immer behandelten sie sie mit der gleichen sonderbaren, teilnahmslosen Fürsorge, dieser unpersönlichen Sanftmut, mit der ein Greis ein Kind behandelt. Darunter aber, das spürte sie, lauerte etwas ganz anderes und Furchtbares. Wenn ihr Besucher gegangen war, wurde sie von heftiger Angst gepackt, aber wovor sie Angst hatte, wußte sie nicht.

Der junge Indianer aber sprach ungezwungen und anscheinend freimütig mit ihr, wenn er zu ihr kam. Doch auch hierbei spürte sie, daß etwas Wirkliches verschwiegen wurde. Vielleicht war es unaussprechlich. Seine großen, dunklen Augen ruhten fast liebevoll auf ihr. Seine schöne, schmachtende Stimme dehnte die Laute seines einfachen, ungrammatischen Spanisch.

Er erzählte ihr, er sei der Enkel des Uralten und der Sohn des Mannes in dem gefleckten Umhang. Sie seien Kaziken, Könige aus vergangenen Zeiten vor dem Kommen der Spanier. Er selbst sei in Mexico City und auch in den Vereinigten Staaten gewesen. Als Arbeiter habe er an den Straßen von Los Angeles mitgebaut. Bis nach Chicago sei er gekommen.

»Sprechen Sie denn nicht auch Englisch?« fragte sie.

Er schüttelte stumm den Kopf.

»Und Ihr Haar, was haben Sie dort mit Ihrem Haar gemacht?« fragte sie weiter. »Haben Sie es abgeschnitten?«

Er schüttelte wieder den Kopf, mit einem gequälten Ausdruck in den Augen. »Nein. Ich habe einen Hut getragen, und darunter ein Taschentuch um den Kopf.«

Er verfiel, wie von quälenden Erinnerungen heimgesucht, aufs neue in Schweigen.

Sie fragte: »Sind Sie der einzige aus Ihrem Volk, der in den Vereinigten Staaten war?«

»Ja, der einzige, der lange von hier fort war. Die anderen kommen immer bald zurück. Nach einer Woche. Sie bleiben nicht weg. Die alten Männer erlauben es nicht.«

»Und warum sind Sie gegangen?«

»Die Alten wollten es. Ich soll der Kazike werden.«

Er sprach immer kindlich offen und naiv, doch kam ihr vor, als sei das nur seinem Spanisch zuzuschreiben. Vielleicht war ihm das Sprechen überhaupt etwas Unwirkliches. Das Wirkliche wurde verschwiegen.

Er kam oft und saß länger bei ihr, als ihr lieb war. Es war, als suchte er ihre Nähe. Sie fragte ihn, ob er verheiratet sei. Er bejahte. Er hatte zwei Kinder.

»Ich möchte Ihre Kinder sehen«, sagte sie.

Er antwortete nur mit diesem Lächeln, das süß und verzückt war, aber das die Rätselferne seiner Augen nicht veränderte.

Stundenlang saß er so bei ihr, ohne sie in Verlegenheit zu versetzen und ihres Geschlechts bewußt zu machen. Er schien selber geschlechtslos zu sein, wie er so still und sanft und ehrerbietig dasaß, den Kopf etwas vorgebeugt, und sein schwarzschimmerndes Haar ihm mädchenhaft über die Schultern floß. Wenn sie aber genauer hinsah, gewahrte sie, wie seine Schultern breit und kraftvoll waren, seine Brauen schwarz und gerade. Sie gewahrte die geschweiften, widerspenstigen Wimpern über seinen gesenkten Augen, die dünne Linie des Schnurrbarts über den schweren schwärzlichen Lippen und das starke Kinn, und sie erkannte, daß er geheimnisvoll und von männlicher Mächtigkeit war. Er aber, der sich von ihr beobachtet fühlte, warf ihr einen raschen, lauernden Blick aus seinen dunklen Augen zu, den er sogleich mit einem halb traurigen Lächeln verschleierte.

Tage und Wochen vergingen in einem unbestimmten Zustand der Bescheidung. Zuweilen spürte sie, daß sie die Herrschaft über sich verloren habe. Sie stand im Banne einer anderen Macht. Manchmal durchlebte sie Augenblicke des Grausens und Entsetzens. Dann aber kamen diese Indianer, saßen bei ihr und übten durch ihre bloße, stille Gegenwart ihren tückischen Zauber über sie aus. Nur durch ihre schweigende, geschlechtslose, mächtig körperliche Anwesenheit. Jeden Willen schienen sie ihr abzunehmen, sie willenlos und zu einem Opfer ihrer eigenen Gleichgültigkeit zu machen.

Die jüngeren Männer brachten ihr süße Getränke, manchmal das, welches sie zum Erbrechen reizte, manchmal auch andere. Hatte sie dann getrunken, wurden ihre Glieder schwer und lässig, ihre Sinne schienen lauschend in den Lüften zu schweben. Auch hatte man ihr eine kleine Hündin gebracht, Flora nannte sie sie, und einmal hatte sie in ihrem Traumzustand die Empfindung, als höre sie, wie die kleine Hündin empfing und in ihrem winzigen Leib mit einem Jungen trächtig wurde. Ein anderes Mal vernahm sie den Ton des kreisenden Erdballs wie das Schwirren einer riesenhaften Bogensehne.

Als dann die Tage kürzer und kälter wurden, empfand sie ein Wiederaufflackern ihres Willens und ein Verlangen, wegzugehen. Sie sagte dem jungen Indianer, sie wolle ausgehen. Darauf ließ man sie auf das oberste Dach des großen Hauses steigen und auf den Platz hinabsehen. Es war dies an einem Tag des großen Tanzes. Aber nicht alle nahmen daran teil. Frauen standen mit Kindern auf dem Arm in den Türen und sahen zu.

Vor dem anderen großen Haus am Ende des Platzes herrschte ein Gedränge, und sie gewahrte eine kleine, bunte Menschengruppe auf dem Dach des ersten Stockwerks vor den weit offenen Türen des oberen. Durch diese Türen konnte sie im Dunkeln Feuer glühen sehen, und vor diesem bewegten sich Priester mit ihrem Federkopfschmuck und in lange Decken mit roten, schwarzen und gelben Farben und langen grünen Fransen gehüllt. Eine Trommel war in der indianischen Stille mit langsamen, regelmäßigen Schlägen zu hören. Die Menge unten wartete.

Dann schlug die Trommel einen hohen Ton an, und alsbald erscholl tiefer, kräftiger Schall von Männerstimmen, ein wilder Sturmgesang wie ein Wind, der durch einen zeitlosen Wald braust, und lange Reihen von Tänzern schritten jetzt unten aus dem Haus hervor, Männer mit nackten, bronzefarbenen Leibern und Fluten schwarzer Haare, gelbe und rote Federn an den Armen, Schurze aus weißer Wolle mit gestickten Streifen in Rot, Grün und Schwarz um die Hüften.

Vorgebeugt traten sie mit eintönigem, stampfendem Tanzschritt den Erdboden. Hinten hing jedem ein Fuchsschwanz vom Gürtel, und die Tanzenden ließen die Schwanzspitze im Schwung des Tanzes hoch über die Fersen hochschnellen. Hinter jedem Mann kam eine Frau, angetan mit einem kunstvollen Kopfschmuck aus Federn und Muscheln, in eine kurze schwarze Jacke gekleidet, und hielt in jeder Hand aufrecht ein Federbüschel empor, bewegte im Rhythmus die Handgelenke und trat in leichtem Tanzschritt ihrer bloßen Füße den Boden. Aus dem Haus drang ein absonderlicher Weihrauchgeruch hervor – Stille und die Antwort des ausbrechenden, unmenschlichen Gesangs aus Männerstimmen und die sich lang entrollende Kette des Tanzes.

Dies währte den ganzen Tag: das Getön der Trommel, der hohle, brausende Sturmklang des Männergesangs, das Schwingen der Fuchsschwänze hinter den bronzenen, stampfenden Beinen der Männer, dazu die Herbstsonne am klaren Himmel, die auf die Haarfluten der Männer und Frauen strahlte, das schweigende Tal und die Felswände und wuchtigen Berge mit ihrem gleißenden Schnee gegen das Blau des Himmels.

Stunde um Stunde sah sie so zu, wie von einem Gift verzaubert. Und in all der schrecklichen Beharrlichkeit des Trommelns, Singens und Stampfens war ihr, als fühle sie ihre eigene Auslöschung, ihren eigenen Tod: als solle sie aus dem Buch des Lebens gestrichen werden. In den hochragenden Sinnbildern auf den Köpfen der dem Tanz hingegebenen Frauen las sie ihr Menetekel. Die großen Ursymbole sollten über das gefallene, unabhängige Einzelwesen Frau triumphieren. Das hochgezüchtete weiße Weib sollte mit seiner nervösen Empfindlichkeit wieder vernichtet, sollte von neuem in den Strom unpersönlicher Geschlechtlichkeit und Leidenschaft geworfen werden. Hellseherisch sah sie voraus, wie das gewaltige Opferfest sich vorbereitete. In der Betäubung einer Todesangst kehrte sie in ihr Häuschen zurück.

Immer empfand sie künftig Furcht, wenn sie abends die

Trommeln und die wilden Männerstimmen dazu vernahm, die zu den unsichtbaren Göttern des Mondes und der verschwundenen Sonne emporheulten. Es lag etwas von dem weinenden Gelächter der Kojoten, dem Gebell des Fuchses oder der wilden, schwermütigen Verzückung des heulenden Wolfes darin, auch von der Trauer des Pumaschreis und der Kraft des urmenschlichen Männchens mit seiner Zärtlichkeit und Wildheit.

Manchmal stieg sie nachts auf das hohe Dach und lauschte dem schemenhaften Haufen junger Männer um die Trommel auf der Brücke hinter dem Platz, die stundenlang sangen. Manchmal brannte dort ein Feuer, in dessen Schein sie tanzten und stampften, in weißen Hemden oder nackt bis auf ein Lendentuch, geisterhaft in der dunklen, kalten Nachtluft immer tanzend und stampfend wie Truthähne oder auch rastend um das Feuer gehockt, die Decken über die Schultern.

Sie fragte den jungen Indianer: »Warum tragt ihr alle dieselben Farben, Rot, Gelb und Schwarz auf euren Kleidern? Und die Frauen alle Schwarz?«

Ein leises, ausweichendes Lächeln erschien auf seinem Gesicht, aber dahinter lagerte eine fremdartige Bösheit.

»Unsere Männer«, erwiderte er, »sind das Feuer und der Tag, unsere Frauen aber sind die Zwischenräume zwischen den Sternen in der Nacht.«

Sie sagte: »Eure Frauen sind also nicht einmal Sterne?«

»Nein. Sie sind die Räume zwischen den Sternen, die die Sterne voneinander trennen.« Wieder erschien ein Schimmer von Spott in seinen Blicken. »Die weißen Menschen«, fuhr er fort, »wissen nichts. Sie spielen wie Kinder mit Spielsachen. Wir aber kennen die Sonne, und wir kennen den Mond. Und wir glauben daran, daß unsere Götter die Welt neu machen, und die Götter der Weißen vergehen, wenn eine weiße Frau sich unseren Göttern opfert.«

»Wie das – sich selbst opfert?« fragte sie rasch.

Er verbarg das, was er meinte, hinter einem verschlagenen Lächeln. »Sie entsagt ihren Göttern und kommt zu unseren Göttern. Das meine ich«, erwiderte er beruhigend.

Aber das beruhigte sie nicht. Ein eisiger Schmerz der Furcht und der Gewißheit griff ihr ans Herz.

»An dem einen Ende des Himmels lebt die Sonne«, fuhr er fort, »und am anderen der Mond. Die Männer müssen die Sonne auf der einen Seite des Himmels glücklich machen und die Frauen den Mond auf der anderen. Alle Zeit müssen sie das. Und die Sonne kann nicht in das Haus des Mondes am Himmel gehen und der Mond nicht ins Haus der Sonne. Darum bittet jede Frau den Mond, zu ihr zu kommen, in sie hinein, und der Mann zieht die Sonne zu sich herab, bis er ihre Macht bekommt. Wenn der Mann eine Frau hat, geht die Sonne in die Frau hinein. Das ist der Anfang von allem in der Welt.«

Sie hörte zu und beobachtete ihn wie ein Feind den anderen, dessen Worte doppelte Bedeutung haben. »Warum seid dann ihr Indianer nicht die Herren der Weißen?« fragte sie.

Er erwiderte: »Weil der Indianer schwach wurde und seine Macht über die Sonne verlor. Und weil der weiße Mann die Sonne gestohlen hat. Aber behalten kann er sie nicht. Er weiß nicht, wie er das machen soll. Er weiß nichts mit ihr anzufangen, wie ein Junge, der einen Grislybären fängt, ihn aber nicht töten und auch nicht vor ihm weglaufen kann. Der Grislybär frißt den Knaben auf, wenn er weglaufen will. Die weißen Männer wissen nicht, was sie mit der Sonne machen sollen. Die weißen Frauen wissen nicht, was sie mit dem Mond machen sollen. Der Mond ist auf die weißen Frauen so böse wie ein Pumaweibchen, dem man die Jungen wegnimmt. Der Mond beißt die weißen Frauen hier drinnen.« Dabei legte er die Hand gegen den Leib. »Der Mond ist böse in der weißen Frau drinnen, in ihrer Höhle. Der Indianer sieht das. Bald bekommen die Indianerfrauen den Mond zurück und behalten ihn einfach bei sich drinnen in der Höhle. Und die Indianermänner bekommen die Sonne. Dann haben sie die Macht über die ganze Welt. Die

Weißen wissen nicht, was die Sonne ist. Sie haben es nie gewußt.«

Er verstummte. Es war ein triumphierendes Schweigen.

Sie stammelte: »Aber warum haßt ihr uns so? Warum haßt du mich?«

Sein Gesicht erhellte sich, das Flämmchen eines Lächelns huschte darüber hin. »Wir hassen Sie nicht«, sagte er leise.

»Doch«, sagte sie verloren und ohne Hoffnung.

Nach einer Weile des Schweigens stand er auf und ging.

3

Der Winter war mit Schnee in das Hochtal gekommen, der tagsüber in der Sonne schmolz, und mit bitterkalten Nächten. Die Frau lebte in einer Art von Betäubung und spürte, wie all ihre Kraft und ihr ganzer Wille von ihr fortglitten. Wenn nicht der gesüßte Kräutertrank ihren Geist benebelte und ihre Sinne zu einer mystischen Schärfe erhob, als löste er sich in der Harmonie aller Dinge auf, dann empfand sie sich in einem verworrenen, schlaffen Opferzustand. Mit der Zeit aber wurde das Hochgefühl ihrer Sinne das einzige in ihr, dem Wirklichkeit zukam. Es war das köstliche Gefühl, ihr Blut in die Schönheit und Harmonie des Alls hinein verströmen zu lassen. Sie konnte die Sterne am Himmel hören, wenn sie sie durch die Tür ihres Hauses erblickte, konnte vernehmen, wie sie miteinander sprachen und einander, wie Glocken im Raum schwingend und sich in zeitlosem Tanz wiegend, herrliche Dinge erzählten. An kalten, bewölkten Tagen konnte sie den Schnee wie Vögel, die sich im Herbst sammeln, zwitschern und den Mond rufen hören. Sie rief dem Schnee zu, er möge aus der Luft herabfallen, und dem Mond, er solle aufhören zu zürnen und er solle mit der Sonne Frieden schließen wie eine Frau, die in ihrem Haus aufhört zu grollen. Sie roch die Süße des Mondes, der sich am Winterhimmel der Sonne hingab, wenn der Schnee herabrieselte und Sonne und Mond einander friedlich vereinten.

Aber sie spürte auch eine tiefe, ergebene, fast schon religiöse Trostlosigkeit wie einen Schatten in dem Tal walten.

»Wir haben unsere Macht über die Sonne verloren. Wir wollen sie zurückhaben. Aber die Sonne ist böse mit uns. Sie ist scheu geworden wie ein Pferd, das durchgeht. Wir müssen leiden.« So sprach der junge Indianer; sie aber antwortete, als sei sie verhext:

»Ich hoffe, ihr bekommt sie zurück.«

Ein Triumph glitt über seine Züge. »Sie hoffen es?«

»Ja«, sagte sie ergeben.

»Dann ist alles gut«, versetzte er. »Dann bekommen wir sie wieder.«

Und in gehobener Stimmung ging er.

Sie aber spürte, daß sie einem Ende, einer Vollbringung zutrieb, der zu entgehen sie nicht den Willen hatte, und die schwer und zuletzt furchtbar sein würde.

Die Tage wurden kurz, und es mußte schon Dezember sein, als man sie wieder zu dem Uralten brachte und sie entkleidete, und wieder fuhren die Spitzen seiner alten Finger über ihre Haut. Der Kazike sah ihr mit seinem fernen, dunkel gespannten Blick in die Augen und murmelte etwas.

»Er will, daß Sie das Zeichen des Friedens machen«, übersetzte der junge Indianer und zeigte ihr die Gebärde. »Friede und Lebewohl für ihn.«

Die schwarzen, glasartigen Augen des Kaziken, die sie mit einem Basiliskenblick musterten, brannten und überwältigten sie. In ihrer Tiefe gewahrte sie indessen auch väterliches Mitgefühl und eine flehentliche Bitte. Sie machte die gewünschte Gebärde, die das Zeichen des Friedens und des Lebewohls bedeutete. Er erwiderte es und ließ sich in seine Felle zurücksinken. Es schien ihr, als wolle er sterben und wüßte es.

Es folgte nun ein Tag der Zeremonien, an welchem sie, in eine blaue, befranste Wolldecke gehüllt, Federn in der

Hand, dem Volk gezeigt wurde. Vor einem Altar wurde sie mit Weihrauch beräuchert und mit Asche bestreut. Vor dem Altar des anderen großen Hauses wiederholte sich dasselbe; dann wurde sie mit Wasser besprengt. Undeutlich nahm sie das Feuer auf dem Altar wahr, das Dröhnen der Trommel, den Klang der Männerstimmen, die einen kraftvollen, wilden Gesang anstimmten, und das Hin- und Herwogen der Menge auf dem Platz, und wie sie sich zum heiligen Tanz gruppierte.

Ihr Bewußtsein war dumpf. Sie nahm ihre Umgebung nur wie wesenlose Schemen in sich auf. Aber mit ihren geschärften Sinnen vernahm sie den Ton des Erdballs, der wie ein Pfeil auf seiner Bahn dahinschoß, das Rauschen in der Luft und das Schwirren einer gewaltigen Bogensehne. Es wollte ihr scheinen, als seien zwei Kräfte hoch droben in den Lüften: eine goldene, der Sonne zugewandte, und eine silberne, die unsichtbar war. Die erste stieg sonnenwärts empor, die zweite kam silbrig wie ein Regen auf die schwebenden Wolken über den schneebedeckten Berggipfeln herab. Zwischen ihnen aber war ein anderes Wesen, das sich anschickte, den schweren weißen Schnee, der es umhüllte, von sich zu schütteln. Im Sommer wollte es gleich einem versengten Adler die Glut der Sonnenstrahlen von sich abtun, wollte in der Farbe des Feuers erglänzen. Und immerfort schüttelte es nun den Schnee oder die Hitze von sich ab, ein Adler, der sein Gefieder säubert.

Noch eine andere, noch seltsamere Erscheinung war da, die aus der Ferne im Wind dahereilte, in der Glut schimmernd: der blaue Wind selber, der aus den Spalten der Erde gen Himmel fuhr und vom Himmel wieder zur Erde herabbrauste: der unsichtbare Geist, der zwei Welten angehörte und auf den auf- und niedersteigenden Saiten des Regens spielte. Immer mehr hatte ihr engeres Bewußtsein sie verlassen; dafür war sie in einem Zustand kosmischen Empfindens hinübergeglitten gleich einer Betäubten. Dies hatten die Indianer mit ihrer dumpfen Gläubigkeit in ihr bewirkt.

Nur eine einzige Frage stellte sie noch an den jungen Indianer: »Warum bin ich die einzige, die in Blau gekleidet ist?«

»Es ist die Farbe des Windes. Die Farbe von allem, das fortweht und nie wiederkehrt, aber immer da ist und wartet, wie der Tod. Es ist die Farbe der Toten. Die Farbe, die fern ist und hersieht, aber nicht herkommen kann. Wir sind braun und gelb und haben schwarzes Haar und weiße Zähne und rotes Blut. Wir sind die, die hier sind. Ihr aber habt blaue Augen und kommt von weither. Ihr könnt nicht hierbleiben. Es ist Zeit, daß ihr zurückgeht.«

»Wohin?« fragte sie.

»Zu der Sonne und der blauen Regenmutter, um ihnen zu sagen, daß wir wieder das Volk auf der Welt sind und die Sonne wieder zum Mond bringen wie den Hengst zur Stute. Wir sind das Volk. Die weißen Frauen haben den Mond in den Himmel vertrieben. Wollen ihn nicht zur Sonne lassen. Darum ist die Sonne böse. Der Indianer muß den Mond der Sonne geben.«

»Wie das?« fragte sie.

»Die weiße Frau muß sterben. Sie muß wie der Wind zur Sonne gehen. Sie muß ihr sagen, daß der Indianer ihr das Tor aufmacht. Und die Indianerfrauen machen dem Mond das Tor auf. Die weißen Frauen lassen den Mond nicht herkommen. Immer kam der Mond zu den Indianerfrauen wie die Ziege zu den Blumen. Und die Sonne will zu den Indianermännern kommen wie der Adler zu den Tannen. Sie sind beide hinter den Weißen eingesperrt und können nicht kommen. Sie sind böse. Alles in der Welt wird immer böser. Der Indianer will die weiße Frau der Sonne geben. Darum wird die Sonne über den weißen Mann springen und wieder zum Indianer kommen. Und der Mond wird überrascht sein. Wird das Tor offenlassen und nicht wissen wohin. Aber die Indianerfrau ruft: ›Komm. Komm zurück. Die böse weiße Frau kann dir nichts mehr tun.‹ Dann blickt die Sonne her und sieht den Mond bei unseren Frauen, und die

Indianermänner stehen um sie her. Dann springt sie über die Köpfe der Weißen und kommt durch die Tannen gelaufen zu den Indianern. Wir haben die Sonne zur Rechten und den Mond zur Linken. Wir lassen den Regen kommen und wir rufen den Wind her, und wir machen den Mais wachsen und die Wolken regnen und daß die Schafe Zwillinge werfen. Wir sind voller Kraft wie ein Frühlingstag. Und für die Weißen wird ein harter Winter sein ohne Schnee.«

Sie sagte: »Aber ich sperre den Mond nicht aus, wie kann ich das?«

»Doch«, erwiderte er. »Ihr macht das Tor zu und lacht. Ihr denkt, ihr könnt alles.«

Haß sprach aus seinen Worten. Dabei mochte er sie leiden, davon war sie überzeugt. Leidenschaftslos sanft betrug er sich gegen sie, aber er haßte sie mit einem mystischen Haß, und wenn sie ihn unversehens ansah, erhaschte sie den Funken des Hasses in seinen Augen.

»Muß ich sterben und der Sonne gegeben werden?« fragte sie.

Er lachte ausweichend: »Einmal sterben wir alle.«

Sie benahmen sich zartfühlend gegen sie. Alle diese Männer, der alte Priester wie der junge Kazike, sorgten wie Frauen für sie. Sie hatten etwas Weibliches an sich, nur ihre Augen und ihre geschlossenen Münder mit den breiten Kinnbacken und den kräftigen weißen Zähnen hatten etwas Männliches und Grausames.

An einem Wintertag, als Schnee fiel, führten sie sie in einen dunklen Raum des großen Hauses. Im Winkel brannte ein Feuer, und in seinem Schein sah sie die fast nackten Leiber der Priester sowie fremdartige Zeichen an Decke und Wänden, deren Bedeutung ihr unverständlich war, auch Nischen, die Gegenstände bargen, die sie nicht erkennen konnte. Schweigend vollzogen die älteren Priester eine Zeremonie. Sie saß auf einem niedrigen Vorsprung der Wand dem Feuer gegenüber, zwei Männer zu ihren Seiten. Sie gaben ihr aus einer Schale zu trinken, und sie trank willig, der Entrückung zuliebe, die der Trank bewirkte.

Und sie wußte genau, was mit ihr vorging. Sie nahmen ihr die Kleider ab und stellten sie vor eine große, unheimliche Malerei an der Wand. Sie wuschen ihren ganzen Körper mit Wasser und einem Aufguß aus Kräutern. Auch das Haar wuschen sie ihr und trockneten es mit weißen Tüchern, bis es weich war und schimmerte. Dann legten sie sie auf ein Ruhelager, rieben sie mit duftendem Öl ein und kneteten ihr die Glieder, den Rücken und die Seiten mit langen, hypnotisierenden Strichen. Ihre dunklen Hände waren weich und ungeheuer kraftvoll. Die dunklen Gesichter, die sich über sie beugten, waren rot bemalt, mit gelben Strichen über den Wangen. In einem Zustand der Entrücktheit sah sie zu, wie diese dunklen, bemalten Gesichter sich über sie beugten, in deren Masken die Augen in einem Funkeln erstarrten und die bläulichroten Lippen ingrimmig zusammengepreßt waren. Unsägliche Traurigkeit, der Grimm einer äußersten Entscheidung, Rache und Triumph – alles dies konnte sie in ihren Mienen lesen, während sie dalag und unter den Griffen dieser geschickten Hände in eine neblige Hitze geriet, worin sich ihre Glieder, ihr Fleisch, ja sogar ihre Knochen aufzulösen schienen, indes ihr Bewußtsein wie ein Sonnenstrahl auf einer geröteten Wolke dahinschwebte.

Sie wußte es, der Strahl würde verlöschen, die Wolke ins Graue verblassen. Sie wußte, daß sie ein Opfer war. All dies, was an ihr getan wurde, waren die Vorbereitungen zu ihrer Opferung. Aber es ließ sie gleichgültig. Sie wollte es.

Dann zogen sie ihr eine kurze blaue Tunika an und führten sie auf die obere Terrasse. Dort wurde sie dem Volk gezeigt. Sie blickte in die Menge der dunklen Gesichter und der glitzernden Augen drunten auf dem Platz. Und kein Mitleid war da zu erkennen, nur Frohlocken. Die Menge stieß bei ihrem Anblick einen gedämpften Schrei aus. Sie erschauerte. Doch es kümmerte sie kaum.

Der darauffolgende Tag war der letzte. Sie schlief in einer Kammer des großen Hauses. In der Morgenfrühe legten sie ihr eine große, befranste Wolldecke um und führten sie auf den Platz, in das schweigende Gedränge des Volkes. Reiner Schnee lag auf dem Erdboden. Die dunklen Menschen in ihren dunklen Decken sahen wie die Bewohner einer anderen Welt aus.

Langsam erdröhnte eine riesige Trommel. Ein alter Priester sprach etwas vom Dach eines Hauses herab. Erst gegen Mittag wurde eine Tragbahre herbeigebracht. Die Menge stieß einen leisen, tierischen Schrei aus. In der Tragbahre saß der uralte Kazike, dessen weißes Haar von schwarzen Bändern, mit großen Türkisen besetzt, durchflochten war. Sein Gesicht war wie aus einem Stück Obsidian. Er gab mit der Hand ein Zeichen. Die Träger hielten. Er richtete seine alten Augen auf die Frau und sprach mit hohler Stimme einige Worte. Sie wurden ihr nicht übersetzt.

Dann kam eine zweite Tragbahre, in die wurde sie hineingehoben. Vier Priester gingen in ihrem Rot und Schwarz und Gelb und ihrem Kopfputz aus Federn voran. Dann folgte die Tragbahre des Kaziken. Dann ertönte die Trommel, und zwei Gruppen von Männern stimmten gleichzeitig einen wilden Gesang an. Die goldroten, fast nackten Männer stellten sich in zwei Reihen auf und setzten sich im Tanzschritt in Bewegung. Sie wandten sich aus dem beschneiten Platz heraus und schritten unter einem Geklirr von Muscheln und Splittern aus Feuerstein zwischen den Schwärmen der singenden Männer über den Schnee dahin. Vorbei an den rauchenden Öfen ging es auf den Pfad mit den ragenden Pappeln, die sich zart und fein gegen den blauen Himmel abzeichneten. Der Fluß schoß zwischen seinen Eisrändern dahin. Die viereckigen Felder mit den eingezäunten Gärten waren alle beschneit, die weißen Häuser aber sahen gelb aus.

Die Frau saß und sah mit ihren starren blauen Augen, unter denen die Schatten der Müdigkeit lagen, vor sich hin.

Sie wußte, daß sie nun inmitten des glitzernden Schnees von den Händen dieses wilden, prachtüberladenen Volksstammes sterben würde. Und dachte: ›Ich bin schon tot. Was für ein Unterschied besteht denn zwischen der Toten, die ich schon bin, und der, die ich bald sein werde?‹

Weiter zog die Prozession in unablässigem Tanz, zog über die beschneite Ebene und die Abhänge zwischen den Tannen hinauf, vorbei an den herrlichen kupferfarbenen, beschuppten Stämmen, ein Bachbett entlang, das trocken wie im Sommer dalag, denn die Gewässer, die es speisten, waren gefroren. Endlich gewahrte sie, daß die Tänzer nicht mehr vorwärts schritten. Näher und näher kam sie den Trommeln, dann traten sie durch ein Gebüsch in ein seltsames Theaterrund. Vor ihnen erhob sich eine steil überhängende Felswand, an der ein riesiger Eiszapfen hing, anzusehen wie ein Raubtierzahn. Das Eis floß über die überhängende Felswand und ragte starr von oben bis hinab auf die ausgehöhlten Steine, die das Becken des Wasserfalls bildeten, nur war es trocken.

Die Tänzer hatten sich jetzt zu beiden Seiten des Beckens aufgestellt; ihr Tanz ging vor einem Hintergrund von Gebüschen unentwegt weiter.

Die Frau aber gewahrte vor allem den riesigen Eiszapfen, der vom Rand des Felsüberhangs herabhing. Dahinter sah sie die leopardengleichen Gestalten der Priester die Felswand emporsteigen bis zu einer Höhle, die wie ein blindes Auge oder wie ein Mund in der halben Höhe der Felswand klaffte.

Ehe sie begriff, was geschah, hatten ihre Träger gleichfalls den Weg auf den Felsen angetreten. Sie befand sich jetzt hinter dem Eis, das wie ein zusammengeraffter Vorhang herabhing. Die Öffnung der Höhle, die sich dunkel in den Fels hinein erstreckte, befand sich jetzt dicht über ihr. An ihrer Schwelle standen die Priester in der Pracht ihrer Federn und Decken und sahen zu, wie sie näher kam. Zwei von ihnen bückten sich und halfen den Trägern. Endlich war sie oben am Eingang der Höhle hinter dem Eisvorhang hoch über dem Theaterrund drunten, in dem die Männer tanzten und das Volk sich schweigend zusammendrängte.

Zur Linken sank die Sonne den nachmittäglichen Himmel hinab. Dies war der kürzeste Tag des Jahres, und sie wußte, daß es auch der letzte ihres Lebens war. Man stellte sie mit dem Gesicht vor die schimmernde Eissäule, die vor ihr in die Tiefe ragte.

Dann wurde ein Zeichen gegeben, und der Tanz hörte auf. Vollkommene Stille herrschte. Man gab ihr ein wenig zu trinken, dann nahmen zwei der Priester ihr Mantel und Tunika ab. Als sie in ihrer Weiße dastand, stieß die Menge drunten einen leisen und wilden Schrei aus. Die Priester drehten sie um, so daß sie mit ihrem Rücken und ihrem langen blonden Haar gegen das Volk stand. Und das Volk schrie.

Sie sah in die Höhle hinein. In der Tiefe flackerte ein Feuer. Vier Priester hatten sich ihrer Gewänder entledigt und waren fast so nackt wie sie selber. Kräftige Gestalten waren es, im besten Mannesalter. Sie hielten ihre dunklen, bemalten Gesichter gesenkt. Vom Feuer her näherte sich alsdann der uralte Kazike mit einer Räucherpfanne. Er war nackt und befand sich in einem Zustand wilder Verzückung. Er beräucherte das Opfer und sang mit hohler Stimme dazu einen einförmigen Text. Hinter ihm erschien ein zweiter unbekleideter Priester mit zwei Feuersteinmessern.

Nach der Beräucherung wurde sie auf einen großen, flachen Stein gelegt. Vier kräftige Männer hielten sie an den ausgebreiteten Armen und Beinen fest. Hinter ihnen stand der Uralte wie ein dunkel glasiertes Gerippe, ein Messer in der Hand, und beobachtete wie gebannt die Sonne; hinter ihm wiederum der andere nackte Priester, auch er mit einem Messer.

Sie war sich all dessen, was vorging, bewußt; dennoch berührte es sie nicht. Sie blickte zum Himmel empor und sah die gelbe Sonne, die herabsank. Der Eiszapfen war zwischen ihr und der Sonne, ein Schatten, und sie konnte sehen, wie die gelben Strahlen die Höhle erfüllten, aber noch nicht ihren hintersten Winkel, in dem das Feuer brannte, erreicht hatten.

Langsam krochen die Strahlen weiter, wurden röter, drangen tiefer in die Höhle. Sobald die Sonne den Horizont erreicht hatte, mußte sie durch den Eisspalt in das letzte Innere der Höhle gelangen.

Dies war es, worauf die Männer warteten, und sie begriff. Auch die, die gebückt standen und sie festhielten, drehten ihre Gesichter zur Sonne um und beobachteten ihr Sinken mit Ehrfurcht und Gier. Die schwarzen Augen des Kaziken waren wie schwarze Spiegel so in die Sonne versenkt, als sähen sie nichts, und waren nichts als eine schreckliche Antwort an das Gestirn. Und in der eisigen Stille des Winternachmittags folgten alle Priesteraugen glühend dem sinkenden Ball. Schrecklich angstvoll und wild. Sie warteten auf den Augenblick und waren in ihrer Wildheit bereit, in einen mystischen Triumph auszubrechen. Immer noch aber war Angst in ihnen.

Nur in den Augen des Uralten war keine Angst. Schwarz und starr, wie blind, sahen sie in die Sonne und durch sie hindurch. In ihrer schwarzen, blinden, gesammelten Spannung war Macht, unbegreifliche, ferne Macht, die tief ins Herz der Erde und ins Herz der Sonne drang. In vollkommener Reglosigkeit wartete er, bis die Sonne ihre Strahlen durch den Eisvorhang sandte.

Dann mußte er zustoßen, das Opfer vollziehen und die Macht an sich reißen. Die Macht und Herrschaft des Menschen, die ihm zukommt und die von einer Rasse zur anderen wechselt.

Nachwort

Warum hat die Herausgeberin aus der Fülle herrlicher Geschichten von D.H. Lawrence ausgerechnet diese 15 ausgewählt? Weil Leben und Werk bei D.H. Lawrence ein nicht zu trennendes Ganzes bilden und sie deshalb den Hintergrund für sein wildes Wanderleben darstellen, die Bühne, auf der sich eine Szene nach der anderen abspielt, eine Reihe von Spiegelbildern, in chronologisch nicht immer exakter Folge.

So sehen wir in der ersten und zweiten Geschichte, *Adolf* und *Chrysanthemenduft*, das grelle häßliche Bergarbeiterstädtchen Eastwood, in dem D.H. Lawrence am 18. September 1885 geboren wurde. Von seinem etwas höher gelegenen Geburtshaus blickte Lawrence schon als Kind auf das Netz von Kleinbahnschienen mit den hin und her rollenden Loren unter dem verräucherten Himmel, und die Fördertürme, die ständig neue Menschenfracht ausspuckten oder hinabließen, darunter auch Lawrences Vater. Seine Mutter, eine ehemalige Lehrerin, war eine feinfühlige Frau, an der er mit abgöttischer Liebe hing.

Auch in den Erzählungen *Die Fahrkarten, bitte!* und *Ein moderner Liebhaber* tritt uns das häßliche Leben, das ihn umgab, mit plastischer Schärfe entgegen.

Je mehr die Liebe in dem Heranwachsenden zu seiner Freundin Jessie erwachte, desto mehr empfand er die heilende Kraft der Natur, wie sie so wunderbar in allen Einzelheiten in der Erzählung *Frühlingsschatten* geschildert wird. Von der Umgebung der Haggs-Farm, wo Jessie wohnte, schrieb Lawrence: »This is the country of my heart.« Sie gab ihm die erste Anregung zum Schreiben. Gleichzeitig erwachte in ihm jetzt der Widerwille gegen die Industrialisierung Englands, die das gute, Ackerbau treibende Old England verunstaltete und deren Folge schließlich der Krieg war, unter dem Lawrences empfindlicher Geist besonders zu leiden hatte.

Aber zunächst verbrachte er noch als junger Mann in den Jahren 1906-1911 sein Studium an der Universität Nottingham und schließlich als Lehrer an der Highschool in Croydon. Er war angewidert von den Mechanismen des Schulbetriebs und hin und her gerissen zwischen der Liebe zur Mutter und zur Jugendfreundin. Auch hier empfand er wieder die heilende Kraft der Natur. Von der Universität Nottingham aus, wo er die Gattin seines Professors kennenlernte und wo beide sich stürmisch ineinander verliebten, floh das Paar zielbewußt aus England. Die Frau, von der er sich das Leben lang nie trennen konnte, weil sie sein Wesen so sehr ergänzte, ein so stürmischer Geist wie er selbst, war Frieda Weekly-von Richthofen.

Sie flohen zuerst nach Metz, wo Frieda ihre Eltern aufklärte, und dann weiter durch Deutschland und Tirol in die Berge, die er in *Eine Kapelle in den Bergen* und *Ein Heuschuppen in den Bergen* geschildert hat.

Die Erzählung *Merkur* ist eine meisterhafte Beschwörung eines Unwetters auf dem Ausflugsberg Merkur oberhalb von Baden-Baden. Dieses Unwetter wird mit einer Intensität geschildert, die Lawrences ganze Verbundenheit mit der Seele des Berges darstellt, in dessen Namen sich schließlich auch der Gott Merkur mit den feuerbewehrten Fersen für ihn verbindet.

Auf die Zeit in Deutschland und zum Teil auch in Italien folgen die Kriegsjahre in England, die Lawrence wegen seiner preußischen Frau wie ein Geächteter verbringen mußte. Bespitzelt an der Küste von Cornwall von der englischen Sicherheitspolizei, wurde dem jungen Paar das Leben sehr schwer gemacht; sie wurden aus Cornwall ausgewiesen und trafen im Oktober 1917 in London ein, wo Lawrence, obwohl ihm Gastfreundschaft von allen Seiten angeboten wurde – so von Lady Ottoline Morrell – doch immer wieder in Geldnöte geriet, wie er es symbolisch dargestellt hat im *Schaukelpferd-Sieger,* mit den zwingenden Worten: »Mehr Geld muß herbei! Mehr Geld muß herbei!« Er schickte Artikel an die neu gegründete Zeitschrift ›Adelphi‹, deren Leiter, John Middleton Murry, einer der berühmtesten

Kritiker Englands, befreundet und später verheiratet mit Katherine Mansfield, zu Lawrences Freundeskreis gehörten.

Der Neid Murrys und die Eifersucht einiger englischer Schriftstellerkollegen machten ihm das Leben in London immer verhaßter; und in diese Zeit hinein spielen *Das letzte Lachen*, eine übermütige Selbstparodie, in der John Middleton Murry verhöhnt wird als lebensfremder Dichterling. In dieser Erzählung wird auch die Begegnung mit der fast tauben Malerin Dorothy Brett geschildert, die sich für die Lawrences einsetzte. Dort vor allem tauchte der Gedanke in Lawrence auf und wurde von ihm propagiert, nach dem Krieg einen kleinen Kreis Gleichgesinnter um sich zu versammeln und mit ihnen aus England auszuwandern. Die verschiedensten Namen wurden erwogen.

Am meisten begeisterte sich die Malerin Brett für das Unterfangen, das unter dem Namen ›Rananim‹ immer mehr Gestalt gewann. Gleich nach Kriegsende häuften sich die Angebote von Freunden aus dem Ausland, mit ihnen auszuwandern, so nach Amerika, Nordamerika, nach Südindien und, am häufigsten vorgeschlagen, nach Taos in New Mexico.

Eine immer wiederholte Aufforderung kam von der Amerikanerin Mabel Dodge Luhan, die mit einem Indianer zusammenlebte, ihn später heiratete und sich ganz der Sache der Indianer verschrieb, obwohl von Indianern nicht dazu aufgefordert. Mabel Dodge Luhan war von dem Gedanken besessen, Lawrence müsse sich für die Sache der Indianer einsetzen. Deshalb meditierte sie: »I willed you to come«, wie sie es später verkündete und sich einbildete, sie hätte Lawrence kraft ihrer Meditation nach Taos gezwungen.

Lawrence verließ England und ging zuerst mit Frieda nach Italien, dessen Geist er in der Geschichte *Sonne* einfing. Aber letzten Endes empfand er in Italien doch den Widerstreit zwischen Land und Natur. Erst in Sizilien und Sardinien empfand er freudig die alte Verbundenheit zwischen Mensch und Erde, die sich später in seinem großartigen Werk *Das Meer und Sardinien* niederschlug. Trotzdem wollte er nicht in Sizilien bleiben.

Auf den Vorschlag der Rananim, in Indien ein *Rananim* zu gründen, ging er nicht ein, und die Weiterreise nach Australien brachte auch für die Erfüllung einer nach Rananim geeigneten Umwelt keine Lösung. Lawrence empfand die unheimliche Dämonie des riesigen Landes, wie sie ihm vor allem im Busch entgegentrat. So fand das Ehepaar Lawrence schließlich nach Taos und zu der Gastgeberin Mabel Dodge Luhan, die ihnen ein eigenes Haus zugewiesen hatte, nicht weit von ihrem eigenen Haus, und Lawrence derartig mit Beschlag belegte, daß er kaum noch zu sich selber kam. Hier wurde Lawrence ›Lorenzo of Taos‹, der Titel auch eines Buches, das Mabel später über ihr Verhältnis zu Lawrence, allerdings sehr verzerrt, schrieb, denn es ist durchtränkt von Eifersucht auf Frieda, die Mabel als verständnislos schilderte, und zu Brett, der Malerin, die später Lawrence nach Taos folgte. Mabel schenkte Lawrence eine Ranch in den Bergen von Taos; sie bestand zwar nur aus zwei erbärmlich morschen Hütten und einem ganz kleinen Häuschen, aber mit Hilfe von Brett machte Lawrence sich an den Wiederaufbau der Hütten. Die kleinste wurde für Brett hergerichtet, in der nicht mehr als ein Bett und Schreibtisch und eine Schreibmaschine Platz fanden, auf der Brett Lawrences Manuskripte tippte. Tagsüber verwendete Lawrence auch viel Zeit auf die Wiederherrichtung der Dächer und Wände und Böden der Hütten. Immer wieder kam es zu heftigen Streitigkeiten zwischen Frieda und Lawrence, die jedoch im Nu vergessen waren, obschon von Brett manchmal amüsiert, manchmal erschrocken beobachtet. Es wäre jedoch falsch, in der Geschichte *Das Prinzeßchen* Brett als Heldin zu sehen. Lawrence wollte ihr mit der Geschichte gewiß kein Denkmal setzen, sondern er mußte die Geschichte schreiben als Illustration seiner Idee vom Wissen des Blutes, denn Brett hatte anscheinend kein Liebesbedürfnis, und die Angehörigen ihrer Schicht scheinen Lawrence in seiner Idee bekräftigt zu haben, daß diese Mädchen nicht bereit waren sich hinzugeben – darum die Vergewaltigungsszene in den Bergen oberhalb von Taos.

In der letzten Geschichte, *Die Frau, die davonritt,* ist die Heldin ganz bestimmt eine Verkörperung Mabel Dodge Luhans, in ihrem Wahn, die Sache der Indianer zu fördern. Wo sie mit diesem Wahn schließlich landete, stellt Lawrence, der ihren Wahn verurteilte, im grausigen Ende dar. Interessant, daß die Höhle in der die Opferung stattfand, zwar als in Mexiko gelegen geschildert wird, tatsächlich aber eine Höhle oberhalb von Taos in den Bergen ist, die Lawrence gut bekannt war.

In der kalten Jahreszeit mußte Lawrence zu seinem Kummer die Ranch verlassen, die sein ganzes Wesen ausfüllte, und in das mildere Klima von Alt-Mexiko ziehen. Die unerbittliche Sonne, wie überhaupt den ganzen Glauben der Indianer an den Gott Quetzalcouatl empfand er in aller Gewaltsamkeit und Wildheit und sehnte sich von dort stets zurück nach *New* Mexico und seiner Ranch. Diese Sehnsucht blieb bestehen, auch als er zu schwach war, noch einmal in das rauhe Höhenklima (2000 Meter) zurückzukehren.

Seine letzten Lebensjahre waren angewiesen auf das milde Klima Italiens, wo er sinnliche, farbenfrohe Bilder malte und seinen letzten Roman schrieb.

Elisabeth Schnack